AF482942

Rudolf Stratz

Die törichte Jungfrau

e-artnow 2018

Elisabeth Bürstenbinder
Vineta

Ludwig Tieck
Vittoria Accorombona (Historischer Roman)

Elisabeth Bürstenbinder
Gesprengte Fesseln: Aus der Feder der unbestrittenen Beherrscherin der Frauenliteratur

Eugenie Marlitt
Reichsgräfin Gisela

Wilhelm Raabe
Christoph Pechlin: Historischer Liebesroman

Rudolf Stratz
Die törichte Jungfrau

e-artnow, 2018
Kontakt: info@e-artnow.org

ISBN 978-80-273-1314-3

Inhaltsverzeichnis

Erstes Buch

I.

»Das machen die kleinen Mädchen aus mir! Ja, lachen Sie mir nur ins Gesicht, Lotte, törichteste aller fünf törichten Jungfrauen. – O, was seid ihr für Geschöpfe? Woher seid ihr so unergründlich schlau in eurer übermenschlichen Dummheit? Warum durchschaut ihr mich und lacht mich aus, wo alle anderen Leute ehrfürchtig den Hut vor mir abziehen, vor dem Meister Josephus? Aber ihr … ihr seht einfach in mir einen blonden Mann, ihr kleinen Mädchen! Ihr lebt nur für den Mann, durch den Mann, wegen dem Mann! Jeder Atemzug bei euch heißt Mann! Das ist euer einziges Ziel, eure Stärke, euer Daseinszweck. Aber habt ihr wenigstens Ehrfurcht vor dem Mann?«

»Nein!« sagte Lotte.

»Weil ihr ihn nicht kennt, ihr bunten Katzen! Was wißt ihr denn von uns? Ihr kennt nur *ein* Ding auf Erden. Wir zersplittern uns tausendfach. Für uns gibt es tausend Dinge, hohe Dinge, heilige Dinge, die liegen außerhalb des Weibes! Die ahnt ihr nicht. Denn in diesen Dingen sind *wir* keusch! Ihr aber natürlich glaubt, daß Männer keine Keuschheit haben!«

Sie sah ihn gespannt an. »Was ist denn an Ihnen keusch, Meister Josephus?«

»Meine Kunst ist keusch! Meine Bildhauerei! Da lüftet kein kleines Mädchen keinen Zipfel davon. Das versteht eine törichte Jungfrau, wie Sie, Lotte, natürlich nicht. Ihre Schwester Ellinor – die weiß es! Aber Ihr … o … ich kenn' Euch! Ihr wollt heiraten!« Seine Stimme wurde trübselig. »Heiraten! Sie wollen heiraten! Die kleinen Scheusale! Alle! Sie tun es nicht anders!«

Lotte schüttelte bestätigend den Kopf und biß in ein Stück Schokolade, daß die weißen Zähne blitzten. »Wenn ich Ihnen nur *einmal* die Wahrheit sagen dürfte, Meister Josephus!« murmelte sie gedankenvoll kauend. »Nur einmal … so recht aus Herzensgrund!«

»Nun – also!«

»Nein – dazu braucht es eine besondere Gelegenheit. Hier habe ich Angst. Nicht weil wir allein auf dem Gletscher sind. Aber Sie sind doch nun einmal der Meister, der weltberühmte Bildhauer Joseph Ranggetiner, und ich eine arme törichte Jungfrau! Da lache ich lieber ganz simpel vor mich hin und denke mir mein Teil.«

Er faltete die Hände. »Ja, denken Sie sich nur allerhand Unfug! Dazu hat man es nun vom Tiroler Geißbuben zum Professor gebracht, zur goldenen Medaille, zu Gott weiß was – bloß damit hier so ein neunzehnjähriges hinterlistiges Geschöpf im Schnee steht, Schokolade verzehrt und einen dazu verhöhnt. Still, kleines Lottchen, da oben am Lawinentor ist Ihre Schwester in Lebensgefahr …«

»Ach – das ist gewiß ihre hundertste Hochtour!«

»… und Sie treiben unterdessen hier unten am Fuß der Jungfrau Allotria mit alten Männern, die es väterlich mit Ihnen meinen! Sie erkälten sich hier im Schnee. Kommen Sie zu der Hütte zurück!«

»Damit Sie wieder dasitzen und mir vordeklamieren: ›Lottchen – ich bin nicht nur seit dreizehn Jahren der wahre Seelen- und Busenfreund Ihrer Schwester Ellinor, sondern ich liebe auch Sie wie ein Vater, Meister und Hofrat!‹ Nein – das ist mir zu langweilig. Ich will hier am Gletscherrand bleiben!«

»Und da?«

»Da in die Gletscherspalte hineinschauen.« Sie wippte unternehmend mit den Fußspitzen. »Das ist so wunderbar gruselig! Kirchturmtief geht's hinunter! Und ganz unten rauscht ein Wasser. Man sieht es nicht, man hört es nur! Niemand hat es je gesehen. Da hinunterzustürzen – das ist ein unheimlicher Gedanke. So denk' ich mir's, wenn man in die Augen einer Schlange schaut!«

»Dann schaut eine Schlange in die andere! Und schließlich purzeln Sie wirklich hinunter!«

Sie blickte träumerisch über die Schulter nach ihm zurück. »Wär' es denn schade um mich?«

»Um schöne Mädchen ist es immer schade! Und daß Sie äußerlich betrachtet – ich sage rein äußerlich – ein ganz gelungenes Schöpfungsexemplar sind – ein süßer kleiner Kerl – halb Venus, halb Madonna…«

»Ja. Ich weiß. Und innerlich?«

Da schüttelte Meister Josephus hoffnungslos den Kopf. »Das Innere geb’ ich preis! Das ist höllenschwarz. Da tanzen sieben Teufelchen ihren Reigen.«

Sie lachte ihm herzhaft ms Gesicht. »O Meister! Meister Tugendreich! Wie er so ehrlich blond und vollbärtig und deutsch-bärenhaft in seiner bunten Zillertaler Tracht dasteht, treuherzig wie ein Kind und bieder wie ein Tiroler – unser Meister Josephus – bloß in die Augen darf man ihm nicht schauen!«

»Warum denn nicht?«

»Weil das rechte blaue Katzenaugen sind, große, böse Katzenaugen. Wie von einem Tiger. Ich bin überzeugt, im Dunkeln leuchten sie wie zwei grüne Kohlen. O pfui, Herr Hofrat!«

»Jetzt nennt sie mich schon wieder Hofrat!« sagte er melancholisch.

»Ja – wie ein Tiger! Wie ein Menschenfresser. Wie ein Weiberfresser! *Das* sind Sie ja doch, Meister Josephus!«

Sie nickte, das reizende Köpfchen zu einer spöttischen Maske verziehend, dem blonden Zillertaler Siegfried zu, der hoch, breitschulterig und vollbärtig, die Spielhahnfeder des Lodenhütchens schief auf dem Löwenhaupt, einige Schritte vor ihr stand.

Rings um sie schwieg die Einsamkeit. Stumm ragten die Gletschergebilde des Rothtals in der stillen grauen Mittagsluft, die wie hinter trüben Schleiern alles verschwimmen ließ, die Reigen zerrissener Nebelfetzen schwebten Hand in Hand bewegungslos über dem düster klaffenden Spaltengewirr, und im Halbrund um den dampfenden Kessel standen starr die fürchterlich jähen, mit ihren spiegelnd glatten Steilflächen sich in milchigem Wolkenflor nach oben verlierenden Abstürze des Jungfraumassivs. Nur ab und zu polterte es von ihnen auch in den Pausen des Lawinendonners, wenn einer ihrer Steinblöcke, aus dem Schlaf erwacht, als ein unheimlicher Gast zu Tale stieg. Dann kollerte es dumpf über den Felsen dahin, und wie ein Gefolge von weißen Mäusen flog und überhüpfte ein Geschwirr von Eissplittern die Schneewolke, die den niederrollenden Klotz umstäubte.

Meister Siegfried seufzte. »Wenn Sie mir das nicht glauben wollen, törichte Lotte … es gibt doch auch eine Art von höherer Liebe! Ein alter Mann zu Ende der Dreißig kann doch wahrhaftig in einer … einer großväterlichen

Art sagen: ›Mein Kind … ich hab’ dich lieb! Gib mir einen Kuß auf die Stirne!‹«…

Sie sah blinzelnd unter den halbgesenkten Wimpern zu ihm empor. Es zuckte wie von bösen Schlängelchen um ihre Mundwinkel. »O Meister Josephus! Wenn Sie nur *einmal* im Leben zu *einem* Weibe sprechen wollten: ›Ich liebe dich nicht!‹ Das wäre neu! Das wäre groß! Aber Sie können es nicht! Sie lieben sie ja alle! Alle! … Armer Meister…«

Der Zillertaler zuckte nur trübe zur Bestätigung die Schultern. Sie waren jetzt dicht nebeneinander getreten in der stummen Schneewildnis. Ein unbestimmtes graues Dämmern umfloß sie trotz des Augustvormittags. Die ganze Hochwelt rings um die Jungfrau her stak tief in Dunst und Nebel. Die Bergkönigin selbst hatte ihr Haupt verschleiert, um ihren Riesenleib wallten die Wolkenwände, alles in der Runde schien schattenhaft, durchsichtig, unfaßbar, wie ein fahler, ferner Widerschein der wirklichen Dinge.

Sie schirmte die Augen mit der Hand und spähte zu dem verschwimmenden Gewirr von langsam ziehendem Schwadendampf und stillen weißen Firndächern hinauf. »Also da wollen die beiden herunter?« fragte sie etwas beklommen.

»Sie sind jedenfalls schon unterwegs. Mitten am Lawinentor! Aber man kann nicht durch den Nebel sehen!«

»Und wenn man etwas sieht, ist es, als hätte da die Welt ein Ende! Als stünde da eine himmelhohe, senkrechte weiße Mauer, die vom Gletscher bis über die Wolken reicht!«

»Eine Kleinigkeit ist das Lawinentor auch nicht. Von zehn Menschen kämen dabei gewiß neun zu Schaden. Aber Ihre Schwester ist eben in den Bergen immer die zehnte – das wissen Sie ja! Der zehnte muß man im Leben sein! Die anderen neun sind Esel!«

»So? Und wir?« Sie wurde feindselig. »Wer sind dann wir? Stehen wir nicht ganz zahm hier unten bei der Schutzhütte im Schnee und warten, bis Ellinor herunterkommt?«

»Wir sind keine Esel, weil wir's nicht versuchen, welche zu sein! Sie, liebes Lottchen, wurden von Ihrer Schwester nie mitgenommen, weil Sie zu klein und zu dumm waren, und ich...«

»Warum tragen Sie denn dann Tiroler Tracht, Meister Josephus?« Sie musterte in harmloser Neugier die blondbärtige Siegfriedgestalt ihres Begleiters. »Das schöne Zillertalerkostüm ... grün gestickt ... und die Wadenstutzen ... und die Spielhahnfeder ... wie auf dem Maskenball...«

»Unsinn!« Der Meister brannte sich eine Havanna an. »Bin ich nicht ein Tiroler Bauernsohn? Im Zillertal zu Haus? Hab' ich je ein Hehl daraus gemacht, daß ich ein Geißbub gewesen bin?«

»Im Gegenteil, Herr Professor! Sie erzählen es jeden Tag!«

»Professor? Wenn Sie mich schon beschimpfen wollen, Lottchen, dann nennen Sie mich wenigstens Hofrat! Ich soll es ja durchaus werden, beim Fürsten von Siebenwalden! Aber ich tu's nicht! Fällt mir nicht ein! Ja – wie gesagt, ein Geißbub! Aber Gletscher hat es um unsern Hof keine gegeben. Da kenn' ich mich nicht aus. So wenig wie Sie, wenn man Sie nicht in einen Rucksack steckt und auf die Spitze trägt...«

Durch seine Worte klang fern im Nebel ein rasch sich verstärkendes Rollen wie von einem dahinrasenden Schnellzug und vergrollte langsam wieder.

»Da fallen Lawinen!« murmelte er und runzelte sorgenvoll die Stirne. »Jetzt kommen sie dicht hintereinander!«

»Auch droben, wo Ellinor jetzt eben ist?«

»O Lotte – nennt man eine Bergwand das Lawinentor, weil Veilchen und Vergißmeinnicht drauf wachsen? Ihre Schwester und ihr Begleiter sind jetzt mitten drinnen in der Schlacht. Aber die kennen ihr Handwerk. Und nun zurück mit uns – mir wird es unheimlich im Nebel und Eis! Ich glaube, es ist gefährlich, sich ohne Seil auf einem Gletscher herumzutreiben.«

»Natürlich ist's gefährlich. Das steht sogar im Bädeker. Aber wir sind ja gar nicht auf dem Gletscher. Nur am Rand. An der ersten Spalte. Hinter uns bis zur Hütte ist harmloser Schnee.«

»Es ist nichts harmlos, wenn man vor Nebel die Hand kaum vor den Augen sieht! Los! Was haben Sie denn nur?«

»Ich habe mich nun einmal in die Gletscherspalte verliebt!« Sie beugte sich mit glänzenden Augen über den Schlund. »Das läuft einem so angenehm wie Ameisenkribbeln den Rücken entlang. Wenn man da unten läge ... Brr!«

»Dann ist man tot!«

»Besser tot wie alt!« Ihre Stimme wurde plötzlich ganz angstvoll. »Alt! Denken Sie nur, Meister Josephus: wir beide alt! Jetzt bin ich ja erst neunzehn! Aber ich werd's doch einmal. Und Sie auch! Ein grämlicher, unmoralischer Kunstgreis mit ehrwürdigem weißem Patriarchenbart und bösen Fackelaugen. O weh – o weh! Ellinor hat jetzt schon ein paar graue Haare und ist erst dreiunddreißig! Kommen Sie!«

»Sie werden hier nicht weitergehen, törichte Jungfrau! Der Nebel ist gefährlich. Er spinnt sich überall herum. Er kriecht aus allen Ecken und Enden heraus. Man kann sich auf hundert Schritte von der Hütte verirren.«

Sie lachte sorglos. »Ach was! Los, Meister! Wir laufen Hand in Hand ins Nebelland hinein, wie Hänsel und Gretel. Wir sind ja auch zwei gottlose Kinder der Welt, wir beide! Und unsere gestrenge Ellinor sieht es ja nicht. Die hat jetzt mit sich selbst zu tun! Adieu!«

»Nein, Lotte – nein!«

»So fangen Sie mich doch!« Mit großen Sprüngen rannte sie, ihren Bergstock schwingend, die weithin sich dehnende Gletscherspalte entlang und verschwand im Nebel.

Ringsum braute und dampfte es. Es war, als sei schon das Abenddämmern nahe. Es dünstete grau und kalt von den Spiegelflächen des Eises her, es schwebte im Schattenflug von den Bergen nieder, es ballte sich überall in der gespenstigen Stille zu seltsam prickelnden, steigenden und fallenden Schleiern zusammen; wo man ging und stand, starrte eine fahle Wand, die wesenlos und doch undurchdringlich den Wanderer von der Außenwelt schied.

Meister Josephus folgte stirnrunzelnd den kleinen Stiefelabdrücken im Schnee, die schnurgerade weiter in den Gletscherkessel führten. »Lotte – Lotte!« rief er zuweilen dräuend. Aber sie gab keine Antwort. Endlich traf er sie. Sie stand hart an dem Rande des nach beiden Seiten sich im Nebel verlierenden Risses und starrte mit glänzenden Augen in das Gähnen der Eisnacht hinunter. Jetzt merkte er auch, warum sie seinen Ruf nicht erwidert. Ein mächtiger Schwall geschmolzener Schneefluten ergoß sich, von weither über den Gletscher rieselnd, hart neben ihnen als ewig rauschender Wasserfall in den Abgrund und verschlang jeden anderen Laut in dem rastlosen eintönigen Brausen seines Sturzes in die Kerkernacht.

Er legte ihr die Hand auf die Schulter. Sie zuckte leicht vor Schrecken zusammen. »Wie tief mag's da hinuntergehen?« flüsterte sie. »So tief wie ein Kirchturm?«

»Ich hab's nicht gemessen!« erwiderte Meister Josephus unwirsch.

»Da nebenan ist's nicht so tief!« fuhr sie träumerisch fort. »Da ist Schnee von oben hereingefallen! Der steckt fest. Ob der stark genug wäre, einen Menschen zu tragen?«

»Versuchen Sie es doch!«

Sie schauerte leicht bei dem Gedanken, auf dieser schmalen Schneebrücke tief unten im Kerkerschlunde zwischen den beinahe haushohen, engen Eiswänden zu weilen und trat unwillkürlich einen Schritt zurück. »Gräßlich!« sagte sie halblaut.

»Und weil es gräßlich ist, müssen Sie sich natürlich daran berauschen wie ein Mann an einer Flasche Sekt!«

»Ja – so bin ich.«

»Seien Sie jetzt lieber ernsthaft, Lotte, und bedenken Sie, was Sie getan haben! Mich armen alten Mann, dem es zu wohl war, haben Sie aufs Glatteis geführt. Ist *das* da die Hütte?«

»Nein, das ist eine Gletscherspalte.«

»Also sind Sie in Ihrer Unvernunft statt nach der Hütte direkt auf den Gletscher hinansgerannt. Genau in der entgegengesetzten Richtung. Kehrt – marsch! Wir gehen jetzt längs der Spalte zurück.«

Sie machten sich stumm auf den Weg. Der Gletscherriß wollte nicht enden. Einförmig lief sein Schlund neben ihnen her, wie der Graben neben der Heerstraße, und kreuzte sich dann plötzlich mit einer noch mächtigeren, seitlings kommenden Spalte! Wie ein Riegel schob sich diese, breitklaffend und in ihren Tiefen unheimlich gurgelnd, in den Weg. Hier war kein Weiterkommen möglich.

»Wir sind schon viel zu weit gegangen. Rechts von uns muß die Hütte liegen!« sagte Lotte plötzlich laut und energisch. »Wir gehen falsch, Meister Josephus!«

Der Bildhauer war unschlüssig. »Meinetwegen!« murmelte er und schwenkte nach rechts ab. »Dann brauchen wir wenigstens die verwünschte Gletscherspalte nicht mehr zu schauen!«

Sie patschten durch Pfützen mit Eiswasser, sie schritten in geräumigen, mit seinem Moränenschutt gekörnten Mulden dahin, sie klommen mühsam in hartem Schnee einen neuen Wall empor, und immer neue Mulden und Wälle und Pfützen folgten einander, und darüber stand stumm das Nebelmeer.

Sie sahen sich an. Ohne daß sie es aussprachen, merkten sie, daß ihnen beiden ein wenig bang ums Herz war. Das wäre eine schöne Geschichte, sich hier auf dem Gletscher zu verirren!

»O Meister Josephus!« sagte Lotte plötzlich mit tiefem Mitleid. »Stehen Sie nicht so betrübt da! Ich, das vielgeschmähte, törichte Lottchen, werde Sie retten!«

»Sie? – wie denn?«

Sie deutete triumphierend auf zwei Fußspuren, die sich im Schnee vor ihnen abzeichneten. »Kennen Sie diesen großen Schuh da und das arme kleine Stiefelchen daneben? Und die Gletscherspalte? Das sind wir! Wir sind im Kreis zurückgekommen. Die Spuren kreuzen unseren Weg. Jetzt folgen wir ihnen einfach in entgegengesetzter Richtung längs der Spalte, und alles ist gut!«

Mit verdoppeltem Eifer setzten sie, mehr laufend als gehend, ihren Pfad fort und blieben gleichzeitig verdutzt nebeneinander stehen. Die Fährte hörte plötzlich auf. Und dieser vom Nebel eng umrahmte Eisgarten, dieser klaffende Schlund mit den hineingestürzten Schneemassen, dieser sich in seine Nacht ergießende Wildbach kamen ihnen so bekannt vor. ...Kein Zweifel, es war die unheimliche Stelle von vorhin!

»Wir sind wieder in der falschen Richtung gelaufen!« murmelte Lotte kleinlaut. »Wissen Sie, Meister Josephus, an Ihnen ist ein Bergführer ersten Ranges verloren gegangen. Zu Ihnen hätte ich Zutrauen!«

Der Siegfried blickte sie unwirsch an. »Wer hat denn geführt – Sie oder ich? Das kommt davon, wenn man sich auf Weiber verläßt! Immer im Leben! Hierher, Lottchen! Jetzt gehe ich voran! Gerade in die andere Richtung. Und früher nach rechts. Dann *müssen* wir doch einmal aus diesem verhexten Gletscher herauskommen...«

Aber nach wenigen hundert Schritten machten sie wieder halt, an einer Stelle, die offenbar an den vorhergehenden Tagen besonders stark dem Sonnenschein ausgesetzt gewesen war. Das Eis lag vielfach blank und frei, der Schnee ringsum war seltsam weich und von Fußtritten keine Spur zu entdecken.

»Hier sind wir doch nicht gegangen, Lotte?«

Sie hielt die Hand vor den Mund und gähnte vor Aufregung. »Ich bin ganz dumm geworden. Mir dreht sich alles im Kreise. Ich glaube, es hat uns jemand verzaubert!«

»Also vorwärts! Was hilft das alles!« Er hob den Fuß und stieß achtlos den Bergstock vor sich in den Schnee. Aber im selben Augenblick prallte er zurück und sein Antlitz wurde gelb. Die Stelle, die seine Stangenspitze berührt, erweiterte sich von selbst. Schneebrocken auf Schneebrocken kollerte in eine unbekannte Tiefe und aus dem so entstandenen Loch gähnte es schwarz und unergründlich zum Tageslicht empor.

»Eine verdeckte Gletscherspalte!« Er wagte sich kaum zu regen. »Geben Sie acht, Lotte – am Ende gibt's hier noch mehr!«

Sie antwortete nicht und stand, als er nach ihr zurücksah, wie versteinert da. Dicht neben ihr grinste ein zweiter scheußlicher Brunnenrand, den ihr kleiner Bergstock in dem Schnee ausgehoben hatte.

»Es ist alles ringsum voll von Spalten,« flüsterte sie. »Ich hab' Angst, Meister Josephus! Mir steht das Herz still!«

Zurück! Nur zurück! Zitternd schlichen sie dahin, vor jedem neuen Schritt mit einem neuen Stoß des Stockes den Boden prüfend. Und immer wieder öffnete sich, der Erschütterung folgend, die weißverkleidete Falle und verriet das Zickzackgewirr der durcheinanderlaufenden schmalen und unergründlichen Klüfte. Kein Zweifel mehr – sie waren die ganze Zeit, ohne es zu ahnen, über ein Labyrinth von Tiefen gewandert, über dünne Schneebrücken hin, deren Weichen für den Wanderer Tod bedeutete.

Kalter Schweiß perlte auf ihren Stirnen, als sie endlich wieder nebeneinander auf einem Flecken glatten Eises standen. Um sie prickelte und rieselte der Nebel, in der Ferne rollten wie auf donnernden Eisenbahnschienen die Lawinen und dazwischen hörten sie in der Stille ihre schweren Atemzüge.

Der Tiroler Siegfried nahm seinen Zwicker ab und schaute finster in der Runde. »Lotte! Lotte!« murmelte er. »Das ist eine böse Geschichte. Ich wollte, ich wäre in meinem Atelier!«

»Oder Ellinor käme! Die rettet uns gleich! Die marschiert hier durch dick und dünn so sicher wie auf dem Exerzierplatz.«

»Sich von einem Frauenzimmer retten lassen ...pfui – das ist unkünstlerisch. Aber wenn ich nur eine Ahnung hätte, wo wir eigentlich sind.«

Er trocknete sich die Stirne. »Kaltes Blut müssen wir bewahren, Lotte ...das ist die Hauptsache. Eigentlich ist es doch ganz einfach. Vorwärts geht es nicht durch diese greulichen verdeckten Löcher – also müssen wir vor allem nach rückwärts, von wo wir gekommen sind, und uns dann scharf nach rechts halten!«

Sie nickte. Langsam schlichen sie weiter über den trügerischen Schnee, mit dem Entsetzen von Menschen, die wissen, daß sie über einem Abgrund wandeln, daß plötzlich, trotz aller Vorsicht, der Boden unter ihren Füßen weichen und sie in ein Nichts versinken lassen kann.

Aber diesmal, endlich, schien es der richtige Weg. Ihre bleichen Gesichter hellten sich auf. Lotte drängte sich näher an ihren Begleiter. »Ich glaube – dort schimmert so was wie ein Felsen durch den Nebel,« flüsterte sie frohlockend.

»Ich sehe nichts!«

»Ja – es verschwimmt immer wieder. Aber die Wölbung unter dem Schnee daneben – das muß doch die Hütte sein.«

»An der Hütte war doch kein Wasserfall?«

»Nein.«

»Und hier höre ich doch deutlich einen rauschen wie aus einem Keller heraus! Wie wenn er ganz tief in den Boden hineinfiele.«

»Ja – jetzt höre ich es auch. Aber wenn wir nicht an der Hütte sind, wo sind wir denn dann?«

Meister Josephus ließ sich zu ihrem Schrecken plötzlich in den Schnee nieder, stützte den Kopf in beide Hände und schaute hoffnungslos drein. »Wenn Sie nicht so töricht wären, törichte Jungfrau,« murmelte er, »so würden Sie nicht erst fragen! Es *muß* ja so sein! Irgendein Gespenst hat uns am Kragen und führt uns immer wieder an dieselbe Stelle zurück. Kennen Sie die große Gletscherspalte immer noch nicht und den Schneebach, der in sie hineinfließt? Da sind wir nun glücklich zum drittenmal, und wenn wir wieder weggehen, werden wir zum viertenmal hierher zurückkommen und zum fünftenmal. Dieser Punkt ist uns von der Vorsehung bestimmt. Hier sollen wir enden. Eigentlich liegt Witz in der Geschichte.«

»Ja – wenn wir erst draußen sind, lache ich auch darüber.« Lotte schien jetzt ganz gefaßt. Eine Art Galgenhumor war trotz aller Angst über beide gekommen. »Aber wären wir nur erst draußen...«

»Ja – wären wir – wären wir! Wären wir vernünftig, so wären Sie eben nicht die törichte Lotte und ich nicht der Meister Josephus. Was haben wir auf diesem Gletscher verloren? Das ist der reine Irrgarten voll Eis und Nebel. Kein Mensch findet heraus. Da sitzt man nun. Und wer ist daran schuld? Ihr allein! An allem Unheil in der Welt sind die Lottchen schuld. Warum laufe *ich* einem kleinen Mädchen auf dem Gletscher nach? Warum? Ich frage mich, warum? Seien Sie nicht so graugrün im Gesicht, Lotte – davon wird's nicht besser!«

Sie fing plötzlich an zu schluchzen. »Ich *will* nicht in die Gletscherspalte! Ich will nicht!«

»Still ... zum Donnerwetter!«

Sie blickte ihn zornig aus ihren großen feuchtblauen Augen an. »Glauben Sie, daß *Sie* besonders rosig ausschauen, Herr Professor? Im Gegenteil! Quittengelb! Sie haben genau so viel Angst wie ich! Also schreien Sie mich nicht so an. Es bleibt uns nichts übrig als hier stehen zu bleiben und um Hilfe zu rufen! Wenn Ellinor bei der Hütte ist, hört sie uns.«

Der Zillertaler Siegfried schüttelte trotzig den Kopf. »Nein! Ein Mann, der nach einem Frauenzimmer um Hilfe schreit ... Unmöglich! Das ist unschön! Hab' ich schon einmal gesagt! Das ist unkünstlerisch! Philisterhaft! Das kann ich nicht! – Dummheiten soll der Mensch machen! Dazu ist er auf der Welt! Aber nachher auch sich selbst wieder aus der Patsche helfen! Also vorwärts!«

» Ja – wohin denn?« Sie standen immer noch am Rand der Gletscherspalte, deren nächtig und unergründlich dämmernde Tiefen der rastlos hineinstürzende Schneebach mit seinem Brausen erfüllte. Ein matter blaugrüner Glanz lag wie der letzte Widerschein verblichener Sonnenpracht über den Rändern des Eises, ein böses Funkeln und Locken hinab in die unbekannte Welt. Das raunte da unten im Gurgeln der Wasser, das flüsterte und gluckste und tropfte geheimnisvoll in all den verborgenen Schlünden des Eispalastes, das schwebte über dem Gewirr seiner zu Tage klaffenden Risse in ewigem lautlosem Geisterflug der Nebelmassen und grollte aus der Ferne im Lawinendonner unheimlich in das beklemmende Schweigen. Alles ringsum schien Gefahr und Tod zu atmen. Die Stille der Einsamkeit selbst ward zum Schrecknis, diese dumpfe, lauernde Ruhe, mit der die Eiswildnis der Höhen ihre Besucher umbannt hielt und geduldig des günstigen Augenblicks zu ihrer Vernichtung harrte.

Lotte begann heftig zu zittern. Ihr Boegleiter aber wurde wild. »Hab' ich nach der Schweiz gewollt?« schrie er und funkelte zornig durch seinen Zwicker die stumm ringsum stehenden und liegenden Eisgebilde an. »Nein – nach Griechenland hab' ich gewollt. Ein Künstler gehört nach Griechenland – nicht auf so einen blödsinnigen Gletscher. Aber warum hab' ich euch beide mitgenommen? Warum muß Ellinor auf dem Bahnhof in Bern ihren Freund, diesen übergeschnappten Alpinisten, treffen und sich von ihm bereden lassen, aufs Lawinentor zu steigen? Hat sie ihr Schnupftuch oben verloren oder ihren Sonnenschirm stehen lassen? Nein! Also ... was tut sie da oben? Was tu' ich da unten? Warum warte ich auf sie? Weiterreisen hätte ich sollen, ohne mich um euch zu kümmern. Weiter nach Athen ... nach Olympia! Ich will den Hermes des Praxiteles sehen und nicht mir hier die Beine erfrieren. Ich will fort aus diesem Eis ... aus diesem verwünschten Londoner Nebel ... fort ... fort!«

Zu seinem Erstaunen stand Lotte plötzlich ganz gefaßt vom Eise auf, auf das sie sich niedergekauert, sah ihn an und tippte sich dann vielsagend mit dem Zeigefinger auf die Stirne. »Oh ... Meister Siegfried ... was sind wir schlau! Ich zerbreche mir die ganze Zeit den Kopf darüber, wieso die lange Gletscherspalte immer zwischen uns und die Hütte kommt, ohne daß wir sie auf dem Hinweg überschritten haben – und es ist doch so einfach!«

»Wieso denn?«

»Sie ist eben nicht überall offen, sondern es liegt an einzelnen Stellen Schnee darüber wie bei den greulichen Löchern von vorhin, da sind wir darüber weggegangen, ohne es überhaupt zu merken.«

»Und jetzt?«

»Jetzt gehen wir noch einmal auf der anderen Seite die Spalte entlang. Dann finden wir die Stelle! Wir erkennen sie doch aus unseren Fußspuren.«

Meister Josephus machte sich ohne weiteres auf den Weg. Er atmete tief auf. »Und dann nach Griechenland, Lottchen!« sagte er befriedigt. »O Gott ... Griechenland! Es tut mir not! Ellinor hat ganz recht. Ich werde feil ... ich diene der Menge ... Prinzen und und Kommerzienrätinnen loben mich ... ich nehme mittags zwischen zehn und zwölf Uhr im Atelier Bestellungen entgegen wie ein Damenschneider – ich werde zum Handwerker ... ich brauche Griechenland, um zu genesen!«

Lotte blieb stehen und wies mit der Hand nach vorne. »Da! ... Gott sei Dank!«

Die Gletscherspalte nahm ein Ende. Ihr schwarzer Rachen schloß sich. Friedlich schimmernder weißer Schnee breitete sich an seiner Stelle aus und in ihm, fern, verräterisch, kaum erkennbar ein blendend heller, leise und listig geringelter Streifen wie die Fährte einer ganz dünnen Schlange.

Quer darüber hinweg aber liefen tief eingestampfte Fußtritte, von einem größeren und einem kleineren Schuh, die Stiche der fest eingesetzten Bergstöcke daneben, gerade auf die beiden zu.

»Gott sei Dank,« wiederholte Lotte. »Unsere Spuren! Da sind wir herübergekommen. Das ist der Rückweg zur Hütte.«

»Wenn es uns aber nur auch sicher trägt!«

»Es hat uns doch vor zwei Stunden auch getragen! Und da sind wir achtlos darüber weg und haben nicht geahnt, daß unter uns ein Abgrund ist. Jetzt machen wir es vorsichtig ... ganz vorsichtig ... dann kann doch nichts passieren?«

»Nein. Da ist keine Gefahr. Wenn es einmal hält, hält es auch das zweitemal.« Er drehte sich um und musterte majestätisch den Gletscher. »Adieu! Hat mich sehr gefreut! Außerordentlich! Aber wiederkommen tu' ich nicht! Das ist das letztemal, daß ihr Lottchen mich armen Meister aufs Glatteis geführt habt. So ... langsam ... Lottchen ... auf den Fußspitzen ... geben Sie mir die Hand ... recht langsam ... Schritt für Schritt ... ah ... jetzt geht's nach Griechenland ... wie mir das wohltun wird ... wenn ich erst vor dem Hermes steh' und ...«

Ein schwarzer Schlund klaffte gähnend an der Stelle, wo die beiden lautlos und blitzschnell verschwunden waren. Er öffnete sich immer weiter. Die schwere Last, der in der letzten Stunde durch die fortschreitende Wärme des Tages erweichten Schneebrücke stürzte in massigen Brocken und Klumpen hinterher in die unergründliche Tiefe, in deren Nacht unsichtbare Wasser gurgelten und rauschten. Da oben wurde es still. Nur ein unstät irrender Schneebach fand jetzt endlich seinen Abfluß und strömte unablässig in den nun freiliegenden, weit aufgerissenen Rachen der Gletscherspalte, mit seinem Wassersturz alles, was da unten rufen und klagen mochte, übertönend, und durch die Nebelschwaden, die den unterirdischen Kerker mit grauen Schleiern vor allen Menschenaugen verhüllten, klang von ferne das dumpfe Rollen der Lawinen.

II

Hoch oben aus dem nebelumsponnenen Reich des ewigen Firns dröhnte das wie vom Kanonendonner einer Schlacht aus dem Lawinentor der Jungfrau, vom Gletscherhorn bis zur Wetterlücke hin, in die Hölle der Hochwelt, die Schlünde des Rothtals hernieder. Miteinander wetteifernd schossen die weißen Riesenschlangen gierig zu Tal und wühlten sich, im Abgrund angekommen, als blendend helle, langsam strömende und ersterbende Flüsse durch die grauen Schneehügel vom vorigen Tage dahin, wie gespenstige Maulwürfe lange Gänge aufwerfend, während oben über die Felsstufen, in dem glatt gescheuerten Bette ihres Firnfalls immer noch die Schneekaskaden hinterhersprühten und schütteten. Und ehe noch ihr letztes, wasserfallähnliches Rieseln schwand, knatterte es schon wieder zornig zur Rechten und zur Linken und zischten hoch aus dem Nebel herunter neue Riesenraketen in weißem Feuer über die Wände und verpufften unten in aufspritzenden Garben von eisig kochendem Dampf und Dunst und füllten den nebeligen Hexenkessel immer neu mit ihrem Heulen und Dräuen.

Aber zwei dunkle Punkte gab es an den beinahe senkrechten Hängen des Lawinentors – die beschleunigten froh des Jagens und Stürmens ringsum ihr Niederstreben nicht. Wohl bewegten sie sich – aber langsam, unendlich langsam, Halt machend und wieder mit der äußersten Vorsicht einen Schritt abwärts tastend und wieder stehen bleibend und prüfend, wo weiterhin dem Abgrund, an dem sie hingen, die Stufen einer Eistreppe mit Pickelschlägen abzugewinnen waren.

Zwei lebende Wesen – zwei Menschen am Lawinentor – ein Bergsteiger und eine Bergsteigerin – führerlos und ohne Seil – es vergingen Jahre, ehe derlei geschah.

Langsam – ruhig! Jeder Fehltritt ist der Tod! Ringsumher kauert und lauert der Tod in jeder Gestalt, die nur die Hochwelt kennt. Was sie an Gefahren besitzt, birgt das Lawinentor in den Falten seines Firnmantels. Der Fuß kann gleiten, der Schwindel das entsetzte Auge über der wesenlosen Tiefe packen, der Stein tückisch ausbrechen, an den sich die Hand als letzten Anker klammert. Wer stürzt, nach dem fletscht schon unten der Gletscher seine Zähne, und wer stehen bleibt, über den rollt von oben her der weiße Gischt des Lawinenschwalls hin und trägt ihn auf schnellen Schwingen mit sich hinab zu den eisigen Grabhügeln des Rothtals.

Augenblicklich freilich waren die zwei der unmittelbaren Gefahr entrückt. Sie kletterten an einem schräge hingelagerten vereisten Gerippe von Felstrümmern nieder, die sich, hart an der Jungfrauseite des Lawinentors, von oben nach unten als breiter Rücken am Firn herunterzogen, erhöht über die zu beiden Seiten laufenden Sturzbetten des weichenden Schnees. Es war, als sei das Skelett eines märchenhaften, stundengroßen Ungeheuers aufrecht stehend in dem Berg eingefroren und starre nur noch mit einzelnen Rückenwirbeln, zerbrochenen Rippenzacken und scharfen Knochensplittern aus der eisglatten Spiegelfläche seiner Lagerwand empor. Wohl waren auch diese steinernen Zähne mit einer schlüpfrigen Kruste übereist – sie brachen, wie sie sich gleich den verwitterten Schnörkeln eines alten gotischen Kirchturms untereinander abstuften und aus dem Schnee heraus absetzten, leicht unter der unvorsichtigen Hand als faulende Klumpen ab und ließen auch ohne solchen Eingriff da und dort in Gestalt morscher, abgebröckelter Bruchsteine über die Köpfe der Wanderer hin den Tod zu Tale tanzen – aber sie waren doch da – sie waren doch etwas, woran man sich halten, sich mit dem Erdgerüst verbinden konnte inmitten dieser schwindelnden weißen Riesenwand des Lawinentors, das nach oben hin träger grauer Wolkenflug, nach unten eine totenstille Schwadenfläche von der Welt trennte. Aber nun nahmen auch die letzten Sprossen dieser Höhenleiter ein Ende. Der Felsgrat verlor sich in einem ununterbrochenen Steilhang, rechts von pulverig-weißem Firn, links von graublauem blankem Eis, der wie eine Mauer in die stumme Brandung des Nebelmeers hinabführte.

»Halt!«

»Hier?«

»Ja. Hier!«

Ellinor schüttelte zweifelnd den Kopf. Es war selbst ihr, der Berggewohnten, nicht recht klar, wie man hier, mit Stiefelspitzen und Fingern an der dreiviertel senkrechten Wand und ihren Steinhöckern hängend, einen Rastplatz für längeren Aufenthalt finden konnte.

Ihr Begleiter begann indessen, auf einem kaum tellergroßen Felsvorsprung, dem letzten der Wirbelreihe, unter ihr stehend, leise, mit kaum merklichem Zucken der Eisaxt, mit der äußersten Vorsicht, um nicht das Gleichgewicht zu verlieren, ein paar Stufen in dem harten, zu seinen Füßen abschießenden Schneespiegel auszuschlagen.

»Wir müssen hier halt machen,« sagte er, »ehe wir rechts hinüber über die freie Wand traversieren!«

Sie folgte seinem Blick. Hart neben dem steinernen Rückgrat, das sie herabgeklettert waren, lief eine breite eisglatte Rinne, schnurgerade und blankgefegt wie eine gigantische Kegelbahn, hinunter in die Dunstflut, die unter ihnen lautlos wogend den Gletscherboden verhüllte. »Wegen der Lawine?« fragte sie und bemühte sich langsam, zollweise, mit den Bewegungen einer schleichenden Katze und angehaltenem Atem ein Lager auf dem frei in die Luft starrenden, von einer dünnen Eishaut glasig-schlüpfrigen Erker zu gewinnen.

Er war ihr, in den unteren, nun, breit ausgehöhlten Schneestufen so fest und sicher wie auf einer Landstraße stehend, dabei behilflich, sich an den Felsen anzuschmiegen. Er klemmte ihr den linken Fuß in einem kaum merkbaren Vorsprung fest, er setzte ihren rechten tiefer in eine kleine Eiswölbung und legte ihre beiden Arme so, daß sie den Steinzacken fest wie hilfesuchend umschlangen. Dann holte er sich, immer mit der zähen Ruhe und Langsamkeit des Akrobaten, der alle Muskeln seines Körpers in der Gewalt hat, seine kurze Pfeife aus der Tasche, stopfte sie methodisch und zündete sie an. Und selbst in dem behutsamen Schnellen der Finger, die das abgebrannte Streichholz vor sich senkrecht in die unergründliche Tiefe fallen ließen, verriet sich der kaltblütige Fechter, der im Kampf mit der lauernden Tücke des Berges jede Bewegung auf ihr Mindestmaß zurückführt.

Eine Weile schwiegen die beiden in ihrer seltsamen Stellung von Dachdeckern an einem Kirchturm, er frei in der Luft, an die Eiswand mit dem Rücken angelehnt in den beiden nischenartigen Schneewölbungen fußend, die er sich ausgehöhlt – sie über ihm in gezwungener Haltung an dem bißchen glatten Gestein halb liegend, halb stehend und mit den Fingern sich festknüpfend.

Ein paar schlanke Alpendohlen schossen plötzlich wie dunkle Nachtvögel aus dem Nebelwogen unter ihnen empor, umkreisten sie mit klagendem Geschrei, neugierig, ob die beiden menschlichen Körper tot seien oder ob die Wanderer lebten und frühstückten, und verschwanden, als sie sahen, daß keine Nahrung winkte, wieder wie schwarze Schattenblitze in der zähen grauen Luft.

»Ja – die Lawine!« wiederholte er und bog langsam, zollweise den Kopf, um nach oben zu spähen. »Seit langer Zeit ist keine mehr hier durchgegangen. Wenn wir jetzt das Lawinenbett überschreiten, riskieren wir, daß sie kommt und uns abfängt. Ganz sicher kommt sie. Auf so was lauert sie nur! Wir müssen warten, bis sie wieder gefallen ist. Dann ist der Weg frei!«

Sie nickte mit sachlichem Ernst. Die beiden verstanden sich ohne lange Reden.

Nach einiger Zeit klopfte er, immer mit der Behutsamkeit eines Seiltänzers, der auf einem, vom Kirchturm quer über den Marktplatz gespannten Tau steht, seine Pfeife aus, deren Aschenreste langsam an seinen Schuhenden vorbei in den Abgrund niederstäubten, steckte sie ein und holte an ihrer Stelle eine Flasche heraus, die er entkorkt seiner Begleiterin an den Mund hielt.

»Trinken Sie! Aber rühren Sie die Hände nicht. Lassen Sie den Stein nicht los. Fassen Sie den Flaschenhals mit den Lippen!«

Sie nahm einen Schluck Kognak und nickte dankend. »Hübsche Situation – das!« sagte sie schläfrig und schloß halb die Augen.

Er zuckte stumm die Achseln, als wollte er sagen: Das brauchten du und ich uns doch nicht erst zu erzählen, daß das Lawinentor der Jungfrau nichts für die Berggigerln ist.

»Sie hatten gestern recht!« hub sie endlich wieder an. »Auf solche Tour darf man keine Führer mitnehmen. Die haben alle Frau und sechs Kinder!«

»Aber ans Seil hätten Sie sich doch nehmen lassen sollen, statt daß wir es oben zurückließen!«

»Auf *der* Tour können Sie mich nicht halten, wenn ich falle, beinahe so wenig wie ich Sie! Wozu sollte ich mir also eine Begleitung ins Jenseits mitnehmen? *Den* Weg findet jeder allein ... Aber ich stürze nicht! Da müßte ich schon lange tot sein!«

Sie machte ein trotziges Gesicht, wie sie in die Tiefe niederschaute. Ihre Blicke trafen sich, während er wieder langsam den Kopf zu ihr drehte.

»Aber es liegt Ihnen nicht viel am Leben?« fragte er.

»Warum?«

»Nun – wenn man Bergbesteigungen macht wie Sie! Wieviele Alpinisten unserer Klasse gibt es denn auf der Welt? Ein paar Dutzend höchstens. Die müssen doch immer darauf gefaßt sein, daß ...«

Ellinor lachte leise auf. Ein warmer sonniger Schein lief über ihr Gesicht. »Ich lebe ja so gerne! Deswegen gerade! Gerade wenn man sein Leben liebt, muß man's aufs Spiel setzen. Nachher hat man's doppelt lieb! Es ist ja so schön, jung und gesund zu sein. Das heißt ... jung ... verstehen Sie das nicht falsch, wenn ich das von mir sage ...«

»Gewiß sind Sie's!«

Sie seufzte. »Vielleicht für die paar vernünftigen Leute auf der Welt, die sich sagen, daß ein Mensch – sei er Mann oder Weib – zwischen dreißig und vierzig doch noch kein Greis sein kann. Aber in den Augen der Menge ist ein Mädchen über dreißig nun einmal fertig mit dem Leben! Abgetan! Eine alte Jungfer! Sie hat keinen Mann gekriegt oder meist keinen haben wollen – sie hat ihren Beruf verfehlt – also fort mit ihr! In die Rumpelkammer der ›Fliegenden Blätter‹! Ja – sehen Sie – und trotzdem klettert so etwas noch hier auf den Bergen herum, ein spätes Mädchen von dreiunddreißig, die doch längst mit Mops und Kaffeekanne in die tiefste Verborgenheit gehört – und ist so stark und keck wie ein Mann und freut sich ihres Lebens! Das müßte doch eigentlich polizeilich verboten werden – nicht?«

Er schüttelte vorsichtig, um nicht aus dem Gleichgewicht zu kommen, den Kopf. »Sie und eine alte Jungfer! Wir kennen uns nun doch schon seit drei oder vier Jahren. Glauben Sie denn, daß Sie sich irgendwie verändert haben in der Zeit?«

»Nein!« sagte sie unbefangen. »Ich hab' eigentlich immer so ausgeschaut wie ich jetzt bin! Das heißt also eigentlich nach gar nichts. Etwa wie ein Glas Wasser ... nicht hübsch und nicht häßlich! Ach, reden Sie doch nicht ... glauben Sie denn, das wüßt' ich nicht, daß ich im Gesicht so ... sozusagen neutral ausschau'! Ein großer Fehler! Wir haben ja die Verpflichtung, schön zu sein! So wie's meine Schwester Lotte ist! Die ist bildschön. Dazu sind wir ja einzig und allein da. Sonst gefallen wir ja euch nicht und werden das verhöhnteste Ding auf der Welt! Eine alte Jungfer! Meinetwegen!« Sie gab mit der Fußspitze einem losen Schneebrocken einen Stoß, daß er wie ein erschreckter Hase auffuhr und in weitem Bogen in den Abgrund sprang. »Was liegt mir daran? Man muß eben mit Anstand alt werden!«

»Man muß nicht immer. Ich finde, jeder Mensch ist auf ein bestimmtes Lebensalter zugeschnitten. Hat er das erreicht, dann ist er erst ganz er selbst und jünger als vorher. Und so kommt es mir vor – nein – wahrhaftig ... allen Ernstes, als ob Sie jetzt jedes Jahr jünger würden!«

Jetzt lachte sie hell auf. »Das ist das Neueste! Komplimente am Lawinentor! Zwischen zwei Kriegskameraden! Genug davon. Was wissen Sie überhaupt von derlei? Sind *Sie* denn überhaupt schon über dreißig?«

»Dicht daran! Aber eigentlich komm' ich mir viel älter vor. Ich seh' ja wohl auch so aus!«

Sie nickte. Es war ihr immer ein Rätsel gewesen, wie ihr schmächtiger, kaum mittelgroßer Gefährte es zu einem Hochtouristen ersten Ranges hatte bringen können. Es mußte wohl die Nervenkraft sein, eine unerbittliche Energie, die zuweilen, in Augenblicken der Gefahr, um seine schmalen Lippen spielte. Dann war er ein ganz anderer als sonst, als unten im Tale. Dort hatte sie oft Mühe, ihn überhaupt wiederzuerkennen, wenn er nach seiner Gewohnheit still, unscheinbar gekleidet und immer allein, ein Herdenreisender wie viele Tausend andere vor dem Hotel saß und mit seinen großen grauen Augen das Gewoge um sich her beobachtete, über dessen Nebeltiefen er noch vor kurzem hoch erhaben auf irgendeinem der unzugänglichsten

Gipfel gestanden. Er sah dann geradezu melancholisch aus, wenn nicht zuweilen ein verstecktes, gleichmütiges Lächeln sein wenig sagendes oder wenig verratendes Gesicht mit dem kleinen blonden Schnurrbart erhellte –, blaß, beinahe kränklich.

Und nicht zum wenigsten trug zu diesem Eindruck bei, daß seine linke Schulter bedeutend höher war als die rechte und er sich auch gar keine Mühe gab, seinen Körperfehler zu verbergen. Und diesem, so stiefmütterlich an sich von der Natur bedachten Leibe hatte er trotzdem im Laufe der Jahre die Kraft zu den gefährlichsten Reisen, den schwindelndsten Gletscherfahrten abgerungen, daß er ein stummer, stählerner Diener seines Willens, seines Verstandes wurde. Das imponierte ihr. Manchmal fühlte sie sich ihm gegenüber scheu und befangen, wie von Furcht vor etwas Unbekanntem erfaßt.

Sie fröstelte in ihrer unbequemen Lage. Der Schneesturz, auf den sie warteten, lag hoch da oben stumm wie ein weißer Drache auf der Lauer und rührte sich nicht. Endlich wurde sie ungeduldig.

»Kommt die Lawine denn noch nicht?«

»Hoffentlich bald. Wenn sie kommt, schließen Sie die Augen und klammern Sie sich so fest, wie Sie nur können, an den Felsen. Ich muß dann unter Ihrem linken Arm durchgreifen, um an dem Steinzacken Halt zu gewinnen. Geschehen kann nichts, wenn Sie nur die Ruhe nicht verlieren. Die Lawine geht zwanzig Meter von uns in ihrem Bett herunter. Es ist also keine Gefahr!«

»Aber langweilig ist's! Schließlich – jede Kugel trifft ja nicht! Können wir nicht doch versuchen, vor der Lawine hinüberzukommen?«

»Ich denke nicht daran, verehrtes Fräulein! Zwar hänge ich nicht am Leben wie Sie! Es ist mir eigentlich alles gleich – Sein oder Nichtsein. Aber augenblicklich kämpfe ich mit dem Berge. Er ist mein Feind. Und ein Mann, der seinen Feind wissentlich das Spiel gewinnen läßt ... das tut man doch nicht!«

»Nein! Also Ihnen liegt nichts am Leben?«

»Wenig.«

»Warum denn?«

»Vielleicht, weil ich vom Leben zuviel hab'!« sagte er kurz.

»Was denn alles?«

»Viel Glück und Unglück! Es hält sich alles in der Welt die Waage!«

»Unglück auch?«

»Jeder Mensch, der etwas besitzt, ist unglücklich. Denn er hat doch Angst, es zu verlieren. Und ich fürchte, ich verliere bald meinen besten Besitz...«

»So schützen Sie ihn doch!«

»Gegen den Tod ist kein Kraut gewachsen!« sagte er langsam. »Und mein Kind – mein armes, kleines Töchterchen wird bald zu leben aufhören, nachdem es kaum zu leben angefangen hat, vor wenigen Monaten...«

Ellinor war ganz betroffen. Alles hätte sie eher geglaubt, als daß der junge, stille Bergsteiger an ihrer Seite, über dessen ganzem Wesen ein Hauch von Einsamkeit und Schwermut lag, Weib und Kind haben könnte...

»Ist die Kleine denn sehr krank?« forschte sie teilnehmend.

»Mehr als krank ... kränklich ... ohne Lebenskraft ... Die Ärzte trösten mich ja immer noch ... aber ich bilde mir ein, daß sie hinschwindet von Tag zu Tag ... und dann gehe ich hinauf in die Berge, ohne rechten Zweck, so wie heute ... in so einer traurigen Herbststimmung. Aber reden wir nicht weiter davon ... bitte ... es hat ja keinen Zweck...«

Die Nebel stiegen und sanken, drüben, von der grau verhangenen Ebenefluh knatterte ein Schneesturz, die Alpendohlen umkreisten pfeifend das einsame, halb in der Luft schwebende Paar, eintönig fielen die Tropfen von dem Felszacken, dessen dünne Eiskruste ihr warmer Körper allmählich schmolz – die Schläfrigkeit war da – die große Gefahr des Stillsitzens – des Matt- und Müdewerdens, auf die der Berg nur wartet, um brüllend über sein Opfer herzufallen.

»Wir müssen sprechen!« sagte er plötzlich mit lauter, energischer Stimme. »Der Stumpfsinn hier auf Vorposten ist von Übel. Da werden wir unversehens überrumpelt. Auf einmal schießen wir den Hang hinunter, tausend Fuß tief in die Gletscherspalte!«

Sie gähnte, die Augen öffnend, und ohne die Hand von dem Gestein lösen zu können. »Entschuldigen Sie!« sagte sie. »Hier hört sogar die Wohlerzogenheit notgedrungen auf. Ja – in die Gletscherspalte – das wäre schade! Hauptsächlich aus einem Grunde: dann würde ich überhaupt nie mehr erfahren, *wer* Sie eigentlich sind!«

»Ist denn das wirklich nötig, daß man sich immer gleich Stand und Namen und alle behördlichen Stempel gegenseitig vorzeigt, sowie man sich irgendwo durch Zufall auf dieser kleinen Welt findet? Es ist doch so viel netter! Wir treffen uns seit ein paar Jahren da und dort in der Schweiz, wie sich Hochtouristen eben treffen; wir machen, wenn Wetter, Zeit und Stimmung da ist, eine hübsche Tour und schütteln uns unten im Tal die Hand: adieu – auf Wiedersehen! Was hat unser Name, irgendeine beliebige Zusammenstellung von Buchstaben und Silben damit zu tun?«

»An sich gewiß wenig! Aber wenn es sich gerade so macht ...ich habe Ihnen nie ein Hehl daraus gemacht, daß ich mit meiner Schwester Lotte zusammen in München lebe – daß wir Waisen sind – schon seit dreizehn Jahren – und daß ich mich seit der Zeit unter Leitung des Professors Joseph Ranggetiner ein bißchen in der Bildhauerei versuche, ohne daß dabei freilich viel herauskommt ...«

Er nickte mit einem leisen Lächeln, »...und daß der Herr Professor ein sehr ärgerliches Gesicht machte, als wir beide uns vorgestern zufällig wieder einmal auf dem Bahnhof in Bern trafen und ich Sie beredete, mit mir auf das Lawinentor zu gehen. ...Jetzt wird er wohl schon mit Ihrer Fräulein Schwester unten in der Rothtalhütte angelangt sein und auf uns warten und in der Zwischenzeit gehörig auf mich schimpfen. Er scheint ja ein etwas ungeduldiger Kraftmensch zu sein!«

»So sehr viel Kraft hat er nicht! Seine Muskeln sind schwach. Eigentlich ist er in der Hinsicht trotz seiner Prachtfigur ein Blender. Aber ungeduldig – ja! Und er hat auch allen Grund dazu. Wir waren doch auf der Durchreise nach Griechenland ...«

»Jetzt – im Hochsommer! Welche Idee!«

»Waren Sie dort?«

»Wo war ich nicht! Sie werden jetzt dort von Moskitos gefressen. ...Sie kriegen das Fieber. ... Sie...«

Sie schüttelte den Kopf. »Ja – es *mußte* sein!«

»Wirklich? Warum denn?«

Sie stockte. »Dazu müßten Sie den Professor kennen! Es ist so viel in ihm – so viel einander Widersprechendes! Sie wissen, wie berühmt er ist – wie gefeiert. ...Alles mögliche hängt sich an ihn und lenkt ihn ab. Und er läßt sich so leicht ablenken. Und nun kam vor einigen Wochen die größte Gefahr – nach meiner Meinung wenigstens – für ihn und für seine Kunst. Ein deutscher Fürst, das heißt kein richtiger Bundesfürst, sondern ein mediatisierter, der schon lange sein Gönner ist – ich brauche ja nicht zu sagen, welcher – denn die Sache war ganz vertraulich und im strengsten Geheimnis – also der wollte ihn dauernd zu sich, an den Hof, in seine Residenz ziehen. Er will, nach dem Vorgang von Berlin, seine Residenz mit den Statuen seiner Vorfahren ausschmücken und ...«

»...und der arme Professor Ranggetiner soll alle die vierundzwanzig Statuen selber machen?«

Sie beugte sich mit großen Augen zu ihm herab. »Woher wissen Sie denn, daß es gerade vierundzwanzig sind?« fragte sie schnell.

Er zuckte die Achseln. »Zufall! Ich kam gerade auf die Zahl!«

Sie sah ihn mißtrauisch an. »Selber soll er natürlich nicht alle machen!« fuhr sie dann etwas unsicher fort. »Aber das Ganze leiten, beaufsichtigen, damit es einheitlich wird – nach *einem* Geschmack ...«

»Das heißt – nach dem Geschmack des hohen Herrn?«

»Ja. Und das ist kein Dutzendmensch! Ich kenne ihn vom Ansehen! Ungewöhnlich begabt – vielseitig – liebenswürdig – freigebig! Eben ein Herrscher. Er modelt eine schmiegsame Künstlernatur wie die Ranggetiners ganz nach seinem Belieben! Und das soll er nicht! Er soll ihn nicht sich selbst entfremden. Seiner eigenen Kunst! Seiner Größe.«

Sie war ganz erregt geworden. »Und, Gott sei Dank, der Meister ahnte doch diesmal die Gefahr ... Denken Sie nur: zehn Jahre an einem kleinen Hofe ...«

»Ja. *Das* kann ich mir sehr gut denken!«

»Und wie das seine Art ist, äußert sich, das in einer plötzlichen Niedergeschlagenheit. Er sehe sich schon als Hampelmann bei Hofe mit bunten Orden um den Hals! Ein Geißbub außer Diensten wie er! Aber es geschehe ihm schon recht! Er sei ja ein Stümper! Er mache sich ja selber mit Gewalt dazu oder lasse sich von anderen dazu machen! Es ginge ihm viel zu gut! Er fühle, daß er verflache durch den vielen Beifall und Erfolg, und die Gunst des Fürsten beweise gar nichts und der Neid der Kollegen sehr wenig, und auf die goldenen Medaillen pfeife er, und kurz und gut – er müsse weg, weit weg, nach Griechenland, das er noch nie gesehen, und sich in Olympia und Athen, auf dem Mutterboden, wieder echten künstlerischen Ernst holen.«

»Und Sie mußten mit?«

Sie lächelte halb. »Ich hab' ihn ja dazu beredet! Ich bin ja sein mahnendes Gewissen. Ich halt' ihn auf dem Weg nach oben, so gut ich kann. Daß er sein Bestes aus sich herausgibt und nicht, was die große Menge von ihm haben will. Denn dazu hat er in seiner gewöhnlichen Zeit eine bedenkliche Neigung und weiß es sehr genau und ist mir dankbar, daß ich ihm behilflich bin, dagegen anzukämpfen. Ich muß schon mit ihm nach Griechenland.«

»Und Ihr schönes Fräulein Schwester wird auch mitgenommen?«

»Ja – wo sollte sie sonst bleiben? Und allein kann ich doch nicht gut mit dem Professor reisen. Wir steigen ohnedies schon immer in getrennten Hotels ab und sehen uns nur bei Spaziergängen und auf der Eisenbahn – wegen dem Gerede der Leute ...«

»Und doch stand schon vor vier Jahren einmal in der Zeitung, Sie waren miteinander verlobt! Erinnern, Sie sich ... wir haben es noch zusammen gelesen ... im Engadin drüben ... damals, als wir uns zuerst trafen ... in *unserem* Tal der schwarzen Schmetterlinge, das wir gemeinsam entdeckt haben ... über St. Moritz ...«

Sie wandte den Kopf etwas ab. »Ja. Ich weiß. Aber es ist nicht wahr mit der Verlobung. Der Meister Josephus ist schon oft nach seinem Ausdruck totgesagt worden – ich meine verlobt! Wenn er da jedesmal wirklich geheiratet hätte! Gott weiß, wer das in die Zeitung gebracht hat. Mir ist's einerlei. Deswegen fahre ich jetzt doch mit ihm nach Griechenland.«

»Und der Herzog von Siebenwalden hat das Nachsehen?«

Sie erschrak. »Woher wissen Sie denn den Namen?«

»Nun – so schwer ist das doch nach der Beschreibung nicht zu erraten!«

Sie schüttelte den Kopf und machte ein finsteres Gesicht. »Wenn ich nur wüßte, woher Sie das alles immer gleich wissen! Wer sind Sie denn nur?«

Über das kränkliche Antlitz des verwachsenen jungen Bergsteigers flog ein Lächeln. »Das ist doch ganz gleich, was man da unten ist –« sagte er und spähte zur Höhe, ob die Lawine sich noch nicht zum Absturz rüstete. »Hier oben haben wir unsere eigene Welt. Eigentlich doch das, was die große Masse im Tal und der Ebene umsonst erstrebt – die allgemeine Gleichheit! Zwischen Mann und Weib – beides sind nur noch gute Kameraden am Seil und über Abgründen. Zwischen Herrn und Diener. Denn mein Führer befiehlt mir, nicht ich ihm. Zwischen allen Ständen. Wer fragt hier oben außer Ihnen den anderen nach Nam' und Art! Zwischen allen Nationen! Das sind alles nur noch hungrige Männer und Frauen, die sich in der Schutzhütte ihre Erbssuppe kochen, statt sich über China oder Transvaal den Kopf zu zerbrechen – kurzum – hier ist Friede und Vernunft! Warum? Weil die Masse nicht herauf kann! Zehntausend Fuß stehen dazwischen. Das Schlimme ist nur: wir müssen wieder zu der Masse hinunter. Unsere Zeit auf den Höhen ist kurz, nur die paar Sommermonate – wenn der letzte Frühlingsschnee geschmolzen ist, bis zum ersten Herbstreif. Dann heißt's, die Eisaxt einpacken und ins Tal, und alles legt dort seine Maskerade wieder an und stiebt auseinander über Länder und Meere und vergißt sich bis zum nächsten Jahr.«

»Ja – das ist richtig!« sagte sie. »Offen gestanden – den ganzen Winter hab' ich nie an Sie gedacht. Aber wenn der Frühling kommt und es wird Zeit, wieder auf die Berge zu gehen, dann stehen Sie eines Tages wieder so leibhaftig in meiner Erinnerung, als hätten wir uns gestern erst lebewohl gesagt...«

Er nickte, mit einem trübsinnigen Ausdruck auf dem klugen, kränklichen Gesicht. »Was dazwischen liegt, ist ja auch ganz gleich,« sprach er, »gleichgültig und dumm...«

Sie machte, nach oben spähend, eine Handbewegung. Er folgte ihrem Blick und beide hielten den Atem an.

»Die Lawine?«

»Ja!«

Hoch aus den Wolken klang es wie das dumpfe Murmeln und Plaudern einer erregten Menschenmenge.

»Sie kommt?«

»Sie kommt!« Er griff mit einer ungewöhnlich raschen Bewegung unter ihrem Arm durch nach dem Felsen. »Jetzt festgeklammert! Die Augen zu! Die Besinnung nicht verloren! Es kann uns nichts geschehen!«

Von oben rollte es hernieder in einem Donner, einer Eile, die sich nur mit einem vergleichen ließen, dem Brausen eines heranrasenden Schnellzugs. Die Luft verfinsterte sich vor den Wolken aufgepflügten Schnees. Ein eisiger Sturmwind fuhr im Wirbel, alles an sich saugend, alles mit sich reißend, was sich nicht platt an den Boden hinklammerte, gellend hinter dem betäubenden Knattern und Krachen her, in dem sich die weißen Massen übereinander strudelten und wälzten. Durch den Staub der brausenden Lufttrichter sprangen zerschellte Eistafeln, spritzende Brocken festgebackenen Firns, zerschmetterte Felsblöcke — alle miteinander im wütenden Wettlauf nach dem Abgrund – gleich einem schäumenden Wildbach rauschte und rutschte in Windeseile der pulverartig feine weiße Neuschnee hinterher, eine tödliche Grabeskälte wehte aus seinen pfeifenden Wirbeln – ein höhnender Hauch wie ein Vorbote unvermeidlichen Untergangs auf jenem dräuend weiß wie ein bereites Leichentuch vor ihnen liegenden Steilhang, über den der Lawinensturz hurtig hinab in das gastlich offene, schwarze Grab der Gletscherspalten glitt. Oben wurde er dünner und dünner – sein Bett trocknete aus – ein feines, schneidendes Singen verzitterte in der Luft und unten verkündete das Brüllen der Nebelwildnis die Ankunft der neuen Lawine.

Einige Sekunden blieben die beiden Gestalten oben noch an dem Felsen hängen, wie betäubt von dem Gepolter des Schneeschwalls, wie erstickt von seinen hinstiebenden Sturmwellen, dann kam langsam wieder Leben in sie. Sie blickten auf und rührten vorsichtig die von langem Kauern auf eisigem Gestein steif gewordenen Glieder.

»Los nun! Der Weg ist frei! Wir haben Zeit genug bis zur nächsten Lawine.«

Er hieb behutsam, mit tastenden Schlägen, eine Stufenbahn schräg hinunter über das glatte, blank vereiste Sturzbett, das schnurgerade, scheinbar senkrecht nach abwärts führte, mit seinem Spiegelglanz förmlich zu einem Sturz in die Tiefe einladend. Ein verspätetes Eisstückchen sprang mutwillig an ihnen vorbei, während sie inmitten der blankgefegten, breiten Rinne standen. Sie wagten nicht, seinen Sätzen mit dem Blick zu folgen. Sie wußten: wer hier unversehens schwindlig wurde, wer hier auch nur für einen Bruchteil einer Sekunde das Gleichgewicht verlor, für den gab es keine Rettung mehr. Er schoß kopfvor und lautlos hinab in den stillen Nebel und ward nicht mehr gesehen.

Jetzt standen sie am anderen Ende des gefährlichen Wegs. Steil, wie ein dickbeschneiter Dachfirst, senkte sich zu ihren Füßen die Bergwand, hart neben ihnen schon wieder von den langen Rillen der Lawinen durchzogen. Hier war die äußerste Gefahr. So rasch sie nur vermochten, klommen sie, die Hacken in den knirschenden Schnee stoßend, den Pickel rücklings festgestemmt, dem Talkessel entgegen, aus dem Spielplatz des Todes hinaus. Schon sahen sie auf ein paar hundert Schritte unter sich die Mulde liegen, mit ihren strahlenförmig von allen

Seiten wie im Netz einer Kreuzspinne zusammenlaufenden Lawinenfurchen und dem gespenstigen Unschuldweiß des eben herabgestürzten Schnees – da blieben sie plötzlich stehen. Sie waren vor der Randkluft angekommen, dem Festungsgraben, mit dem der Gletscher sich hoch am Fuß der Berge umkränzt. In vielfach gebrochenen Winkeln und Zickzacklinien lief der tiefe Schrund unregelmäßig längs der Hänge hin. Er mußte überwunden werden – und rasch, ehe von da oben das unheilverkündende Brausen und Rollen wieder erscholl und mit rasender Eile näher kam.

Er ließ seine Augen forschend längs des gähnenden Risses hingleiten. »Courage jetzt! Jetzt müssen wir hier hinüberspringen. Es ist zehn Fuß breit und etwa zwölf Fuß tiefer bis zum anderen Rand. Das muß gehen! Aber genau abmessen! Wer zu kurz springt, stürzt in die Randkluft. Wer zu weit springt, gleitet drüben auf dem Eishang aus und rollt auf den Gletscher hinunter. Man muß auf den Zoll die schmale Kante da unten treffen!«

Mit einem mächtigen Satze war er, die Eisaxt wie eine Balancierstange hoch über den Kopf haltend, drüben, stand fest wie eine Statue auf dem Firngesims und winkte ihr.

Ihr Gesicht war bleich. Sie hob sich sprungbereit auf den Fußspitzen. Aber dann hielt sie wieder an sich und zuckte zurück.

»Oho!« sagte er von unten langgedehnt und bedauernd. »Angst?«

Sie nickte finster in den Nebel hinein. Ihre Brust hob und senkte sich rasch.

»Das war doch früher nicht!«

»Nein – es ist das erste Mal! Ich begreife es selber nicht! Ich werde doch alt – trotz allem, was ich vorhin sagte. Jetzt merk' ich's!«

Sie hob sich wieder zu einem Anlauf und zögerte mit zusammengepreßten Lippen.

»Vorwärts!« schrie er heftig. »Muß man denn immer schließlich grob werden?«

Es war, als hätte sie nur auf seinen barschen Befehl gewartet. Im nächsten Augenblicke war sie neben ihm und schnellte, ungeduldig seiner Hilfe wehrend, mit einer eleganten, beinahe koketten Bewegung aus der Kniebeuge empor. »Unsinn!« murmelte sie dann zornig vor sich hin und schüttelte den Kopf. »Das fehlte mir noch ... alt und steif werden! Das gibt's nicht wieder. Entschuldigen Sie nur ...«

Jetzt begann die letzte Strecke ihres Abstiegs, der letzte Wettlauf mit dem von oben drohenden Lawinensturz, der nun jeden Augenblick sich wiederholen konnte. Das Schlachtenglück war mit ihnen. Wohl schossen ringsum die knatternden und rauchenden Schneebäche vom Gletscherhorn und der Ebenefluh und, nicht weit von ihnen, aus dem Lawinentor selbst hernieder und erfüllten die stille warme Nebelluft mit ihrem mißtönenden Donner – aber gerade zu ihren Häupten blieb alles still und stumm, bis sie tiefaufatmend durch den weichen Schnee im Grund des Kessels wateten und hasteten. Vielleicht fing noch im äußersten Augenblick die erzürnte Jungfrau mit kalter Riesenhand sie ein und erstickte sie unter einer niederrollenden weißen Wand – aber nein! Schon waren sie aus dem gefährlichsten Bereich heraus, schon lagen die letzten verräterisch hellen Hügel hinter ihnen – was jetzt noch kam, war nichts als eine kurze vorsichtige Gletscherwanderung längs der Jungfrauflanke zu der Klubhütte.

Gigantische Felsblöcke staken hier wie vorsündflutliche Mammuts in dem Schnee, aus dem tiefer unten reihenweise die Schlünde des Rothtalgletschers klafften. Die Wolken umzogen den schauerlichen Hochkessel und schlossen oben mit ihrem wesenlosen Gespinst die senkrecht niederstürzenden Wände ab, daß das Ganze einem wüsten Riesenkerker glich, in dem unheimlich Todesstille und Lawinengebrüll miteinander wechselten. Sonst kein Laut – keine Buntheit – alles weiß in weiß, glasiger Gletscherglanz, milchiger Schneeflimmer, die Luft von Hand in Hand wallenden, durchsichtig fahlen Dunstgebilden wie verschleiert, der Himmel darüber leichenbleich, in kreidefarbenen Höhenschwaden verschwimmend, das Reich des Nichts – eine tote Welt.

Und durch das Nichts klang plötzlich eine Stimme:

»O Lebens Mittag – feierliche Zeit!
O Sommergarten!
Unruhig Glück im Stehn und Spähn und Warten!

Der Freunde harr' ich. Tag und Nacht bereit.
Wo bleibt ihr Freunde? Kommt! 's ist Zeit! 's ist Zeit!

War's nicht für euch, daß sich des Gletschers Grau
Heut' schmückt mit Rosen?
Euch sucht der Bach, sehnsüchtig drängen, stoßen
Sich Wind und Wolke höher heut' ins Blau,
Nach euch zu spähn aus fernster Vogelschau...«

Die beiden vom Berge blieben stehen. Noch hämmerte das Blut durch ihre Adern in der Nachwirkung von Lebensgefahr und Todesnot, in ihren Ohren summte und knisterte noch der Widerhall des Lawinendonners, vor ihren Augen lag es wie ein Schleier, ein Zwiestreit von schläfriger Muskelermattung und nachzitternder äußerster Erregung der Nerven umfing sie wie ein Rausch, wie eine Betäubung, so daß sie selbst nicht mehr wußten, was an den, seltsam aus dem Gewirr der Steinblöcke durch den Nebel hallenden Lauten Wirklichkeit war und was ihre überreizten Sinne ihnen vorspiegelten.

Aber kein Zweifel: da saß ein Mann auf einem Felswürfel über dem Gletscher und ließ die langen Beine hinabbaumeln, ein magerer ältlicher Mann mit faltigem Magistergesicht, die goldene Brille hoch in die Stirne geschoben, ein verzücktes Lächeln um die grämlichen Mundwinkel, wie ein Prophet, der von nebelumbrauter Höhenkanzel der Gletscherwelt da unten den lautlos und bewegungslos im Kreise hockenden und horchenden abenteuerlichen Gebilden des ewigen Eises seine Weisheit predigte:

»Ich suchte, wo der Wind am schärfsten weht –
Ich lernte wohnen,
Wo niemand wohnt, in öden Eisbärzonen,
Verlernte Mensch und Gott, Fluch und Gebet,
Ward zum Gespenst, das über Gletscher geht...«

Seine Zuhörer schüttelten den Kopf. Ein leises Grauen faßte sie. Das alles kam ihnen wie eine Vision vor. Unwillkürlich hielten sie den Atem an sich, wahrend sie leise nähertraten.

Und wieder klang es von der Gletscherkanzel, wo der Prediger in der Wüste seine langen mageren Arme ausbreitete, als wollte er die stumpfsinnig ferne glotzenden Eisklötze umarmen und an sein Herz ziehen:

»Nicht Freunde mehr, das sind – wie nenn' ich'« doch!
Nur Freundsgespenster!
Das klopft mir wohl noch nachts an Herz und Fenster.
Das sieht mich an und spricht: ›Wir waren's doch!‹
O welkes Wort, da« einst wie Rosen roch!

O Jugendsehnen, das sich mißverstand! –
Die ich ersehnte,
Die ich mir selbst verwandt-verwandelt wähnte,
Daß alt sie wurden, hat sie weggebannt.
Nur wer sich wandelt, bleibt mit mir verwandt.

O Lebens Mittag! Zweite Jugendzeit!
O Sommergarten!
Unruhig Glück im Stehn und Spähn und Warten!
Der Freunde harr' ich, Tag und Nacht bereit,
Der neuen Freunde! Kommt! 's ist Zeit! 's ist Zelt!«

Der Alte oben rückte seine Brille zurecht, schaute, wie aus einem Traum erwachend, um sich und erblickte die beiden Bergsteiger, die sich schon dem Fuß des Felsens näherten. Sein ohnedies hypochondrisches Gesicht wurde essigsauer. Er machte eine unwillkürliche Bewegung des Abscheus. »...Menschen!« knurrte er erschrocken. »O pfui! Menschen!«

Dabei raffte er Rucksack und Eispickel, die neben ihm lagen, zusammen und funkelte zornig durch die goldgefaßten Augengläser auf die Störenfriede hernieder. Die unten blieben stehen. Sie wußten nicht recht, was die hagere Gestalt auf der Steinhöhe bedeutete. Vielleicht ein Sonderling – ein gelehrter Narr, der da in der Einsamkeit sein Wesen trieb – vielleicht ein Kranker, ein Geistesgestörter, der sich der Aufsicht entzogen – vielleicht gar – ihre Herzen begannen zu pochen – am wahrscheinlichsten ein Ding, das gar nicht da war, das niemand außer ihnen sah und hörte, ein Trugbild ihrer vom Bergfieber überreizten Augen und Ohren.

Stumm und vorsichtig schlichen sie um einen Schneehügel herum, der ihnen den Weg zu dem Felsen sperrte. Aber als sie herantraten, war die Platte oben leer. Keine Spur mehr zu entdecken, daß eben noch ein lebendes Wesen auf ihr geweilt, und in der weißen Urwelt um sie her kein noch so ferner Menschenlaut, kein Menschenbild. Stumme Eisgebilde genug in der Ferne, im Wirrwarr der Schlünde des Gletscherabsturzes, wie eine ganze, vor jener Predigt von oben zusammengebrochene Tempel- und Götterwelt – schmelzende Firnkapellen mit in Wasser zerfließenden, unförmlichen, knienden Mönchsgestalten, die letzten Spitzbogen gläserner gotischer Dome, schiefe Minarets, zerschellte Götzensäulen, niedergestürzte Synagogen – ein Kirchhof der Kirchen, über die heiter und hart der Hauch der Höhen wehte – aber nichts Lebendes mehr in der Runde.

»Fort!« sagte der junge Bergsteiger. »Einfach im Nebel verschwunden!«

»Wer mag es nur gewesen sein?«

»Ich weiß nicht. Eine sonderbare Idee, sich in Eis und Höhen hinzusetzen und dem Gletscher aus Nietzsche vorzupredigen. Es war der Schlußgesang von ›Jenseits von Gut und Böse!‹ Aber eigentlich ist's doch der rechte Ort...«

Er brach ab. Er hatte einen Augenblick die sonderbare Vorstellung, als sei das, was da ängstlich im Bergdämmern entflohen, wirklich der freigewordene Geist des toten Dichters und Denkers, der wieder, vom Leib erlöst, auf die Wanderschaft gegangen war und über jene einsamen Alpenhöhen schweifte, in denen er einst seine Offenbarungen empfangen...

Das Rollen eines Lawinenstroms, der als lang hingezogener weißer Wasserfall in der Ferne die Hänge der Ebenefluh niederglitt, weckte ihn aus seinen Gedanken.

Seine Begleiterin wandte sich zu ihm: »Woher kennen Sie denn das Gedicht?«

»Mein Gott! Ich hab' es gelesen.«

»Ich möchte nur einmal irgendein Ding auf der Welt wissen, daß Sie nicht gesehen oder gelesen haben. Gibt es überhaupt derlei?«

»Wenig!«

»Das muß aber doch eigentlich sehr langweilig sein?«

»Das ist es auch.«

Wieder knatterte es in ihrer nächsten Nähe. Vom Jungfraucouloir her prasselte eine Schneelast nieder und grollte dumpf durch die Schlünde des Kerkerkessels dahin. Unwillkürlich beschleunigten sie, obwohl sie sich längst in Sicherheit wußten, ihre Schritte. Nach der schweren Muskelanstrengung, der stundenlangen Nervenanspannung des Abstiegs kam jetzt der Rückschlag. Sie waren erschöpft und zitterten trotz der stillen, lauen Nebelluft vor Kälte in ihren dicken Loden.

Zwischen einem Gewirr haushoher, von der Flanke des inneren Rothtalgrates herabgerollter Steinwürfel lagen zwei niedrige, ängstlich an ihre massigen Nachbarn angeschmiegte Schuppen. Aus dem einen, etwas wohnlicher aussehenden kräuselte sich ein dünner, bläulicher Rauch.

Die beiden Höhenwanderer atmeten befriedigt auf. »Also da ist die Rothtalhütte,« sagte er, »und wir sind wieder einmal mit heilen Knochen unten! Ihre schöne Schwester und ihr Begleiter sitzen wohl schon darin und warten. Die müssen sich doch sehr um Sie geängstigt haben!«

»O nein! Die denken beide nur an sich selbst!«

»Aber eine warme Suppe werden sie wenigstens für uns haben?«

»Hoffentlich! Das Feuer brennt...« Sie stieß die Türe auf und blieb enttäuscht stehen. Der Raum war leer.

III

Noch verglomm innen im Kochofen die letzte Glut – auf dem Tische standen die mit Kaffeesatz gefüllten Blechtassen, lagen Brotkrumen und Hühnerknochen, auf der großen Strohpritsche im Schlafraum nebenan ein Damenmantel, ein Schleier, eine Schachtel Schokoladebonbons und ein aufgeklapptes Reisehandbuch, in dem die Notiz über das Rothtal und seine Gespenstersagen, vom »Wetterschießen der verfluchten Herren« mit Bleistift angestrichen war – aber die Gäste des Hauses waren verschwunden.

Ellinor nahm das Hüttenbuch zur Hand. Hinter all den trocken-sachlichen Notizen der Bergsteiger, die von hier den steilen Kletterpfad zur Jungfrau einschlugen, und den in ihrer Wichtigkeit und Weitschweifigkeit unfreiwillig komischen Auslassungen der über Tag heraufgekeuchten Gletscherbummler war beinahe eine ganze Seite mit einer bizarr verschnörkelten Riesenschrift ausgefüllt. »Am 20. August in diesem Jahr des Heils fuhr zur Zeit, da die Hähne zum drittenmal krähten, Meister Josephus mit seiner Jüngerin zu Berge und rastete allhier. Heil dem Meister! Heil mir! Heil!« Und darunter in zierlicher Mädchenschrift: »O Seppl! Seppl!«

Sie legte das Buch hin. »Also hier waren sie!« sagte sie. »Und zurück können sie nicht gegangen sein. Denn da liegen ja noch die Sachen meiner Schwester. Aber wo sind sie hin?«

Er wies durch das kleine rückwärtige Fenster hinaus in den Schnee. Da zogen sich zwei frische Fußspuren schnurgerade in den Nebel hinaus, den sanft fallenden Hang hinab.

Sie erschrak. »Doch nicht auf den Gletscher!«

»Doch! Ganz sicher!«

»Um Gottes willen!« sie drängte sich an ihn. »Auf den Gletscher! Ohne Führer! Ohne Seil! Das kann das furchtbarste Unglück geben!«

»Möglich ist es!«

»Ich hab' nur die eine Hoffnung: Sie müssen das doch selber merken ... in all ihrer Kopflosigkeit ... und rechtzeitig umkehren...«

»Wenn das nur so leicht wäre...«

»Nun ... einfach wieder zurück...«

Er zuckte die Achseln. »An solch einem Nebel- und Dämmertag wie heute, da würden sogar wir ohne Kompaß im Kreise laufen. Gott weiß, was da alles heute über dem Gletscher brodelt und kocht. Das ist wie eine verhexte Welt. Die ist für uns gut. Aber nicht für zwei Neulinge. Nicht zehn Schritte hätten die von dem Weg und der Hütte abweichen dürfen.«

Sie sprang auf und suchte vergeblich mit ihren spähenden Blicken die Nebelschicht zu durchdringen, die still wie ein bleigrauer dunstiger Wasserspiegel über dem Tale stand. »Eigentlich ist's meine Schuld!« murmelte sie. »Ich hätt's mir denken können. Sie sind ja wie zwei kleine Kinder in solchen Dingen – die beiden. Überhaupt sind sie wie die Kinder...«

»Es wird wohl noch nichts passiert sein! Sonst würden sie doch gewiß um Hilfe rufen...«

»Oder aber...«

Sie sprach das Wort nicht aus und sein Gesicht wurde finster. »Prügeln sollte man so jemanden!« brummte er, »der Ihr Fräulein Schwester zu dieser tollen Expedition verlockt hat!«

»Verlockt hat *sie* ihn – wie ich die beiden kenne! Und er ist natürlich mitgelaufen. Er ist ja mit allem einverstanden! Er denkt ja nie über etwas nach!«

Sie machte eine jähe Bewegung und griff unwillkürlich nach seinem Arm, während ihre blassen Wangen sich etwas röteten. Im Nebelmeer des Gletschers war es lebendig geworden. Es kollerte uud polterte aus der grauen Finsternis heraus, als lösten sich Steine unter einem Nagelschuh, als müßten sich im nächsten Augenblick die ersehnten beiden Gestalten aus den Schleiern loslösen. Aber niemand kam. Wieder war alles still, der Koboldspuk der Bergwelt so rasch verstummt, wie er gekommen.

»Fallender Moränenschutt!« sagte ihr Begleiter. »Weiter nichts.«

Sie nickte nur. Weiter nichts! Ringsum das Nichts! Seltsames Mitternachtsgrauen am hellichten Tag, gespenstiger Nebelreigen über leichenweißem Schnee, lähmendes Kirchhofschweigen, und in der Ferne ewig und feierlich der Grabgesang der Gletscherwasser und jäh, unheimlich aufschrillend über ihren Köpfen zuweilen der klagende Schrei der Alpendohle.

Gegen die Jungfrau hin war es etwas heller geworden. Er unterdrückte ein nervöses Gähnen der Müdigkeit und musterte die linke Flanke des Lawinentors, wo zwischen den todbringenden, wie lange Pfeile zu Tale schießenden Eisfallrinnen ihre Abstiegslime in der langen Reihe der bräunlichen Felswirbel zu Tage lag.

»Nur Mut!« sagte er zwischen den Zähnen. »Sowie der Nebel sich hebt, sehen wir sie draußen irgendwo und holen sie herein, ans feste Land.«

Aber da merkte er, daß sie nicht mehr neben ihm war. Sie war vor die Hütte geeilt und stand da, hochaufgerichtet, bleich, die hohlen Hände an dem Mund.

»Lotte!« rief sie bang und laut.

»Lotte! Lotte!« äffte von der anderen Seite das Echo.

»Herr Professor!«

»Herr Professor!...« schrien die unsichtbaren Kobolde drüben in den Steinschlagklüften der Ebenefluh und des Gletscherhorns im frohlockenden Chor, »Herr Professor!« – als wüßten sie nicht ganz genau, wo der und seine Begleiterin waren und blieben...

Sie hüteten sich wohl, den anderen Menschen dort in dem Geistertal das Geheimnis zu verraten. Wer hatte diese lärmenden, bärtigen und röckeschleppenden Zweifüßler denn geheißen, hier heraufzusteigen und Hütten zu bauen? Um sich der Hochwelt zu erfreuen? Die Hochwelt dankt es ihnen nicht. Sie nimmt, ein weiter Kirchhof, die Menschen erst dann gastlich und gerne auf, wenn sie ihr erlegen sind. Vorher kennt sie nur den Kampf und führt ihn ewig, bald wütend brüllend, bald schweigsam tückisch und hinterlistig. Wehe dem, der ihr arglos in den Rachen läuft, statt sich durch ihre kalt starrenden, weißen Drachenaugen warnen zu lassen.

Drüben in den Lawinenfurchen spielten und hüpften die Kobolde vor Freude über den Menschenfang und sprangen als schwarze Steinbrocken und silberne Firnklötze in weiten Sätzen hinab zum Gletscher, um sich selbst von dem Triumph über die zweibeinigen Unholde zu überzeugen. »Lotte!« höhnten sie niederkollernd im Echo wie eine Affenherde dem Ruf von drüben nach. »Herr Professor! ...Lotte! Lotte!« Und mit ihnen ergriffen die Berge selbst wieder das Wort. Ein langes Donnerrollen erschütterte sie. Und aus dem Krachen der Lawinen klang es wie ein befriedigtes Grollen über den siegreichen Schlag. Nur die Jungfrau hoch oben am Himmel blieb keusch und totenstill in ihrem Wolkenschleier. Die beiden Neulinge da unten hatten ja gar nicht zu ihr gewollt. Die waren ungefährlich. Mochten sie leben oder sterben – was kümmerte die Königin dies Treiben in der Tiefe zu ihren Füßen?

Ellinor griff nach der Eisaxt und winkte ihrem Freunde zu. »Kommen Sie!«

»Hinunter auf den Gletscher?«

»Ja. Die beiden suchen! Sie antworten nicht. Sie müssen verunglückt sein!«

Er schüttelte den Kopf. »Ob verunglückt oder nicht – das können wir nicht wissen. Es ist auch möglich, daß sie neben einem stark rauschenden Wasser stehen und uns nicht hören. Aber daß wir jetzt planlos in den Nebel hinuntersteigen, hat gar keinen Sinn. Wir kommen nur selbst zu Schaden, statt den anderen zu helfen. Wenn wir auch ihren Fußspuren folgen, brechen wir in der nächsten Gletscherspalte ein. Der Schnee ist jetzt zu mürbe. Vor allem kaltes Blut! Das ist jetzt die Hauptsache!«

»Aber was sollen wir machen?«

»Ruhig warten, bis die Aussicht frei wird, und von Zeit zu Zeit rufen. Weiter gibt es jetzt nichts!«

Sie verstummten. Schwer atmend standen sie da. Langsam verstrich die Zeit.

Die Sonne blieb unsichtbar, der Wind schwieg, still dampfte die graue Luft über dem Eis. Alles war stumm und tot – in tausendfachen Schattierungen zwischen hellem Weiß und verschwimmendem Nebel, im Wechsel von Schnee und Firn und Höhendunst, immer nur dasselbe Bild einer schattenhaften Oberwelt, wie man sonst wohl die Unterwelt malt, eines gespenstig bleichen und durchsichtig farblosen Abglanzes der wirklichen Erde da unten.

»Dies Jahr ist mehr Schnee im Rothtal als sonst im August,« murmelte er endlich. »Ich habe noch nie so viel gesehen.«

Sie erwiderte nichts. Zum erstenmal hatte sie heute Angst vor den Bergen – Widerwillen – Ekel gegen ihre eisige, stumpfsinnige Grausamkeit. Heute hätte sie sich gefürchtet, wenn sie allein in dieser Einsamkeit gewesen wäre, und war dankbar, den Gefährten neben sich zu wissen.

Sie sah ihn verstört an, wie er gelassen dastand, kaum mittelgroß, blaß, mager, mit der etwas zu hohen Schulter und den melancholischen großen grauen Augen eher einem Schwächling als einem Hochtouristen ersten Ranges ähnelnd. »Es ist so töricht...« murmelte sie, »so gedankenlos ... so gewissenlos! Der Professor Ranggetiner ist ein Riese gegen Sie ... groß ... breitschulterig ... mächtig ... und verläuft sich hier wie ein kleines Kind ... während Sie...«

Er lächelte. Ein stilles, beinahe kränklich-müdes Lächeln, das sein an sich wenig bedeutendes Antlitz erhellte. »Das ist der Nachteil von aller Stärke und Gesundheit. Man hat nichts zu leiden und also auch nichts zu lernen. Die Sonntagskinder sind, wie sie sind! Andere müssen erst selber etwas aus sich machen! Ich hab’ mir meinen schwächlichen Körper gezähmt – ich möchte sagen, wie man ein Pferd zähmt ... mit Geduld und Ruhe und eiserner Ausdauer. Und ebenso hab’ ich mir meine Nerven allmählich erzogen, bis sie fest und gut geworden sind, wie jetzt ... mir den Schwindel abgewöhnt und die Angst ... jawohl, die Angst, liebes Fräulein! Sie sind von Natur mutig ... ich war es nicht. Die wenigsten sind es, denen ihr Körper etwas zu raten aufgibt!«

Sie hatte ihm kaum zugehört. »Wenn sie verunglückt sind!« Sie fröstelte vor Angst. »Am Ende verwundet! Man müßte Hilfe holen ... einen Arzt...«

Er legte ihr die Hand auf die Schulter. »Nur ruhig! Sollte es wirklich so schlimm sein ... so verstehe ich schon genug von der Medizin, daß das Nötigste nicht verabsäumt wird.«

»Sind Sie denn Arzt? Verzeihen Sie die Frage! Aber ich weiß ja gar nichts von Ihnen, trotzdem wir uns nun schon so viele Jahre kennen. Sie sprechen ja nie von sich!«

»Eigentlicher Doktor bin ich nicht. Aber viel herumgekommen in der Welt. Da lernt sich derlei...«

»Da haben Sie wohl überhaupt keinen bestimmten Beruf?«

Er spähte hinaus in das weiße Nebelmeer. »O doch!« sagte er zerstreut. »Einen greulichen Beruf! Den schlimmsten, den man heutzutage nur haben kann. Und das Allerschlimmste: man kann ihn nicht an den Nagel hängen wie andere. Man schleppt ihn zeitlebens mit sich wie die Schnecke ihr Haus!«

»Und was ist das für eine Tätigkeit?«

Er zuckte leicht mit den Achseln und ein sonst bei ihm seltener, spöttischer Zug machte ihn ihr fremd. »Vielleicht bin ich Scharfrichter! Nehmen Sie sich in acht! Man kann nicht wissen!«

Sie wendete sich finster von ihm ab. »Jetzt ist doch nicht die Zeit, zu scherzen! ... und im übrigen ... wenn Sie es nicht sagen wollen...«

»Sie brauchen ja nur im Fremdenbuch meinen Namen nachzulesen!«

»Glauben Sie, ich hätte das nicht getan? Dazu bin ich doch zu sehr von Evas Geschlecht! Aber gefunden habe ich nur eines: daß Sie sich jedes Jahr in der Schweiz einen andern Namen beilegen. Dies Jahr nennen Sie sich Dr. Ulrich Kraft. Vorigen Sommer hießen Sie Dr. Hermann Held. Vorvoriges mal...«

»Nun – da haben Sie ja die Wahl. Ein Name wird doch schon der richtige sein.«

»Nein. Die sind erfunden; so heißt man gar nicht! So nennt man sich nur, wenn man unerkannt sein will! Haben Sie denn das wirklich nötig?«

»Ich?« Er sah melancholisch an seiner schwächlichen, unscheinbaren Gestalt hernieder. »Schaue ich so aus wie jemand, der hoch oben – auf den Höhen der Menschheit steht – ich meine bildlich – nicht wie wir beide, als Kameraden oben auf den Bergen, sondern da, wo die Millionen und die neunzackigen Kronen anfangen?«

»Ich weiß nicht. An sich nicht. Aber Sie haben alles gesehen, Sie kennen alles. Und dann haben Sie manchmal so etwas im Blick ... und in der Sprache...«

»Ein armer Dutzendmensch,« sagte er kopfschüttelnd, »...ein buckliger Alpinist wie ich ... ein Mensch mit einem Rundreiseheft zweiter Klasse, mit Migräne und Schwermut ...es gibt kaum etwas Uninteressanteres ...«

»Warum weichen Sie denn dann allen Fragen aus? Warum sagen Sie nicht einfach: ›Ich bin der und der?‹«

»Ich rede ja leider die ganze Zeit von mir!«

»Ja. Zum erstenmal. Und ich weiß wohl, warum. Um mich über das Warten hinwegzutäuschen, bis endlich wieder einmal der Nebel hochgeht. Aber ich ertrage es nicht mehr. Ich vergehe vor Angst und Sorge.«

Er hob sich auf die Fußspitzen. »Gleich wird es so weit sein. Es wird schon licht!«

Sie atmete schwer auf. Der weißliche Dunst unten wurde dünn und durchsichtig. Er stieg in rasch verwehenden und verschwindenden Wolken an den Berghängen empor, schon leuchtete zwischen seinen Fetzen da und dort ein blendendes Stück Schnee, eine grünlich gleißende Gletscherspalte, eine Strecke graublauen Eises im Grunde, ferne Zacken und Würfel, Mauern und Wälle traten aus den Schleiern hervor und plötzlich lag das weltentrückte, eisgefüllte Lawinental in seiner ganzen Wildheit frei, von sonnenloser Tageshelle bis zu den Grenzen seiner rings aufstarrenden firngepanzerten Kerkerwände überströmt.

Sie trat vor. Ihre Augen weiteten sich und suchten und suchten und schweiften immer wieder ratlos in ungläubigem Entsetzen über die weiße, stumm und tot wie ein Leichenhof sich dehnende Fläche. Nichts! Nichts! Kein dunkler Punkt, kein Notschrei, kein Zeichen – nur das gespenstige Kollern unsichtbarer Steine, das Brausen nächtlicher Ströme in unterirdischen Schlünden.

»Nichts!« Sie murmelte es mit bleichen Lippen. Der Anblick des zerpflügten, winterlichen Gletscherfeldes unten sagte ihr genug.

»Bleiben Sie ruhig!« Er begann, den forschenden finsteren Ernst des Fachmanns auf dem Gesicht, das ganze Gebiet methodisch zu durchmustern, einen Eisriß, einen Schneehügel nach dem anderen, von der Zickzacklinie der Randkluft oben, die er selber vorhin übersprungen, niederwärts, an dem überschneiten Felsengewirr der Hütte vorbei bis zu dem Absturz des Gletschers ins Tal, den allerhand ferne, fabelhafte Firngestalten, wie Märchenwächter den Eintritt in einen Zaubergarten, beschirmten.

Zwei-, dreimal machte sein Blick die Runde. Dann lenkte er ihn von dem Bild des weißen Kirchhofs ab. »Es ist nichts zu entdecken!« murmelte er. »Die beiden sind spurlos vom Erdboden verschwunden.«

Sie wagte es nicht mehr, auf den Gletscher zu sehen. Ihre Zähne schlugen aneinander. Ihre Stimme klang erstickt. »Nein – sagen Sie es nicht! Nein. Nein. Es ist nicht wahr!«

Noch einmal prüften seine großen grauen Augen alle Klüfte und Schrunde, soweit der Menschenblick in ihre Geheimnisse dringen konnte. Schließlich zuckte er mit den Lippen und schwieg. Sein Schweigen war deutlich genug. Die beiden lagen im Gletscher gefangen!

Plötzlich stand sie ganz ruhig und entschlossen auf. »Wir müssen jetzt hinunter,« sagte sie. »Auf den Gletscher. Uns tut er jetzt nichts! Und sie dort suchen! Ehe wieder der Nebel kommt!«

Aber kaum hatte sie es ausgesprochen, so schwand schon ihre letzte Hoffnung. Der Nebel kehrte zurück! Mit ausgebreiteten Armen schwebten seine Schatten einander über der Gletscherwildnis grüßend entgegen, sie umschlangen sich zum stummen, langsamen, endlosen Reigen, und bald stand wieder ringsum still das graue Meer.

Sie wollte ihn mit sich ziehen. »Wir müssen der Fußspur im Schnee folgen! Dann kommen wir wenigstens zu der Stelle! Zu der Gletscherspalte, mein' ich – wo jedenfalls...«

Er schüttelte den Kopf. »Die Fußspuren hören schon dort hinten in der Moräne, zwischen den Steinen, auf.«

»Aber wir können sie drüben wiederfinden!«

»Möglich! Dann stürzen wir, wenn wir ihnen ohne Seil nachgehen – das haben wir ja leider am Lawinentor gelassen – ebenso sicher in eine Spalte wie jene. Nein – noch sicherer! Denn jetzt, gegen Mittag, trägt der Schnee überhaupt nicht mehr!«

»Aber wenn wir Glück haben und sie doch finden!«

»Dann können wir ihnen nicht helfen. Denn wir haben kein Seil, um sie herauszuziehen, und versäumen dort mit Hin- und Hergeschrei und Beratschlagen die kostbarste Zeit, bis es Abend wird. Also gibt es nur eines: hinunter nach Lauterbrunnen und die Führer alarmieren, damit noch vor Abend drei, vier ortskundige, gehörig angeseilte Expeditionen den Gletscher systematisch untersuchen! Dann ist noch Hoffnung!«

»Gut! Gehen Sie! Ich bleibe hier und warte!«

»Worauf denn? Es wird sich nichts ereignen! Hier bleibt jetzt alles still!«

»Aber ich kann doch dasitzen und...«

»Und, sowie ich weg bin, sich doch unnütz und tollkühn allein auf den Gletscher hinauswagen? Hier stundenlang in den Nebel zu schauen, das halten Sie doch nicht aus. Ich kenne Sie doch! Sie stürzen sich aus Angst um die Ihren selbst in die größte Lebensgefahr, und das will ich verhindern. Und außerdem sind Sie ganz erschöpft und matt. Also kommen Sie mit mir!«

Sie ließ sich halb willenlos von ihm einige Schritte hinwegführen. Dann blieb sie stehen und rief von neuem nach den Vermißten. Die tiefe angstvolle Mädchenstimme klang durch die ganze Länge des Hexenkessels hindurch und verhallte im höhnenden Äffen des Echos.

Und abermals lüftete sich die graue Decke, die über dem starren Eisstrom, seinen Klippen, seinen Zacken und Trichtern wogte, und ließ, bis die wehenden Schleier wieder zusammenschlugen, den Blick frei über die Öde schweifen. Nichts rührte sich auf der weiten Fläche. Als hätte sie nie ein Menschenfuß betreten, lag sie schläfrig da und sang sich selbst mit dem geheimnisvollen, ewig gleichbleibenden Rauschen der Gletscherwasser ein Schlummerlied.

Allmählich wurde das Rufen aus dem fahlen, am Berggrat sich spinnenden Dunste matter, hoffnungsloser. Es erscholl nur noch in langen Pausen. Endlich verstummte es ganz.

Noch einmal erklang dann aus weiter Ferne ein langgezogenes Jodeln, mit der hellen Freudigkeit seiner Tonwellen in seltsamem Gegensatz zu der brustbeklemmenden Angst, aus der es aufstieg. Die gigantische Mauer der Ebenefluh gegenüber warf den Widerhall zurück. Aber sonst keinen Laut, kein Lebenszeichen, und streng und weiß blickten hoch von oben, aus dem aschgrauen Himmel her, die Eisgiebel in die geheimnisvollen, dichtverschleierten Abgründe, in denen Meister Josephus mit seiner Gefährtin versunken war...

IV.

Geheimnisvolles birgt der Schoß der Gletscher – unterirdische Eispaläste, riesig, stundenlang in abenteuerlichem Gewirr von Gängen und Nischen, von kalten Kämmerlein und hochgewölbten Schwibbogen, von trichterförmigen Seen, triefenden Treppen, sprudelnden Springbrunnen, von dem Regenbogengefunkel, das die Sonne oben über den Eingangsschlünden des kristallenen Labyrinths spielen läßt, durch seegrüne, märchenhafte Dämmerung bis tief hinab in die ewige, schwarze Kellernacht, in das sich immer gleichbleibende eisige Dunkel, in dem aus unbekannten Fernen, wie aus dem Innern der Erde heraus, als letzter Laut das Brausen unterirdischer, unsichtbar durch die Finsternis sich wälzender Wasser rauscht.

Dumpf und unheimlich dringt das zum Licht empor. Oben über den Dächern der versunkenen gläsernen Stadt liegt der helle Tag. Da weht der Wind, die Quellen sprudeln, die Wolken ziehen und aus ihrem Flor blinzelt ab und zu ein flüchtiger Sonnenstrahl über die regellose Trümmerwelt. Wo er hintrifft, verklärt ein tiefes sattes Blau gleich dem Widerschein des nebelüberspannten Himmelszeltes das kalte Eis und lange noch leuchtet, wenn der Gruß von oben erloschen, die warme Farbe in den durchsichtigen Mauern des Kristallpalastes nach und umsäumt die Gletscherspalten, die klaffenden Pforten der Unterwelt, mit einem glühenden Kranz.

Dort oben ist das Licht – das Leben. Als ein schmaler freundlicher Streifen grauer Luft spannt es sich über dem Abgrund und schaut gleichgültig hinab in den düster gähnenden Schacht, der, da und dort von eingestürzten Schneebrücken halb verschüttet, tiefer, immer tiefer in das Reich des Todes führt. Seine glatten, senkrechten Spiegelwände triefen von niederperlendem Eistau, ein schneidender Frost durchdünstet die Schattendämmerung des offenen Grabs und ganz von unten, aus unheimlicher Weite, gurgelt rastlos und ewig irgendein nächtlicher Fluß.

Und durch sein Rauschen, durch das Strömen des von oben herabstürzenden Schneebachs klingen Stimmen – Menschenstimmen aus dem Kerker. Schwach und undeutlich reichen sie kaum bis zum Lichtrand oben empor. Das Grollen der schwarzen Gewässer ist stärker als sie.

»So hören Sie doch endlich einmal auf zu schreien, Meister Josephus! Ein Kind kann sich doch sagen, daß das nichts hilft!«

»Es *muß* helfen!«

»Nein! Wenn uns niemand von selbst findet – unsere Hilferufe hört man nicht.«

Der Zillertaler Siegfried erwiderte nichts. Verstört mit den Zähnen an der Unterlippe nagend, trommelte er mit beiden Fäusten auf die Spiegelmauer der Gletscherspalte los, um irgendwie seinen ratlosen Grimm zu betätigen.

»Lassen Sie das doch, Professor!« sagte das junge Mädchen, das erschöpft in ihren Plaid gewickelt etwas abseits kauerte. »Es sieht dumm aus und nützt auch nichts.«

Er schaute flüchtig zu ihr hinüber. »Ich muß irgend etwas tun!« knirschte er. »Sonst wird man ja verrückt in solch einer Lage! Hier zu sitzen! Ein Kerl wie ich! Und Sie! Wären wir doch gleich, ganz hinuntergefallen und hätten uns das Genick gebrochen...«

»Das find' ich nicht! Es ist doch noch ein Glück, daß wir ziemlich unverletzt geblieben sind und gerade auf diese eingeklemmte Schneemasse hinuntergerutscht, statt da nebenan Gott weiß wie tief.«

»Und wissen Sie denn, wie dick diese Schneefläche ist? Kaum ein paar Fuß wahrscheinlich. Am Ende bricht die auch noch durch und die Reise geht weiter – da hinunter! Wenn ich nur diesen verwünschten Fluß da unten nicht mehr rauschen hörte... und diesen schmalen Streifen Himmel da oben sehen... rein zum Hohn ...als ob er einen auslachen wollte ...da muß man doch irgend etwas dagegen tun –« wieder hämmerte er gegen die gläserne nasse Wand »...man muß etwas tun ...schon um nicht zu erfrieren ...brrr ...die Kälte!«

»Meister Josephus!« Lotte hüllte sich, ebenfalls vor Frost mit den Zähnen klappernd, fester in ihr Tuch. Ihr Atem dampfte in der Luft. »Sie sollten wirklich etwas mehr Haltung bewahren! Ein Mann wie Sie ...es ist ja wirklich unschön ...denken Sie doch an Ihre Freunde und Verehrer!...«

»Nun eben!...« Der schöne Mann in Tiroler Stutzertracht wurde zornig. »Gehöre ich hier hinein – in diesen dummen, widerlichen, abgeschmackten Käfig? Oder Sie? Da sollen doch andere hineinfallen! Ich habe Besseres zu tun! Was wird denn jetzt aus meinen Statuen? Herrgott – wenn ich nur an mein Atelier denke! Wie schön könnte ich jetzt vor dem Ton stehen, in Hemdsärmeln, die Pfeife im Mund, und schaffen, schaffen – schaffen! Was hab' ich denn hier unten verloren – möcht' ich nur wissen!« Er begann mit großen Schritten die in etwa zehn Fuß Länge den Gletscherschlund in halber Tiefe überbrückende Fläche von beinhart eingefrorenem Schnee zu durchmessen. »Was soll ich denn hier tun? Ich bin doch der Welt noch etwas schuldig. Ich hab' noch lange nicht alles gesagt. Es kommt noch mehr – viel mehr. Ich hab' noch ganze Meisterwerke da im Kopf und in der Hand. Da kann ich doch nicht ohne weiteres gute Nacht sagen und meinen Hut nehmen und mich empfehlen – auf eine so abgeschmackte Weise!«

»So weit sind wir ja auch noch lange nicht! Es hat noch Zeit mit dem Adieusagen!«

»So?« Er blieb stehen. »Und wer soll uns aus dieser Mausefalle hier heraushelfen?«

»Ich hab's Ihnen ja schon zwanzigmal gesagt: meine Schwester wird schon Rat schaffen. Warten Sie nur! Sie sieht doch unsere Sachen in der Hütte und holt Leute zur Hilfe und...«

»Und bis dahin ist's Nacht. Und bis morgen erfrieren wir hier! Es ist ja gräßlich kalt!«

Sie stand auf und schlug die schmächtigen Arme umeinander. »Wir müssen uns Bewegung machen! Ja – wenn wir verletzt wären und uns nicht rühren könnten. Aber so werden wir uns schon warm halten, bis die Hilfe da ist...«

»...bis die Hilfe da ist!« Er schnitzelte mechanisch mit seinem Taschenmesser eine Kerbe in die Eiswand, obgleich er sich selbst sagen mußte, daß das ganz zwecklos war. »...so wie man im Fahrplan nachsieht: um zehn Uhr siebzehn kommt der nächste Zug. Jetzt sind wir schon zwei Stunden hier unten...«

»Eben! Um so kürzere Zeit müssen wir nur noch hier bleiben!« Er steckte sein Messer ein und sah sie an. »Ja – Sie, mit Ihrem blinden Vertrauen auf Ellinor! Wenn die nicht wäre! Die kann alles – die weiß alles – die macht alles!...«

»Ja.

»Ich beneide Sie eigentlich darum!« Er wurde etwas ruhiger. »Schließlich ... Sie können recht haben. Noch ist Polen nicht verloren! Ich muß mir etwas mehr Geduld angewöhnen. Ich bin etwas zu nervös – wie immer. Ich muß mich ja fast vor Ihnen schämen!«

»Ach, Meister Josephus,« sagte das junge Mädchen melancholisch und stampfte, von einem plötzlichen Frostschauer gepackt, mit den Füßen auf den Boden. »Wenn Sie sich eben hätten sehen können! Ich weiß ja ... Sie können allerhand Gestalten annehmen, und was Sie eigentlich sind, weiß kein Mensch und Sie selbst wahrscheinlich am wenigsten. Aber die Gestalt von vorhin – die paßte schon gar nicht zu Ihnen. Ein baumlanger Mann, der sich den Kopf hier an den Eiswänden einrennen möchte und gar nicht begreifen kann, daß es schließlich im Notfall auch ohne ihn ginge! Natürlich! Sie denken ja immer nur an sich. Das einzige Wesen, das Sie ängstlich und zärtlich wie eine Mutter hegen und pflegen, ist außer Ihrem Pudel ›Ego‹ doch nur Ihr eigenes wertes Ich! Daß ich hier neben Ihnen sitze, das kümmert Sie kaum! Sie sind eigentlich fast komisch in Ihrer Selbstsucht!«

Er hörte kaum auf sie und griff sich zornig nach dem Nacken. »Jetzt tropft mir auch noch Eiswasser ins Genick!« klagte er. »Und meine Füße spüre ich kaum mehr! Hab' ich denn nicht recht? Ist's denn nicht schade um mich? Und um Sie? Ein schönes, süßes, dummes Mädel von kaum neunzehn Jahren! Wenn ein Dutzend Schneidergesellen hier unten säßen, meinetwegen ... ich werfe gleich noch ein Dutzend hinterher! ... aber wir? ...«

»Sie haben doch auch als Geißbub angefangen, Meister Josephus – ehe Sie Königlicher Akademieprofessor wurden!«

»Aber ich bin's eben geworden! Durch eigene Kraft! Ich bin...«

»Ja, ja!« sagte das junge Mädchen. »Ich bin ich! – das ist Ihr Wahlspruch. Und wenn Ihnen jetzt zum Schluß noch etwas leid tut, so ist's, daß Sie nicht mehr Ihre eigenen Nachrufe lesen und den Zeitungen Berichtigungen schicken können. Denn Sie sind ja ebenso empfindlich, als Sie eitel sind! Der reine Heldentenor!«

Der schöne Zillertaler sah sie verblüfft an und runzelte die Stirne. Sie nickte.

»Ich bin riesig froh, daß ich Ihnen einmal, unter so außergewöhnlichen Umständen, gründlich die Wahrheit sagen darf. Ich hab' mich vorhin zu sehr über Sie geärgert. Wie Sie dastanden wie ein ungezogenes riesiges, blondbärtiges Baby – das sind Sie überhaupt, glaub' ich, ganz im Innersten Ihres Wesens – und auf den Gletscher losschlugen! Wie ein Kind, das sich an einem Stuhl gestoßen hat. Nein – gehen Sie … so mag ich Sie nicht!«

Er lächelte tückisch. Es funkelte in seinen tiefblauen Augen. »Wie soll ich denn sein?«

»So wie jetzt auch nicht! Mit diesem spielerischen Zähnefletschen! Ich kenne Ihre Sammettatzen!«

»Bin ich wirklich so falsch? Das weiß ich ja gar nicht!«

»Ja – Sie sind's. In aller Unschuld. Ganz naiv! Hinterlistig wie ein Karaibe. Ich möchte Sie eigentlich zum Feind haben!«

»Reden Sie nur so weiter! Dann werden wir's noch!«

Sie zuckte die Achseln und sah ihn mitleidig an. » *Sie* und den Frauen feind! Sie Ärmster! Was wollten Sie denn ohne uns anfangen? Sie hielten es ja ohne uns gar nicht aus im Leben – ohne Ihr Gefolge, Ihre Gemeinde .. . Ihr Spielzeug … was weiß ich! Das ist's ja, was mich so ärgert, daß Sie uns so wenig ernst nehmen wie irgend sonst etwas auf der Welt! Deswegen sage ich Ihnen endlich einmal, was ich schon so lange auf dem Herzen hab' – hier – das ist so ein Ort, der einem die Zunge löst –.«

»Aber liebe Lotte…« begann er in einem weichen, tiefen Ton, ernst und tröstend, wie man zu einem kranken Kinde spricht, »Sie vergessen…«

»Nein. *Sie* vergessen! Sie verbrauchen die Menschen so schrecklich schnell! Nicht nur die Frauen. Denen drücken Sie ja später bei einem zufälligen Wiedersehen dann so kameradschaftlich vergnügt die Hand, als sei das ganz selbstverständlich, daß sie Ihnen Ehre und Ruf geopfert haben. Aber auch die Männer! Wie lange dauern denn Ihre Freundschaften? Vier Wochen – dann ist Ihnen der Kerl langweilig – eine ausgepreßte Zitrone! Fort damit! Der nächste! Sie kümmern sich nicht mehr um ihn. Sie sind ihm fremd! Oder schlimmer noch, wenn er Ihnen im Weg ist – und wenn es Ihr bester Freund wäre. Ich weiß, was man sich von Ihren krummen Kriegspfaden erzählt, Sie blonder deutscher Siegfried! Denken Sie an Ihren Kollegen Möller, der sich schließlich erschossen hat, weil er es in einer schwachen Stunde gewagt hatte, im Verein gegen Sie zu stimmen!…«

»So? Habe ich nicht selbst für die Hinterbliebenen ein großes Wohltätigkeitsfest veranstaltet?«

»Ja. Und dabei als Siegfried lebendes Bild gestanden. Als Drachentöter! Schön ausgesehen haben Sie! Das war doch der einzige Zweck! Ich höre noch Ihr breites, sonniges: ›Schade um den armen Kerl!‹ während Sie ein großes Glas Erdbeerbowle an den Mund führten und sich verstohlen und selbstgefällig in Ihrem silbernen Schuppenpanzer im Spiegel betrachteten. Und dabei zuckte die Rachsucht nur so um Ihre Lippen. Sie sind ja so böse. Sie vergessen ja nichts!«

»Ich hab' gar nichts gegen meine Feinde! Ich verzeih' ihnen allen gerne, besonders, wenn sie beim Teufel sind. Aber außerdem hab' ich gar keine.« Eine mutwillige Fröhlichkeit erhellte trotz der verzweifelten Lage einen Augenblick seine männlich-schönen, von goldblondem Vollbart umrahmten Züge. »Es ist ein wahres Wunder, daß ein solches Scheusal, wie Sie es schildern, trotzdem eine solche Menge Freunde hat. Und überall!«

»Ein Wunder? Nein! Sie sind überall zu Hause, weil Sie selbst ja alles mögliche sind oder wenigstens sein können. Sie können sich ja in jede Form verwandeln. Für Ihren Hofstaat von Bewunderern, den Troß Ihrer Freundinnen sind Sie der Meister Josephus – des Nachts, bei den Gelagen, die Sie mit Ihren Freunden feiern, darf man Sie ›du‹ und ›unser Seppl‹ nennen, des Morgens in der Akademie sind Sie ganz der barsche, hochfahrende Herr Professor, von dessen unerbittlicher Strenge und Härte gegen die jungen Talente alle Welt klagt – mittags sind Sie wohl gar als Ritter hoher Orden bei Hof zu Gast – ein Prunkstück wie jedes andere – und beschämen jeden Zeremonienmeister durch Ihre diplomatischen Künste – geistreich, dumm oder harmlos heiter, wie der Wind von oben weht und Ihnen eine neue lohnende Bestellung in den

Schoß wirft – und wenn Sie nach, Hause zu Besuch gehen, in das Tiroler Dorf, von wo Sie jedermann erzählen, daß Ihre Zeit als Geißbub doch die schönste gewesen sei – dann sollen Sie wie ein Bauer mit den Bauern zusammensetzen und Zither schlagen und Schnadahüpfel singen. ... Also was sind Sie denn nun eigentlich?«

»Darüber habe ich noch nie nachgedacht,« sagte der Zillertaler Siegfried mißmutig. »Überhaupt – wozu denken? Das ist Unsinn! Können muß man! Das aber gründlich! Können! Können! Können! Drum mein' ich, ich gehör' in mein Atelier! Wenn ich da steh' und pfeife und rauche und keinem Menschen antwort', sondern mich den Kuckuck um die ganze Menagerie kümmer', die ringsherum unterdessen meine vier Wände durchschnüffelt – da bin ich zufrieden. Und die anderen sind's auch! Ich hab' kein Mitleid mit den Stümpern wie dem Möller – nicht *so* viel! Wer was kann, soll's zeigen und Gott dafür danken. Ich zeig's. In mir ist etwas! Dem muß ich dienen, und dem dienen die anderen. Das ist mir selber fremd. Das ist in mich hineingelegt. Ich muß es hüten und hab' keine Zeit, auch noch ein Charakter zu sein oder gar ein gutes Herz zu haben! Glauben Sie mir, Lottchen: die Leute von Charakter sind alle Esel! Einseitig! Die sehen nicht, daß die Welt rund ist – und die Kunst auch. Die muß die Dinge von überallher anpacken. Die Sonne scheint auch von allen Seiten auf die Welt! Und jetzt...« wieder trommelte er wütend mit den Fingern an der Wand. »Jetzt will ich aus dem abgeschmackten Eiskasten da heraus! Ich hab' zu tun! Versteht ihr denn das nicht?«

»Warten Sie nur, bis...«

»Bis die Schwester kommt! Ich weiß. Sie kommt aber nicht! Sie kann es gar nicht. Es ist ja zu dumm ...zu blödsinnig ...zu...« Er brach mit einem scheuen Blick auf seine schöne Gefährtin ab und beherrschte sich. »Sie werden natürlich jetzt wieder sagen: ›Aha ...jetzt kommt wieder der schlimme selbstsüchtige Seppl heraus!‹ Aber wenn ich hier gefangen bleib' – wird dann mein Diener meine Statuen zu Ende kneten oder der Stiefelputzer an der Ecke oder sonst wer? Nein. Sie bleiben unvollendet!«

»Dann bleiben sie eben unvollendet!« sagte das junge Mädchen schroff. »Das ist auch noch nicht das größte Unglück, das die Welt treffen kann.«

Er sah sie ganz verstört an, als hätte sie eine Gotteslästerung ausgesprochen. »Meinen Sie?« sprach er langsam. »Sehr liebenswürdig! Überhaupt ...was Sie mir da in der letzten halben Stunde alles zu hören gegeben haben ...warum denn eigentlich – wenn man fragen darf?«

Sie war ganz böse. »Es kribbelt alles in mir, wenn ich Ihr wohlwollendes, sonniges Sultanslächeln sehe. Das mögen Sie anderen spenden ...meiner Schwester – dem ganzen Troß der fünf oder fünfzig törichten Jungfrauen Ihres Hofstaats. Aber *ich* gehöre nicht dazu! Sie unterschätzen mich, Meister Josephus! Ich bin nicht in Sie verliebt ...im Gegenteil...«

Er setzte sich auf den Schnee nieder und stützte den blonden Löwenkopf in beide Hände. »Auch das noch!« murmelte er, geistesabwesend nach oben schauend.

»Im Gegenteil. Sie in mich! Wie? Seien Sie doch nicht so unhöflich, sich gleich zu entschuldigen. Ich bin die erste ja nicht, sondern beiläufig die tausendste! Und ich finde Ihren Geschmack gar nicht so übel. Ich gefalle mir auch ganz gut! Jedenfalls weit besser als Sie! Also Ihrerseits ist das wirklich kein Wunder. Aber ich weiß mich völlig davon frei und habe mich lange genug über Ihre Eitelkeit geärgert. Und das wollt' ich Ihnen einmal bei passender Gelegenheit sagen! So – jetzt ist es heraus!«

Er schien ganz zerknirscht. In seinen Mantel gewickelt, die langen Beine ausgestreckt, saß er finster da und starrte vor sich nieder. »Gut ist's!« sagte er endlich. »Sehr schön – hier in der Gletscherspalte zu liegen und Gardinenpredigten von kleinen Mädchen anzuhören. Wer ich eigentlich bin und was ich vorstelle! ...Lächerlich!« Er wurde melancholisch und wehleidig wie ein kleiner kranker Bauernjunge. »O Jesses! An Charakter soll ich auch noch haben! Mit 'nem Charakter durchs Leben laufen! Lieber eine Kugel und Kette am Bein. Ich hab' schon als Geißbub keinen Charakter gehabt!«

Der Gedanke ließ ihn nicht los. »Wer mir jetzt noch einmal von Charakter und gutem Herz anfängt, den hau' ich!« brummte er matt. »Merken Sie sich's, Lottchen!...Und jetzt will ich hier heraus und...«

Sie schnellte plötzlich empor und machte eine Bewegung mit der Hand, als wolle sie ihm den Mund schließen. »Pst!« flüsterte sie mit glänzenden Augen.

Auch er erhob sich schwerfällig. »Was gibt's denn?«

»Ich höre etwas!«

»Ja. Den vermaledeiten Fluß unter uns!«

»Nein – da oben ... ein Rutschen ... oder ein Schlürfen auf dem Gletscher ... ich weiß nicht recht...«

Er blickte in die Höhe und fuhr blinzelnd zurück. Ein Hagel kleiner Firn- und Eissplitter stäubte vom Rand der Spalte auf die beiden hernieder und darüber erschien, scharf von dem grauen Himmel abgehoben, ein menschlicher Kopf und nickte mit einem grämlichen Lächeln auf den faltigen, mit einer goldfunkelnden Brille bewehrten Zügen den beiden zu.

V.

»Guten Tag!« Der eisgraue Berggänger hatte beide Hände an den Mund gelegt, um den Schall seiner Stimme zu verstärken. »Wie geht's Ihnen?«

Meister Josephus setzte nervös seinen Zwicker auf und hob sich auf die Fußspitzen. »...Helfen Sie uns heraus!« befahl er mit seiner donnernden Löwenstimme aus der Dämmerung. »Ich mag da unten nicht mehr bleiben. Ich will in mein Atelier.«

»Ist jemand von Ihnen verletzt? Nein? Sie haben mehr Glück gehabt als Verstand? ... Schön! Also einen Augenblick!« Der Kopf des grämlichen Magisters verschwand. Es regte sich eine Weile dort oben nichts.

Der Siegfried wurde ungeduldig. Er hatte Mühe, sein Zittern zu beherrschen. »Der Mensch läuft uns doch nicht am Ende wieder weg!« stöhnte er zu seiner Begleiterin und strengte dann seine Kehle an, wie er nur konnte: »Herr! Wo bleiben Sie denn? Wir erfrieren ja in diesem Eiskeller!«

»Gleich! Gleich! Nur Geduld!« Wieder schob sich der Kopf des Wüstenpredigers über den Spaltenrand und zwinkerte mephistophelisch heiter herab. »Ich hab' nur den Schnee um meinen Pickel ein wenig festgetreten! Vorsicht tut immer gut, wenn man allein auf dem Gletscher herumzieht!«

»Ja ... sind Sie denn allein?« schrie Lotte verzweifelt. »Jawohl, mein Lämmchen!« Der Alte oben schmunzelte neckisch. »Ich brauche keine Begleitung. Ich bin hier zu Hause, in meinen vier Gletscherwänden!«

»Dann können Sie uns auch nicht helfen!« Meister Josephus setzte sich schwer nieder und trocknete sich den kalten Schweiß von der Stirne. »Selbst wenn Sie ein Seil mithaben! Kein Mann allein kann einen anderen aus einer solchen Tiefe herausziehen! Und dabei lachen Sie auch noch!« tobte er mit geballten Fäusten zu dem bebrillten alten Herrn hinauf, der mit kopfschüttelndem Interesse zu ihnen niederlugte, wie man etwa die Bären im Zwinger betrachtet. »Wir sind hier mit unserem Latein zu Ende und...«

»Was liegt denn an *Ihrer* Weisheit?« sagte der oben vergnügt und mit heller Stimme, um das Brausen des unterirdischen Stromes zu übertönen. »Auf die Weisheit hier oben kommt's an. Die liegt hier bäuchlings auf dem Schnee und funkelt wie ein Drache von Geist und Bosheit. Also aufgepaßt – da kommt die Brücke zum Leben!«

Ein feines Maschenwerk surrte herab, eine Strickleiter aus roher Seide, und baumelte lässig an der Eiswand hin und her.

»Bitte einsteigen!« rief der Alte von oben. »Und keine Furcht! Das Ding ist oben gut verwahrt. An meinem Pickel, den ich fest in den Schnee gerammt habe – und dann noch einmal um einen Eisblock geschlungen. Ja, sehen Sie, mein Gutester ...derlei führt man mit sich, wenn man ein einsamer Wanderer und Bergsteiger ist, und hilft damit seinem Nächsten und lieber noch seinem Fernsten! Erst soll die Dame herauf! Aber vorsichtig, damit sie nicht schwindlig wird und ausrutscht! Nur das Seil fest anpacken! Es macht nichts, wenn es hin und her schaukelt. Nicht die Augen zukneifen! Da greift man fehl. Nur Mut! Immer vorwärts – gleich sind Sie oben! So! Nicht loslassen, Kind! Ich packe Sie unter den Armen und helfe Ihnen ans Tageslicht!«

Der Gedanke, gleich seiner katzenartig behende und behutsam kletternden Gefährtin dem eisigen Kerker zu entrinnen, gab auch Meister Josephus unten alle Spannkraft wieder. In wenigen Minuten erreichte auch er auf der luftigen Leiter das Reich des Nebels und schob sich, von seinem immer noch im Schnee liegenden Retter mit beiden Händen unterstützt, über die Kante des Gletscherrisses hinüber.

»Aha – jetzt taucht ja auch dies Löwenhaupt aus der Tiefe!« sagte der befriedigt. »Gut! Wie ich da oben die Fußspuren und den Rutsch im Schnee sah, da kriegte ich einen Schrecken. Nicht daß Menschen verunglückt seien – daran liegt nicht so viel, als man glaubt! Aber ich dachte mir: was wirst du nun da unten in dem Käfig finden? Ein Häuflein zerschundenen Alltag, ein Vierteldutzend der Vielzuvielen und Allermeisten – betend, auf Knieen rutschend, weinend und ihre Sünden bereuend, kurz, das Bild, das ich nicht liebe. Es geht mir gegen den Geschmack.

Und statt dessen finde ich einen Löwen im Käfig und ein schönes Mädchen! Und beide in Zank und Zorn, daß man's bis oben hin durch das Rauschen dieser stygischen Gewässer hört. So ist's gut! Ich freu' mich, daß ich euch herausgeholt hab' – es wäre schade um euch.«

Die anderen sahen ihn unschlüssig an. Sie wußten nicht, war es noch ihre eigene Verwirrung und Verstörtheit oder entsprang es der Wirklichkeit, daß ihnen ihr Befreier so unheimlich erschien, nicht wie ein Mensch von unten aus den Tälern, sondern eher wie ein Wesen, das plötzlich schattenhaft und unvermittelt aus den ringsum milchig flutenden Nebelmassen entstanden und hervorgetreten war und ihres leisen Grauens lachte.

Sie fröstelten beide. Seltsam war's: Sie vermochten ihrer Erlösung noch gar nicht froh zu werden. Es kam alles so unerwartet, so geheimnisvoll. Sie fühlten sich wie von einem Traum umfangen in dieser totenstillen nebelweißen Öde, das Stöhnen des leichenfarbenen Eises unter ihrem Schuh, dicht über sich den feinen trüben Rauch, alles wie eine körperlose Luftspiegelung, durch die man mit den Händen hindurchgreifen kann und doch geängstigt und gequält die Wirklichkeit nicht erreicht.

Lotte überwand sich und streckte, ein dankbares Lächeln auf dem blassen Gesicht, ihrem Retter die Rechte hin. »Gottseidank! Aber wo ist denn meine Schwester? Haben Sie sie denn nicht getroffen? Sie sollte vom Lawinentor herunterkommen. Mit einem Begleiter!«

Der Alte nickte. »Gesehen habe ich die beiden. Sie haben mich aus meiner Ruhe aufgestört. Und dann hörte ich sie rufen, wie um Hilfe. Da machte ich mich auf – ich lag ganz hinten im Tal auf der Schleppe der Jungfrau und dachte mir dies und jenes – und fing an, mein Gebiet abzusuchen. Es war nicht leicht, im Nebel euren Fußspuren zu folgen! Wie die Unsinnigen seid ihr im Zickzack hin und her gerannt – immer im Kreis über Spalten und papierdünne Schneebrücken. Es ist ein Wunder, daß derlei noch lebt!«

»Ja – aber meine Schwester?...« fing Lotte wieder an.

»Die ist mit dem anderen hinunter ins Tal – um Hilfe zu holen. Das einzige, was sie tun konnten, da sie kein Seil mithatten und den Gletscher nicht so kennen wie ich. Ich hab' sie laufen sehen, fern durch den Nebel, und 'geschrieen. Aber die Lawinen schreien stärker und tiefer. Sie haben mich nicht gehört!«

Jetzt drückte ihm auch Meister Josephus, wie aus einer Ohnmacht erwachend, die Hand. »Da hätten wir noch lange da drinnen stecken können. Welch ein Segen, daß Sie gekommen sind!«

»Ich wollt' heute früh auf die Jungfrau!« sagte der Alte trocken. »...Aber es ging nicht. Die Jungfrau ist böse. Ich hab's gemerkt beim Aufstieg über den Rothtalgrat. Sie faucht und wehrt sich um ihr Kränzlein wie eine große Katze. An solchen Tagen verliert sie alle mädchenhafte Schüchternheit. Da ballt sie die nächsten besten paar Gewitterwolken zusammen und wirft sie ihren Freiern an den Kopf, daß es blitzt und donnert, und holt aus ihrem Nadelkissen ein paar Millionen Eissplitter und bläst aus beiden Backen kalt hinein, daß es hübsch im Sturm umeinander fliegt...«

Aus der Ferne rollte und grollte es erschütternd durch den Schwadendunst und erstarb allmählich wieder.

Der Alte warf einen grämlichen Blick nach oben. »Da haben wir's! Die Jungfrau scheltet mich aus!« sagte er. »Sie ärgert sich über eure Befreiung! Ich will lieber gehen!«

Er stieg, mit nachtwandlerischer Sicherheit im Nebel den Weg findend, ihnen voraus, bahnte sich hier einen Pfad zwischen Eisblöcken hindurch, umging dort eine Gletscherspalte und führte sie schnurgerade zum Ausgang aus dem grau dampfenden, unterhöhlten Irrgarten.

»Es sind nur hundert Schritte bis zum Steig!« murmelte er dabei. »Dicht am gebahnten Steig sind Sie in die Gletscherspalte gefallen wie die kleinen Kinder in den Mühlgraben. Nun noch über die Felsblöcke herauf – dann haben wir wieder feste Erde unter den Füßen!«

Meister Josephus und Lotte standen stumm und verdutzt auf dem zur Rothtalhütte aus dem Tal herausführenden Fußsteig. Jetzt erschien es ihnen ganz unerklärlich, wie sie diesen selbstverständlichen Weg nicht hatten finden können!

»Wollen Sie zur Hütte?« fragte ihr Retter, seine Brille abwischend. »Dann müssen wir zurück! Sie sind im Nebel den halben Gletscher hinuntergelaufen!«

Der Bildhauer verneinte energisch. »Keine zehn Pferde bringen mich mehr in das fade Rothtal zurück!«

»Aber unsere Sachen in der Hütte...«

»Unsere Sachen, Lotte, mögen die Mäuse fressen. Ich will nichts mehr von den Bergen wissen. Ich wünsche nicht, daß man mit mir noch von der Schweiz spricht. Ich hab' genug!«

Und mit großen Schritten trabte er, die Fäuste in den Taschen seiner Zillertaler Joppe vergrabend, den Hut mit der Spielhahnfeder schief auf dem Kopf und leise wie ein mißvergnügter Tiroler Holzknecht mit sich selber brummelnd, den steilen Fußpfad hinab.

Die anderen folgten. Hart neben ihnen starrten links aus dem fahlen Dunst die ungeheuren Zacken und Eistürme des Gletscherabsturzes aus haustiefen Schlünden und zerschmetterten Kesseln empor. Es war, als beschirme eine Mauer weißer Giganten feierlich und stumm wie Gralswächter den Eingang zum Höhenreich der Jungfrau.

»Sehen Sie nur die weiße Riesin da!« sagte der alte Magister grämlich lächelnd zu Lotte. »Die Eisnadel da drüben mein' ich! Steht sie nicht stolz da wie die Germania auf dem Niederwald? Die kennt mich schon. Aber sie lebt nicht mehr lange. Ich hab's ihr neulich schon gesagt. Die Sonne tut ihr zu weh! Sie schmilzt von unten. In ein paar Tagen stürzt sie sich plötzlich kopfvor von der Wand herunter, recht wie eine Selbstmörderin! Schade – schade um die weiße Germania!«

Wieder fröstelte Lotte leicht. »Sie sind wohl viel in den Bergen?« fragte sie beklommen.

»Einen Monat im Jahr!«

»Nur einen Monat?«

»Im Juli oder August. Zur Ferienzeit. Wie jetzt. Den Rest des Jahres hindurch soll, wie mir schon von vielen Seiten glaubhaft versichert wurde, ein langweiliger Philister meinen Namen und mein Äußeres führen – irgendwo da draußen! Ich weiß es selber nicht. Ich vergesse es immer wieder. Jedenfalls sitzt dort dieser Hämorrhoidarius in seinem Bureau und röchelt über den Akten und funkelt das Publikum durch seine Brillengläser an. Ein unausstehlicher Kerl! Ein Glück, daß *ich* das nicht bin. Jetzt wenigstens nicht. Freilich – in heute und siebenundzwanzig Tagen – da klopft mein Doppelgänger wieder an – und ich kann ihn nicht gut vor die Türe setzen. Denn ehe ich mich versehe, bin ich's selber. Traurig ... traurig! Ein Mandarin mit langem Zopf. Aber wenn die alle wüßten, wie ich hier oben zur Sommerszeit in den Gletschern lache, daß mir der Zopf wackelt...«

Lotte machte lange Schritte. Ihr war nicht wohl bei den Reden des hageren alten Herrn. Ohne weiter ein Wort zu wechseln, eilten sie die Matten hinab, überstiegen die Platten der Stufensteinalpe und kamen zu Tal.

Jetzt, wo sie sich immer mehr bewohnten Stätten näherten, ging eine merkwürdige Wandlung mit dem Meister Josephus vor. Es war, als würde er nun erst sich seiner Rettung voll bewußt. Ein jungenhafter Übermut kam über ihn. Er pfiff laut vor sich hin, strählte sich im Abwärtsschreiten den mächtigen goldenen Vollbart und warf zuweilen einen Blick voll listigen Triumphes hinter sich nach den Bergen zurück. »Ein zuwideres Lokal – so eine Gletscherspalte –« sagte er dann. »Man verliert förmlich seinen Humor in der Kälte und Nässe...«

»Ach ja, Meister Josephus!« Das junge Mädchen nickte melancholisch. »Es war wirklich keine Spur von Grazie mehr in Ihnen! Wenn ich daran denke, wie Sie gleich einem Eisbär darin herumliefen! Offenbar war ich nur so tapfer, weil ich Sie so schwach sah. Da entlud sich mein Herz. Aber nun seien Sie so gut und vergessen Sie's!«

»Fällt mir nicht ein!« Er warf mit einem vergnügten Kopfschütteln den Bergstock auf die andere Schulter. »Das passiert mir zu selten, daß man mich armen stillen Steinmetzen für *solch* ein Scheusal hält! Das bin ich doch – in Ihren Augen? Nicht wahr? Sie schauen mich doch durch und durch! Nach Ihrer Meinung war ich in der Gletscherspalte gerade am rechten Ort! Da konnt' ich bleiben. Was liegt auch an so einem Steinklopfer mehr oder weniger?«

»Das hab' ich nicht gesagt!«

»Doch, Kind – doch! Und es hat mir wirklich weh getan!« Er neigte den Kopf zu ihr herab, ein seines Zigarettenparfüm wehte aus seinem weichen Vollbart, und seine Stimme klang warm und schmeichelnd-tief. »Ich hab's so gern, wenn mich die Menschen lieb haben! Jeder soll mich lieb haben. Sonst freut mich 's Leben nicht! Aber *Sie* können mich nicht ausstehen!«

Sie nickte kurz und entschieden und verstärkte ihren energischen Gang. Er schritt, trübe den Kopf hängen lassend, neben ihr her. Auf einmal lachte er laut vor sich hin.

»Was haben Sie denn, Herr Professor?«

»O nichts!« Er hob seine Löwenmähne und seine Augen funkelten. »Es ist mir nur etwas eingefallen!«

»...Das wird wieder etwas Rares sein!«

»Ja freilich! Daß man seine Feinde lieben soll! Gottlob, daß zwischen uns Feindschaft ist!«

»Feindschaft auch nicht! Nichts! Gar nichts ist zwischen uns! Meinerseits wenigstens!«

»Ach!« sagte er mit einem seltsamen, halblauten Ton und blieb stehen. Sie tat willenlos das Gleiche. Sie fühlte, daß ein törichtes Rot ihre Wangen überzog. Ihr Herz begann zu hämmern, in einer Art hilfloser Wut gegen den Meister Siegfried.

»Ach ... ach, Kind!« wiederholte der tröstend, als hätte sie ihm eben Gott weiß welch wichtiges Geheimnis gebeichtet. »Es ist ja alles nicht so schlimm. Versuchen Sie's mal und haben Sie mich ein bißchen lieb, wie die anderen alle auch! Die tun's in aller Unschuld! *Sie* sind besser daran! Sie allein wissen das große Geheimnis, das ich selbst noch nicht kannte – *unser* großes Geheimnis aus der Gletscherspalte: was ich nämlich für ein böses, böses Untier bin!«

»Und trotzdem soll ich Sie gerne haben?«

»Gerade deswegen!« sagte er ganz erstaunt. »Nette Menschen kann jeder lieb haben! Das ist kein Kunststück. – Aber blonde Bestien wie mich ... lachen Sie mal, Kind Gottes, und geben Sie mir die Hand! Flugs! So! Ein fester Händedruck. Ob Sie wollen oder nicht! So! Sehen Sie wohl! Jetzt bin ich erst recht Ihr Freund!«

Sie lachte befangen und ballte unwillkürlich die Hand, während sie sie wieder zurückzog. Aber er schien es gar nicht zu merken. »So ist's recht!« lobte er. »Immer vergnügt! Pfeifen und bei der Arbeit stehen und vergnügt sein – das ist die Hauptsache im Leben. Alles übrige – das geht so mit! Da leg' ich keinen Wert darauf. Aber man tut mir ja immer unrecht. Und Sie, Sie böser kleiner Freund, am meisten!«

Er war in rosigster Stimmung. Es amüsierte ihn, daß ihn die Touristen, die mit Bergstock und Bädeker bewehrt scharenweise ihren Weg kreuzten, für einen Tiroler Führer hielten. Für einen Renommierzillertaler, den sich die reizende junge Dame und ihr Vater da vorn, der allein gehende grämliche alte Herr, aus dem österreichischen Kaiserreich mitgebracht. Treuherzig wie ein rechter Seppl aus Heiligenblut oder Sulden seinen Hut lüpfend, bot er den Vorbeiwandernden sein »Grüaß Gott!« »Ös schaut's aber sauber aus!« meinte er naiv bewundernd zu zwei jungen Mädchen, die seine buntgekleidete Siegfriedsgestalt wohlgefällig betrachteten, und als deren Begleiter, ein militärisch straffer, strenger Norddeutscher, über diese Dreistigkeit verblüfft, den Mund öffnen wollte, schnitt er ihm das Wort mit einem langgezogenen Jodler ab, der melodisch an der Bergwand widerhallte.

»Eigentlich hat's so ein rechter Tiroler Bauernbub doch am besten im Leben!« sagte er weitergehend zu seiner Gefährtin, während ringsum alle Köpfe nach dem Paar sich wandten. »Er is nix, er hat nix, er denkt nix, er will nix, er lobt seinen Herrgott und ist mit der Welt zufrieden. Ich wollt', ich wär's geblieben, statt daß ich so ein hochdeutscher Lakel in Frack und weißer Binde geworden bin!«

»Eben sind Sie's ja! Vollkommen Tiroler, weil Sie gerade das grüne Zillertaler Wams und die gestickten Kniestutzen anhaben. Ich glaube, Sie würden sogar unorthographisch schreiben in diesem Augenblick! Und wenn jemand dem armen Seppl eine Zigarre oder ein Trinkgeld in die Hand drückte – wahrhaftig – er nähm's!«

»Und ob ich's nähme!« sagte der Meister Josephus nachdrücklich. »Man muß alles in der Welt mitnehmen. Ich kann die feierlichen Leute nicht ausstehen! Die Steifleinenen, die immer auf *einen* Ton gestimmt sind. Regen und Sonnenschein, das muß wie Schatten über die Gesichter kommen und gehen. Darum habe ich die Weiber so gern. Bei denen ist alles Welle, Bewegung, Leben. Aber die Männer – die meisten wenigstens – die sind fad! Sehen Sie sich nur unseren

Erretter an, Kind, wie er da kopfhängerisch zehn Schritte vor uns herläuft! Aber kommen Sie, daß wir ihn nicht verlieren! Der muß einen schlechten Magen haben. Sonst sähe er nicht so, sauertöpfisch aus!«

In der Tat hatten sich die gefurchten Züge des Alten seit dem Eintritt in das Tal immer mehr verdüstert. Rings um ihn wimmelte und wirrte die Menschheit. Die Fremdenindustrie stand in voller Blüte. Ein Alphornbläser entlockte seinem Schallrohr Töne, die an die Klagen einer liebeskranken Kuh erinnerten. Nicht weit von ihm hatten sich drei kleine Mädchen an der Hand gefaßt und sangen mit dünnen, falschen Kinderstimmchen ein gefühlvolles Bettellied, halbwüchsige Jungen schwenkten Edelweiß und Alpenrosen, junge Burschen boten sich als Träger, ein hübsches, in seiner Berner Tracht vor Frost mit den Zähnen klapperndes Mädchen aus einer Holzbude heraus als Verkäuferin von Bier und Milch an. Andere Kinder klöppelten vor den Haustüren Spitzen oder hielten Schnitzwerk und Ansichtspostkarten feil, die Kutscher knallten aufmunternd mit den Peitschen, und hoch von oben klang ein echoweckender Pistolenschuß in die allgemeine große Symphonie: »Fremdling, öffne deinen Beutel!«

»Entsetzlich!« sagte der alte Herr und ließ stehenbleibend die beiden anderen herankommen. »Es ist, als ob die Welt ihren ganzen Sonntagnachmittag auf Wanderschaft geschickt hätte, um diesen herrlichen Fleck Erde zu entweihen. Sehen Sie nur diesen dickbäuchigen Menschen mit aufgekrempelten Hosen dort drüben, wie er das Bier gierig in sich hineinschüttet. Sollte man solche Gesichter nicht polizeilich unterdrücken?«

»Warum denn?« Der blonde Meister lächelte gutmütig und zerstreut einer hübschen Saaltochter nach. »Die Leute wollen auch leben! Kommen Sie nur! Sonst fährt die Zahnradbahn ohne uns ab!«

»Die Zahnradbahn!« Das verhaßte Wort schien dem anderen nur schwer von der Zunge zu gehen. »In diese Brutstätte des Philistertums wollen Sie? Unter diese Herde? Sehen Sie nur, wie es unten an der Station Lauterbrunnen von diesen Gründlingen wimmelt und strömt. Da wollen Sie sich hineinpferchen? Als zwölfter im Dutzend? Ein Mann, der eben noch beinahe von der Jungfrau umgebracht worden ist?«

»Nun gerade!« Meister Josephus lachte, verstohlen nach den verschleierten Höhen blickend. »Wir wollen sie ärgern, die weiße Dame. Wie du mir, so ich dir! Erst hat sie uns aus lauter Bosheit in ein Kellerloch gesteckt wie die unartigen Kinder – jetzt sind wir noch tückischer und machen ihr in der Zahnradbahn eine Fensterpromenade und drehen ihr aus dem Coupéfenster eine lange Nase: ›Etsch, Majestät! Fangen Sie uns doch! Da sind wir wieder!‹ Wenn man zuvor in einer Gletscherspalte war, dann gehört man an die Table d’hote ober in die Eisenbahn! Abwechselung ist der Witz des Lebens! Kontrast ist Witz! Wissen Sie das noch nicht?«

Sein Retter blieb stumm. Mit einem äußerst grämlichen, zwischen Neugier und Abscheu gemischten Interesse, wie etwa ein Forscher, der endlich ein langgesuchtes Reptil in seinem Sumpfwinkel sich ringelnd gefunden, beobachtete er, während sie einstiegen, den Sturm der Ausflügler auf die Zahnradbahn, das Schreien, Lachen und Streiten in allen Sprachen, den wilden Kampf um die Eckplätze rechts, die verzweifelten Versuche, die langen Bergstöcke irgendwie unterzubringen, die Manöver der Engländer, ihre Hunde listig ins Coupé zu schmuggeln, ohne daß der Schaffner es merkte.

Endlich hatte alles seinen Platz gefunden, die Misses hielten die Foxterriers auf dem Schoß, ihre Begleiter die Alpenstöcke zwischen den Beinen der Mitreisenden, die Pfeife schrillte, die Rundreisehefte, die Bädekers, Meyers und Murrays entblätterten sich und die Fahrt begann.

Der Meister Josephus war in die Betrachtung einer bildhübschen Britin versunken. Er war jetzt plötzlich ganz Künstler – tiefernst, sachlich, beinahe andächtig. »Diese schmalen sommersprossigen Madonnengesichter…« murmelte er zu seiner Begleiterin. »Es ist, als ob sie dafür einen Stempel in England hätten und sie der Reihe nach ausprägte«, gleich hundert oder tausend Stück hintereinander. Es ist ja ganz echt, diese Kälte und weiße Unschuld …aber gerade darum raffiniert. Das lockt, wie frischgefallener Schnee. Dieser kühle blonde Engel da drüben hat natürlich, wenn er aufsteht, auch wieder zwei linke Beine. Aber eben diese linkische Grazie …sie ist so ehrlich – so urwüchsig – so gesund – ach, so was mit dem Meißel festzuhalten…«

wieder musterte er die hübsche Miß und schüttelte den Kopf. »... Kinder Gottes ... wie könnt ihr nur so temperamentlos sein?«

»... Wenn man eben blond ist...« sagte Lotte.

Da lachte Meister Josephus herzlich. »Bin ich es nicht auch? Und Sie selber, kleine Heilige? Und trotzdem –! Warum sehen Sie mich denn so entrüstet an? Ist's denn ein Fehler, heißes Blut zu haben? Sie haben's, Gott sei Dank! Sie sagen, Sie durchschauen mich in meiner schwarzen Niedertracht! Ich Sie aber auch, Kind meiner Seele! Wissen Sie, was Sie sind?« Er dämpfte seine Stimme und neigte, um von den Umsitzenden nicht gehört zu werden, seine Lippen zu ihrem Ohr, daß sein Vollbart ihre Wange umfächelte. »Sie werden mir entrüstet antworten: ›Eine wohlerzogene junge Dame von neunzehn Jahren!‹ Stimmt! Vor den Augen der Menschheit! Aber nicht vor den Augen des Meisters! Da sind Sie ein sanfter kleiner Vulkan, der still vor sich hinglimmt und seiner Zeit wartet. Vorhin – der Ausbruch in der Gletscherspalte – das war so eine Probe!«

Jetzt lachte auch Lotte und warf ihm unter den halbgesenkten Wimpern einen eigentümlich glänzenden, feindseligen Blick zu. »Und wann kommt die Zeit, Meister Josephus?«

»Wenn Sie erkannt haben, daß ich Ihr Freund bin!«

»Da können Sie lange warten!«

»O Kind, Kind...« sagte der blonde Bildhauer eindringlich. »Sehen Sie ... Freundschaft kann man nur für jemanden fühlen, den man durch und durch versteht. Sie sagen, Sie seien der einzige Mensch, der mich durchschaut – und zwar gründlich ... nun also...«

»Also müssen wir Freunde werden?«

»Ja. Wenigstens durch ein äußerliches Zeichen vorläufig.

In Erinnerung an unsere Kameradschaft in der Gletscherspalte. Soviel ich weiß, sagt man in solchen Orten überhaupt ohne weiteres ›du‹ zu einander! Ja! Das wird so etwas Väterliches in unsere Beziehungen bringen! Das Kind und der Meister! Herrlich! ... ergreifend! Nicht wahr?« Er sah ihr sanft und offen ins Gesicht. »Vertrauen um Vertrauen! Jetzt sagen wir ›du‹ zu einander!«

Sie lachte. Ihre Lippen waren dicht vor seinen und die blauen Augenpaare funkelten ineinander. »Du fängst mich nicht, Meister Josephus!« sagte sie, während es mutwillig um ihre Mundwinkel zuckte und die Zähne feindlich aufblitzten. »Geh nur umher wie ein Löwe und sich, wen du verschlingst! Ich entwisch' dir!«

»Oh!« Ihr Freund bog sich anscheinend gleichgültig zurück. »Aber immerhin ... sie hat ›du‹ gesagt!«

Und nach kurzem Nachdenken setzte er, tiefsinnig vor sich niederblickend, hinzu: »Und außerdem ... wie kann man fangen, was man schon hat?«

Jetzt wurde sie aber ernstlich böse. Ihre Wangen färbten sich und auf ihrer schmalen weißen Stirne erschien eine drohende Furche. »Wirklich ... ihr Männer seid doch zu komische Menschen!« sagte sie. »Von einem Dünkel ... ich möchte nur wissen, für was ihr uns eigentlich haltet! Daß Sie sich wirklich...«

»... Daß du dir wirklich...«

»Also gut ... daß du, Meister Josephus, dir in allem Ernste einbildest, du könntest mit mir spielen, wie die Katze mit der Maus! Ganz im Gegenteil! Wenn du *das* noch nicht gemerkt hast, daß ich mich die ganze Zeit über dich lustig mache...«

»Natürlich hab' ich's gemerkt!« Der Siegfried dehnte sich philosophisch in den Polstern und blinzelte nur von der Seite zu seiner schönen Begleiterin herüber. »Also gut! Aus ist's! Ich bin ein Simpel! Der Vetter vom Lande! Ein armer, geplagter Steinklopfer, dem die kleinen Mädchen auf der Nase herumtanzen! Still! Jetzt bin ich bös' auf dich!«

»Ich auch!« sagte das junge Mädchen und beide wurden stumm und sahen sich nicht mehr an.

Weder ihr abseits sitzender Gefährte noch die Mitreisenden hatten sich um das Paar gekümmert. Sie drängten sich an die Fenster wie die Fliegen an die Zuckerschüssel und starrten, aus dem Reisehandbuch die Berge kontrollierend, hinaus nach dem Absturz des Mönches und der Jungfrau. Die firngepanzerten, von schuppigen Gletschern durchkrochenen, blendend überschneiten Riesenwände waren nur zum Teil sichtbar. Ein Gewimmel kleiner milchfarbener

Wolkenballen, das schon tief unten im Tal wie eine Lämmerherde weidete, stand vor ihren weißen Flächen und ging nach oben hin in undurchsichtigen Flor über. An einzelnen Stellen lugte noch aus unwahrscheinlicher Höhe der hellere Glanz eines weltenfernen Eisfelds durch die fahlen Schwaden. Die eigentlichen Gipfel der Gigantin und ihrer beiden Genossen blieben verhüllt. Aber trotzdem war der Anblick ergreifend in seiner bleichen Pracht.

»Etsch!« sagte Meister Josephus plötzlich. »Brrr! Wenn wir jetzt noch in der Gletscherspalte säßen. Da strecke ich doch lieber hier die Beine lang aus, pfeife mir eines und betrachte die Jungfrau aus sicherer Entfernung vor einer neuen Ohrfeige. Freilich, unser Befreier glaubt das nicht. Der lächelt schon wieder in sich hinein, als hätt' er ein paar Spinnen gefrühstückt!« Er erhob seine Stimme. »Was haben Sie denn? Ist's nicht wundervoll hier?«

Auf der dritten Bank von ihnen erhob sich, während der Zug stillstand und alles zum Ausgang drängte, der alte Berggänger und deutete mit verzweifeltem Lächeln auf ein paar nebenan haltende Eisenbahnwagen. »Können Sie lesen?« fragte er. »Da steht's geschrieben: ›Jungfraubahn‹! … Ganz frank und frei! Pfui – pfui – pfui! Mir wird übel bei dem Gedanken! Wie lange dauert es noch, so sind sie oben auf der Spitze. Der Alltag, der Landregen, das Plattland in ganzen Wagenladungen und im Dutzend billiger. Krüppel, Greise, Kinder, alte Frauen, Defraudanten, Flitterwöchner, Hotelportiers, Schneidergesellen, Putzmamsells, Alphornbläser, Gähnende und nicht mehr Nüchterne – alles trampelt dort oben auf dem weißen Brautkranz unserer lieben Jungfrau umher und gröhlt und jodelt in die heilige Luft. Die Krankheit der Erde … der heutige Mensch! O ihr Unberufenen, ihr Vielzuvielen, ihr Allermeisten – was wollt ihr in unserem Reich?«

»Was soll ich hier noch?« Der Alte warf in bitterem Zorn seinen Rucksack um. »Warum haben Sie mich hier heraufgeschleppt unter die Philister? Da sitzen sie und schreiben Ansichtspostkarten – nicht eine, nein, ein Dutzend – sie hadern mit dem Wirt, weil sein Plakat verbietet, mitgebrachtes Frühstück an seinen Tischen zu verzehren – sie schlürfen und schmatzen … und dort … prägen Sie sich den Greuel ein – dort sitzen drei bierbäuchige, kurzsichtige junge Männer und spielen Skat! … Skat beim Lawinendonner der Jungfrau! Im Angesicht des Trümmletentals! Warum schafft man derlei mit Dampfmaschinen hier herauf? Skat! Und sie wiehern vor Wonne über ihre vier Wenzel! Adieu, Berner Oberland! Ich geh' und kehre nicht mehr wieder. Du gehörst dem Alltag! Du bist entweiht und verwüstet!«

Er bot den anderen die Hand zum Abschied. »Im Engadin gibt's noch keine Eisenbahn! Ich will wieder einmal eine Wallfahrt tun … nach Sils-Maria! Zum Felsen von Surlei, wo der Zarathustra entstand! Was der Zarathustra ist, mein liebes Fräulein? Wenn Sie es nicht wissen, brauchen Sie es auch nicht zu erfahren! Am wenigsten hier – unter den langen Ohren! Adieu! Danken Sie mir nicht! Begegnen Sie mir lieber wieder da oben, in der Höhe – wo wir unter uns sind!«

Meister Josephus schüttelte energisch ablehnend den Kopf und der Alte verschwand, grau und unansehnlich wie eine Motte, in der ringsum drängenden und schwatzenden Menge.

VI

Lotte sah ihm nach. »Eigentlich ist's unschön, daß wir ihn so laufen lassen ... unseren Lebensretter ... aber sonst ist's mir ganz lieb ... er hat so etwas Seltsames! ...«

Der Meister lächelte sonnig. »Er hat sicher Magenbeschwerden. Solche Leute sind traurig. Aber ich hab' Hunger. Ich will essen.«

»Jetzt? In *der* Verfassung, in der wir sind? Noch ganz dumm im Kopf von der Gletscherspalte und naß und erfroren und todmüde und an allen Gliedern zerschlagen ...«

»Nun ja ... was macht man denn da?«

»Man legt sich doch ins Bett und läßt sich Tee kochen ...« sie erschrak plötzlich ... »und vor allem ... wir haben wirklich zwei schöne Brummschädel von der Jungfrau mitgebracht, lieber Meister ... *das* zu vergessen ...«

Ihr Begleiter hatte sich an einem Tisch vor ihrem Hotel niedergelassen und studierte die Speisekarte. »Was denn?« fragte er stirnrunzelnd.

»Ellinor und ihr Freund suchen uns doch! Die glauben doch, wie seien verunglückt. Die alarmieren jetzt alle Führer unten in Lauterbrunnen. Das ganze Tal kommt in Aufregung.«

»Hoffentlich!« sagte Meister Josephus.

»Es werden Expeditionen ausgeschickt.« Sie war ganz verwirrt bei dem Gedanken. »Und eine Menge Touristen laufen mit nach dem Rothtal und die Hoteliers telegraphieren ...«

Er nickte. »Das möchte ich den Kerls auch raten!«

»... und schließlich kommt es gar in die Zeitungen!«

Der Tiroler Siegfried sah sie mitleidig an, wie man ein töricht plapperndes Kind betrachtet. »Ja, wozu sind denn die Zeitungen sonst da? So eine Reklame gibt's ja gar nicht wieder! Depeschen nach allen Windrichtungen: ›Professor Joseph Ranggetiner mit einer bildschönen, fremden jungen Dame an der Jungfrau verunglückt.‹ Zweite Depesche: ›Er lebt – sitzt aber in einer Gletscherspalte und schimpft!‹ Dritte: ›Er ist draußen, aber wenig Hoffnung auf Rettung! Begleiterin tot!‹ Vierte: ›Er hat bloß den Schnupfen! Begleiterin bloß ohnmächtig gewesen.‹ Fünfte: ›Der Herzog von Siebenwalden erkundigt sich telegraphisch nach seinem Befinden und verleiht ihm seinen Hausorden vom grünen Hänfling um den Hals.‹ Es laufen ein Dutzend neue Bestellungen ein. Verfrühte Nachrufe in allen Zeitungen. Mein Händler hat die Gelegenheit benutzt, um die letzten Weck des verewigten Meisters um horrende Summen nach Amerika zu verkaufen ... kurzum ... Kind ... so was nutzt man doch aus! Schlau muß man doch sein!«

Sie prüfte mit Neugier und Unbehagen von der Seite die schöne, blondbärtige, listig-lächelnde Bauerngestalt. »Wer je aus Ihnen klug würde,« sagte sie. »Und daß Ellinor sich inzwischen um uns zu Tode ängstigt ...« »Dafür freut sie sich doppelt, wenn sie uns wohl und munter wiedersieht. Man muß doch seinen Mitmenschen Freude machen ... besonders, wenn es so wenig Geld kostet ...«

»Ich werde telephonieren!« Sie wendete sich entschlossen ab. »Hinunter ins Tal. Damit sie's wissen, daß ...«

Ein böses grünes Leuchten schoß aus seinen Augen. »Du bleibst hier! Verstanden! Das fehlte noch, daß die kleinen Mädchen mir meine Geschäfte ruinieren! Ich will in den Zeitungen genannt sein ... ich will Geld verdienen ... viel ... viel ... und noch mehr ...«

»Ich weiß ja, wie habgierig Sie sind« ... Sie blieb trotzig stehen. »Und nachher geben Sie es wieder mit vollen Händen für allerlei Atelierplunder aus. Aber ich mache das nicht mit!«

»Du wirst dich dahin setzen!« sagte er sanft. »Hier neben mich ... und ganz artig sein. So ist's recht! Ellinor findet uns schon noch. Dann lese ich euch, wenn ihr brav seid, meine Nekrologe vor, das wird zum Totlachen! Und jetzt hab ich Hunger. Heute möchte ich zu der Table d'hote!«

»Da wollt' ich schon lieber mit einem ungezogenen kleinen Kind zur Table d'hote kommen als mit Ihnen!« Lotte schüttelte energisch den Kopf. »Sie wissen doch, daß Sie bei Tisch unmöglich sind! Sie langen schon vor der Suppe nach den Weintrauben. Sie essen das Dessert vor dem Braten, Sie rauchen dazwischen eine Zigarette, greifen blindlings nach jeder beliebigen Schüssel, die vor Ihnen steht – ganz wie das große Kind, das Sie eben sind! Man würde glauben, ich hätte mir meinen Tiroler Führer Seppl auf Wein und Braten eingeladen!«

»Alsdann schaffen wir uns da heraußen was an, Euer Gnaden!« sagte der Siegfried-Seppl gemütlich. »He ... Kellnerin! Wir haben Hunger! Meine Schwester und ich!«

»Ihre Schwester?«

» *Deine* Schwester – heißt's! Was denn sonst? Für meine Tochter bist du zu jung. Du neunzehn – ich fünfunddreißig. Das stimmt nicht! Und Mann und Frau – ach – wenn ich ans Heiraten denke ...«

»Dich sollte man mal photographieren, wenn du ans Heiraten denkst!« sagte seine Begleiterin. »Da machst du ein Gesicht, als hättest du dir auf einen hohlen Zahn gebissen!«

»Ja, ist's denn nicht auch schrecklich? Ewig ein anderer Mensch da – bei Tag und bei Nacht. Und immer derselbe! Manchmal, wenn ich Alpdrücken hab', träume ich, ich sei verheiratet, und wache verstört auf und mache Licht und sage: ›Gott sei Dank – nein!‹«

»Aber wenn man sich einmal wirklich verliebt ...«

»Kann man einer Frau dann seine Liebe besser beweisen, als indem man sie nicht heiratet? Ein Kerl wie ich wenigstens? Das ist der höchste Ausdruck meiner Hochachtung! Du hast mir vorhin die Zähne gewiesen und gehöhnt: ›Meister Josephus – du fängst mich nicht!‹ Jetzt dreh' ich aber den Spieß um und sage: Ihr fangt mich nicht, ihr kleinen langhaarigen Philister. Ihr dürft um mich herumtanzen wie die Mücken am Sommerabend, aber sonst!« Er schlug mit der Faust auf den Tisch. »Ich hab' Hunger. Ich will essen!«

Sie machte ihm spöttisch nach, indem sie mit den Händen auf der Tischplatte trommelte. »Ich will aus der Gletscherspalte heraus!« klagte sie weinerlich. »Kinder ... was soll ich denn hier? Ich hab' zu tun! Laßt mich in mein Atelier!«

Dann dehnte sie sich behaglich. Ein bleicher Sonnenstreifen flimmerte durch die weißen Wolkenballen und ließ den Schnee dazwischen silbern aufblitzen. »Gott sei Dank – daß ich draußen bin. Und in der Sonne! Und daß du noch lebst, Meister Josephus, ist doch eigentlich auch ganz nett!«

Er goß ihr Wein ein. Sie stießen an und tranken, während sie sich fest in die Augen sahen. »Du ... Lotte,« begann er, »was soll denn nur eigentlich das ewige Gezüngel und Gezischel zwischen dir und mir! Du machst mich nervös! Ich will meine Ruhe! Ich sperr' mich jetzt in mein Atelier ein und lass' dich draußen! Und dann los! Arbeiten! Mein Schuhputzer macht mir meine Jungfraustatue nicht fertig!«

»Ist es denn überhaupt schon angefangen – das Kunstwerk der Zukunft?«

»Nein! Ich hab's im Kopf und weiß nicht was! Natürlich – sich auf zehn Uhr vormittags ein Modell bestellen und in Lehm nachkneten und es ›Jungfrau‹ nennen, das kann jeder Esel. Aber ich will das große Rätsel lösen: Euer großes Geheimnis vor uns. Euer unergründliches. Denn sowie wir euch Jungfrauen ergründen und erkennen, ist's ja verschwunden!« Er war plötzlich ganz ernst und schaute träumerisch in die Weite. »Ja – wenn du mein Urbild wärst ... mein Vorbild ... mit all deiner Schönheit ... und mit all der süßen, dummen Unschuld, die du als kleines Mädchen nun einmal hast ... trotzdem du eigentlich solch ein blondes Teufelchen bist. ... Ach ja ... mein armes, gutes Lottchen! Zwölf Teufelchen hast du im Leib!«

»Woher weißt du denn das eigentlich, Meister Josephus?«

»Das will ich dir verraten!« Er dämpfte seine Stimme zu geheimnisvollem Flüstern. »Manchmal hab' ich einen geradezu schauderhaften Einfall – das Greulichste, was man sich denken kann! Da denk' ich mir nämlich: ›Wie wär' das, wenn du jetzt ein Frauenzimmer wärst?‹ Schrecklich – was!«

»Ja,« sagte seine Freundin einfach. »Das wäre auch schrecklich! In jeder Hinsicht!«

»Und weißt du, wie ich mich selber mir dann denke? Genau wie dich! Von innen und außen! Wie du leibst und lebst! Du bist mein weiblicher Doppelgänger!«

»Ich danke bestens!« Sie legte vor Empörung Messer und Gabel hin. »Du wirst tolldreist, Professor! Es gibt wirklich noch Zank zwischen uns!«

»Eben weil wir Zwillinge sind! Siamesen! Rechts der Adam – links die Eva! Dasselbe doppelt! Kein Mensch lebt mit sich selber im Frieden. Außer wenn er Zigarrenspitzen abschneidet und Ansichtspostkarten sammelt. Aber ein verderbter Zwilling wie wir beide...« Er brach bekümmert ab, strich sich den langen blonden Bart und schaute hinüber nach der Jungfrau, von deren Schneegewand in fernem Donner eine Lawine stäubte.

»Sich mit mir zu vergleichen!« fing sie noch ganz entrüstet an. » *Dieser* Mann mit *diesem* Lebenswandel, *diesem* Ruf, *diesen* Grundsätzen oder vielmehr diesem bodenlosen Nichts an deren Stelle – mit mir, einer jungen Dame von tadelloser Vergangenheit und Benehmen und...«

»Ach, das ist ja nur äußerlich!« sagte er sanft und traurig. »Und ich dachte, du würdest sehr geschmeichelt sein – durch den Vergleich! Denn siehst du, in meiner Kunst bin ich ein Gott, du kleines Kind!«

Sie nickte etwas verschüchtert und zündete sich eine Papyros aus dem Etui an, das er ihr reichte. Beide schwingen und stießen große Rauchringel in die Luft. Sie waren plötzlich sehr traurig, daß sie einander so ähnlich sein sollten...

»Ja – das Urbild für meine Jungfrau...« hub er endlich wieder an. »Lottchen ... lieber Freund ... wenn du nur einmal...«

»Nein!« sagte sie kurz und hart.

»Lottchen ... kleiner Kamerad ... du verstehst das nicht ... glaubst du denn nicht, daß andere Künstler ... daß da sogar die eigenen Frauen...«

»Ja ... wenn man verheiratet ist...«

Wieder schwieg er, einen lauernden Zug um den Mund. »Am Ende bist du doch nicht so dumm! Was ich immer zu dir sage, von den fünf törichten Jungfrauen – das ist nicht wahr! Du bist klug! Viel zu klug!«

»Das weiß ich, Meister Siegfried!« sagte das junge Mädchen gelassen, und sie lächelten einander vertraut und feindselig in die blauen Augen...

Die Sonne war jetzt, kurz vor ihrem Scheiden, siegreich durchgebrochen. Vereinzelte azurne Himmelslücken lugten aus dem rötlich durchstrahlten Wolkengespinst. Die Jungfrau selber hatte ihre Schleier abgeworfen. In weißer Schönheit stand sie still im Abendgold, auf den neben ihr kauernden schwarzen Mönch gelehnt, der verstohlen zu ihrer eisumpanzerten linken Brust, dem Silberhorn, emporblickte. Das grüne Tal zu ihren Füßen erfüllte sich von einem letzten lärmenden Leben. In schwerfälligem Puffen und Fauchen krochen die Zahnradbahnen längs der Lütschine herauf, über den Maulwurfhügel der Scheidegg und empor nach Mürren, und aus ihren Käfigen quoll, wo sie stehenbleibend Atem holten, immer wieder derselbe dreisprachige Fremdenstrom, mit den in der Luft durcheinander starrenden Spießen und Stangen der Bergstöcke und, wie die Matten oben von Alpenrosen, von den roten Flecken der Bädekerbücher durchsternt.

»Da kommen sie!« sagte Lotte phlegmatisch.

»Ellinor?« Er setzte eilig seinen Zwicker auf.

»Ja. Mit ihrem Freund! Der bleibt jetzt zurück. Sie hat uns gesehen! Sie geht gerade auf uns zu. Aber sie sieht gar nicht erschrocken aus. Eigentlich müßte sie uns doch für Gespenster halten!«

»Ach was! Sie hat einfach schon alles von unserem alten Lebensretter gehört. Der ist ja nach Lauterbrunnen zurück und erzählt dort, daß man uns nicht zu suchen brauche, sondern daß wir hier sitzen!«

»Jetzt nur keine Rührszenen!« sagte Meister Josephus verdrießlich ob der entgangenen Reklame. »Zünde dir eine neue Zigarette an! So! Fassung, Lottchen! Den Hut mehr ins Genick! Ellinor darf uns nichts tun! Wir wollen ihr ganz frech entgegenpromenieren!«

Lotte lief lachend auf ihre Schwester zu, umschlang sie und gab ihr einen herzhaften Kuß. »Arme Lore! wie blaß sie aussieht! Hast du Angst um uns gehabt? Ja – diesmal ging's noch so ab! Mit mir und dem Herrn Hofrat Josephus! Ein Held, sag' ich dir, Lore! Wie ein Löwe saß er in der Gletscherspalte und grollte!« Und halblaut fügte sie in dem Tone eines weinerlichen Kindes hinzu: »Jetzt will ich aber endlich aus dem Eiskasten heraus! In mein Atelier! Ich habe zu tun!«

Der andere furchte die Stirne. »Wir wollen jetzt nicht weiter von dem Abenteuer reden! Sie sind viel zu verstört, liebe Freundin Ellinor! Ihr Gesicht ist wie aus Wachs! Morgen ist auch noch ein Tag. Da erzählen wir uns alles! Ich bin ja gottlob unverletzt und die Kleine auch! Nicht einmal auf die Zunge hat sie sich gebissen, was wirklich ein Glück gewesen wäre...«

»Aber Sie stützen sich so auf den Stock...«

»Eine kleine Muskelzerrung am Bein, die sich nachträglich meldet. Das hat nichts zu bedeuten!«

»Nein. Es kommt bloß der Pferdefuß bei ihm heraus!« sagte Lotte. »Seit ich dem Meister Josephus in der Gletscherspalte meine Meinung gesagt hab' – die richtige Gardinenpredigt zwischen zwei haushohen Eiswänden – seitdem kann er sich vor mir und der Menschheit nicht mehr verstellen und hinkt wie ein richtiger Mephisto...«

»Ich sage Ihnen, liebe Freundin!« der Bildhauer seufzte, »was diese törichte Jungfrau in den letzten sechs Stunden für einen Unsinn zusammengeredet hat ... und unaufhörlich, wie ein Wasserfall! Mir klingen schon die Ohren...«

»Nämlich, weißt du, Lore!« Seine Begleiterin lachte und schlug dem Zillertaler Siegfried kameradschaftlich auf die Schulter. »Ich hab's doch immer behauptet: es ist unbegreiflich, wie man den Teufel mit Hörnern und Klauen malen kann! Seht euch doch nur um, Kinder: der Teufel ist ein schöner, sanfter, blondbärtiger Mann zu Ende der Dreißiger, wenn er sich auch gern ein paar Jahre jünger macht, und schmuck angezogen wie ein Tiroler Theaterbauer. Und er fletscht auch keineswegs die Zähne – so ein grauslicher Kerl würde doch zu schlechte Geschäfte auf der Welt machen –, sondern er ist sehr nett und lieb und väterlich-ernst zu den Frauen. Reizend kann er sein, in seiner Hilflosigkeit wie ein großes Kind. Jeder muß den Menschen gern haben. Einzig einen Charakter hat er nicht! Der arme Kerl! Bloß die Esel haben Charakter! sagt er.«

»Und ich weiß, daß der Teufel Zöpfe trägt!« Meister Josephus zündete sich verdrießlich eine neue Zigarette an. »Aber das ist eine alte Geschichte. Das haben schon die Kamele, die Säulenheiligen und solches Wüstenvolk gewußt. Die sind in der Verzweiflung schon vor dir auf die Bäume gekrochen, meine Tochter – aber umsonst – du kommst doch immer hinterdrein!«

Sie lachte herzlich. »Armer Meister Seppl!« sagte sie, mit vor Heiterkeit feuchtglänzenden Augen. »Armer Meister Tugendreich, den die bösen Frauen nicht in Ruhe lassen. Ich seh' dich förmlich vor mir, wie du auf einem Baum hockst und dich mit aufgespanntem Regenschirm gegen die Eva mit dem Apfel verteidigst! Du – das Sujet ist neu! Ein steinerner Regenschirm – und du dahinter als taufrischer Joseph ... das macht Furore!«

Ihre Schwester sah sie erstaunt an. »Seit wann sagt ihr euch denn *du*, Lotte?«

»O, schon lange! Innerlich! Aber nach außen waren wir zu schüchtern. Bis wir in die Gletscherspalte fielen. Dort haben Meister Josephus und ich unsere Herzen entdeckt und miteinander unverbrüchliche Feindschaft fürs Leben geschlossen! Er hat mir mit erhobener Hand ewige Untreue gelobt! Ich bin stolz darauf!«

»Also ... auf alles, was wir hassen!« der Bildhauer nickte ihr träumerisch zu und streckte ihr seine breite Hand entgegen.

Sie nahm sie und fuhr zusammen. »Au! du tust mir ja weh!«

Er schien das nicht zu hören und gab ihr die Rechte nicht frei. »Auf gute Feindschaft!« wiederholte er und wandte sich an die ältere Schwester. »Ich habe vorhin falsch gezählt! Dies Kind hat nicht zwölf – es hat hundert Teufelchen im Leib!«

»Du sollst mich loslassen!« Sie riß wütend an seiner Faust. »Was fällt dir denn ein!«

»Ach so! ...Verzeihung!« Wie aus tiefer Zerstreutheit erwachend, öffnete er seine Finger. Sie zog die Hand zurück und blies auf die geröteten Stellen. »Garstiger Seppl!« murmelte sie zornig vor sich hin. »Garstiger Seppl!«...

Ihre Schwester sah finster auf sie nieder. »Ich weiß wirklich nicht, was in euch gefahren ist! Es ist ja kindisch! Wie Sie, Herr Professor, der Lotte auf einmal einen solchen Ton erlauben und angewöhnen können...«

»Ja – was soll ich denn machen?« Der Siegfried lächelte hilflos. »Das kam so von selber in unserem Tete-a-tete unter der Erde!«

»Ich bin überhaupt sein Doppelgänger ... hat er gesagt!« schaltete das junge Mädchen ein, immer noch auf ihre schmale, magere Hand hauchend. »Dieselbe Couleur in Schwarz ... und das hält er unglublicherweise auch noch für eine Schmeichelei.«

»Du bist vor Nervosität außer Rand und Band!« sagte ihre Schwester. »Wenn man in solch furchtbarer Gefahr war ...«

»Das ist doch vorbei!« Der schöne Meister reckte ungezwungen die Arme aus. »Und wenn wir tot wären, täte uns erst recht jetzt nichts mehr wehe! Schade wäre es ja um mich! Und um das Kind schließlich auch! Soll ich deswegen traurig sein? Da kauf' ich mich lieber los! Ich werde den Armen hier Geld schenken aus Anlaß unserer glücklichen Errettung! Heda – Sie!« Er winkte einen an der Straße stehenden Bergführer heran. »Gibt es hier nicht eine arme Witwe mit dreizehn Kindern ... oder ein goldenes Hochzeitspaar, das nichts zu beißen hat ... oder eine reine Jungfrau auszusteuern! Ich will ausnahmsweise ein gutes Werk tun!«

Der Mann begriff und überlegte. Am besten wäre es, meinte er dann, man wende das dem unglücklichen Bergführer drüben zu!

»Welchem Bergführer?«

Der an der Jungfrau in eine Gletscherspalte geraten sei, berichtete der Berner, und dabei beide Beine erfroren habe. Die seien ihm am Knie abgenommen. Viele Hochtouristen, die glücklich von der Jungfrau herunterkämen, schenkten ihm etwas und ließen sich wohl auch von ihm das böse Abenteuer erzählen.

»Brr!« sagte Meister Josephus düster, »das ist ja ein greulicher Gedanke! Zum Krüppel zu werden ...«

Lotte wurde plötzlich totenbleich. »Meister Seppl! Wenn wir jetzt auf einmal keine Beine mehr hätten! Was machten wir dann! o weh! o weh! Daran hab' ich gar nicht gedacht, daß uns das auch hätte passieren können!«

»Ich auch nicht!« murmelte der Siegfried und beide sahen unwillkürlich auf ihre Fußspitzen hernieder. Dann schickte er den Bergführer mit kurzem Dank seiner Wege. Er werde sich des Verunglückten erinnern.

»Du vergißt ihn ja doch bis morgen!« Lotte begann nervös zu gähnen und hielt die Hand vor die Lippen. »Aber für heute verdirbt's die Stimmung!«

»Ja!« brummte er ärgerlich.

»Bloß der Gedanke an die kaputten Beine!« Sie zitterte nervös. »Ich will mich schlafen legen! Und die Läden recht fest zumachen, daß ich nur nichts mehr von der Jungfrau schau'! Ich bekomme auf einmal so Herzklopfen, wenn ich hinaufsehe!«

»So seid ihr nun!« sagte ihre Schwester. »Über den Tod macht ihr euch beinahe lustig. Aber der Gedanke, daß man ein Bein verlieren könnte ...«

Der blondbärtige Meister stand auf. »Das ist auch schlimm. In den Augen eines Künstlers. Der will Harmonie des Ganzen oder nichts. Und das Kind zu meiner Linken sieht natürlich die Welt auch mit meinen Augen. In Schönheit! Weil sie selber ganz wohlgeraten ist!«

Sie nickte ernsthaft und erhob sich ebenfalls. »Jetzt geht, das schöne Kind mit den Hühnern schlafen. Jetzt kommt auf einmal der Rückschlag. Ein gräßlicher Schrecken, was uns alles hätte treffen können! Wenn ich nun eine erfrorene Nasenspitze hätte oder der Meister die rechte Hand erfroren – was würde dann aus uns?«

»Jetzt komm!« Ellinor nahm sie am Arm. »Wir brauchen alle drei Ruhe! Es war zu viel für unsere Nerven!«

Lotte ließ sich wie ein Kind an der Hand ihrer Schwester wegführen. »Gute Nacht, Meister!« rief sie. »Aber noch eines: morgen sagen wir uns wieder Sie! Es schickt sich nicht!«

»Wie du willst, meine Tochter! Schlaf gut!«

»Danke! Gleichfalls!«

Zehn Minuten darauf lag Lotte schon zu Bett.

»Weißt du, wie mir jetzt zu Mut ist?« Ihr schönes Gesicht blinzelte aus den Kissen, in die sie sich tief eingewühlt hatte, zu der neben dem Lager stehenden älteren Schwester empor.

»Wie dem Mann, der, ohne es zu wissen, über den gefrorenen Bodensee geritten und nachträglich vor Schrecken gestorben ist. Eine Todesangst hab' ich...Geh – sei lieb und ziehe den Spalt im Vorhang zu. Da schaut immer noch von oben etwas Rosiges herein. Das ist die Jungfrau im Abendrot! Wenn ich die bloß seh', wird mir ganz übel vor Angst! Komisch ... in der Gletscherspalte hab' ich keine Angst gehabt – weil ich überzeugt war, du kämest. Und nachher, wie wir draußen waren, da kam eine Art Fieber über uns – eine verrückte Lustigkeit. Wie die kleinen Kinder waren wir! Sogar über unseren Befreier haben wir uns lustig gemacht – das gute alte Gletschergespenst mit der seidenen Leiter, an der wir wieder heraufgekrabbelt sind. – Nun, morgen werden wir wieber gesetzte Leute, der Professor und ich! Der arme, gute Professor...«

Der Lockenkopf in dem Kissen bewegte sich lachend hin und her. »Ihr seid alle in ihn verliebt – du selber an der Spitze – ach, setze nur nicht gleich deine versteinerte Miene auf – schön! gut! Es war nur Freundschaft – weiter nichts – all die Jahre – siehst du – da heb' ich den kleinen Finger auf und schwöre dir, daß es nur Freundschaft war zwischen euch und wer's glaubt, selig wird ... also so seid ihr anderen ... so bist *du*! Aber ich nicht! Für euch ist der Seppl etwas unendlich Feierliches. Der Meister ... der Herrlichste von allen im Kreise seiner Jüngerinnen. Und für mich ist er so furchtbar komisch ... wie ein kleines Kind! Ich muß oft geradezu lachen vor Mitleid über ihn und seinen schönen träumerischen Vollbart ... und seinen Zorn, daß er auch noch einen Charakter haben soll, der arme Geißbub außer Diensten!«

»Und dabei wirst du blaß, wenn er dich nur ansieht!«

»Ja – Angst hab' ich auch vor ihm! Das geb' ich zu! Das ist die andere Seite der Sache! Er ist so stark. Und so schlecht. Und so unbefangen dabei, als könne das gar nicht anders sein. Als wäre er die Krone der Schöpfung. Das gefällt mir! Dagegen wehre ich mich mit Kratzen und Beißen, wenn es sein muß! Er soll mich nicht unterkriegen! Und Gott sei Dank – er hat auch gehörig Angst vor mir! Ich hab's gemerkt! Ich bin offenbar der einzige Mensch, der je auf die Idee gekommen ist, ihn ganz vergnügt ins Gesicht hinein auszulachen. Das macht ihn ganz ratlos und verstört, unseren Meister Goliath! Auf alles ist er gefaßt, aber auf solch eine Majestätsbeleidigung nicht. Dadurch wird er unsicher, schaut herum und kämmt seinen Vollbart. Oh – ich kenn' ihn!«

Sie lächelte zufrieden und feindselig und trommelte mit den Fingern auf der Bettdecke.

»Ein Einverständnis ist zwischen uns wie zwischen zwei Spitzbuben! Wir verabscheuen uns. Drum helfen wir uns im Leben! Der Meister hält etwas von mir. Ich glaube, wenn er mal heiratet, fragt er mich auch zuvor um Rat!«

Meister Josephus im Frack vor dem Standesbeamten! Sie schüttelte sich förmlich vor Heiterkeit bei dem Gedanken.

»Du! Das ist eine himmlische Idee! Er hat heute vom Heiraten gesprochen! Aber er tut's nicht! Er tut's nicht! Er hat die Frauen zu lieb, meint er! Er will keine kränken!«

Sie bezwang ihren Übermut, da sie sah, daß ihre Schwester ernst blieb, und streckte die schmächtigen weißen Mädchenarme spielerisch wie eine Katze nach ihr aus, um sie am Kleid beim Bette festzuhalten. »Pscht! Das heißt ... ich glaube ... er tut's doch einmal! Bald! Er ist reif! Er wird alt. Und wenn er dann vertraulich vorher meinen Rat wissen will ... weißt du, was ich ihm dann antworte?«

»Ach – schlafe jetzt, Lotte!«

»Du mußt mir aber dein großes Ehrenwort geben, nicht böse zu werden!«

Ihre Schwester suchte sich ungeduldig loszumachen. »Du sollst schlafen!«

Lotte wand sich wohlig in den Kissen. »Also ich würde mich auf die Fußspitzen stellen, den Meister am Ohrläppchen zupfen und ihm ins Ohr tuscheln: ›Machen Sie ein Ende mit Schrecken, Meister! Heiratet euch! Dreizehn Jahre überlegt ihr es euch jetzt und jünger wird kein Mensch! Ihr kennt euch! Ihr habt euch gern und eine treuere Seele finden Sie nicht, lieber Seppl – eine Seele, die nur für Sie lebt und einen Kultus mit Ihnen treibt und Ihnen ihre ganze Zukunft geopfert hat, was ich freilich nicht begreife. Sie nennt das vorderhand Freundschaft ... Aber wenn Sie ihr das richtige Wort dafür sagen, sagt sie auch nicht nein! Also los!‹« Sie schloß tiefaufatmend und befriedigt. »Warum weinst du denn? Das ist doch nichts Trauriges! Das wissen wir alle doch seit einer Ewigkeit, daß du ihn so lieb hast! Er verdient's ja gar nicht! Aber ich! Komm her und gib mir einen Kuß!«

Sie hing, sich aufrichtend, ihre schlangenkühlen bloßen Arme um den Hals der anderen, die blaß und verstört zu ihr getreten war, und zog sie mit dem Ungestüm ihrer Liebkosung zu sich herab und verschloß ihr, sowie sie reden wollte, den Mund mit ihren Lippen.

»Gut ist's!« erklärte sie endlich und lächelte listig und katzenweich über die vereinzelten Silberfäden hinweg, die im Haar der anderen schimmerten. »Ich bin doch eigentlich ein lieber Kerl? Nicht? Ihr verkennt mich alle. Besonders unser guter Meister Josephus! Der hält mich für ein nachtschwarzes Scheusal! Schade, daß ich nie seine Frau werden kann! *Dem* gönnte ich mich! Da könnte er etwas erleben! Aber lieber nicht!«

Sie lachte herzlich wie ein Kind. »Zu komisch! Mir ist er ungefährlich! Ich glaub' – ich hab' überhaupt kein rechtes Talent, mich zu verlieben. Ich bin nie über die ersten Ansätze hinausgekommen. Eigentlich hab' ich ja die Männer furchtbar gern. Aber sowie sie verliebt sind und düster und gefühlvoll werden, muß ich lachen. Ich weiß selbst nicht, warum. Vielleicht nur aus Übermut, weil ich mir dann so stolz vorkomme.«

Die andere hob ihren blassen Kopf in die Höhe. »Du bist ein sonderbares Ding!« sagte sie. »Gott weiß, wie das beisammen sein kann – so viel Temperament und dabei so eiskalt. Ich kenne dich doch besser als irgendwer – aber ganz klug werd' auch ich nicht aus dir!«

»Ich mag mich auch nicht kennen lernen!« Das junge Mädchen legte sich schläfrig zur Seite und schloß die Augen. »Das … das wäre am Ende dann eine höchst lästige Bekanntschaft. Die wird man dann nicht wieder los! Wozu denn auch? Es geht ja auch so! Man lebt so hin! Ganz nett! Gute Nacht! Jetzt werd' ich schlafen und von der Jungfrau träumen und du vom Meister Josephus. 's ist ein … ein … zu … komischer Kerl…«

Und damit glitten schon die Vorboten des nahenden Schlummers wie Schatten über die müden, schönen Züge. Sie ballte noch einmal seufzend die Faust, als wollte sie den Bergen oben gute Nacht wünschen, und ihre Brust hob und senkte sich langsam.

Ihre Schwester ging auf den Fußspitzen aus dem Gemach und schloß behutsam, mit einem letzten mütterlichsorgenden Blick nach der Schlafenden, die Türe.

VII

Unten im Gastzimmer lag Meister Josephus finster und majestätisch wie ein grollender Löwe auf zwei Stühlen hingestreckt. Der eine diente ihm als Sitz, der zweite als Stützpunkt für das geprellte Knie, das kokett in seinem Zillertaler unschuldweißen Leinenunterkleid zwischen der gestickten Hose und den Wadenstutzen herauslügte. Der Verwundete selbst rauchte eine Zigarette, trommelte, gedankenvoll zur Decke aufblickend, mit den Fingern auf das Wams und warf zuweilen über den goldenen Zwicker hinweg einen ruhigen Olympierblick auf die Engländerinnen und Amerikanerinnen, die den Mann aus der Gletscherspalte im Halbkreis und mit offenem Mund umsaßen.

Ellinor trat lächelnd zu ihm. »Lassen Sie doch die Komödie, lieber Freund! Sie sind ja gar nicht blessiert!«

Er sah düster zu ihr empor. »Und ob! Mein Knie schmerzt mich infam!«

»Weil Sie immer gleich so wehleidig sind! Wie ein Kind, das sich gestoßen hat. Versuchen Sie nur einmal zu gehen. Dann wird es gleich besser. Der Abend ist prachtvoll!«

Er brummte etwas in seinen Siegfriedbart, erhob sich aber fügsam und humpelte auf sie gestützt hinaus. Schon auf dem Flur verlor sich das Hinken und als sie vor das Hotel traten, in die sternenhelle, herbe Höhennacht des Hochsommers, hatte er es selbst vergessen und atmete mit tiefen Zügen die dünne, kalte Luft ein.

»Lotte schläft!« sagte seine Begleiterin.

Er machte eine ungeduldige Bewegung plötzlich aufsteigenden Zorns. »Lotte! Wenn ich nur nichts mehr von Lotte hören müßte – wenn ich sie nur nicht mehr zu sehen brauchte ... die törichte Jungfrau! Sie macht mich dumm! Sie macht mich klein! Ich mag das nicht mehr!«

Sie sah ihn erstaunt und ungläubig an.

»Ich mag das nicht mehr!« wiederholte er hartnäckig. »Wohin führt denn die Lotte und all das Treiben? Man wird ein Zwerg, ein Schneidergeselle – ein herzoglicher Hofrat unter all den Weibern und Männern. Das sind alles Affen! Lotte an der Spitze! Die sollen mich in Ruhe lassen!«

»Aber, lieber Meister...«

»Ach was, Meister! Lieber Stümper – müssen Sie sagen – lieber Tonkneter ... lieber Esel ... Wo ist denn mein Meisterwerk – he? Ja – im Kopf hab’ ich’s – und in der Faust fühl’ ich die Kraft – die Zuversicht, wie ich sie schon als Geißbub gefühlt hab’, eh’ ich eine Ahnung gehabt hab’, was Meißel und Marmor sind – die Zuversicht, mein’ ich, daß man’s zu etwas bringt! Aber rühr’ ich denn den Finger dazu, um es auszuführen? Nein – ich vertrödele meine Tage ... als ein Komödiant, ein Schürzenjäger, eine Hofschranze – o pfui über mich! Pfui! pfui!«

Er war nahe daran, bitterlich zu weinen. Sie legte ihm die Hand auf die mächtige Schulter, derb und fest, wie ein guter Kamerad, und nickte ihm halb ungläubig zu, als wollte sie sagen: »Recht so! Fahr nur so fort!«

»Pfui über mich!« erklärte er noch einmal verstört und entschieden. »Haben Sie im Zirkus gesehen, liebe Ellinor, wenn ein Kunstreiter auf einem ungezäumten Pferd sitzt? In Wirklichkeit hat das Pferd doch einen Zaum – aus ganz, ganz dünner, dunkler Seide – die sieht niemand im Publikum. An solch einer unsichtbaren Seidenschnur werden wir im Leben auch gelenkt. Heut hab’ ich’s bemerkt. Da hat es mich hinausgetrieben auf den Gletscher und in die Spalte hinein – bloß damit ich einmal Gelegenheit hatte, zerknirscht in solch einem Käfig über mich selber nachzudenken – so lang die törichte Lotte nicht plapperte...«

»Nun lassen Sie doch endlich einmal das Kind...«

Er zog erstaunt die Stirne hoch. »Ein Kind? Die Lotte ist viele tausend Jahre alt! Ich kenne sie! Seit Anbeginn der Welt! Aber einerlei! Da hab’ ich mich gefragt: Wenn dich nun wirklich der Teufel holt – unter uns gesagt, liebe Ellinor, wenn’s schon sein muß, zieh’ ich die Hölle vor – also wenn du unter allgemeinem Beifall eingescharrt bist – *was* hast du dann hinterlassen? Nichts – nichts – nichts, was deiner würdig wäre! Stümperkram – bestellte Arbeit – Ateliereinfälle ... Aber das Große fehlt – du selbst – *du* bist nicht darunter! Du hast deinen Marmor gegen

Bankeffekten und Orden in Tausch gegeben. Aber Geld kann jeder Damenschneider hinterlassen. Dazu bin ich nicht auf der Welt!«

»Nein, Meister!« Ellinor setzte sich neben ihm auf eine Bank. »Das hab' ich Ihnen alles schon oft gesagt!«

Er stützte reumütig das blonde Löwenhaupt in beide Hände. »Freilich! Aber hab' ich's geglaubt? Nein – oder vielmehr geglaubt und nach fünf Minuten wieder vergessen, was noch viel schlimmer ist. Aber jetzt wird es anders! Sehen Sie, Ellinor – daß ich heute noch einmal die Sterne über mir schauen darf und Ihr liebes Gesicht – das ist doch das reine Geschenk vom Himmel! Ebensogut könnte ich doch in der Eisfalle vermodern, in die mich die törichte Jungfrau hineingelockt hat! Die Lotte! Das Schaf! Heute hab' ich mein Leben zum zweitenmal geschenkt bekommen, und diesmal will ich es besser nutzen!«

Er faßte mit kräftigem Druck ihre Hand und schüttelte sie, ohne sie anzusehen, zwei-, dreimal, wie um seiner inneren Bewegung Herr zu werden. Dann wurde er ganz geschäftsmäßig und brannte sich, während noch die Tränen in seinen blauen Augen standen, eine neue Zigarette an.

»Also … aus is!« sagte er energisch. »Der Meister Seppl ist tot und begraben. Der Kerl hat lange genug gelebt. Der liegt oben im Rothtalgletscher. Und an seiner Stelle gibt es jetzt den stillen, fleißigen Joseph Ranggetiner, der es auf seine alten Tage noch zu etwas Großem bringen will. Und bringt es auch! Jetzt geht es erst nach Griechenland … Das ist wie ein Bad im warmen, durchsonnten Meer … Da spült man sich den Philisterstaub ab – ah – wird das wohltun … aber die Lotte nehmen wir nicht mit … die schicken wir nach Hause … irgendwohin zu Verwandten … jetzt gleich … ich will sie gar nicht mehr sehen, das kleine Scheusal!«

Ellinor verneinte. »Das geht nicht! Allein kann ich doch nicht mit Ihnen reisen. Es ist schon für zwei Schwestern auffallend genug – wenn wir auch immer in getrennten Hotels absteigen und alles vermeiden, was …«

»Philister über dir!« sagte er melancholisch. »Ewig die Philister. Na einerlei – also die Lotte kommt mit. Aber 's Mäulchen soll sie halten! Und während wir in Griechenland sind, löse ich brieflich alles in Deutschland auf – meinen Hausstand, mein Atelier … meine Klasse … wer will, kann den Krempel übernehmen. Ich bin ein freier Mann!«

Sie sah ihm mit ungläubigem, freudigem Schrecken ins Gesicht. »Und dann, Meister?«

»Dann muß ich noch einmal in den ekelhaften Norden zurück. Sie wissen, der Herzog von Siebenwalden hat mir sechs Wochen Bedenkzeit gegeben, ob ich nicht doch sein Anerbieten annehmen und seine Zopfresidenz mit den vierundzwanzig Statuen seiner Vorfahren schmücken will. Ein schöner Auftrag … zehn von den besten Lebensjahren nach einem fremden Willen schaffen und solche mittelalterliche Esel anschauen. Und wenn man fertig ist und wieder frei, fällt einem selber nichts mehr ein. Man hat das Können verlernt. Ich will gar nichts gegen einen Herzog sagen. Aber ich bin ein König! in meiner Kunst! Da soll mir keiner dreinreden!«

»Nein, Meister!«

»Also … Ich hab' ihm versprochen, ihm persönlich im Engadin die Antwort zu bringen. Sie wissen – was ein bißchen was Besseres unter der Potentaten ist, versammelt sich um die Zeit in St. Moritz. Ich werde ausnahmsweise mein Wort halten, hinkommen und sagen … kurz und bündig: Hoheit! Nein! Der lustige Meister Seppl, der Ihnen die Langeweile vertreiben soll, im roten Frack mit Ihnen zur Fuchsjagd reiten, im schwarzen Frack Ihnen und Ihren Lords und Landgräfinnen nach der Tafel Schnadahüpferln vorsingen und die Zither schlagen – und mit den alten Baroninnen Whist spielen, und mit den jungen Komtessen vortanzen wie ein höherer Hofnarr, und je nach Wunsch witzig oder bescheiden oder blödsinnig sein soll und in letzterem Zustand nebenbei Ihre zwei Dutzend Ahnen aushauen – bedaure, Hoheit – dieser Seppl ist tot! Leer und öde wie eine Sektflasche bei Morgengrauen. Er nutzt Ihnen nichts mehr! Lassen Sie ihn in Frieden fahren!«

»Aber wohin dann?«

Seine Augen leuchteten in einem schwärmerischen tiefen Glanz, den sie noch nie an ihm gesehen. »Kennen Sie Florenz? *Mein* Florenz! Wo ich als Akademieschüler auf der Stipendienreise in den Uffizien geweint und gelacht hab' und nachts in meinem Stübchen gekniet und zu der lieben Frau von Medici gebetet, daß ich ein Künstler werden möge? Das ist ja nun lange her, und ich bin mit einem Beine schon Hofrat des Herzogs von Siebenwalden. Aber ich zieh' das Bein zurück! Ich entfliehe! In Toskana bau' ich mir mein Nest. Was gibt es für herrliche Villen rings um Florenz … schwarze Zypressen herum und der Blick über die lachenden Rebhügel – alles feierlich und lieblich zugleich wie unsere Kunst. Dort werd' ich Künstler! Dorthin folgt mir keiner, der mich wieder zum Tiroler Seppl macht, zum Zillertaler, zum Possenreißer. Dort bin ich, wenn ich will, ganz allein – das heißt … wenn ich sag' allein … dann mein' ich die anderen … die Bekannten … die Frauenzimmer … all das Affenpack, das sich ewig an mich hängt. Aber meine Freunde mein' ich damit nicht! Freilich – wieviel Freunde hab' ich denn eigentlich? Einen! Da sitzt er neben mir! … Wenn ich nach Florenz gehe, liebe Ellinor – ziehen Sie dann auch dorthin?«

Sie nickte nur, langsam und ergeben, als wollte sie sagen: du weißt ja, ich hab' keinen Willen neben dir!

»Sie sind gut!« sprach er weich und zärtlich. »Immer. Der einzige gute Mensch, den ich in meinem Leben getroffen hab'! Der es wirklich von Herzen redlich mit mir meint!«

»Ja, Meister!«

»Vielleicht sind Sie überhaupt der einzige anständige Mensch auf der Welt! In Ihnen ist kein Falsch! Ihnen vertrau' ich! Wir wollen recht miteinander und nur füreinander leben. Sie sollen mein mahnendes Gewissen sein, noch mehr als bisher in den dreizehn Jahren, seit wir uns kennen und wo sich immer wieder fremde Menschen zwischen uns gedrängt haben. Und Sie haben so rührend an dem gottlosen, dummen Seppl festgehalten in der langen Zeit – so rührend treu! Sie haben so große gute Augen. Die schauen mir bis ins Herz! Das tut so wohl. Wenn ich Sie nicht hätte, Ellinor … was wär' ich für ein Kerl…«

Sie wendete den Kopf ab. Er sollte nicht sehen, daß sie bleich wurde vor Angst, einer unruhigen, seligen, quälenden Angst, wie sie ein Kind am Weihnachtsabend empfindet.

»Was für ein greulicher Kerl!« wiederholte er träumerisch. »Ohne meinen guten Geist! Sie sollen mich auf dem rechten Weg halten – Sie sollen in mein Atelier kommen, und wenn Sie sehen, daß ich wieder etwas leichtsinnig zusammengeknetet hab', wie der Münchener Seppl von einst – dann geben Sie einfach dem Diener einen Wink, und er wirft den ganzen Toni in den Arno, wo er am tiefsten ist! Wollen Sie das, Ellinor?«

Sie lachte leise. »So, wie Sie's eigentlich meinen, daß ich in Ihrer Kunst und Ihren Schöpfungen leben soll wie bisher die dreizehn Jahre – das gerne!«

»Dreizehn Jahre!« Er schaute zu dem Sternenhimmel auf. »Wenn ich dreizehn Jahre an etwas festhalten könnt' … ich komme mir so klein neben Ihnen vor, Liebe … ich hab' so ein schlechtes Gewissen…«

»Gegen mich! Dazu haben Sie *mir* gegenüber wirklich keinen Grund!«

»Nein!« Er seufzte. »Dank Ihnen! Denn ein Kerl wie ich … Ich bin ja nun einmal so niederträchtig veranlagt. Ich geh' mit mir selber durch, wenn's über mich kommt. Da gibt's kein Halten! Und unter uns gesagt: die Weiber machen es einem nicht gerade schwer! Aber dank Ihnen ist es bei der Freundschaft zwischen uns geblieben. Darüber bin ich jetzt so froh.«

»Ich auch!« sagte sie kurz und heiter.

»Es ist so was Reines! So was Nettes! Etwas angenehm Rätselhaftes – für *mich*! Aber was haben Sie, Ellinor, in all der Zeit geopfert?«

»Ich wüßte nicht was!«

»Sie hätten zum Beispiel doch heiraten können?«

»O gewiß. Ein paarmal!«

»Und haben'g nicht getan?«

»Nein – ich hab' nicht gewollt!«

»Warum denn nicht?«

Sie schwieg. Er sah sie sanft, beinahe ängstlich von der Seite an und dann wieder in die Höhe, zum Himmel hinauf.

»Es war Ihre beste Lebenszeit!« murmelte er endlich. »Die beste Zeit für eine Frau. Von zwanzig bis dreißig!«

Sie lachte mit pochendem Herzen. »Ach – sorgen Sie sich nicht um mich! Ich werde eine ganz vergnügte alte Jungfer ...«

»Ja – das sagen Sie wohl, um mich zu trösten!«

»Was hab' ich denn zu verlieren? Meine Jugend? Es kommt doch darauf an, wie alt man sich fühlt. Und ich fühle mich, trotzdem meine Haare vor der Zeit grau werden, so jung und rüstig wie je! Eine Bergsteigerin wie ich! Was war das heute wieder für eine Tour am Lawinentor. – Und mein Geld? Nun ja – das bißchen Vermögen, das ich hatte, das hab' ich in den dreizehn Jahren so ziemlich aufgebraucht – am meisten für Lottes Erziehung. Denn deren Erbteil ist unberührt. Sie muß doch ein bißchen Mitgift haben. Und endlich meine Schönheit? Lieber Gott – ich bin ja nie schön und nie häßlich gewesen! Ich seh' jetzt besser aus als mit zwanzig Jahren. Ja – wenn ich schön gewesen wäre wie Lotte ...«

»Lotte!« Er sprang zornig auf. »Lotte! Ewig Lotte! Wenn ich nur nichts mehr von dieser unnützen Lotte hören müßte. Ich werd' ein alter Mann, und ewig kommt man mir mit solchen Puppen, mit solchem Spielzeug, mit solchen törichten Lottchen ... Die sind ja gerade mein Unglück im Leben! Das sage ich Ihnen gleich, liebste Freundin: die Lotte kann ich in Florenz nicht brauchen. Verheiraten Sie sie inzwischen oder stecken Sie sie ins Kloster oder werfen Sie sie in einen Brunnen ... mir ganz egal ... nur bringen Sie sie nicht mit! Sonst werd' ich böse!«

»Ja aber ...« sie suchte mühsam nach den Worten ... »denken Sie doch nur ... so ganz allein ... in der fremden Stadt ...«

Er sah unwirsch weg, in die Nacht hinaus. »Nun ja ... allein ...« brummte er in den Bart, »... das freilich ...«

»Ich muß doch in einer Pension wohnen ...« fuhr sie stockend fort, »... und nun die langen Abende ... wenn Sie in der Künstlerkneipe sind ... oder eingeladen ... wir können doch nicht immer beisammen sein.«

Er trat rasch auf sie zu. »Warum denn nicht?« sagte er mit einem beinahe barschen, unsicheren Klang in der Stimme. »Es gibt doch ein sehr einfaches Mittel ... ein allgemein bekanntes, daß zwei Menschen zusammen leben ... ein Mann und eine Frau, mein' ich! O Gott ... o Gott ... nun fängt sie an zu weinen ... unaufhaltsam ... aber liebste Freundin ... es ist doch nichts so Schreckliches ... es wäre doch das einzig Richtige ... das einzig Vernünftige ... so weinen Sie doch nicht so fortwährend ...«

Er verstummte ratlos. Sie schluchzte, auf der dunklen Bank vor ihm kauernd, leise vor sich hin.

»Überlegen Sie sich's!« sagte er sanft und tröstend wie zu einem Kind. »Es ist ja ein bißchen spät, nachdem wir uns dreizehn Jahre kennen! Aber ich bin eben jetzt ein anderer Mensch. Oder ich werd' es ... in Griechenland! Und mit dir ...« Er legte ihr seine beiden breiten Hände auf die Schultern und küßte sie auf die Wange. »Und sagen tun wir's vorderhand niemand! Das ist unser Geheimnis zwischen dir und mir! Das geht die anderen gar nichts an ... nicht wahr, du?«

Sie nickte nur, willenlos unter seinen Händen, während er stark und sanft wie ein großes, gutgelauntes Raubtier mit seinem heißen Atem ihr blasses, tränenüberströmtes Gesicht streifte. Da klangen Schritte auf dem Kies. Vom Hotel her kam eine Gestalt, sich suchend umblickend, langsam auf die beiden zu.

Meister Josephus brummte einen bayrischen Kernfluch in seinen Bart. Er erkannte an der etwas verwachsenen Schulter Ellinors Genossen auf ihrer heutigen Bergfahrt. Mit zornigen Augen und lautlos wie eine Katze schlich er in das Dunkel hinein.

»Verzeihen Sie!« hörte er die Stimme des Fremden. »Ich möchte mich nur von Ihnen verabschieden, mein Fräulein. Ich will heute noch von Lauterbrunnen mit dem Wagen bis Interlaken. Und morgen nach Baden-Baden!«

»O!« Sie sammelte mühsam ihre Gedanken. »Hat das solche Eile!«

»Wie man's nimmt! Es sind jetzt dort die Rennen. Die berühmte ›große Woche‹. Und morgen wird der Große Preis gelaufen. Also auf Wiedersehen bis zu unserer nächsten Bergtour.«

»Ich glaube – ich werde keine mehr machen!«

»Nicht? Mein Gott – was haben Sie denn? Sie haben ja die Augen voll Tränen! Es ist doch nichts Schlimmes...«

Sie stand auf. »Im Gegenteil! Oder vielmehr gar nichts Besonderes. Ich dachte nur noch einmal an heute ... wenn ich meine Schwester und meinen Freund verloren hätte...«

»Und deswegen wollen *Sie* nicht mehr auf die Berge?«

»Vielleicht! Höchstens bei der Rückkehr von Griechenland noch einmal! Zum Abschied.«

»Dann versprechen Sie mir wenigstens, daß wir die letzte Tour zusammen machen! – Wir sind doch Kameraden geworden, in diesen Jahren, oben auf den Höhen! Wollen Sie es mir versprechen – ja? Sie wollten doch auch noch ins Engadin! Ich bin dort. Bei dem Herzog von Siebenwalden!«

»Woher kommen Sie denn zu so hohen Bekanntschaften?«

»Mein Gott ... er ist mein Freund!« Der unscheinbare Fremde lachte. »Oder vielleicht bin ich's selber!«

Sie schüttelte den Kopf. »Das sind Sie nicht! Den Herzog kenn' ich von Ansehen wohl! Aber nach dem Engadin kommen wir! Freilich mit einer Absage! Professor Ranggetiner scheint entschlossen, den Auftrag abzulehnen!«

»Schade! Also auf Wiedersehen!« Er schüttelte ihr die Hand zum Abschied. »Adieu, mein liebes Fräulein! Oder darf ich sagen ›Kamerad‹?«

»Adieu, Kamerad!« erwiderte sie lachend, und der Fremde verschwand im Dunklen.

Zweites Buch

VIII.

Frühmorgens war er aus Bern weggefahren, mit einem deutschen Schnellzug, der gegen Mittag flüchtig einen Augenblick auf der Station Oos rastete. Da stieg er aus. Sein großes Gepäck kam nach. Die Handtasche gab er dem Portier in Verwahrung und trat dann hinaus in die Augustglut, die über der weiten Rheinebene brütete und doppelt empfindlich einen eben noch vom Eishauch des ewigen Firns umfächelten Höhenwanderer traf.

Niemand begegnete der unscheinbaren Gestalt mit der etwas zu hohen Schulter und dem kränklich-blassen Gesicht. Heute war alles fort, unterwegs zum Rennplatz, zum Kampf um den Großen Preis von Baden-Baden, die Welt wie ausgestorben, bis der Fremde, vom Bahnhof sich westwärts wendend und über sonnengedörrte, abgeerntete Felder hinschreitend, die große Fahrstraße nach Iffezheim erreichte.

Von der Seite gesehen, war diese Chaussee nichts als eine endlose, nach beiden Seiten gegen Schwarzwald und Rhein sich erstreckende Mauer von Staub. Eine weiße, schattenhafte, halb durchsichtige Mauer, in der es undeutlich rollte und knallte, Pferdeköpfe, Damenhüte und Peitschen nickten – die Verkörperung eines unbestimmten, eiligen und einträchtigen Vorwärtsstrebens in die Ferne, nach einem Orte, wo irgend etwas zu holen, zu gewinnen war.

Beim Näherkommen konnte er die einzelnen Umrisse immer deutlicher unterscheiden, wie sie zwischen den graugepuderten Apfelbäumen, unter sich die weißen Staubwolken, über sich den stahlblau glühenden Augusthimmel, dahinglitten. Da eine mächtige vierspännige Mailcoach des Internationalen Klubs, auf dem Deck ein Tulpenbeet von Sonnenschirmen in allen Tönen des Regenbogens, darunter ein Farbenspiel von hellen Damenkleidern, buntgeränderten Strohhüten, schneefarbenem Flanell – vor und hinter dem melancholisch tutenden Koloß die Landauer der großen Hotels, Berner Chaischen des Schwarzwalds, Leiterwagen mit überstäubten schwarzen Massen von Ackerbürgern und Landwirten bis zum Rande vollgepackt, einzelne Gemüse- und Geflügelkarren, alles gerüttelt und geschüttelt, in Staub und Hitze ununterbrochen aus der Ferne heranrasselnd und in der Ferne verschwindend.

Er ging nebenher auf einem Seitenweg zu Fuß, fast der einzige seiner Art, seitdem die Eisenbahn nach dem Rennplatz eröffnet war. Mit seinem gewohnten stillen Lächeln sah er hinüber zu dem bunten Fastnachtszug, der fünf Tage im Jahr unter der heißen Spätsommersonne auf der sonst so eintönig daliegenden Landstraße für ein paar Stunden wie eine Luftspiegelung entsteht und verweht. Auch hier kümmerte sich niemand um den einsamen Fußwanderer. Irgendein junger Mann aus Baden- Baden, ein bescheidener Schullehrer aus Rastatt, vielleicht ein neugieriger Sommerfrischler aus einem der billigen Schwarzwaldbäder – wer kümmerte sich heute um derlei neben der Chaussee? Davon gab es genug. Dort drüben, wo in einiger Entfernung von der Rennbahn die Extrazüge hielten, dort wimmelte es von solchen Menschen. Schwarze, langsam hinwandernde und sich in die Länge ziehende Klumpen, ein strömendes, ameisenartiges Quellen aus den offenen, sich, beinahe unerschöpflich entladenden Coupétüren – in Staub und Lokomotivqualm, in Pfeifenschrillen, Schaffnergeschrei und Gelächter – das ist die Masse – das ist das Nichts, das von allen Seiten herbeiströmt, um offenen Mundes das alljährliche Stelldichein von Gothaer Almanach, arabischem Vollblut, goldener Internationale und europäischer Halbwelt anzustaunen.

Er war jetzt mitten drinnen in der Masse, gedrückt, gestoßen, gedrängt, wie in einer Dämmerung von Dampf und Glut, Zigarrenrauch und Menschendunst, zwischen Sergeanten und Bürgermädchen, Pfälzer Bauern und Handelsleuten aus Baden-Baden, Heidelberger und Freiburger Studenten, sportsmännisch verkleideten Kommis, heiseren Berliner Buchmachern, Frauen, Kindern, einem Gewühl und Geschwätz und Vorwärtsschieben menschlicher Leiber, einer üblen, beklemmenden Luft – und er dachte daran, daß er gestern um diese Zeit mit seiner Genossin vom Berge hoch oben am Lawinentor auf den Sturz der drohenden Schneelast gewartet, einsam über dem Nebel, wie Adler und Adlerin, unter sich den schwindelnden Abgrund, zu Häupten die feierliche Furchtbarkeit der Hochwelt in Lawinenrollen und Windesstöhnen und klagendem Dohlenschrei, und um sie wehend, kalt und hart wie Stahl, der ewige Atem der Berge, kein Menschenlaut in dem ganzen, unheimlich brauenden und kochenden, von himmelhohen Eiswänden umschlossenen Gletscherkessel – niemand um sie und ihn als die unsichtbare, unhörbare, fiebernd-belebende Nähe des Todes...

Ein derber Rippenstoß weckte ihn aus seinen Träumen. Ein verspäteter Hoboist drängte sich, mit seiner metallenen Trompete rechts und links in die Menge puffend, an ihm vorbei, hinterdrein fluchte und lachte es – die Männer trockneten sich den Schweiß von der Stirne und schoben den Zigarrenstummel in den anderen Mundwinkel, die Frauen husteten in dem Staube, die Kinder schrien – und wieder lächelte der junge verwachsene Bergsteiger, melancholisch und ironisch, wie ein Mensch, der halb wider Willen irgendeine lärmende Maskerade mitmacht.

Der Menschenstrom, der ihn trug, war jetzt an den Kassenschaltern angelangt und staute sich an den Eingängen zu den drei verschiedenen Plätzen. Er ging an allen den Drehtüren vorbei, aus dem Gewühl heraus, und allein weiter. Ein biederer Baden-Badener Bürger rief ihm nach: »Sie, Herr! do geht's rein!« und schüttelte den Kopf, als er sah, wie jener mit einer abwehrenden Bewegung seinen Weg hinter den Tribünen fortsetzte. Meinetwegen! Mochte der Fremde sich verlaufen! Vielleicht war es einer der vielen Ausländer, der gar kein Deutsch verstand.

Aber der andere wußte wohl, was er tat. Er befand sich jetzt auf der rechten Seite der hohen Holzgebäude, hinter der abgesonderten Tribüne des Internationalen Klubs. Hier herrschte die feierliche Stille der großen Welt. Zu ganzen Wagenburgen gereiht standen da die Viererzüge, die Landauer und Equipagen aller Art. Glattrasierte und vollbärtige Kutscher, Lakaien von lümmelhafter Majestät und knirpsig-kleine Grooms lehnten blasiert und halblaut plaudernd an den staubbedeckten Rädern, studierten das Rennprogramm oder wehrten die Mücken von den ungeduldig stampfenden und bäumenden Pferden ab. Hier war Ruhe und Behagen. Hier war man satt. Hier verachtete man die Welt, mit Ausnahme des Häufleins bevorzugter Menschen, die da vorne, jenseits der Holztribüne, sich von der großen Menge abgeschlossen hatten.

Und hier ging der Fremde hinein. Der Gendarm, der, in der Mitte der Wagenauffahrt stehend, sich von einem schmucken, wie ein Fürst in Hubertustracht ausschauenden Leibjäger über die neuesten Ereignisse im High-Life unterrichten ließ, machte eine Bewegung, um den unscheinbaren Herrn mit der schiefen Schulter darauf hinzuweisen, daß hier kein Eintritt sei. Kam es doch zuweilen vor, daß ein Schwarzwälder Bäuerlein oder sonst ein naives Gemüt die Rennen von der Tribüne des Internationalen Klubs aus zu beobachten versuchte. Doch dann beruhigte sich der Gendarm wieder. Zu was die paar Schritte machen? Es war so heiß! Und um Unberufene fernzuhalten, waren ja die beiden Klubbeamten am Eingang da.

Aber zu seinem Erstaunen verbeugten sich plötzlich die beiden Leute tief, mit abgezogenen Mützen und einem unterwürfigen Ausdruck auf den glattrasierten Gesichtern. Der Leibjäger nahm den Hut ab und die Zigarre aus dem Mund. Die majestätischen Lakaien, die rotbackigen Grooms, die blasierten Kutscher taten desgleichen, und der Fremde ging, höflich, beinahe verlegen den Gruß erwidernd, unter tiefem allseitigen Schweigen nach vorne, auf den grünen Rasen.

Dort blieb er stehen. Es war wieder das alte bunte Bild. Blauer Himmel, smaragdene Flur, papageifarbene Flatterwimpel an hohen Masten, leuchtende Farbenflecken von kirschroten, schneeigen, rosigen, himmelzarten Damenkleidern, glitzernde Offizierssäbel und Knöpfe, grelle Kragen und Mützenränder, schwarzes und graues Gewimmel, von Strohhüten und Sonnenschirmen überdacht, da der unwahrscheinliche kolibribunte Farbenfleck eines Jockeys in Dreß, langsam im Kreise stelzende Pferde, halbverwehte Militärmusik, Pfropfenknallen, Stimmengewirr, helles Gelächter. Er fuhr sich über die Stirne: Wiederum war es ihm, als ob er träumte. Kam die Lawine denn noch nicht? Sie drohte doch schon so lange da oben von ihren froststarrenden Zinnen. Oder waren sie beide eingeschlafen auf dem Felsen, der aus der schwindelnden Eismauer vorspringenden, nebelumfluteten, luftigen Adlersruhe, und träumten, schweratmend an das kalte Gestein gekrallt, träumten einen bunten Traum, der das Leben heißt, bis plötzlich unversehens von oben die weiße Lawine kommt und hinter ihr ein schwarzes, tiefes, stilles Nichts...

Ein junger Husar, der lässig herangeschlendert kam, zuckte beim Anblick des neuen Gastes auf dem Rennplatz plötzlich wie vor einem Vorgesetzten zusammen und grüßte lange, mit einem ernsten Gesichtsausdruck. Der andere machte, mechanisch seinen Strohhut abnehmend und wieder aufsetzend, eine leichte ungeduldige Kopfbewegung, als wollte er sich wachschütteln, und blickte sich dann suchend um.

Während es zur Linken, auf dem weiten Rasen des ersten Platzes, von Menschen wimmelte, war der Raum des Klubs, neben dem Richterpfosten, nur eben behaglich gefüllt und vor dem rechts anstoßenden Allerheiligsten, vor dem Fürstenpavillon, stand nur eine einzelne Gruppe.

Auf diese Gruppe ging er zu.

Im Näherkommen erkannte er sie alle – den schottischen Lord, einen sechs Fuß langen, vornübergeneigten Dandy, gelangweilt wie eine phlegmatische Trauerweide, und seine Frau, frisch und gesund, von jener kalten statuenhaften Schönheit der Engländerin, die unwillkürlich sofort den Gedanken an Sommersprossen, endlos lange Schuhe und eine reichbesetzte Kinderstube hervorruft – neben ihr den Londoner millionenreichen Porterbrauer und Rennstallbesitzer, eine hagere, jugendlich-elastische Greisengestalt, tiefe Runzeln auf dem kaffeebraunen, von weißem Haar umbuschten Gesicht, und die Augen so scharf und lustig in die Ferne spähend, wie vor fünfzig Jahren, da der verwetterte alte Fuchsjäger zum erstenmal hinter den Hunden über Graben und Hecken geflogen war.

Daneben der alte Pariser Herzog, ein wohlgepflegtes Männchen, mit silbernem Henri-Quatre und einer weißen Nelke im Knopfloch, sprudelnd-lebendig in Sprache und Bewegung, und doch zitterig, greisenhaft, der Träger eines uralten, überalterten, absterbenden Stammes. Um ihn, bald tadellos französisch, bald im gemütlichsten Wiener Fiakerdeutsch plaudernd, ein paar englisch zugestutzte österreichische Magnaten, ein verdutzt und traurig aussehender pechschwarzer sizilianischer Marchese, der offenbar in letzter Nacht mehr als ihm lieb war im Spiel verloren, ein langer preußischer Gardeulan aus irgendeinem ostelbischen Grandengeschlecht, ein kurzer, dicker, aufgeschwemmter Emporkömmling der Boulevards mit dem roten Bändchen der Ehrenlegion und glattrasiertem, rosigem Ohrfeigengesicht ... ach ja – sie waren alle wieder da! Und er kannte sie alle...

Er blieb stehen! War es nicht eigentlich besser, ein Ackersmann zu sein, – einer der Mühsamen und Beladenen, die er auf seinem Herweg gesehen, wie sie da draußen in den glühenden Feldern, im Mittagsbrand auf ihren Spaten gestützt dagestanden und mit gleichgültigen Augen dem vorbeirollenden Faschingszug der großen Welt gefolgt waren –, ein Ackersmann, der sich bei scheidender Sonne den Schweiß von der Stirne wischt und befriedigt sein Tagewerk, die lange Reihe der umgelegten, speckig glänzenden Furchen überschaut, der...

Aber da hatte ihn ein noch ganz knabenhaft in die Welt blickender, anscheinend eben erst aus Eton entsprungener Pair von England bemerkt und schien dem Mittelpunkt der Gruppe, einem hochgewachsenen, greisen Grandseigneur ehrerbietig etwas zuzuflüstern. Der sah auf und streckte dann dem Ankömmling die Hand entgegen.

»Bist du wirklich da!« sagte er leise und höflich. »Wir dachten schon, du erscheinst überhaupt nicht, während dein Pferd den Großen Preis läuft, sondern liegst wieder irgendwo über den Wolken in einer Schutzhütte eingerollt wie der Dachs im Bau und machst in Weltschmerz!«

Der andere drückte ihm die Rechte. »Da bin ich ja!« sprach er, zerstreut um sich blickend, und begrüßte die übrigen Herren etwas zurückhaltend, beinahe befangen.

»Hast du wieder so eine verrückte Bergtour gemacht, lieber Neffe?«

»Ja. So ein bißchen. Am Lawinentor.«

Die Sportsmen, die für den Alpinismus keinerlei Verständnis besaßen, machten zweifelnde und bedauernde Gesichter. Ihnen, den dreisten und verwegenen Reitern, schien das Wort »Lawinentor« einen unangenehmen, beklemmenden Klang zu haben, ein Gefühl wie vor etwas Schwindligem, Halsbrecherischem, mit einem Totenkreuz in irgendeinem Alpendorf Endenden zu erzeugen.

»Nun – und sonst was Neues?«

»Nein!« sagte der schmächtige junge Bergsteiger. »Oder doch! Etwas, was dich angeht. Aber nichts Erfreuliches! Fasse dich: deine vierundzwanzig Statuen muß ein anderer machen! Professor Ranggetiner lehnt deine Berufung ab! Er kommt nicht!«

»Warum denn nicht?«

»Nun – erstens ist er gestern in eine Gletscherspalte gefallen und beinahe tot geblieben. Und zweitens und eigentlich will er nicht! Er reist heute weiter nach Griechenland. Er flieht vor dir und deinen Werbungen!«

»Woher weißt du denn das?«

»Ich hab's gehört!« sagte der kleine Prinz gleichgültig. »Aber sei ohne Sorgen! Es findet sich schon jemand, der unsere Ahnen in deiner Residenz aufbaut!«

Sein greiser Oheim furchte mißmutig die Stirne. Er war wohl zwei Köpfe größer als der unansehnliche blasse Tourist, auf den er kopfschüttelnd niedersah, und in jeder Hinsicht sein Gegenteil: hier der alte heitere Grandseigneur – dort trübe unscheinbare Jugend.

»Nein – Professor Ranggetiner kommt nicht!« wiederholte Prinz Wilfried. »Schade! Solch ein bunter Zillertaler wäre eine hübsche Staffage in unserem Nest – ich will lieber in unserer stillen kleinen Residenz sagen, um dich nicht zu kränken!«

»Du bist ja nie dort!«

»Nein. Gott sei Dank!«

»Und was den Meister Josephus betrifft.« Die Wolken auf der Stirne des Herzogs von Siebenwalden verloren sich wieder und er schlug die Fingerspitzen aneinander, leise und belustigt, wie ein großer Herr, der mit seiner Umgebung Katze und Maus spielt. »Gott sei Dank ... Meister Seppl ist blond. Blonde Leute kann man eher zu etwas bringen. Sie haben weniger Willen. Er wird an den ungeraden Wochentagen nein sagen und an den geraden ja, und am Sonntag hab' ich ihn!«

»Viel Glück!« sagte der kleine Prinz und es zuckte ein wenig mephistophelisch um seine Lippen, als denke er sich allerhand, was er verschwieg. »Aber um von etwas anderem zu sprechen – wo ist denn eigentlich meine Frau?«

Das wußten die Herren nicht! »Vorhin war Virginia bei den Ställen!« meinte der Herzog. »Sie sah nach ›Aegir‹ und sprach mit dem Trainer ... natürlich ... wenn du zu einem der größten Rennen des Kontinents, wo in deinem Stall alles, Pferde und Menschen, vor Aufregung zittert, erst eine Stunde vorher eintriffst, als ginge dich die ganze Geschichte gar nichts an...«

»Eigentlich ist es doch auch furchtbar egal!«

Die Sportsmen sahen sich stumm an. Daß ein Mann, der zum Großen Preis den voraussichtlichen Sieger satteln ließ, den Träger der deutschen Farben gegen Frankreich und Oesterreich – daß der ein solches Riesenereignis als eine gleichgültige Sache bezeichnete – das erschreckte sie. Das machte sie still vor Staunen, obwohl man an die Eigenart des melancholischen kleinen Prinzen schon gewohnt war.

»Wo meine Frau ist, möchte ich wissen!« wiederholte der Prinz von Eck ungeduldig. »Gott sei Dank – da kommt Kurakin. Der weiß immer, wo die schönen Frauen sind!«

Fürst Kurakin, der alte Petersburger Viveur, hinkte, auf seinen Stock gestützt, heran. Er grüßte flüchtiger als die anderen. Betrachtete er sich doch, da er regelmäßig den ganzen Sommer in Baden-Baden zubrachte, hier halb als Hausherrn.

»...Haben Sie meine Frau gesehen?«

Der alte Russe hustete. Alle Sünden der Welt, alle Laster von Paris schienen seinen gebrechlichen Körper ausgemergelt zu haben. Sein Gesicht mit dem schwarzgefärbten Schnurrbart war wie aus Pergament, sein Körper wie ein klapperiges Gerüst, über das ein Pariser Modekünstler das neueste Stutzengewand malerisch drapiert hatte. Ein seiner Duft von Kölnischwasser und Papyros umwehte ihn. »Dort drüben!« murmelte er mit einem leisen frivolen Augenblinken und wies mit seinem elfenbeinernen Krückstock nach dem Eingang zu dem kleinen Büffet der Klubtribüne.

Eine weiße Gesellschaft hatte sich dort niedergelassen. Alles weiß in weiß. Weiße Strohhüte mit buntem Band, weiße Flanellanzüge, weiße Schuhe und Krawatten. Es war etwa ein halbes

Dutzend junger Männer von angelsächsischem Typus, alle völlig glatt wie Schauspieler oder Geistliche ausrasiert, und ein Unbefangener hätte sich wundern können, wo auf einmal alle diese unschuldsfarbenen wie in Blütenschnee gekleideten jungen Reverends herkamen. Aber hier auf dem Platze wußte jedermann, daß in dieser seltsamen Mischung von Athlet und Stutzer sich die Blüte der New Yorker Finanzwelt verbarg.

Und zwischen diesen angehenden Börsenkönigen, die alles daran zu setzen schienen, für vornehme Briten aus Normannenadel zu gelten, saß, gleichfalls ganz weiß in weiß, eine schöne Frau, vielleicht die schönste ringsum, und lachte und scherzte mit der sie umflirtenden goldenen Jugend.

Der kleine Prinz machte ein noch tiefsinnigeres Gesicht als bisher. Dann ging er langsam auf die schöne Frau zu.

IX

Sie war wirklich schön. Das fand nicht er allein. Das sagte das Geflüster, die langen Blicke der Herren hinter ihr, wo sie hinkam, so gut wie das neugierige feindselige Schweigen, mit dem die Frauen ihr nachschauten. Und es gab doch wahrlich genug schöne Frauen auf dem grünen Rasen von Iffezheim – Welt und Halbwelt, Frauen in Weiß und in Blau, in Rosa und Mauve und am meisten Frauen, selbst Blondinen, in einem blutdürstigen Scharlachrot, das eben Mode war. Frauen aus allen Ländern, von diesseits und jenseits des Kanals und des Atlantischen Ozeans, nervöse gepuderte Pariser Weiblichkeit, britische Gesundheit und rosige Frische, halb slawische Puppenköpfchen aus Wien, nordisches Blondhaar und welsches Blauschwarz, – es war alles da und lachte und flirtete und fegte mit buntem, knisterndem Kleidersaum das grüne Gras und sonnte sich und seine Schönheit unter dem blauen Himmel.

Aber seine Frau war etwas Besonderes. Der kleine Prinz wußte es wohl. Das war kein Kopf wie die anderen, diese klassischen Napoleonzüge, nur verweichlicht, gemildert, geglättet, wie auf altrömischen Münzen. Das Haupt irgendeines weibisch-schönen jungen Cäsaren, satt und doch genußsüchtig verträumt. Auch die Hautfarbe schien korsisch – ein mattes, gesundes Gelb – und darüber, ein Zeichen ihrer irischen Abstammung, das prachtvolle, hoch aus der Stirne gewellte rotblonde Haar mit seinem herausfordernden Gegensatz, den großen, dunklen, feurig hin und her blitzenden Augen.

Sie war größer als er. Hochragend und tannenschlank, alles an ihr weiß in weiß, helleuchtend wie eine Marmorstatue, stand sie da und wartete, bis er herankam. Eine eigentliche Begrüßung zwischen den Gatten fand nicht statt. Sie gaben sich nur zögernd die Hand und der kleine verwachsene Prinz blickte ihr stumm in das Gesicht, in diese wie aus mattem Elfenbein gemeißelten und durchscheinend rosig abgetönten, von Lebensfrische, Selbstsucht und Gesundheit leuchtenden Züge.

»Wie er mich wieder anschaut!« sagte Virginia auf englisch zu den sie umstehenden weißflanellenen Trabanten. »Immer schaut er mich jetzt so vorwurfsvoll an ... schon seit einem Jahr ... mit großen, melancholischen Augen, als sei Gott weiß was geschehen. Ich glaube, er ärgert sich, daß ich immer vergnügt bin! Aber ich bin's trotzdem!«

Die jungen Gentlemen schwiegen höflich, und sie wendete sich stirnrunzelnd ihrem Manne zu. »Wo warst du denn eigentlich wieder die drei Tage?«

»In den Bergen!« sagte Prinz Wilfried kurz und scheu.

»Auch ein Vergnügen!« Sie schüttelte den rotlockigen Cäsarenkopf, daß ein feiner, betäubender Duft den seidenen Haarwellen entstieg. »Da waren wir harmloser! Wir haben zwischen den beiden Renntagen einen Ausflug in den Schwarzwald gemacht, zu Fuß! Wie die Handwerksburschen sind wir herumgezogen und haben gesungen und in einem kleinen Dorfwirtshaus zu Mittag gegessen ... Sauermilch und Forellen – weiter gab's nichts – ein klassisches Menü ... Zu nett war's! Wenn nicht die ewige Sorge um ›Aegir‹ gewesen wäre – daß ihm am Ende das weiche Wasser hier nicht bekommt – die beiden englischen Steepler sind schon regelrecht krank und...«

»Was macht denn Baby?«

»Unser Baby?« Sie schien erstaunt. »Was soll es machen? Es trinkt, schreit und schläft!«

»Also es ist wieder ganz wohl?«

»Nun gewiß! der Schwächeanfall, um den du dich so gebangt hast, ist längst vorüber.«

»Und auch nicht wiedergekommen?«

»Bis jetzt nicht! Und übrigens ... davon, daß du dann jedesmal mit deiner Melancholie in die Berge läufst, wird es auch nicht besser...«

»Was sagt denn der Arzt?«

Sie wurde etwas nervös. »Du hast es dir doch jeden Tag telegraphieren lassen. Heute früh noch nach Basel!«

»Und dir hat er weiter nichts gesagt?«

»Nichts Besonderes! Die Ärzte rücken ja nie mit der Sprache heraus, wenn sie nicht müssen. Baby sei eben sehr zart ... das alte Lied ... Nach dem Engadin dürften wir es nicht mitnehmen ...

wegen der rauen Luft … besser aufs Land, in den Wald … Das macht sich für die paar Wochen, wo wir in St. Moritz sein werden, ganz gut, daß Thieregg jetzt völlig eingerichtet ist …«

»Solch ein altes, dumpfes Schloß … und in Niederösterreich … in so weiter Entfernung von uns! Wenn etwas passiert, haben wir zwei Tage Fahrt!«

»Es passiert eben nichts! Jedenfalls ist Baby dort besser aufgehoben als in einem Engadiner Hotel zur Hochsaison!«

Er unterdrückte den Gedanken, daß für die Mutter die Kinderstube vielleicht auch der richtigere Platz sei als das Kurhaus eines Modebades. »Ist denn Baby wenigstens hier in Baden-Baden im Hotel gut versorgt, während du auf dem Rennplatz bist?«

»Nun natürlich! Es hat doch alle Pflege! Was sollte ihm denn fehlen?«

»Entschuldige nur die Frage!« sagte der Prinz von Eck melancholisch. »Aber da du mir nur von der Gesundheit meines Pferdes erzählst, war ich etwas neugierig, wie es um unsere Tochter steht!«

Sie zuckte die Achseln. »An ihm ist eine Kinderpflegerin verloren gegangen!« sagte sie ernsthaft zu den diskret etwas zurückgetretenen New Jorker Athletengigerln. »Rührend ist er in der Sorge um die Kleine. Oft trägt er sie selbst, wenn sie schreit, im Zimmer herum. Ich finde, er übertreibt's! Er übertreibt alles! Er nimmt alles zu schwer … zu hoch … zu tief … ich weiß nicht … es ist nicht mein Maß … du … weißt du, wer alles mit auf der Schwarzwaldtour war?«

Dabei lächelte sie ein bißchen neugierig und grausam. Aber Prinz Wilfried erwiderte nur: »Nein. Es ist mir auch ganz gleichgültig!«

»Ja … also und ›Aegir‹ … ich war heute früh schon mit Little Tom hier draußen in Iffezheim … in den Ställen … also ›Aegir‹ hat …«

»›Aegir‹ hat vier Beine und wird die in einer halben Stunde für uns im Großen Preis in Bewegung setzen!« sagte der kleine Prinz melancholisch. »Das weiß ich alles, Liebste, – nur warum du und ihr alle hier und die Menschenmassen da draußen und wer weiß wie viele Tausende in Europa und Amerika sich darüber so aufregen, ist mir ein Rätsel.«

Ringsum entblößten sich die Häupter. Von der ersten Tribüne klang ein diskret gedämpftes Hochrufen in die fernen Klänge der Nationalhymne. Der Großherzog von Baden war erschienen und ging, vornehm und leutselig wie immer jeden Gruß erwidernd, langsam durch das Menschenspalier. Das Präsidium des Klubs umgab den greisen, in hellblaue Dragoneruniform gekleideten Bundesfürsten und geleitete ihn zu dem reservierten Pavillon.

Virginia sah ihm gedankenlos nach, finster und verstört mit den Eckzähnen in das Spitzentuch beißend, das sie langsam durch die Lippen zog. Ihr Mann war befremdet. »Was hast du denn?« fragte er.

Sie fuhr wie aus einem Traume auf. »In einer halben Stunde!« murmelte sie und trennte nun wirklich ein Eckchen des seidenen Gewebes ab. »… In einer halben Stunde … ich halte es nicht mehr aus vor Aufregung. Ich sag's euch allen jetzt schon, sowie ›Aegir‹ gesattelt wird, ziehe ich mich ins Damenzimmer zurück, bis das Rennen zu Ende ist!«

»Und was machst du denn in der Zeit, Virginia?« fragte der Prinz Wilfried sanft, mit einer schonenden, mitleidigen Neugier.

»Das weiß ich nicht. Vielleicht schlaf' ich vor lauter Angst … wenn ich die Augen so ganz fest zumache … oder ich weine … oder nein … ich bete … ja … ich werde beten, daß ›Aegir‹ gewinnt. Das hilft gewiß!«

»Und wenn ›Aegir‹ siegt!« Sie strahlte plötzlich wieder und musterte mit dem Blicke einer Kaiserin ihr athletisches Gefolge. »… Gott! Gentlemen! Ich weiß gar nicht, was ich dann tue vor Glück! Welch eine Ehre! Welch ein Triumph! Alle meine Freundinnen diesseits und jenseits des großen Wassers vergehen vor Neid. Und er muß, gewinnen! Er muß! Ich *will* es!«

Dabei runzelte sie die Stirne, daß zwischen den glühenddunklen Augen eine finstere Furche entstand und die Ähnlichkeit mit einem düsterschönen, jugendlichen Cäsarenkopf noch deutlicher hervortrat. Dann wurde sie plötzlich geschäftig, nervös, fiebernd tätig.

»Jetzt heißt es aber noch handeln!« rief sie und rauschte, immer die weiße Herkulesschar hinter sich, hinaus auf den Übergangsplatz zwischen dem Klubraum und der ersten Tribüne.

Ihr Mann folgte ihr nicht. Er wußte, dort befanden sich die Buchmacher, ihre Geschäftsfreunde! Wo sie ging und stand, war sie von einem Schwarm dieser Leute umkreist und winkte sich je nach Laune die Vertreter von Paris, von London oder Wien heran. Sie genierte sich dabei gar nicht, obwohl sie wußte, daß die anderen Millionärinnen das *shocking* fanden. Der Erwerbssinn und mehr noch die Lust an der gewagten Spekulation war in ihr zu mächtig. Sie machte Geschäfte auf dem grünen Rasen wie ihr Vater drüben in der Wallstreet von New York in Silberminen, zehn, zwanzig, dreißig Wetten hintereinander, die in den Brieftaschen der Buchmacher eingeschrieben standen und die sie mit unbegreiflicher Sicherheit alle auswendig im Kopf behielt, Wetten auf Sieg und Platz, Wetten auf drei, auf fünf Sieger hintereinander, wobei der Einsatz sich im Quadrat bis zu enormen Summen erhöhen und einen leichtsinnigen Buchmacher ruinieren konnte, Wetten vom Frühjahr her, wo ›Aegir‹ noch nicht für so aussichtsreich galt und mit 6:1 zu haben war, und neue Wetten, eine Stunde vor Beginn des Rennens, wo die Geschäftsmänner des Turfs schwierig geworden waren und den prinzlichen Hengst überhaupt kaum mehr »legten« – ja, wie ihr Mann sie kannte, würde sie noch beim Aufgalopp der Pferde zum Start irgendeine wilde Spekulation abschließen und gewinnen. Sie gewann meistens und verschenkte gewöhnlich alles großmütig an die erfolgreichen Jockeys. Am Geld war ihr nichts gelegen – nur am Sieg … an der Aufregung … am Leben …

Das war eigentlich das Wunderbare an ihr, daß sie so gar nicht blasiert war. Ihr ganzes Wesen war voll naiver Genußfreudigkeit, voll von einem kalten, sonnigen, strahlenden Egoismus, und man konnte sie sich gar nicht anders denken, als sie war.

Jetzt kam sie zurück, eilig wie gewöhnlich, trat dann plötzlich zur Seite und sank in einer tiefen, unergründlichen Verbeugung zusammen. Der Prinz von Wales ging an ihr vorbei, verbindlich, müde, behäbig, korrekt als erster Gentleman Europas gekleidet und von einem Schwarm ehrfurchtsvoller Britinnen umringt, und lüftete höflich und etwas gelangweilt seinen Strohhut vor der freien Amerikanerin. Dann richtete sie sich auf und gestikulierte lebhaft. Sie suchte ihren Kasten mit der Amateurkamera.

Ein hagerer, langer, knochiger Engländer, der ein wenig an einen Preisboxer erinnerte, kam darauf gemächlich, die schwarze Kassette unter dem Arm, nach vorne und beeilte trotz aller ihrer Winke seine Gangart nicht. Bei seinem Anblick flog ein Schatten des Widerwillens über Prinz Wilfrieds blasses Gesicht. Er war ja schon an den Hofstaat seiner Frau gewöhnt, diesen Schwarm internationaler Kavaliere, der sich um einen Stamm junger New Yorker Börsenfürsten gruppierte und mit ihr kreuz und quer durch die Modeorte von Europa zog. Er hatte schon allerhand zweifelhafte Erscheinungen darunter kommen und gehen sehen – eigenartige päpstliche Grafen aus Paris, italienische Herzöge von nebelhafter Abkunft, sonderbare rumänische Fürsten und Dalmatiner Marchese – alles junge Männer von tadelloser Wäsche und Kleidung, tadelloser halblauter Konversation in drei oder vier Sprachen und tadelloser Brieftasche mit Päckchen von Fünfpfundnoten, Hundertfrankbillets oder Tausendmarkscheinen in dem Jackett – er wußte auch, daß Virginia abwechselnd den einen oder den anderen bevorzugte, ihn erhob und spielerisch lächelnd, wenn er langweilig geworden war, wieder fallen ließ, ohne doch eigentlich ihrem Rufe etwas zu vergeben – aber so unsympathisch wie Mr. Stuart Owen, der englische Herrenreiter und zur Zeit erklärter Cicisbeo, war ihm noch keiner gewesen.

Er hatte gehofft, daß Mr. Owen wegen seiner verdächtigen Reitkünste doch einmal vor die Stewards des Klubs gerufen und von den Rennbahnen des Kontinents und damit auch aus der Gesellschaft verbannt werden würde. Aber der hagere, junge Brite war zu schlau. Er ritt nicht nur von Hause aus vorzüglich, sondern, wenn es durchaus nicht anders ging, auch geknickten Herzens ehrlich und ließ sich nicht so leicht erwischen. Immerhin war er nicht gerade angesehen – einer jener zweifelhaften Zwitter zwischen Gentleman und Jockey, wie sie der englische Turf erzeugt und ungebeten an das übrige Europa abgibt.

Heute hatte er nicht zu reiten. Die Hände halb in den Hosentaschen stand er vor Virginia da – brutal, ein bißchen stumpfsinnig, zwischen den mächtig entwickelten Kiefern des rostbraunen Bulldoggengesichts den englischen Stalljargon kauend, der Typus breitschulteriger britischer Roheit. Seine Frau hatte sich von ihm scheiden lassen, weil er sie zu oft in der Trunkenheit geprügelt hatte. Aber auch das schadete ihm hier nichts. Man nahm ihn ja ohnedies nicht ganz recht als Gentleman. Viele der Frauen fürchteten sich vor ihm und konnten die Augen nicht von ihm wenden, und was sonst um ihn war, was hinter seinem Rücken getuschelt und geflucht wurde, prallte an seinem unerschütterlichen Phlegma ab. Offen band ohnedies niemand gerne mit ihm an. Er war bekannt wegen seiner stiermäßigen Körperkraft.

» *Well* « sagte er über die Schulter hin zu dem kleinen Prinzen. » *I say – it's a good thing for* ›*Aegir*‹*!* «

Der andere erwiderte nichts. Ihn verletzte die plumpe Vertraulichkeit. Er fühlte immer wieder: In den Augen all dieser Engländer und Amerikaner, die als Vettern, Freunde und Turfgenossen seine Frau, wo sie ging und stand, umgaben, war er eben nur der Gatte Virginias, ein kleiner, verwachsener, armer deutscher Prinz, ein Ausstattungsstück, das sich die Millionärin gleich anderen, dem Komfort der Neuzeit dienenden Dingen von ihrem Vater, einem der Silberkönige des wilden Westens, hatte schenken lassen.

Es war ja auch wirklich so. Alles hier kam ja von ihr. Alles war von ihrem Gelde bezahlt. Der neu eingerichtete Rennstall, der um eine Unsumme in England erworbene »Aegir«, der von eben dort für einen haarsträubenden Preis zu dem Entscheidungsritt verschriebene »Little Tom«, der erste Jockey der Welt – er, der Prinz von Eck, der nominelle Besitzer all der Herrlichkeit, hatte mit dem allen, diesem ganzen lärmenden Treiben, dieser lachenden, naiven Verschwendung eben nur das eine gemein, daß seine Krone vielgezackt als letzter Knalleffekt darüber schwebte.

Er warf einen langen, trüben Blick auf seine schöne Frau und ging dann still beiseite. Sie bemerkte es. »Wo willst du denn hin?« rief sie ganz laut mit ihrer hellen Stimme.

Er blieb stehen. »Eigentlich…« sagte er zögernd, »…am liebsten führe ich nach Baden-Baden und sähe rasch einmal nach Baby!«

»Jetzt – wo bald das Rennen anfängt…?«

»Bis dahin kann ich zurück sein! Jetzt ist die Chaussee leer und unsere Traber sind schnell!«

»Und wenn du doch zu spät kommst…«

»Dann läuft ›Aegir‹ das Rennen eben ohne mich! Was liegt daran? Ich habe Baby seit drei Tagen nicht gesehen.«

Sie unterdrückte mühsam eine Bewegung des Unmuts. »Du wirst Baby noch oft genug sehen!« sagte sie hart mit umwölkter Stirne. »Habe die Güte und bleibe hier! Willst du mich denn in einem fort lächerlich machen mit deinem exzentrischen Wesen? Wer soll denn, wenn wir gewinnen, den Preis in Empfang nehmen? Etwa der Trainer?«

Das war richtig: Dort drüben, gleich am Drahtabschluß des Klubplatzes, stand auf einem Tisch der hochgetriebene kostbare Goldpokal und gleißte in der Sonne und harrte des siegreichen Pferdebesitzers, dem er nach dem Rennen überreicht werden sollte.

Virginia war schon wieder ganz mit dem Rennen und dem Ehrenpreis beschäftigt. »Den Pokal stellen wir in Thieregg auf – in dem großen Eichensaal!« beschloß sie und wendete sich erklärend auf englisch zu Mr. Owen. »Wir haben uns nämlich das Schloß Thieregg in Niederösterreich gekauft, um da unten ein *pied-à-terre* zu haben für die Jagden. Es sind schöne Jagden. Sie müssen auch kommen, wenn es an der Zeit ist. Es kommen eine Unmasse Menschen von überall her. Es wird viel Leben geben! Aber jetzt…« Ein neuer Einfall durchzuckte sie. Sie sah den kleinen Prinzen vorwurfsvoll an. »Natürlich hättest du es wieder vergessen! Gut, daß ich wenigstens an alles denke. Ich habe gestern telegraphiert, daß unsere Jacht seeklar gemacht wird. Es ist die höchste Zeit. Wir wollen doch zur Segelwoche nach Cowes, das war doch abgemacht. Und dann nach St. Moritz!«

Prinz Wilfried nickte nur stumm, als wollte er sagen: Ja – ja – schleife mich nur dahin und dorthin – in demselben ewigen lärmenden Müßiggang. Ich kann ja nicht anders. Ich muß dir ja folgen.

Sie achtete auch gar nicht mehr auf ihn. Sie bekam jetzt, wo eben das letzte Rennen vor der großen Entscheidung des Tages gelaufen wurde, ihre Nerven. Der rosig durchleuchtende Blutschein auf ihrem schönen, matt getönten Napoleonsgesicht verschwand. Sie sah bleich aus.

»So muß einem Duellanten früh morgens zumute sein!« sagte sie schweratmend zu Mr. Owen und warf dabei wieder einen begehrlichen, lüsternen Kinderblick nach dem in der Mittagssonne flammenden Goldpokal.

Der Herrenreiter zuckte die Schultern. Er duellierte sich als Brite nicht. Er boxte höchstens, wenn es sein mußte. Und das verstand er gründlich. Ein Blick auf seine knochigen Fäuste lehrte es.

Sie erwartete, daß er ihr etwas antworten sollte, um sie von ihrer Angst um ›Aegirs‹ Schicksal zu erlösen. Aber er blieb stumm. Ein Hauptgeheimnis seiner Erfolge bei Frauen bestand eben in dieser schweigsamen, phlegmatischen Brutalität.

Sie schlug ihm auf ben Arm. »Kommen Sie! Ich will noch einmal nach ›Aegir‹ schauen. Dann lege ich mich im Damenzimmer aufs Sofa und werde seekrank. Gehst du mit?«

»Nein!« sagte der kleine Prinz melancholisch. »Geh du nur allein! Wozu brauchst du denn mich?«

X.

Allmählich nahte jetzt der große Augenblick. Das erste Glockenzeichen tönte, und über das ganze menschenvolle grüne Feld ging eine seltsame Unruhe, ein anscheinend zweckloses Hin- und Herlaufen, ein nervöses Durcheinanderwogen, wie wenn der Stock des Wanderers einen Ameisenhaufen aufrührt und ein jedes der wimmelnden Pünktchen noch davonschleppt, was zu retten ist. Und hier wollte ja auch ein jeder aus der Sensation des bevorstehenden Kampfes etwas für sich herausfischen und beiseitebringen – von dem bescheidenen Zehnmarkstück am Totalisator bis zu den hohen Summen der Buchmacher und den noch höheren Klubwetten – einige wenige harmlose Gemüter ausgenommen, die wirklich nur gekommen waren, um zu schauen und wieder einmal festzustellen, daß wirklich ein Pferd schneller läuft als das andere.

»Welches wird das schnellere sein?« dachte sich der melancholische kleine Prinz, während er langsam, allein und nur von wenigen erkannt über den ersten Platz nach dem Sattelplatz schlenderte. »Vermutlich meines! Es ist in guter Kondition, während der Österreicher seit zwei Tagen schlecht gefressen haben soll – der eine Franzose ist überhaupt nicht zu fürchten – ›Graditz‹ auch nicht – und der zweite Franzose – nun, dafür habe ich eben »Little Tom« im Sattel – das Wunder der Welt, für einen horrenden Preis aus England herbeigerufen. Er wird es schon machen....«

Und was ist dann gewonnen? Hunderttausend Mark! Lieber Gott – Virginias Gatte hatte genug davon! Und drüben im wilden Westen lag noch mehr, viel mehr in den unerschöpflichen Silberminen des Schwiegervaters. Oder die Ehre? Ein Pferd zu besitzen, das eine Viertelsekunde rascher an einem auf hohem Gerüst stehenden, würdig und gespannt aussehenden Herrn vorbeigaloppierte als ein Haufen anderer, von buntgeputzten Zwergen zur Eile angespornter Vierfüßler! Oder das Vergnügen?

Ja – das Vergnügen, zu besitzen, zu siegen, zu gewinnen, zu leben! Das wäre schon da, wenn man nicht immer durch die Dinge hindurchsehen müßte, durch den glitzernden Schein, durch den farbigen Schleier der Maja wie durch Seidenflor hinaus in unbestimmte, stumme, ferne, feierliche Weiten. Und um einen her lärmt die Maskerade.

Er ging längs der langen Reihe der Totalisatorschalter hin. Wie die Bienen um den Stock schwirrte und summte es um die Verschläge mit ihrem rastlosen Klappern der Wettmaschine, den eintönigen Rufen der Beamten. Davor ganze Schwärme von Buchmachern, die jetzt, wo alles zum Sattelplatz strömte, ihren gewohnten Standort am Eingang der Klubtribüne, den sie gleich einer Mauer von Katilinariern gegen die einfache zahlende Menschheit des ersten Platzes zu schirmen pflegten, verlassen hatten. Es waren nicht wie an anderen Rennplätzen ihrer einige oder ein, zwei Dutzend. Sie zählten nach Hunderten, aus Hamburg und Berlin, aus Wien und Budapest, aus Paris und London mit der großen Ledertasche, dem Notizbuch und dem Fernglas herbeigereist. Und immer wieder klang aus ihrem Gemurmel und Köpfezusammenstecken und Gekritzel in schmierigen Briefmappen der Name »Aegir«, wie drüben in den militärisch-lauten Rufen der Schalterbeamten: »Eins auf die drei!«, »Aegirs« Zahl am Totalisator.

Sonderbar! Was interessierten sich nur alle die Leute für »Aegir«? Das hatte er, Prinz Wilfried von Eck, doch in erster Linie tun müssen! Er war ja der Besitzer, einer der großen Turfmatadore, deren Name in einer Viertelstunde in alle Windrichtungen telegraphiert wurde. Und ihn erstaunte das alles nur. Es war doch eigentlich alles so gleichgültig. Wie wenn man schliefe und im nächsten Augenblick die bunte Seifenblase zerspringen könnte. Das wirkliche Leben war doch wo anders – in einem selbst, in der Natur, in Menschen, mit denen man Mensch war – ferne von dem geschäftigen Müßiggang der großen Welt, die den anderen Erdbewohnern immer wieder dasselbe farbige Ausstattungsstück vorspielt und dabei innerlich gähnt und sich langweilt, wie nur müde Schauspieler bei der tausendsten Wiederholung um zehn Uhr abends sich langweilen können. Und wenn der fünfte Akt zu Ende war, fing sofort wieder der erste an. Das schien dem kleinen, verwachsenen Prinzen mit dem müden Lächeln auf dem blassen Gesicht das Trostloseste in der ganzen Sklaverei des High-life.

Unter den hohen Bäumen des Sattelplatzes staute sich rund um den Hufschlag des Rondells eine ehrfurchtsvolle Menge – Kokotten, Buchmacher, Offiziere, Philister, Dandys, Kellner, Stalleute, alles starrte mit fieberndem Interesse, vielfach mit einem angstvollen, beinahe gepeinigten Ausdruck der Neugier die fünf langsam und feierlich einherstelzenden, von saloppen Burschen an langer Trense geleiteten Fabelwesen an, die Auslese aus dem ältesten blauen Blut des internationalen Pferdeadels, deren Stammtafeln sich durch Jahrhunderte rückwärts in den Oasen der Sahara verloren und vielleicht dort noch an weitere, bis zu Mohammeds Tagen reichende Ahnenreihen anschlossen.

Es waren wirklich mit Ausnahme eines Häufleins Fürsten und Aristokraten die vornehmsten, die äußerlich einwandfreisten Lebewesen auf dem ganzen Platz. Der Prinz lächelte still, während er, aus dem Menschenring tretend und von dem Geflüster der Umstehenden gefolgt, seinem »Aegir«, einem tapferen kleinen braunen Hengst mit rosig geblähten Nüstern und Feueraugen, über die seidene Mähne fuhr. Dies Tier hatte nichts zu verbergen. Es war ein offenes Blatt – anders wie die Menschen. Seine Abstammung, sein Lebenslauf, seine Leistungen in den drei Jahren seines Daseins, alles, was er war, konnte er nicht verhehlen, und was er konnte, gab er redlich, in der nervösen, wütenden Energie des Finish unter seinem Reiter her. Da war kein Arg und Falsch. Und dem Prinzen schien es, als sehe ihn sein junges Pferd ganz verständnisvoll und vertraut an, als wolle es ihm sagen: Weißt du, wir sind doch anständigere Geschöpfe als ihr sonderbaren zweibeinigen, haarlosen Kreaturen! Wir spielen nicht unser ganzes Leben lang Komödie!

Er schüttelte den Kopf, wandte sich ab und ging in Gedanken durch die ehrerbietig sich öffnende Menschenwand hinüber zu der Wage, fast ohne zu wissen, daß er es tat – nur von der Gewohnheit des Rennstallbesitzers getrieben.

Das umzäunte Viereck vor der Wage umstanden neue Menschenmassen, mit gespitzten Bleistiften und nervös zusammengekrallten Rennprogrammen auf das Erscheinen der einzelnen Reiter wie hungrige Wölfe lauernd. Innen war es ziemlich leer. Hier hatten die Unberufenen keinen Zutritt. Nur die Leute vom Turf, Trainer, Klubmitglieder, Offiziere eilten an den wachehaltenden Türstehern vorbei aus und ein, verhandelten draußen mit Bekannten, mit ihren Damen oder phlegmatisch, dreinschauenden Buchmachern und kehrten wieder in das Innere des kleinen Gebäudes zurück.

Es war ziemlich dämmerig in der von Menschen erfüllten Stube, und eine gewisse feierliche Stille lag über den Gruppen mit ihren vereinzelt aus dem Halbdunkel blitzenden Uniformknöpfen, ihren zwei oder drei gespenstig weißen Flanellgestalten und einem einzelnen, hoch über alles ragenden hechtgrauen Zylinder. Die Jockeys wurden für den großen Ritt abgewogen. In einer Reihe hintereinander an die Barriere gelehnt, wie die Theaterbesucher vor der Kasse, standen die glattrasierten, in schreiend bunte Seide gekleideten Gnomen, Sättel und Zaumzeug über dem Arm, nahmen der Reihe nach mit geschäftsmäßiger Gleichgültigkeit auf dem in der Wagschale angebrachten Stuhle Platz und stiegen, wenn das kümmerliche Gewicht ihrer federleichten Körperchen festgestellt war, auf der anderen Seite herunter.

Jetzt war als letzter auch »Little Tom« abgewogen und trat hinaus, die andächtig vor der Barriere harrende Menge mit einem süffisanten Gaunerlächeln überblinzelnd. Er wußte, daß Hunderte von Augen, daß ein Dutzend Taschenkameras auf ihn gerichtet waren, daß die meisten dieser ihn neugierig und angstvoll musternden Allerweltsmenschen ihr bißchen Geld dem Rufe seiner Unbesiegbarkeit anvertraut hatten. Er war das gewohnt. Er hatte sich das gar nicht anders vorgestellt, als er vor ein paar Tagen in seinem reservierten Coupé erster Klasse, Kammerdiener und Masseur hinten im Zuge, zum erstenmal nach Deutschland gefahren war, um für einen unerhörten Preis den erkrankten Stalljockey des Prinzen von Eck zu vertreten, nicht anders als wenn etwa eine medizinische Größe über Länder und Meere zu einem schweren Fall gerufen wird.

»Leicht war auch hier der Sieg nicht gegen die Blüte Frankreichs und Österreichs. Aber er wußte – er gewann. Er gewann immer. Er war der Meister. Er hatte von Tod Sloan, dem Yankee, die neue Reitkunst übernommen, den wahnsinnigen Sitz, bei dem der Jockey ganz vorn auf dem Hals seines Pferdes liegt, als wolle er es gleich einem Sonntagsreiter umarmen, die beiden Fäuste hart am Maul des Tieres, die Fußspitzen vor seiner Brust und dessen ganze Hinterhand frei, keine Last auf Kreuz und Nieren, so daß der Renner die volle Federkraft der Hinterhufe entfalten kann. Wie er es dabei fertig brachte, des Pferdes Herr zu bleiben, das freilich war ein Geheimnis, das ihm keiner der anderen Professionals nachmachte. Man erzählte sich Wunderdinge von der unwahrscheinlichen, fürchterlichen Kraft, die Little Tom in seinem mit bunten Flittern aufgeputzten Gnomenleib besaß, gleich jenen Zwergkönigen der alten nordischen Sagen, vor deren Griffen die kühnsten Recken erlahmten. Das Roß, das Little Tom einmal mit seinen stählernen Spinnenarmen, seinen dünn und eisenzäh gleich Kabeltauen rundgebogenen Beinen umspannt hielt, das atmete nicht mehr, wenn er nicht wollte, und gab, wenn er wollte, den letzten Atemzug her.

Little Tom begrüßte seinen Brotgeber flüchtig. Ihm imponierte kein Prinz. Am wenigsten ein deutscher. Dann ging er nach, dem Sattelplatz, um aufzusitzen. Irgendeine Reitordre des Herrn nahm er nicht an. Man mußte ihn machen lassen, was er wollte, oder auf seine Dienste verzichten.

Der kleine Prinz dachte auch gar nicht daran, ihm Verhaltungsmaßregeln zu geben. Mochte jener siegen oder verlieren! Es wunderte ihn immer wieder, wie ernst die aus ganz Europa herbeigeströmten Menschen das alles nahmen, wie sie erregt miteinander flüsterten und stritten und hin- und herliefen, wie das Geklapper am Totalisator jetzt in den letzten Minuten, während die fünf Wunderpferde in buntem Zug in die Arena stelzten, sich zu einem wahren Pelotonfeuer verstärkte und ein unfaßbarer Dunstkreis von Geld und Geld und wieder Geld, ein unhörbares feines Singen wie von Goldgeklimper und Banknotengezischel über den Köpfen der erregten Menge zitterte.

Es wurde Zeit. Da fuhr schon der Starter in seinem grauen Zylinder auf einem offenen Wägelchen thronend in schlankem Trab über den grünen Rasen an seinen Bestimmungsort, die Pferde kanterten hinterher und bemühten sich umsonst, im Aufgalopp ihren Kopf aus den tiefgestellten ehernen Fäusten der vornübergebogenen Jockeys freizubekommen. Und dann waren alle dort und irrten als buntflimmernde Punkte im Schritt durcheinander, und eine feierliche Pause der Erwartung trat ein.

Der kleine Prinz war inzwischen auf die Klubtribüne zurückgekehrt. Aber nicht nach unten, zu ebener Erde, wo die hellen Damenkleider wie ein Tulpenbeet schimmerten, auch nicht auf die ein Stockwerk höher gelegene Tribüne für die Herrenwelt, wo die Creme des europäischen Turfes, Mann an Mann gereiht, auf den harten, engen Holzbänken saß; er wollte ungestört sein und stieg, die hinter der Tribüne gelegene Glashalle durchschreitend, eine Wendeltreppe zu der obersten Plattform empor.

Hier war er fast allein. Die wenigsten gaben sich die Mühe, die hohe Warte zu erklimmen. Und doch war der Blick hier schöner wie von irgend einem anderen Punkte der Iffezheimer Bahn. Frei wie von den Zinnen eines Turms überschaute man das ganze liebliche Gelände, die grüne Rennbahn mit ihren Wäldchen und Hecken und silbern blitzenden Wasserläufen, die blühende Rheinebene und in der Ferne zur einen Seite den blinkenden Spiegel des deutschen Stromes, zur anderen die in der Dunstglut des Augusts blauenden Schwarzwaldberge.

Wieder versank er in Träumen. Wieder dachte er daran, daß er gestern um diese Zeit im ewigen Schnee, Schritt für Schritt dem Tode abringend, niedergeklommen, wieder sah er den Gespenstertanz des Nebels lautlos über den Eisschlünden wogen, in denen Meister Josephus und seine schöne Genossin versunken waren, wieder tönte leise und grollend in seinem Ohr das Donnern der Lawinen und wurde stärker und stärker und zerflatterte zu einem Durcheinander abgerissener Töne, Menschenstimmen, Ausrufe des Schreckens, der Freude, einem gewaltig schwellenden, stürmischen Brausen der Erwartung.

Er fuhr auf. ...Das Rennen hatte begonnen und näherte sich, blitzschnell wie es gelaufen wurde, seinem Ende. Fünf bunte Kugeln schossen nebeneinander die grüne Bahn herab auf die Tribünen zu, und wie sie immer rascher heranflogen, durchschüttelte es wie von einer unsichtbaren Riesenfaust alle die unten eingekeilten, dunklen, in allen Farben durchsternten Massen. Dicht unter sich hörte er das sachverständige, immer lauter und erregter werdende Murmeln der Rennstallbesitzer, von dem ersten Platz nebenan die hellen nervösen Aufschreie der fiebernden

Damenwelt, von ferne, aus der Tiefe ein Kochen und Grollen, und dann, wie das Feld in rasender Karriere an die Tribünen heranfegte, einen einzigen, plötzlich losbrechenden Donner von Tausenden von Stimmen, Geschrei in allen Sprachen Europas, Flüche, Gelächter, geschwungene Sonnenschirme über der Masse tanzend – erhobene, wahnsinnig gestikulierende Hände, ein plötzlicher Schüttelkrampf von Fieber unter dem friedlichen blauen Sommerhimmel, inmitten des stillen deutschen Gartenlandes.

Der kleine Prinz oben auf seiner einsamen Warte seufzte und nickte doch zugleich befriedigt. Es war ihm wohl, daß er, den es doch am nächsten anging, nicht so empfand wie alle die da unten. Er fühlte sich hier auch auf der Höhe, über dem niederen, lärmenden Tal, wie gestern um diese Zeit auf dem steinernen Erker am Lawinentor, und es zuckte verräterisch, wie von einem Mephistolächeln, über sein blasses Gesicht. Er kam sich in diesem Augenblick als der einzige lebende Mensch in dieser Masse vor, als der Puppenspieler, der aus seinem dunklen Winkel unsichtbar und unhörbar die Marionetten draußen in der glühenden Sonne tanzen läßt.

»Aegir! Aegir!« donnerte und johlte es aus Tausenden von Kehlen unter ihm in Angst und Schadenfreude und verhaltenem Jubel. Er brauchte nicht erst lange hinzusehen und in den bunt vorbeiflitzenden Farbenstreifen seine Stallzeichen zu suchen. Da war der Renner, dem Little Tom ganz unwahrscheinlich, wie ein tollgewordener Affe, beinahe auf dem Halse ritt, als ein stummer, unbeweglich lauernder Klumpen inmitten eines Windmühlenwirbels von zappelnden Jockeybeinen und -armen, von kreisenden Doppeltrensen und auf- und niederpfeifenden Peitschen. Und jetzt plötzlich kam Leben in das schmächtige Körperchen des Wunderjockeys. Es begann zu arbeiten, mit den Riesenmuskeln des Rosses zu arbeiten, die unter ihm spielten. Ein elektrischer Schlag schien aus seinen stählernen, auf einmal wie wahnsinnig fuchtelnden, quetschenden, die schwere Masse unter ihm beflügelt nach vorwärts schleudernden Spinnengliedern in das Roß überzusprühen und es hinauszureißen aus dem Schwarme der Genossen. Schon war der eine Franzose weit hinter ihm – an dem schwarz-weißen Streifengeflimmer von »Graditz« vorbei ging die Fahrt, jetzt – ein gellender, wie aus einem Munde aufhallender Aufschrei – Österreich-Ungarn war geschlagen – der Endkampf mit dem führenden Franzosen begann. Die Luft zitterte, die Tribünen dröhnten, von dem Geländer gegenüber dem Pfahl rissen die Gendarmen die Zaungäste herab, um dem Richter oben freie Visierlinie zu verschaffen – aber es tat keine Not. Von den beiden auf ihre Pferde wütenden Jockeys gewann Little Tom Zoll um Zoll, jetzt eine Viertellänge, eine halbe, er schob sich noch weiter nach vorne in seinem unbegreiflichen, an einen Zirkusclown erinnernden Sitz auf dem Halse des Hengstes und glitt dann allmählich, erschöpft ausatmend, zurück. Das Ziel lag hinter ihm. Er hatte mit einer Länge den Preis für Deutschland erstritten, und ringsum löste sich das Getöse in ein wirres Stimmengeschwirr, ein Lachen und Frohlocken, und dann plötzlich noch einmal in ein stürmisches Händeklatschen und Bravogejubel zum Empfang des heimreitenden Siegers auf.

Oben auf der Plattform zog der kleine blasse Prinz den rechten Handschuh aus, ehe er hinabstieg. Jetzt begann das Händeschütteln. Das war nicht zu vermeiden. Alle Welt drängte sich glückwünschend an ihn und er dankte nach allen Seiten, den englischen Pairs und den Pariser Finanziers, den russischen Fürsten und den amerikanischen Nabobs, den deutschen Renngrößen und den ungarischen Magnaten, er dankte den höflichen Männern und den schönen Frauen und dachte sich dabei immer wieder: Machen sich die Leute eigentlich alle über mich lustig oder meinen sie es wirklich so ernst?

Aber natürlich nahmen sie die Tatsache bitterernst, daß auf eine Strecke von ein paar tausend Metern der Hengst »Aegir« gut anderthalb Meter vor einigen anderen Pferden an einem Holzgerüst mit sachlich blickenden Herren vorbeigelaufen war, und sie hatten von ihrem Standpunkt ja auch ganz recht. Denn sie hatten alle Geld daran gewonnen und verloren. Und das war doch die Hauptsache. Aber ihm lag nichts daran. Am wenigsten an den hunderttausend Mark, die seine Frau nun mehr besaß.

Auf dem Sattelplatz war jetzt das Knattern des Totalisators verstummt. Statt dessen tickte und klapperte es rastlos aus dem Bureau des Feldtelegraphen, wo wohl ein Dutzend Beamte im Schweiß ihres Angesichts ganze Stöße von Depeschen nach allen möglichen Orten Europas und einzelne Kabeltelegramme nach den Vereinigten Staaten erledigten. Der dahinterliegende, dem Publikum verschlossene und unbekannte Raum war glücklicherweise unbenutzt. Arzt und Ambulanz waren umsonst zur Stelle. Es hatte keinen Unglücksfall gegeben und nichts störte den Siegesjubel vor »Aegirs« Stand am Sattelplatz. Die Stalleute hatten Mühe, die Scharen der dankbaren Bewunderer in einiger Entfernung von dem keuchenden, triefend nassen und in den Flanken blutig gefärbten Hengste zu halten. Nur die Bevorzugten durften heran. Der grauhaarige Trainer hielt die losen Zügel, das gutmütige Lakaiengesicht von Freude verklärt und mit feuchten Augen nach allen Seiten hin die Händedrücke erwidernd; ein Momentphotograph hatte sich vor dem Pferde aufgepflanzt, und rings um dieses standen die jungen athletischen New Norker Stutzer mit glattrasierten Gesichtern und im weißen Unschuldskleid, die intimsten blaublütigen europäischen Anhänger des prinzlichen Hauses und Stalles und lachten und freuten sich. Am meisten aber – der Prinz sah es kopfschüttelnd beim Herankommen – frohlockte seine schöne Frau! Sie war in einem förmlichen Siegesrausch – in einem nervösen Taumel des Entzückens. Sie hantierte zwischen den mit Decken und Gurten kommenden Stallknechten, um »Aegir« einen von ihrer Brust genommenen Rosenstrauß hinter den Ohren zu befestigen, sie streichelte und tätschelte das Pferd unter zärtlichen Koselauten wie ein krankes Kind, und endlich, nachdem sie sich davon überzeugt, daß »Aegir« infolge der Erschöpfung ganz zahm war und phlegmatisch im Bewußtsein erfüllter Pflicht alles über sich ergehen ließ, schlang sie plötzlich halb lachend, halb weinend mit einer stürmischen Bewegung die Arme um seinen Hals und drückte ihm einen langen, leidenschaftlichen Kuß auf das seidene Fell. Und Prinz Wilfried stand hinter ihr und lächelte melancholisch...

XI

Was sich nun noch auf dem grünen Rasen abspielte, fand kaum mehr Zuschauer. Diese Rennen um zehntausend, um zwölftausend Mark, die den Rest des Tagesprogrammes füllten, konnten in Breslau oder Magdeburg imponieren. Hier, nach der Sensation des Großen Preises und ihrem freudvollen und leidvollen Nachzittern bei »Aegirs« Anhängern und Gegnern verblaßte das alles.

Auf der Klubtribüne rüstete man sich schon zum Aufbruch. Während noch die Glocke zum Start rief und bald darauf ein Gewimmel farbiger Punkte in Eile fern über das grüne Gelände hinschoß, wie bunte kleine Kugeln über das Billardtuch rollen, brachten vor der Auffahrt schon die kahlrasierten und die vollbärtigen Kutscher ihre Gefährte in Ordnung, die Lakaien wischten sich rasch den Bierschaum von den glatten Lippen und nahmen ihren majestätischen Gesichtsausdruck an, die Grooms rannten hin und her, und bald rollten schon die ersten Wagen davon, zwischen den niederen Dorfhäusern hindurch in die Sonnenglut der Rheinebene hinaus, auf deren verbrannten Feldern ebenso wie vor drei Stunden, als sei gar nichts inzwischen geschehen, die Ackersleute harkten und schaufelten und, sich den Schweiß von der Stirne wischend und auf den Spaten gestützt, dem wieder wie eine Vision in der zitternden Augusthitze ferne auftauchenden Fastnachtsreigen nachschauten.

Den ersten Viererzug, der abfuhr, lenkte Mr. Owen mit kunstgeübter Hand. In derlei war er Meister. Wenn er phlegmatisch und stumm wie immer die Leinen in seinen Eisenfäusten hielt, konnten die Damen hinter ihm auf dem Verdeck, dies zarte Gewimmel von Rosa, Blau, Weiß und Blutrot, – konnten die sachverständigen Gentlemen, die dazwischen saßen, und unten, in dem erstickend heißen halbdunklen Kasten des Innenraums die Diener unbesorgt sein. Es passierte nichts.

Eben bog er sich prüfend zurück, um zu sehen, ob er nach hinten, gegen das Haus hin, Platz genug zum Wenden habe –, da machte Virginia, die, noch zitternd und bebend von der Erregung des Kampfes, wie eine Königin neben ihm thronte, eine jähe Bewegung. »Kommst du denn nicht mit?« rief sie hinunter.

Unten stand ihr Mann und verneinte. »Ich fahre lieber allein! Ich habe mir den Dogcart mit dem amerikanischen Traber herauskommen lassen.«

» *Well!*« brummte der Herrenreiter oben zwischen den Zähnen und beschrieb mit seinen Rossen eine kunstvolle Kurve in dem Boden. Das tiefe Tuten des Hornes tönte, und die Mailcoach glitt lautlos durch den tiefen Sand und Staub unter den Bäumen hinaus in die Sonne.

Aber der kleine Prinz fuhr nicht allein. Er hatte seinen Oheim gebeten, ihn zu begleiten. Die Einsamkeit lag ihm zu schwer auf dem Herzen. Er mußte sich einmal aussprechen und nickte dankbar dem alten Herrn zu, wie er straff, rasch und hochaufgerichtet, Grandseigneur wie immer, heranschritt und einsteigend ohne weiteres die Zügel ergriff, während der Kutscher hinten, der sie beide nur gestört hätte, auf seinen Wink zurückblieb.

Der Traber holte mit federnden Hufen aus. Bald waren sie inmitten der staubumwölkten, abenteuerlichen Wagenburg, die eilig, wie sie gekommen, unter Rädergerassel und Peitschenknall zwischen weißgepuderten Bäumen auf weißglühender Chaussee dem Schwarzwald zurollte.

Prinz Wilfried sah nachdenklich zu, wie der greise Kavalier neben ihm ihr Gefährt mit leichter und sicherer Hand durch das Wirrwarr von hochragenden Viererzügen und kleinen Berner Chaischen, von menschenwimmelnden Leiterwagen und langsamen Landauern lenkte und dabei immer noch Zeit fand, mit verbindlicher Peitschensenkung rechts und links die Grüße zu erwidern. Er wußte selbst nicht, warum ihm der alte Herr so imponierte. Gerade der unter so vielen Standesgenossen! Er war durchaus kein hervorragender Geist – er hatte nichts Sonderliches in seinem Leben geleistet und doch – es war etwas anders an ihm als bei den übrigen. Der moderne prinzliche Denker und Träumer an seiner Seite fühlte es unbestimmt: Es war ein Stück Vergangenheit, ein Überbleibsel vom achtzehnten Jahrhundert, was da neben ihm saß. Der große Herr von einst, selbstbewußt und wohlwollend, sorgfältig gepflegten Geistes, ein bißchen zu fein, ein bißchen zu müde, ein bißchen zu alt für unsere Tage, aber vornehm, naiv vornehm bis in die Fingerspitzen, gleich jenen gepuderten französischen Marquis, die mit demselben weltmännischen Takte die Treppe zur Guillotine hinaufstiegen, wie sie wenige Jahre vorher den Weg zur Levée des Königs in Versailles gefunden.

Einer der glücklichen, hochgeborenen Dilettanten des Lebens! Herzog Eberhard hatte in seinen jungen Tagen sich viel in Kriegsdiensten versucht – er wurde im Jahre 49 als österreichischer Offizier von den ungarischen Aufständischen verwundet und gefangen, er war einer der Gefährten des unglücklichen Kaisers Maximilian in Mexiko, er sah sich im Bruderkrieg von sechsundsechzig mit seinen Truppen von den Preußen geschlagen und machte zwischen alledem noch im Dienste der englischen Königin ein paar unglückliche Kolonialfeldzüge mit ... er befand sich immer auf seiten der Unterliegenden und pflegte in seiner leisen, vornehmen Sprachweise selbst zuzugestehen, daß ihm das Schlachtenglück nie hold gewesen. Aber er fand es eigentlich ganz natürlich. Er lebte vollständig in der Vorstellung der alten Zeit, daß ein hoher Herr sich auch mit Soldatenspielerei beschäftigen müsse, um der Überlieferung seiner Ahnen getreu zu bleiben. Und wenn er kein Talent dazu hatte, so wurde er eben geschlagen und zog sich mit ein paar ehrenvollen Narben auf seine Besitzungen zurück.

In späteren Jahren hatte er dem neuen Reiche seine Dienste geweiht, nicht eben enthusiastisch, sondern still, diskret, als ein Mann von gutem Geschmack und feinen Sitten, ein distinguierter Diplomat der alten Schule, überall mit Vorteil zu verwenden, wo es sich nur darum handelte, tadellos zu repräsentieren, vornehmer Causeur, Feinschmecker, Weidmann und Hausherr zu sein und die eigentliche Arbeit anderen zu überlassen.

Als er dann die Standesherrschaft übernahm, hatte er viel Gutes für seine Pächter und Beamten getan, in denen er eigentlich immer noch die »Untertanen« von früher sah, für die ein aufgeklärter und geschmackvoller Fürst nach bestem Wissen sorgen mußte. Und nun fand er auch Zeit und Mittel, seine künstlerischen Neigungen frei zu entfalten. Eine wohlanständige Prachtliebe in richtig gesteckten Grenzen gehörte nach seinem Empfinden zu der ganzen Erscheinung eines feingeistigen Grandseigneurs. So kam durch ihn Leben in die Stille des zopfigen standesherrlichen Residenzleins mit seinem Barockschloß aus dem achtzehnten Jahrhundert, in das der alte Herr so gut paßte. Und so gab er sich eben jetzt auch alle Mühe, seinen Liebling, den Meister Josephus Ranggetiner, für seinen großen Plan, die marmorne Ahnengalerie im Schloßpark, zu gewinnen.

Geheiratet hatte er spät – nach einer in diskret abgetönten Liebesstürmen verbrachten Jugend –, hatte vier Söhne, wie sich das für das Haupt eines altfürstlichen Hauses schickt, und war jetzt noch, als Großvater, mit seiner hohen, schlanken Gestalt, der straffen Haltung und dem freundlichen, von sorgfältig ausgeschorenen weißen Bartstreifen eingerahmten Greisengesicht eine imponierende Erscheinung, ein schönes Schaustück aus alter Zeit.

Prinz Wilfried, sein Neffe, beneidete ihn. Da war Sicherheit, da war Ruhe – da war alles so selbstverständlich, was er sprach und tat, was er litt und erlebte, als könne es gar nicht anders sein. Dieser Kavalier der legitimistischen Schule hatte nie an sich gezweifelt. Er stand unerschütterlich auf seinem Platze in der Welt – nichts Tiefes, nichts Großes in seinem Wesen – aber ganz in sich ausgeglichen und befestigt, eine durch und durch harmonische Natur, ein glücklicher Mensch von seinen Knabenjahren bis jetzt in das Greisenalter.

Der alte Herzog runzelte die Stirne, während er vorsichtig einem ungeschickt fahrenden Hotelwagen auswich, in dem vier Berliner Buchmacher, ordinäre Bierwirtsgesichter, saßen und heiser aufeinander einschrieen und stritten. Er kutschierte gut, wie er auch seinen Hirsch sicher zur Strecke brachte und jetzt noch alltäglich seinen Spazierritt unternahm. Er war auch darin, ohne vordringliche Meisterschaft, einwandfrei und ein sicherer Weltmann, wie in allem.

»Sage einmal, mein Lieber!« begann er endlich, da sein Nachbar immer noch schwieg. »Was ist eigentlich mit dir? Du gefällst mir gar nicht!«

»Ich gefalle mir auch nicht!« sagte der kleine Prinz.

Der alte Grandseigneur grüßte lächelnd mit der Peitschenspitze zu einer Schar hübscher Amerikanerinnen hinüber, an denen er vorbeifuhr. »Eine Hauptsache im Leben, mein lieber Wilfried – eine Grundregel heißt: Man fällt nicht auf! Das tut kein Gentleman. Mein Bester – du fällst auf! Du bist exzentrisch! Überlasse das doch den neuen Menschen – aus Amerika oder von der Wiener Börse. *Uns* steht das nicht!«

Prinz Wilfried nickte. »Ja. Aber ich bin nun einmal wie ich bin!«

»Alles zu seiner Zeit! Man ist einmal dieses, einmal jenes, wie es gerade der Moment erfordert. Ein Mann von Geschmack wird gewiß vermeiden, sich auf einen einzigen Ton zu stimmen und dadurch sich und anderen langweilig zu werden. Und er schwimmt nicht gegen den Strom. Was sind das für Einfälle, mitten in der Baden-Badener Woche plötzlich zu verschwinden und sich als ein menschenscheuer Sonderling irgendwo in Schnee und Eis zu verkriechen? Oder als Gewinner des Großen Preises eine weltschmerzliche Miene aufzusetzen, wie du sie zur Schau trägst? Derlei macht einen gezwungenen Eindruck ... äh ... ja ... mein Lieber... Man spricht darüber.«

»Mag man!«

»Und vor allem ... ja ... lieber Freund ... du bist nun einmal verheiratet ... du hast sogar eine sehr schöne Frau ... die Art, wie ihr in der Öffentlichkeit miteinander verkehrt ... dieser nachlässige Händedruck vorhin, nachdem ihr euch drei Tage nicht gesehen habt ... ungefähr wie wenn sich zwei oberflächlich bekannte Gentlemen vor dem Klub treffen! ›Guten Tag!‹ ... ›Was Neues?‹ ... ›Nein!‹ Und man rückt am Hut und geht wieder auseinander. Glaubst du denn, daß derlei nicht beobachtet wird? daß man daran Bemerkungen knüpft – äh ... ich will ja gewiß nicht sagen, betreffs des Rufes deiner Frau – aber immerhin Bemerkungen, die nicht gerade schmeichelhaft für dich sind.«

»Ich sage mir auch sehr wenig Schmeichelhaftes, wenn ich mit mir allein bin. Aber meinst du wirklich, daß Virginia oder sonst irgend jemand hier mich vermißt, wenn ich nicht da bin!«

»*Go on*!« murmelte der alte Grandseigneur geschäftsmäßig mit den Zähnen und mahnte mit einem leichten Peitschenschmitz den Traber an seine Pflicht.

»Das ist doch deine Schuld, mein Freund!« fuhr er dann lauter und lebhafter fort. »... Warum läßt du dich nicht vermissen?«

»Kein Mensch kann sich ändern! Ich bin, was ich bin! Und bleib' es!«

»Und was bist du?«

Darauf blieb Prinz Wilfried zunächst die Antwort schuldig. Er schüttelte nur den Kopf und schaute vor sich hin in das staubumhüllte Getümmel der Wagen.

»Ganz muß man sein!« sagte er endlich. »Ganz! Siehst du – das ist's!«

Der Herzog sah ihn aufmerksam und ein wenig verwundert an. »Was nennst du ganz?«

»Alles, was natürlich ist. Selbstverständlich. Aus sich herausgewachsen. Aber ich...«

»Nun – aber du?«

Sein Neffe drehte sich zu ihm herum: »Sieh mich doch an! schmächtig, unansehnlich, ein bißchen verwachsen, blaß und müde im Gesicht. Ist das ein Prinz? Soll so ein richtiger Prinz aussehen? Ach wo!«

»Du bist's aber doch!«

»Ich bin's und ich bin's nicht! Ja – wenn ich du wäre – von reinstem, altem Blut! – Unter dir ist eine Schranke. Und darunter das Volk, die Masse, mit der du nichts gemein hast, so wenig wie die lange Reihe deiner Vorfahren. Das ist schön. Das muß einem das Gefühl von Sicherheit geben! – Aber ich – glaubst du – ich hätte vergessen, von wo *ich* meinen Ursprung ableite – aus dem achtzehnten Jahrhundert, als es an unserem Hofe Brauch war, die Söhne des Landes nach Amerika zu verschachern, und die Töchter des Landes ... nun ja ... heutzutage kommt es nicht mehr vor, daß eine ehrgeizige Favoritin für sich und ihre Kinder zur linken Hand den Prinzentitel erhält! *Das* ist meine Vorfahrin, meine ehrwürdige Urahne. Von *der* stamme ich und lasse mich einen Prinzen schelten...«

»Ein Prinzentitel wie mancher andere!«

»Und bei uns, wo sie zu Hause war, meine glorreiche Stammutter, die Jungfer Barbara Fleckin und spätere Fürstin von Eck – da leben noch jetzt ihre Verwandten! In jedem Dorf sind welche, die den Namen Fleck führen, Ackersleute, Händler, Uhrmacher, Krämer – was weiß ich! Ehrliches, braves Alltagsvolk! Vielleicht auch die Hefe des Volks darunter. Von denen komme ich mütterlicherseits, von der Tochter des fürstlichen Lakaien Fleck, eines richtigen Halunken, wie es scheint – und väterlicherseits vom Hofe der Hohenstaufen. Siehst du: das stimmt nicht zueinander: eines hebt das andere auf. Ich bin kein echter Prinz!

»Und wenn ich wenigstens noch ein nützlicher Prinz wäre!« fuhr er melancholisch fort. »Ein Gardekavallerist in glänzender Uniform – ein Gesandtschaftsattaché … aber ich kann ja nicht dienen – mit meiner schiefen Schulter. Und zum Diplomaten ist man erst recht verloren, wenn man grüblerisch und menschenscheu ist wie ich.

»Oder ein starker gesunder Prinz! Aber ich habe ja gekränkelt von Jugend auf. Wir haben schlechtes Blut im Leibe, wir alle von der Seitenlinie der Barbara Fleckin selig. Das ist uns geblieben – aus dem achtzehnten Jahrhundert. Das einzige, was uns geblieben ist. Geld und Gut der verkauften Landeskinder sind ja weg!

»Ja – wenn ich zum mindesten ein reicher Prinz gewesen wäre! Aber es war ja ein Fluch auf dem englischen Geld, das aus dem Menschenhandel kam. Es war wie verhext. Heute Gold, morgen Streu! Vertan und verpraßt und verspielt und verliebelt von denen vor mir, bis aufs letzte! Also nun sieh!« schloß er philosophisch, immer mehr zu sich als zu dem anderen redend. »Ein armer, kränklicher, verwachsener, menschenscheuer Abkömmling eines schurkischen Lakaien und zugleich ein Prinz – wie reimt sich das zusammen?«

»Du denkst zu viel!« sagte der alte Kavalier neben ihm in freundlichem Ton. »Lasse doch das ewige Denken! Das hilft gar nichts!«

Sein blasser Neffe zog die Brauen hoch. »Das Denken an sich vielleicht nicht! Aber das Handeln, das daraus kommt! Siehst du – wie ich mich selber einigermaßen kennenlernte, so um die Zwanzig herum – da sagte ich mir: Was geschehen ist, kann ich nicht ändern. Aber was noch werden soll, daran läßt sich bessern. Ich will keine unnütze prinzliche Drohne werden – keines jener traurigen Anhängsel eines hohen Hauses, von denen man nur einmal hört, wenn sie geboren werden, wenn sie heiraten oder unter Kuratel kommen und wenn sie endlich unter allgemeinem Beifall das Zeitliche segnen. Ich wollte selbst etwas aus mir machen!«

»Das hast du doch weiß Gott getan, mein Lieber!«

»Ich hab's versucht. Ich habe meinen Doktor gemacht, aber was beweist das? Wer läßt einen Prinzen durchs Doktorexamen fallen? Ich habe ein wissenschaftliches Werk veröffentlicht. Hätte es ein anderer verfaßt, hätte es vielleicht in den Kreisen der Sozialpolitiker Aufsehen erregt. Es sind neue Gedanken darin, vielleicht sogar große! Aber wer nimmt einen kleinen Prinzen zu Mitte der Zwanzig ernst? Dessen Sache ist es doch, auf Hofbällen zu tanzen, vor dem Zug zu reiten, am Spieltisch zu sitzen, im *cabinet particulier* zu soupieren. … Aber dies Leben hat mich bald gelangweilt … angeekelt … ich wollte mehr…«

Um seine dünnen blassen Lippen legte sich ein harter Zug. »Ich habe Wollen gelernt! Und durchgesetzt, was ich wollte! Ich habe meine Muskeln gestählt, langsam und geduldig, ich habe meine Nerven erzogen, die früher schwach waren wie bei einem kleinen Mädchen, bis sie mir gehorchten. Jetzt bin ich gottlob so weit! Jetzt geh' ich im Hochgebirge über Abgründe, wo auch dem Mutigsten schaudern könnte, und mein Körper schaudert so wenig wie dein gehorsames Pferd vor uns. Ich kann mich auf mich verlassen, wenn ich auch nie so aus dem Vollen heraus robust und breitschulterig sein werde wie andere – sondern immer ein bißchen was von der Krankenstube habe, aber ich habe mir das Kranksein abgewöhnt … das hab' ich erprobt in den indischen Fieberdschungeln und in den Kordilleren – und ich habe mir die Nerven abgewöhnt – das weiß ich, seit ich einen Tiger auf zwanzig Schritt vor der Büchse hatte und nicht mit der Wimper zuckte.«

»Nun also!« sagte der Herzog. »Sei doch froh in der Erinnerung. Es gibt nicht viele, die mit heiler Haut aus so viel Gefahren entkommen sind.«

»Nein! Besonders wenn man nicht als Prinz reist, als ein Stück Eilgut um die Erde, sondern, wie ich, inkognito. Aber wer glaubt mir denn nun, daß dieser Mr. Smith oder dieser Dr. Stark, der diesen Tiger geschossen oder jenen Berg erstiegen, daß das wirklich der blasse Prinz von Eck mit der schiefen Schulter war? Da sagt sich doch jedermann: ›Es war wohl gar nicht so schlimm, wenn es schon ein Prinz fertig gebracht hat!‹ Jetzt bin ich ja philosophisch geworden. Jetzt rede ich ja gar nicht mehr darüber. Sonst könnte ich euch zum Beispiel von meinem Abstieg am Lawinentor gestern etwas erzählen.«

Er starrte auf die lange, staubige Wagenschlange vor ihnen. »Vielleicht, daß ein anderer an meiner Stelle es fertig gebracht hätte! Der hätte vielleicht Reklame für sich gemacht, die Zeitungen alarmiert, Photographien und Bilder von sich verteilt, bis man ihn für voll gerechnet hätte, obwohl er ein Prinz war. – Ich kann das nicht. Mir graut vor der Menge. Vor allem, was Öffentlichkeit heißt. Ich lebe in mir. Und nehme die Dinge zu ernst. Drum werd’ ich nicht ernst genommen!«

»Weißt du,« fuhr er fort, »vor zwei Jahren war ich soweit, daß ich mir dachte: Wozu das alles? Es ist ja doch alles vergebens! Ich hab’ umsonst versucht, einen Inhalt für mein Leben zu gewinnen. Ich hab’ mich umsonst aus einem Talmiprinzen zu einem ernsten modernen Menschen gemacht, umsonst aus einem unnützen Prinzen zu einem verdienstvollen Forschungsreisenden, aus einem kränklichen Prinzen zu einem entschlossenen, zähen Mann. Umsonst! Niemand dankt es – niemand glaubt es oder sieht es überhaupt! Vielleicht liegt das an meiner schiefen Schulter. Ich bin nun einmal eine verwachsene Hoheit, die still von ihrer Apanage lebt, bis sie stirbt. Und die Apanage war klein. Ich war arm.«

»Ja,« sagte der Herzog gedehnt, in einem eigentümlichen Ton. »Jetzt kommen wir endlich zum Kern der Dinge!«

Der junge Bergsteiger lächelte bitter. »Ein armer Prinz! Wie das klingt! Wie aus der Operette! Ich bin ein Prinz – sonst gar nichts mehr! Aber die Operette spielt sich draußen im Leben ab – und nicht nur bei mir – und wer darin die Hauptrolle spielt, dem ist gar nicht komisch zu Mut. Ich hab’ auf meinen Reisen das Geld kennen gelernt – was viele Kreise bei uns in Deutschland immer noch nicht ganz einsehen – seine Weltherrschaft — seine Allmacht... ich bin ja gar nicht habgierig ... am Besitz selbst liegt mir gar nichts – aber die Freiheit, die er verleiht... mein ganzes Wesen drängt nur nach Freiheit, nach Ungeschorensein, nach Sichselberleben – und um wirklich frei zu sein, um über den kleinen Zufälligkeiten und Störungen des Alltags zu stehen, braucht man vor allem, wie mir einmal ein Engländer in Kalkutta sagte, zweierlei: gute Kreditbriefe und einen guten Magen! Reichtum und Gesundheit! Ich hab’ sie mir erworben! Die Gesundheit oben in den Bergen und den Reichtum durch meine Heirat....«

»Nun also!« Der alte Herzog furchte ärgerlich die Stirne. »Du hast dich also doch nie irgendwelchen Illusionen über deine Ehe hingegeben! Wenn man die Tochter eines amerikanischen Silber- und Eisenbahnkönigs mit ich weiß nicht wie vielen Millionen Mitgift zur Frau nimmt, so...«

»...so verkauft man sich!« ergänzte der blasse kleine Prinz. »Du sagst es! Einmal in meinem Leben hab’ ich mich verkauft. Einmal! Oder sagen wir statt: ›verkauft‹ – wir haben einander gekauft – sie mich und ich sie. Es war ein ganz ehrliches Spiel. So mag wohl mein Schwiegervater drüben, den ich, Gott sei Dank, nur vierzehn Tage jährlich in Paris zu Gesicht bekomme, mit irgend einem anderen Silbermagnaten teilen, wenn einer seiner Fischzüge oder Raubzüge geglückt ist. ›Hier deine Hälfte – hier meine!‹ Ebenso haben meine Frau und ich uns entschlossen, zusammenzugehen – ohne irgend welche Abneigung natürlich – aber ganz kühl, ganz glatt und verbindlich – im leichten, überlegenen Stil, wie zwei Menschen, die gefunden haben, daß sie einander brauchen, um zu einem gemeinsamen Ziel zu kommen, und die nun auf dem langen Weg möglichst artig und rücksichtsvoll miteinander sind, um ihn sich nicht noch länger zu machen, als er so schon ist...«

»Sehr schön – was willst du denn noch! Solche Konvenienzehen gibt es doch genug auf der Welt! Ich bin der letzte, der sich darüber entrüstet!«

»Besonders, weil du mich im Grunde deines Herzens ja doch nicht als ebenbürtig ansiehst. Wenn einer deiner Söhne meinem Beispiel folgen wollte, dann wollte ich einmal sehen ... aber einerlei ...du sagst *Konvenienzehe* ...ja, wenn es nur das wäre.« Er starrte vor sich auf den Boden und seine Stimme wurde unsicher. »An alles hab’ ich gedacht, wie ich mich verkauft hab’ ... nur an das eine nicht, daß ich mich verlieben könnte...«

Der alte Grandseigneur neigte den Kopf etwas zu ihm, ohne die Augen von dem Traber zu wenden. »Du? ...Das ist ja das Neueste! Sag mal – im Vertrauen – in wen denn?«

Der kleine Prinz sah ganz erstaunt auf. »In wen?« wiederholte er langsam. »In meine Frau!«

Der andere lachte leise. »Du bist wirklich ein sonderbares Menschenkind! Sei doch froh! Es ist doch, weiß Gott, besser, man heiratet sich aus Verstand und bleibt aus Liebe zusammen, als umgekehrt. Und diese freudige Mitteilung macht er mit einem Gesicht voller Schwermut und Schuldbewußtsein, als ob ...Du hast doch wahrhaftig das Recht, deine Frau zu lieben!«

»Nein,« sagte Prinz Wilfried finster und kurz. »Eine Frau, die ich mir gekauft habe, oder sie mich – es kommt ja auf eines hinaus – die darf ich nicht lieben! Dadurch wird alles, was vorher war, noch entwürdigender für mich – noch widerlicher ...Der Ekel schnürt mir die Kehle zu ... und dabei ist es so lächerlich ...ich weiß es ...lache nur ruhig über mich ...ich tue es auch, wenn ich allein bin und über mich nachdenke ...Ein Ehemann, der darüber klagt, daß er seine Frau gern hat ...das ist doch etwas für die Franzosen ...für ein Boulevardstück, wo sich alles vor Heiterkeit schüttelt...«

»Ich will nicht lachen!« Der alte Herzog bändigte mit energischer Hand das abgehende Pferd. »Aber tragisch finde ich die Geschichte auch noch nicht. Im Gegenteil ...sehr nett ...sogar charmant! Beinahe rührend! Plötzlich blüht in einer Vernunftehe die Liebe auf! Das ist ja ein Gedicht! Und du bist nicht selig, mein Bester? Das begreif' ich nicht!«

Wieder schaute ihn der kleine Prinz traurig an. »Wenn das so wäre!« sagte er langsam, »...wenn wir uns überhaupt verständen, sie und ich – wenn sie eine Ahnung hätte, *was* sie mir ist...«

»Dann sage es ihr doch...«

Er lachte bitter auf. »Ihr Gesicht möchte ich sehen! Wenn ich ihr mit Liebeserklärungen komme, ich, ihr Mann! Nach zwei Jahren! Ich weiß nicht, würde sie einen Heiterkeitsanfall bekommen oder ärgerlich über die Störung sein oder ...nein, sie würde sich nur maßlos erstaunen! So war der Handel doch nicht abgemacht! Von ehelicher Sentimentalität steht nichts in dem Kontrakt! Das könnte ihr gerade noch fehlen – solche Abhaltung – in dem Wirbel, in dem sie ihre Tage verbringt. Das geht ja wie eine Hetzjagd vom frühen Morgen bis zum späten Abend, mit Garden-Parties und Lawn-Tennis, Empfängen und Ausfahrten und Diners und Geflirte an allen Ecken und Enden... Sie würde mich überhaupt gar nicht begreifen... Sie würde sich auf den Standpunkt stellen: Ich halte unser Abkommen! Ich repräsentiere als deine Frau und lasse mir trotz meines exzentrischen Lebens nichts zuschulden kommen – also wahre du auch deine Stellung und störe mich jetzt nicht weiter. Ich muß zum Tee bei der alten Fürstin Kurakin, oder es ist Empfang beim Prinzen von Wales, oder die Schneiderin ist da, oder Mr. Owen will mich zum Spazierritt abholen ...oder sonst etwas. Sie hat ja immer etwas vor. Sie denkt ja nur an sich und ihr Vergnügen.«

»Hm!« Der greise Kavalier räusperte sich. »Nun sag' einmal: ich geb' ja zu, es kommt im Leben vor, daß man eine Frau schon jahrelang kennt und sich dann plötzlich in sie verliebt ...also dein Fall...Da ist es denn doch anzunehmen, daß man in dieser Zeit besondere Eigenschaften an ihr entdeckte und schätzen lernte, die man früher nicht kannte ...nicht wahr?«

»Ja. Sie ist so schön!«

»Nun – das hast du schon bei der Heirat gewußt!«

»Nein. Das hab' ich nicht wissen können, wie schön sie ist!«

»Also gut ...aber ich spreche auch von geistigen Eigenschaften! Du bist doch ein ernster, ein trüber Mensch! Ist es die Heiterkeit deiner Frau, die dich so bestochen hat?«

»Nennst du das heiter?« fragte der kleine Prinz bitter. »Ich nenn' es oberflächlich ...gedankenlos ...einfach töricht.«

»So?« Der Herzog war etwas verblüfft. »Oder hat sie sich vielleicht geistig inzwischen weiter entwickelt, als wir anderen es merken und ahnen? Du mußt das ja besser wissen.«

»O ja. Sie hat sich weiter entwickelt seit der Hochzeit. Sie kann jetzt den Gothaer Almanach und die Rennkalender auswendig. Aber sonst auch nichts.«

»So ...so! Nun ja ...den Eindruck macht es ja auch ...also bleibt eigentlich nur noch übrig, baß ihr Gemüt ...ihr Herz, wie man so sagt, an Tiefe gewonnen hat...«

Sein kleiner blasser Neffe sah ihn an. »Gemüt?« sagte er ruhig. »Ich versichere dich: wenn du die Selbstsucht, die eisigste, erbarmungsloseste, gedankenlose Selbstsucht malen lassen willst, dann nimm Virginia zum Modell. Und es wird ein schönes Bild. Sie ist ja so schön ...so wunderschön...« setzte er nach einer Weile träumerisch, in ferne Gedanken verloren, hinzu.

Der alte Herr war ernst geworden. »Hör' mal, *mon cher* ...du erschreckst mich! Du siehst ja ganz klar über sie. Du urteilst mehr wie nüchtern über sie – streng, feindlich, könnt' man sagen, und trotzdem ...das geht über meinen Verstand...«

»Über deinen Verstand sicher nicht ...nur über deine ehrwürdigen Jahre. Ich bin noch jung und kann nur immer wieder sagen: sie ist so schön!«

»Das heißt also mit anderen Worten...«

»Das heißt, daß ich mich in die Schönheit einer Frau verliebt habe, die gar nicht wert ist, daß ein Mann wie ich sie liebt – die ich durchschaue ...bis in das Innerste ...von der ich ganz genau weiß, daß sie ein kleinlicher, selbstsüchtiger, oberflächlicher, ungebildeter Mensch ist – und mit allen Fehlern ihres Geschlechts noch dazu – boshaft, nachtragend, selbst grausam, wenn man sie ärgert oder auch nur in ihrem Vergnügen stört – aber schön ...schön ...und ich weiß das alles und bete ihre Schönheit an ...ich habe nun einmal diesen Durst nach Schönheit in mir, vielleicht weil ich selbst häßlich und kränklich und verwachsen bin – und die Schönheit – das ist *sie*! Ich kann mir nichts Schöneres denken. Und bin in sie verliebt. Wahnsinnig. Und kann nicht von ihr lassen. Ich flieh' vor ihr – in die Berge ...in die Einsamkeit ...und komme nach zwei Tagen wieder zurück und finde sie da inmitten ihres Schwarmes, ihres Hofstaates ...und ich steh' daneben und eine wahnsinnige Eifersucht auf jeden, mit dem sie spricht und flirtet und kokettiert und nach rechts und links Händedrücke austauscht und schmachtend die dümmsten Schmeicheleien anhört – eine wütende Eifersucht verzehrt mich und ich darf sie nicht einmal zeigen ...sonst mache ich mich ja noch lächerlicher, als ich schon bin als der deutsche Prinzgemahl ...der Strohmann für eine ehrgeizige Millionärin ...und ich suche vergebens nach der Kraft, das zu tun, was ich längst sollte ...mich freizumachen von der ganzen Komödie ...hinauszugehen ...meinetwegen als ein Bettler und verspottet dazu. Daran läge mir nichts. Aber sie ... sie hält mich fest. Ich kann nicht von ihr. Sie ist so schön...«

»Und schließlich bist du doch ihr Mann!« sagte der andere halblaut und mit seltsamer Betonung.

Der kleine Prinz richtete seine melancholischen grauen Augen voll auf das Gesicht des Oheims. »Ihr gekaufter Mann!« spräche er. »Für schweres Geld und freiwillig in Deutschland gekauft. Weißt du, was das heißt? Weißt du, wie *der* Gedanke alles vergiftet ...alles...bis ins Höchste und Heiligste ...glaubst du, daß der Gedanke sich überhaupt ausdenken läßt ... nein ...man erstickt vorher daran und ich bin nahe dazu.«...

»Und du hast nie mit ihr darüber gesprochen?«

»Was soll ich ihr denn sagen? Und außerdem ...wann hätte sie je Zeit, derlei von mir anzuhören ...Da gibt es Wichtigeres. Ich bin ja bloß ihr Mann. Durch mich wird sie sich doch nicht stören lassen!«

»Du machst mich ungeduldig!« sagte der alte Grandseigneur energisch. »Du behauptest: ich bin bloß ihr Mann! Ach was! Ein Mann bist du – ganz einfach ein Mann! Das ist ganz genug gegenüber einer Frau! Aber wissen muß man's! Und ausnutzen! Schließlich wollen sie ja alle doch nichts anderes als gehorchen! Fragt sich nur, wem? Dem, der befiehlt! Befehle! Mache 'was aus dir! Du bist ein kluger, mutiger, hochgebildeter Mensch! Stelle dein Licht doch nicht unter den Scheffel! Ich hab' in meinem langen und abwechselungsreichen Leben doch weiß Gott manchen Imbécile getroffen – Leute ohne irgend welche Qualitäten, die es nur dank ihrem Schneid, dank einer gewissen Sicherheit zu allem brachten, was sie wollten! Und nun erst du!«

»So spricht die Weisheit!« sagte der kleine Prinz trübe lächelnd. »Aber ich habe die Erfahrung für mich! Ich kenne doch Virginia. Sie hat in ihrem ganzen zweiundzwanzigjährigen Leben immer nur das getan, was sie selbst wollte... Sie läßt sich keinen fremden Willen aufzwingen!«

»Leicht wird es nicht sein. Aber schließlich geht alles auf der Welt!«

»Und wie denn?«

Der greise Herzog lächelte verstohlen. »Es ist mir ein Gedicht in der Erinnerung, weil sein Kehrreim gerade für uns und unseresgleichen eine nützliche Lehre enthält. Dieser Reim aber lautet: ›Landgraf, Landgraf, werde hart!‹ Werde hart, mein lieber Neffe! Mit Sammethandschuhen regiert man kein Land und keine Frau!«

»Man regiert, wenn man ein Recht hat! Wo habe ich denn ein Recht? Die Yankees haben mich gekauft. Ein ganzes Konsortium. Ein Familienrat von Silberkönigen und Silberprinzen. Und sie lassen es mich deutlich genug merken, wie gering sie mich schätzen. Ich bin nichts als der Prinzgemahl in der regierenden Sippe. Ich habe keinen Einfluß, keine Stellung, keine Meinung – nichts! Versuche ich es, mich in die Familienangelegenheiten einzumischen, so lese ich in allen Blicken: den deutschen Prinzen geht das doch nichts an! Den haben wir für Virginia angeschafft als einen Schlüssel zu den oberen Zehntausend von Europa. Dazu ist er gut und nützlich, aber zu sonst nichts! Meine Frau verwaltet doch auch ihre Mitgift selbst. Ihr Vater und ihre Brüder beraten sie dabei. Wird etwas angeschafft, etwa wie ›Aegir‹, oder das Schloß Thieregg, oder eine Jacht, so zahlen sie es aus ihrer Tasche und fragen mich gar nicht erst. Ich habe nichts zu tun, als die Zinsen mitzugenießen. Ich bin das fünfte Rad am Wagen. Ich habe kein Recht und keine Pflichten!«

»Ach, Recht! Recht!« Der Grandseigneur wiegte ärgerlich das weiße Haupt. »Recht hat immer der Stärkere. Und ein Mann ist immer stärker als eine Frau!«

»Ja, wenn er nicht in die Frau verliebt ist!«

»Ach ja … dann freilich …!« sagte der alte Herr in trüber Erinnerung und beinahe erschrocken, und beide waren eine Zeitlang still.

XII

Sie hatten sich inzwischen Baden-Baden genähert. Vom Bahnhof ab umsäumten schwere, langsam strömende und stockende Menschenmauern den staubigen Korso des High-Life und seiner Gefolgschaft, es wimmelte und summte wie von einem Bienenschwarm um das Kurhaus und weithin die Lichtenthaler Chaussee hinunter, in einem unruhigen Durcheinander, einem Nachzittern der allgemeinen Erregung, daß »Aegir« wirklich den großen Preis gewonnen...

Bloß »Aegirs« Besitzer ließ dies gleichgültig. Er schwieg den ganzen Rest der Fahrt, die Augen halb geschlossen, einen müden, leidenden Zug um den Mund, und wachte wie aus einem Traume auf, als der Traber vor dem Hotel stillstand. Dicht vor ihnen hielt die vorgefahrene Mailcoach des Mr. Owen. Ein Schwarm Lakaien stürzte wie besessen aus dem Inneren, ein Haufe Kellner aus dem Gasthaus, und die Menschen ringsum sahen ehrfurchtsvoll zu, wie es von oben, von dem Verdeck der unnahbaren Welt, bunt und lachend, mit fegenden Kleidersäumen und Froufrougeraschel und zierlichen blütenweißen Stiefelchen, mit langen Britenschuhen und den knochigen Bewegungen Albions in Geflirte und Geplauder die angelehnte Leitertreppe herniederstieg.

Eine der ersten war Virginia. Sie trat rasch auf ihren Mann zu, um ihn zu verhindern, mit dem alten, zitterig und würdevoll sich aus dem Wagen tastenden und jede Hilfe ablehnenden Grandseigneur seinen Platz zu verlassen. »Bleib!« rief sie. »Wir wollen noch ein wenig die Lichtenthaler Allee entlang fahren. Es ist so hübsch dort. Und so viel Menschen. Bitte, sei so gut!«

Er griff langsam nach Zügel und Peitsche, während sie sich aufgeregt, erhitzt und mit blitzenden Augen an seiner Seite in die Wagenkissen warf. Das war neu, daß seine Frau ihn, ihren Mann, als Ritter bevorzugte....

Aber freilich – heute mußten sie sich wohl oder übel gemeinsam zeigen! Heute tuschelte man überall von ihnen und wies mit den Fingern auf sie und starrte sie neidvoll und staunend an, das glückliche Ehepaar, dem »Aegir« das Wunderpferd, der Hunderttausendmarkgewinner, gehörte. Heute erregten sie noch mehr Aufsehen wie sonst.

Und das wollte sie ja natürlich! Gesehen werden, mitten in der Menge sein, im dicksten Trubel, und doch darüber erhaben, der unbequemen Nähe des Alltags entrückt, nur ein Schaustück für seine blinzelnden Blicke, das war eben sie – das war ihr Leben.

Vielleicht hatte sie auch noch ihre besonderen Gründe.

»Du hast eigentlich Recht,« sagte sie beiläufig, während sie wieder im Schritt in den Korso auf der Lichtenthaler Allee einbogen. »Dieser Mr. Owen ist wirklich... Eben auf der Fahrt von Iffezheim sagte er Dinge ... über die Schulter zu mir hin ... mit einer kaltblütigen Unverschämtheit ... Dinge ... und dann behauptet er, er könne nicht genug deutsch ... er hätte sich versprochen... aber ich werde ihn lehren....«

Ihr Mann erwiderte nichts. So weit mußte es ja kommen, daß Virginia sich gewissermaßen bei ihm entschuldigte, es ihm erst erklärte, warum sie statt eines ihrer Cicisbeos heute ihn zum Begleiter erkor. Freilich – er war ja jetzt drei Tage wieder weggewesen, um in der Einsamkeit der Alpen aufzuatmen. In dieser Zeit brauchte sie einen Ritter, und sicher machte der englische Herrenreiter mit dem phlegmatischen, sonnengebräunten Bulldoggengesicht und der athletischen Ruhe eines Meisterfahrers neben ihr eine weit bessere Figur als der melancholische, unschöne kleine Prinz mit der schiefen Schulter und dem resignierten, müden Lächeln.

Und sie daneben! Dieser strahlende, jugendliche Napoleonskopf, von rotgoldenem Haar umflammt, diese statuenschöne, in ihren weißen Hüllen weithin leuchtende Gestalt, die ihn um Haupteslänge überragte, diese Fülle von Lebensenergie, von warmblütiger, gesunder Daseinsfreude, mit der sie nach allen Seiten lachte und grüßte und nickend wie eine vergnügte Königin für die Glückwünsche dankte....

Wieder fühlte er den Rausch ihrer Nähe – den feinen schmeichelnden Duft, der ihrem gewellten Haar entstieg, die sonnenwarme Siegerkraft von Schönheit und Jugend, die neben ihm atmete, deren Herzklopfen er empfand, wie sie da Ellbogen an Ellbogen saßen – und er wendete die Augen von ihr, um seinen heißen, verstörten Blick nicht zu verraten.

Sie kümmerte sich übrigens gar nicht um ihn. Sie fand immer neue Bekannte, mit denen sie von Wagen zu Wagen ein Scherzwort tauschen mußte, sie winkte da dem alten französischen Herzog mit seinem weißen Henri- Quatre, dort dem knabenhaften, bei ihrem Anblick lebhaft errötenden jungen englischen Earl zu, sie wandte sich wieder indigniert, mit einer finsteren Römerstrenge, auf den klassischen jungen Zügen, zur Seite, um den verbrecherischen alten Fürsten Kurakin mit seiner ganz unmöglichen Begleiterin, die reichlich sein Enkelkind hätte sein können, nicht zu bemerken, und tauschte dann wieder mit einigen ihrer New Yorker Getreuen über ein halbes Dutzend Wagen hinweg pantomimisch einen kameradschaftlichen Gruß und setzte sich schweratmend zurecht und lachte geheimnisvoll und befriedigt, wie eine Märchenprinzessin, und strich sich in nervöser Aufregung ein dutzend Mal mit der Hand über das Goldgespinst, das das elfenbeinmatte Oval ihres Antlitzes abschloß, und schaute wieder mit glänzenden Augen in der Runde, ob nicht ein neuer Bekannter da sei, den man grüßen oder nach Laune nicht beachten, für ein paar Stunden erfreuen oder ärgern könne.

Vor ihnen war es jetzt leer. Sie waren am Endpunkt des Korsos, wo die Wagen wendeten. Aber Prinz Wilfried kehrte nicht um. Unversehens forderte er den Traber durch ein Wippen mit der Peitsche zur Eile auf und ließ das ungeduldige edle Tier die Chaussee hinunterschießen, daß Virginia durch den unvermuteten Ruck förmlich nach vorn geschleudert wurde und sich mit einem halblauten Ruf der Überraschung am Arm ihres Gatten festhielt.

»Was heißt denn das?« frug sie und schaute schutzsuchend nach hinten. Aber der Kutscher, der sich sonst hier würdevoll mit gekreuzten Armen von seiner Herrschaft spazieren führen ließ, fehlte. Er war auf dem Rennplatz zurückgeblieben und sie hatte bei dem hastigen Einsteigen an dem Hotel sein Nichtvorhandensein nicht bemerkt.

Die uralten Bäume der Lichtenthaler Chaussee flogen rechts und links an ihnen vorbei, die grünen Rasenflächen mit ihnen Lawn-Tennisplätzen, ihren Radfahrbahnen und Reitzirkeln verschwanden im Husch, ganz in der Ferne deutete nur noch ein unruhiges schwarzes Gewimmel und Gekrieche den Endpunkt des Korsos an, und immer weiter riß der Traber, unermüdlich mit den federnden Vorderbeinen ausgreifend, das leichte Gefährt hinter sich her.

»Um Gottes willen … geht das Pferd durch?«

Er verneinte, ohne sie anzusehen.

»Ja also … wo soll denn das hin? Sei so gut und halte an!«

Er ließ den Rappen in Schritt verfallen. Lautlos glitten die Räder durch den Staub. Um sie war alles still und einsam. Bäume und Wiesen, vereinzelte Häuser und Menschen und auf den Höhen ringsum blauend die hohen Schwarzwaldtannen.

Auf ihren schönen Zügen lag Neugier und Ärger.

»Was willst du denn eigentlich?«

»Mit dir allein sein!«

Sie wandte sich enttäuscht ab, als wollte sie sagen: ›Wenn es weiter nichts ist!‹ Und er hatte die Empfindung, daß sie ihn ganz durchschaute! Sie besaß eine instinktive Kenntnis der Männer in allem, was deren Beziehungen zu ihr, zu dem Weibe betraf.

»Und deswegen mitten aus dem Korso wegzujagen!« hub sie mit umwölkter Stirn an. »Du fällst doch *immer* auf!«

»Du etwa nicht?«

»Jedenfalls angenehmer als du! Aber einerlei – da sind wir nun einmal … zum Glück wird jedermann glauben, das Pferd sei dir aus der Hand gegangen, und du wirst die Güte haben, mit dem Kopf zu nicken, wenn ich das bei unserer Rückkehr erzähle … also … was ist's?«

Er faßte sie, Peitsche und Zügel achtlos in eine Hand ballend, am Arm. »Ich sag' es dir ja: Ich will mit dir allein sein! Nicht nur jetzt! Du bist meine Frau … du sollst mir gehören … mir … verstehst du … mir …«

Sie war ganz gelassen. »Nein. Ich verstehe nicht. Natürlich bin ich deine Frau, aber …«

»Aber da draußen bist du es nicht …« unterbrach er sie leidenschaftlich, mit erstickter Stimme. » … Da draußen … auf dem großen Markt … in dem ewigen Gewühl … unter dieser Menagerie von Nichtstuern, von eleganten Tagedieben, von Spielern und Roués, sogar zweifelhaften Existenzen, wie dieser Mr. Owen, die du hierhin und dorthin hinter dir herschleppst ... nichts bin ich dir ... gar nichts ... eine Null ...«

Sie sah seine unscheinbare, in der Erregung zitternde Gestalt von der Seite an: ›Kann *ich* dafür?‹ lag in dem schweigenden Blick, ›daß du neben mir verschwindest wie die Motte vor dem Licht. Und dich vielleicht an mir zu Asche versengst wie die Motte am Licht? ...‹

Er hielt ihre Hand umfaßt und drückte sie, angstvoll, verzweifelt. »Virginia ... so geht das nicht weiter. Ich halte dies Leben nicht aus. Ich werde wahnsinnig. Ich gehe zu Grund!«

Sie schüttelte leicht den Kopf als stumme Antwort: ›Ja – dann gehe zu Grunde!‹

»Versuche es doch nur einmal mit dir und mir!« bat er flüsternd und scheu. »Nur vier Wochen wir beide allein. Aus diesem Karawanenleben heraus ... Zwei Menschen, die sich auf sich selbst besinnen ...«

Sie drehte sich zur Seite. Es war, als überkomme sie ein Gähnen bei dem bloßen Gedanken.

»Sieh – die Welt gehört doch uns, Virginia – wir können uns ja das Leben einrichten, wie wir wollen. Es ist ja nur ein Versuch ... es gibt so viele Orte, wo niemand uns stört ... wenn ich den Herzog bitte: das Jagdschloß Reihergarten steht unbewohnt. Nur ein alter Förster ist darin und rings, herum die Eichenwälder. Nur ein paar Wochen ... nur daß du mich einmal kennen lernst ... daß ich dir einmal alles sagen könnte, was ich sagen möchte ...«

»So sag es doch hier!«

»Nein. Hier kann ich das nicht. Erst mußt du wissen, nein, erraten mußt du es, wie es in mir ausschaut ... wie ich anders geworden bin im letzten Jahr ...«

Sie blickte zerstreut um sich, als wollte sie sagten: ›Mein blasser Freund, das interessiert mich wenig!‹

»... und wie unglücklich ich bin!« setzte er gedrückt hinzu. »Es liegt in deiner Hand, ob ich es bleibe ... ob ich es noch mehr werde ... wenn das möglich ist ... ich bitte dich, Virginia, höre zu und beschäftige dich nicht mit dem Pferd ... ich *weiß*, daß es sich am linken Hinterhuf gestrichen hat und ein bißchen blutet! ... Höre auf das, was ich dir sage ... es ist keine Phrase: ... Es handelt sich um mein ganzes Leben ....«

Nun entschloß sie sich endlich zu sprechen: »Also dich amüsiert dies alles hier wirklich gar nicht? ...«

»Amüsieren!« wiederholte er bitter. »Das ist das rechte Wort. Ich spreche von Glück und Unglück eines Menschen und du von Amüsieren. So sind wir beide!«

Sie blieb ganz sanft und geduldig, wie eine Souveränin, die einen Bittsteller auf gute Art abfertigt, mit Glätte und Liebenswürdigkeit und um Gottes willen ohne Lärm und Szenen. »Gut. Ich werde deine Worte brauchen! Also du fühlst dich unglücklich in dem Leben, das wir führen? ...«

»Wenn du das noch nicht bemerkt hast ...«

»O gewiß hab' ich es bemerkt. Schließlich fällt es doch einer Frau auf, wenn ihr Gatte wie jetzt eben drei Tage nicht zum Vorschein kommt und statt dessen irgendwo in der Schweiz mit einer fremden jungen Dame Bergtouren unternimmt – ach ja, mein Lieber, das hab' ich gehört – eine Freundin hat es mir aus Interlaken geschrieben –, aber es war mir gar nicht der Mühe wert, davon zu sprechen, und wenn ich dieser Münchener Bildhauerin einmal begegne, werde ich gewiß nicht die Geschmacklosigkeit haben, ihr Blicke zuzuwerfen, wie du dem armen stupiden Mr. Owen. ... Steige du nur mit ihr so hoch du willst, wenn es dir Spaß macht. Treibe, was du willst. Gehe nach Reihergarten oder sonst wohin ... ich zwinge niemanden zu seinem Vergnügen ... ich will nur, daß man mich nicht in meinem Vergnügen stört ...« »Das heißt ... ich soll allein gehen ... ohne dich?« Sie war ganz fassungslos vor Erstaunen. »Ich? Jetzt ... die Segelwoche in Cowes versäumen ... die Saison in St. Moritz ... die großen Jagden in Thieregg ... und das, um mit dir und einem alten Förster als Einsiedler in einem deutschen Eichenwald zu leben ... sicherlich ... das ist ein Gedanke, auf den von allen Menschen hier in Baden-Baden und in der ganzen Welt nur du allein kommen kannst. *Dir* sieht er ähnlich. ... Das sind so Ideen, die man sich ausheckt, wenn man hoch oben in den Bergen mit einer jungen Bildhauerin im

Nebel sitzt. …Eigentlich ist das ein komisches Bild!« Er biß die Lippen zusammen. »Ich *bitte* dich, Virginia!« murmelte er, ohne sie anzuschauen. »Willst du mit mir kommen?«

»Nein!«

»Und das ist deine ganze Antwort?«

Ihr schönes jugendliches Cäsarengesicht hatte sich verdüstert. Sie sah verdrießlich aus. »Warum denn immer alles sagen? Auch das letzte? Das ist auch so eine deutsche Angewohnheit!«

»Sage es mir!«

»Du hörst es ja: Gehe du, wohin du willst, und lasse mich, wohin ich will. Das ist doch so einfach!«

»Das ist nicht das letzte! Es muß klar werden zwischen uns! Lieber ein Ende mit Schrecken als dies …dies Leben so wie es jetzt ist…«

Sie zuckte die Achseln. »Glaubst du, daß das mir gefällt …deine Art …dein Sonderlingsgebaren …dein Weltschmerz …aber gut …sei so …ich falle dir nicht mit Klagen darüber lästig, wie du mir meine Stellung erschwerst und den Platz, den ich in der Gesellschaft einnehmen will. Schließlich ist es auch einerlei. Ich erreich' es ja auch ohne dich.…«

»…Und das sagst du mir alles so ruhig und gleichmütig, als ob du eine Lawn-Tennis-Partie verabredest …wo ich dich bei allem, was ich nur weiß, gebeten habe…«

»Du hast dies überflüssige Gespräch angefangen! Und wenn du durchaus das letzte hören willst …gut! Klipp und klar: ich brauche dich nicht mehr! Was du mir geben kannst, hast du mir gegeben! Ich verlange gar nichts mehr von dir. Gar nichts. Ich gebe dir deine ganze Freiheit wieder. Treibe, was du willst, lebe, wie du willst – nur lasse auch mir meine Freiheit …daß wir sie als vernünftige Menschen nicht zu Dingen mißbrauchen, die unsere Stellung gefährden – das ist ja ganz klar. Ich wenigstens werde mich hüten, meinen Platz in der Gesellschaft aufs Spiel zu setzen. Er hat mich genug gekostet.…«

»Mich hat er gekostet –!«

»O nein! Nicht nur dich! Auch Mühe und Arbeit genug gegen dich! Du hast mir ja in gar keiner Weise geholfen, wie das eigentlich doch unser stillschweigender Vertrag war. Nicht die Hand hast du ausgestreckt, um mich hinauszuheben, wohin ich wollte. Eigentlich war das nicht ganz *fair play* von dir. Alles hab' ich selbst machen müssen. Schritt für Schritt hab' ich mein Terrain erobern müssen, besonders in letzter Zeit, seit du so ganz menschenscheu geworden bist. Ich hab' mir unsere Ehe auch anders vorgestellt. Wir hätten sehr gut miteinander leben können, wenn wir nur ein bißchen besser zueinander paßten. Aber wir sind nun einmal das gerade Gegenteil. So ziemlich in allem. Daraus mach' ich dir keinen Vorwurf. Du tust mir leid … du lebst so schwer, so feierlich, so umständlich …ich möchte immer wieder sagen, du lebst so deutsch – so, wie die Deutschen früher waren. Jetzt werden sie auch anders. Also lebe so…«

»…als ›der deutsche Prinz‹!« sagte der neben ihr dumpf. »So nennt ihr mich ja kurzweg in eurem New Yorker Familienkreis.«

»Nun ja …lebe als ein deutscher Prinz …oder überhaupt als ein Prinz …so wie Prinzen leben …um das Geld brauchst du dir ja keine Sorgen zu machen und…«

Er fuhr auf und ballte die Fäuste. Aber er bezwang sich. »Ich habe kein Recht!« murmelte er zurücksinkend. »Ich verdiene es! Ich wollte dir mein Herz ausschütten und bekomme zur Antwort: ›Unbesorgt! Sie kriegen zeitlebens Ihren Jahresgehalt als der deutsche Prinz!‹ ›Aegir‹ kann ja auch sicher sein, das Gnadenbrot zu erhalten auf seine alten Tage. Ihr seid ja nicht kleinlich! Wenn ich daran denke, was ich dir alles sagen wollte…und das das Ende…«

Sie bemächtigte sich mit einem energischen Handgriff der Zügel und lenkte das Pferd den Weg zurück. »Das Ende! Mißverstehe mich nicht! In eine Scheidung willige ich *nie! Niemals* – hörst du! Ich halte dich fest, du magst machen, was du willst. Ich will die Prinzessin von Eck bleiben und nicht als geschiedene Amerikanerin in der Welt herumlaufen und wieder aus meiner ganzen Position gedrängt werden. Schon des Kindes wegen. Und auch sonst! Ich werde dir keinen Anlaß geben, eine Scheidungsklage einzureichen – da sei unbesorgt …und du…«

Sie brach ab. Er erwiderte nichts. Stumm fuhren sie zur Stadt zurück.

»Und du...« hub sie endlich wieder an, die Blicke auf das Pferd gerichtet, »...mache, was dich freut! Vergrabe dich in der Wildnis oder schwärme mit deiner Freundin aus München auf Gletschern herum – aber ich glaube...« ein katzenschlaues, hinterlistiges Lächeln entstellte plötzlich auf einen Augenblick ihre klassischen Züge, »ich glaube – du kommst bald zurück, wie ich dich kenne!«

Ja. Sie kannte ihn. Er schwieg.

Der Wagenpark auf der Allee hatte sich jetzt schon etwas gelichtet. Sie konnten in vollem Traberlauf an den langsamer rollenden Gefährten vorbeifliegen. In dem einen Wagen wurden die Strohhüte gelüftet und darunter schimmerte alles weiß in weiß von den glattrasierten Athletengestalten der New Yorker goldenen Jugend.

Virginia grüßte mit der Peitsche hinüber. »Das Pferd ist dem Prinzen durchgegangen!« rief sie lachend. »Aber jetzt halte ich die Zügel!«

Die jungen Männer antworteten mit einem beifälligen, belustigten Nicken, einem verständnisvollen: ›So gehört sich's auch!‹ und sie trieb mit einem energischen Zungenschnalzen den Renner zu fliegendem Hufschlag an. Die kühle Abendluft umpfiff sie, die Bäume rechts und links schossen vorüber und Hunderte von Köpfen schauten neugierig nach, wie die Gummiräder pfeilschnell in die dämmernde Stadt dem Hotel zurollten, über ihnen die hohe weiße Gestalt der Lenkerin elastisch aufgerichtet und neben ihr der unscheinbare kleine Prinz....

Am Portal des Gasthofes trennten sie sich mit flüchtigem Nicken. Sie rauschte zum Lift, um in aller Eile oben in ihren Räumen sich in große Abendtoilette zu werfen, und er trat langsam wieder auf die Straße hinaus.

Es war jetzt beinahe völlige Nacht, eine warme, dunkle Augustnacht, in der noch die Schwüle des Tages nachzitterte. Von der Rheinebene her, wo in der Ferne der Iffezheimer Rennplatz lag, wehte der heiße Dunst, und ihm entgegen, von Osten, zuweilen ein reiner, klarer Luftstrom, kühl und erfrischend wie ein Bergquell, ein Gruß von den alten Schwarzwaldtannen, ein Hauch der Höhen.

Reinheit! Reinheit und Ruhe. Dort oben wohnten sie. Aber nicht für ihn. Er war nur ihr unsteter Gast. Ihn zog es immer wieder hinab in die weite glühende Ebene, in das fiebernde Gewühl des Rennplatzes, durch das seine Frau als Königin schritt, bewundert, begehrt von ihm und allen – es trieb ihn immer wieder zur Tiefe, in das Tal, in den Tummelplatz aller Leidenschaften, das Reich der Sinne und der Sinnlichkeit.

Ihm schnürte etwas die Kehle zusammen, während er ziellos, einsam durch die nun verödeten, dunkeln Straßen und Promenaden schweifte. O Lüge! Lüge! Lüge! Alles um ihn eine flitterbunte Komödie, ein äffender Traum – und darüber eine Sehnsucht, oben, hoch oben allein auf einem ragenden Berggipfel zu stehen, die neblige Welt zu Füßen, vom ersten warmen Sonnengold umsponnen, und aus tiefer Brust Kälte und Gesundheit einzuatmen. Kalt zu werden, ruhig, stark – nicht mehr hin und her gerissen von einer Leidenschaft, in der er sich selbst wie einen Fremden sah und verachtete. Er hatte immer wieder die Empfindung, als warte seiner da oben das Erwachen, wie man die Fesseln eines lästigen Albdrückens abstreift. Aber erst muß man jene Kraft haben, die Fesseln bricht! Bis dahin hält einen der Traum der Tiefe umbannt. Und wieder schaute er sehnend zu dem geheimnisvoll funkelnden Sternenhimmel empor: »Arme Seele – wann wirst du wach?«

Weiter ging er und weiter, ohne selbst zu wissen, wohin. Am Gebäude des Internationalen Klubs in der Lichtenthaler Allee blieb er stehen. Heute war die sonst unter der Torwölbung herrschende vornehme Ruhe verschwunden. Hell erleuchtete Fenster, vorfahrende Wagen, ein- und ausgehende Sportsmen, Diener, Telegraphenboten – warum trat er da eigentlich nicht auch ein? Warum lief er im Dunkel der Bäderstadt herum und quälte sich mit Grübeln und Denken, statt zu leben? Da drinnen war ja das Leben, in das er gehörte. Er traf dort fröhliche Gesellschaft – er konnte durch ein hohes Spiel seine Gedanken verscheuchen... Er hatte ja Geld ... Geld genug ... er erstickte im Geld... Der kleine Prinz schüttelte den Kopf und setzte seinen Weg fort.

Da war er wieder am Hotel. Außen war jetzt alles menschenleer. Aber das aus allen Zimmern flammende elektrische Licht, die Klänge einer Musikkapelle aus dem großen Saal, die im Vorraum aufgehäuften Koffergebirge wiesen deutlich genug auf die große Baden-Badener Woche hin, die Zeit der Spiele und der Feste.

Jedenfalls waren er und seine Frau auch irgendwo eingeladen. Er hatte ganz vergessen, sie danach zu fragen. Einerlei – sie hatte für ihn angenommen, während er fort war, sie wurde ihn jetzt wieder irgendwie entschuldigen, das war man schon gewohnt. Sie hatte ja einen sehr einfachen Vorwand, die Ermüdung von seiner gestrigen Bergtour und der Reise.

Aber er fühlte sich nicht ermattet, oder vielmehr er empfand jenes Müdigkeitsfieber, das einer Überanstrengung folgt. Da kann man nicht ruhen und schlafen und noch weniger sich in große Gesellschaft mengen – er dachte mit Schrecken daran, daß er jetzt unter irgendeinen Kronleuchter gehörte, weiße Schultern, parfümierte Schnurrbarte, porzellanglatte Hemdeinsätze, wohlduftende seidene Haartürme, Gelächter, Wort- und Augengeplänkel, Glückwünsche und Händedrücke um ihn her, und aus dem Stimmengeschwirre »Aegir« und ewig wieder »Aegir« und ein: »Ja – wenn Jones dem Österreicher früher den Kopf freigegeben hätte!«, oder ein »Smith ist zu alt! Mit sechzig Jahren reitet man kein Finish mehr im großen Preis!« – und es zuckte um seine Lippen, als wolle er sagen: »Kinder, ihr seid zu abgeschmackt! Steht man darum auf den Höhen der Menschheit, um sich bis zur Verzweiflung, bis zu wahren Nervenkrämpfen der Langeweile darüber aufzuregen, daß ein Pferd schneller läuft als das andere?«

Aber da besann er sich, daß er ja allein war, unter freiem Himmel, in stiller Nacht. Gott sei Dank! Das Müdigkeitsfieber im Körper und mehr noch in der Seele trieb ihn ruhelos und einsam durch die hallenden Gassen weiter ... immer weiter ... gleichviel wohin....

Jetzt kam er am Kurhaus vorbei, einem festlich erleuchteten Bienenstock mit seinem Menschensummen und -wirren, seinen massenhaften Glühlämpchen, seinem taghellen Leben bei Nacht. Auf der Terrasse flimmerte es von extravaganten Damenkleidern und darunter, auf dem breiten Mittelweg, standen große und kleine Klumpen dunkelgekleideter Männer, eine unaufhörlich raunende, gestikulierende, sonderbare und etwas lichtscheue Gesellschaft, die am ersten einer aufgeregten, leise flüsternden Trauerversammlung glich.

Sollte er da hineingehen? Sehen, ob im Getümmel der großen Buchmacherbörse ein Fischzug zu machen war? Vielleicht würde ihn dann das nächste Rennen mehr interessieren wie das heutige. Vielleicht war er dann ganz bei der Sache, erfüllt von der » *glorious incertainty*« des Turfs, gleich jenem sonnengebräunten Gentleman dort in der dunkeln Ecke, der, einen kurzen Sommerpaletot über dem Gesellschaftsanzug, eine Zigarette zwischen den weißen Raubtierzähnen, beide Fäuste in den Hosentaschen, mit einem stöpfelartig kurzen und dicken, mopsgesichtigen Londoner Buchmacher verhandelte. Natürlich, für Mr. Owen war derlei eine Lebens- und Magenfrage. Das Geschäft vor allem! Er ließ Diner und Tischnachbarin unter irgendeinem Verwand im Stich, um jetzt, zur Stunde, wo er alle Welt in den Hotels wußte, im Halbdunkel zwischen den krächzenden Gruppen der Turfagenten seine sonderbaren Pfade zu wandeln. Aber immerhin – das war eben Mr. Owen, der englische Gentlemanreiter, dem man alles zutraute und nichts beweisen konnte. Wenn er aber, der Prinz von Eck, in diesem Kreise erschienen wäre – nein, er lachte trübsinnig bei dem Gedanken, daß diese Leute ihn dann ganz ernst nehmen und ehrfurchtsvoll den Hut vor ihm ziehen würden, und setzte seinen Weg fort.

Wohin? Am Bahnhof war ein wildes Gedränge. Die große Menge, die Ausflügler, die Landwirte aus der Umgegend, alles, was keine Unterkunft mehr in Baden-Baden gefunden hatte oder nicht gesonnen war, sein schweres Geld für sie zu zahlen, strebte heimwärts. Man ahnte den Staub in der dunkeln Luft und sah, wie er die Gaslaternen umschleierte, man war umweht vom Brodem der Massen und ihrem schlechten Zigarrenqualm – Prinz Wilfried drehte sich erschrocken um und ging in die innere Stadt zurück.

Hier war es stiller. Nur in den Wirtshäusern lärmte und lachte es. Da saßen die Bürger bei Markgräfler oder Bayerisch-Bier und besprachen als alteingesessene Einheimische, denen die große Rennwoche seit ihrer Kinderzeit, noch in den Blütejahren Napoleons und der Baden-Badener Spielbank, ein vertrautes Ereignis geworden war, die Zwischenfälle des Tages. Hier wurden weniger die Pferde tariert als die Fremden. Daß die Franzosen endlich, seit ein paar Jahren, wieder in das Schwarzwaldstädtchen kamen, das früher beinahe eine Pariser Filiale gewesen, daß die Russen, die beliebtesten Besucher, sich unglücklicherweise mehr und mehr verloren und man an einem Moskauer Fürsten doch mehr verdiene als an einem Hundert Engländer mit Cookcoupons oder deutschen Feriengästen mit Rundreiseheften, und daß eben leider, leider das preußische Wiesbaden vom deutschen Kaiser bevorzugt werde....

Aber dazwischen klang dann auch wieder einmal der Name »Aegir«, von dem derben Fluch eines vierschrötigen Gastes begleitet, durch ein offenes Wirtshausfenster, und der Besitzer des Hengstes ging draußen eiliger vorüber, um dem verhaßten siegreichen Namen zu entgehen.

Ein Händler bot ihm die Abendausgabe einer Zeitung an. Er kaufte sie, fast ohne zu wissen, was er tat, und warf einen Blick hinein. Das Wort »Aegir« leuchtete ihm fettgedruckt entgegen, und weiter unten, in einem erläuternden kleinen Artikel, sein eigener Name. Er und »Aegir« gehörten nun einmal zusammen! Zwei Luxusgegenstände der New Yorker! Prinz Wilfried von Eck war in dem Blatt enthusiastisch geschildert als das Urbild eines wahren Sportsman, der das ihm durch eine Heirat zugefallene große Vermögen in idealster Weise zur Erfüllung seines Lebenszieles, der Hebung der deutschen Vollblutzucht, verwende, »in vollem Einverständnis mit seiner jugendschönen, mit ihm in harmonischster Ehe lebenden Gattin, die gleich ihm es sich angelegen sein läßt, unserer ›Perle des Dostals‹, dem schönen Baden-Baden, zu einem helleren Glanze zu verhelfen. Unseren ehrerbietigen Glückwunsch und Dank dem hohen Paar.«

Darüber lächelte der kleine Prinz zerstreut und ließ das bedruckte Papier in den Staub fallen. Zuweilen kamen ihm die Menschen so seltsam komisch vor, so amüsant und doch bemitleidenswert – er hatte ihnen gegenüber das Gefühl des Außerhalbseins, als stünde er als nachdenklicher Zuschauer vor einem Affenkäfig. Aber gleich darauf kam dann wieder die Erkenntnis: Du bist ja selbst in einem goldenen Käfig gefangen und hast nicht die Kraft, zu entspringen, obwohl der Käfig fast täglich Form und Ort wechselt, neulich eine Segeljacht, dann wieder ein Jagdschloß oder ein Ballsaal, jetzt der grüne Rasen, jetzt wieder irgendein Hotel, wie das Gebäude vor ihm mit seinen Kofferbergen am Eingang, seinen hell erleuchteten Fenstern, seiner Tanzmusik.

Er ging hinein. Ein Diener harrte seiner. Man warte ungeduldig auf ihn, meldete er, es sei nur ein kleiner Kreis zur Feier des heutigen Sieges.

Ein kleiner Kreis! Er wußte, was das bei Virginia hieß. Ungefähr fünfzig Personen zu Tisch und jetzt, wo nach aufgehobener Tafel getanzt wurde, so ziemlich freier Eintritt für jeden Gentleman, der in Frack und weißer Binde erschien und von irgendeinem Klubmitglied vorgestellt wurde. In dem Hotelleben der Rennwoche nahm man das nicht so genau und seine Frau am wenigsten. Wenn nur Leben um sie war, Licht, Lärm, Lustigkeit und sie der Mittelpunkt – dann mochte morgen die Welt untergehen! Und schließlich – sie hatte eigentlich recht. Und er lief inzwischen als ein verstörter Träumer auf menschenleeren Straßen die Gaslaternen entlang und gab durch sein Fernbleiben erwünschten Anlaß zu neuem Getuschel und Gespöttel.

Eine Art Reue erfaßte ihn. Ärger gegen sich und Angst vor ihr. Er ließ melden, daß er sich gleich umziehen und erscheinen würde, und begab sich in seine Zimmer.

Vorher sah er noch einmal nach seinem Töchterchen. Das durchsichtig-zarte, wachsblasse kleine Wesen schlief müde mit offenem Mund und geballten Fäustchen in einer für seine Verhältnisse ungeheuren, spitzenumrahmten Ruhestatt. Zwei Wärterinnen saßen stumm am Bette des ewig kränkelnden Kindes. Er winkte den Personen, sich nicht stören zu lassen, und blieb vor dem Lager stehen. Er liebte dies gebrechliche Menschengebilde mit einer gewissen melancholischen Zärtlichkeit. Nicht nur weil es so schwach und klein war und er alles gern hatte, was des Schutzes bedurfte und sich zutraulich anklammerte, sondern auch mit einer Wehmut, einer Gewißheit, es bald wieder für immer zu verlieren. Entwunden durch den Tod. Das kleine Lebenslicht flackerte ja nur zitterig auf und nieder. Oder aber das, was da jetzt noch sein war, durch ihn ins Leben gerufen, das mußte im Lauf der Jahre, wenn es selbst zum Menschen wurde und heranwuchs, der Mutter gleich werden, die es zu ihrem Ebenbild erzog, in lächelnder, puppenhafter Oberflächlichkeit und naiver, rastloser Genußsucht und Selbstsucht. So wurde es ihm fremd – lebend oder tot – das einzige, was er eigentlich auf der Welt sein nennen konnte – und der Gedanke tat ihm weh.

In sein Gemach getreten, ließ er sich vom Diener den Frack reichen. Aber nun kam doch plötzlich die wirkliche Müdigkeit über ihn. Wie eine Erinnerung von gestern, wo er um diese Zeit noch die dünne, klare Höhenluft geatmet und auf kurze Stunden in der Kameradschaft mit seiner Gefährtin von den Bergen, die ihm sonst unbekannt und gleichgültig war wie er auch ihr, sich und sein eigentliches Leben vergessen hatte. Und er wußte selbst nicht mehr – war das da oben eine Maskerade oder das da unten, diese bunte Komödie im Ballsaal, wo die Fiedeln klangen und die Schleppen flogen und die lächelnden Marionetten sich drehten.

Ein plötzlicher Widerwille erfaßte ihn. Ihm graute vor diesem schwülen, schmeichelnden Meer da unten. Ihm graute vor seiner Frau. Er schickte den Diener hinunter und ließ sich entschuldigen. Er wußte, daß ihm das kein Mensch glaubte. Aber das war ja gleich. Nur allein sein! Er rückte sich einen Stuhl ans Fenster und schaute hinaus in die Augustnacht, die jetzt, über den Schwarzwaldkämmen aufsteigend, der Mond erhellte. Lange saß er da. Stunde um Stunde. Im Hotel unten wurde es allmählich ruhig, ohne daß sich irgend jemand, am wenigsten seine Frau, um ihn gekümmert hätte. Endlich war alles still.

Ringsum alles still. Der Mond stand hell über der Bäderstadt, leise murmelnd floß die Dos durch ihr gemauertes Bett, ein kühles Wehen war in der Luft, ein unbestimmtes Rauschen von fernen Bäumen und Wäldern und Höhen, ein einlullender Klang. Die Welt schlief. Nur er nicht.

Er sann und sann. Was tun? Fort von ihr! Dann kam er wieder. Das wußte er ja. Und blieb er wirklich fort, so war er doch nicht frei. Sie gab ihn nicht frei. Sie hatte es ihm ja ganz klar und schonungslos gesagt. Natürlich … Was man teuer gekauft hat, wirft man nachher doch nicht weg. Er war und blieb »der deutsche Prinz«, das Eigentum einer Silberdynastie überm Meer, und blieb es auch vor der Welt, wenn er fern von dem allen und, ohne einen Cent ihres Geldes anzurühren, lebte. Denn wer rechnete ihm das nach – wer glaubte das einem Manne, der sich verkauft hat? Und lehnte er ihr Geld ab, so mußte er doch selber arbeiten! Und was war das, wenn ein Prinz plötzlich zum Versicherungsagenten oder derlei wird? Doch nur ein Skandal, eine Finte, ein schnöder Versuch, nachträglich noch mehr Geld zu erpressen, weil der Schwiegervater die geforderte Erhöhung der Rente nicht bewilligen wollte! Oh – er wußte, dafür würden die Verwandten seiner Frau, vielleicht sie selbst sorgen, daß er dann in keinem anderen Lichte erschien.

Und wenn er mit Virginia weiterlebte wie bisher oder vielmehr neben ihr – er stöhnte auf. Es war ein schauernder, heißer Widerwillen, eine Traurigkeit und doch wieder ein übermächtiges Verlangen. So zu verachten und so zu lieben zugleich – ihm war es ein Rätsel.

Plötzlich kam ihm der Gedanke, seine Frau umzubringen und sich hinterher! Er rückte ärgerlich den Stuhl zurück und stand auf. Es war wirklich hohe Zeit zur Ruhe. Die Ermüdung und Aufregung ließ sein Gehirn fiebern. Wieder lag, während er in das Zimmer zurücktrat, die Alpeneinsamkeit vor ihm, mit ihrem klaren Abendfrieden, ihrem feierlichen Dämmerglühen über ewigem Firn, ihrer Reinheit und Ruhe. Dort oben war die Ruhe, die letzte. Warum tat er nicht einmal einen Fehltritt auf einer seiner schwindligen Wanderungen, warum sendeten die Gipfel ihre Steine zu seiner Rechten, ihre Lawinen zu seiner Linken vorbei, warum trugen gerade ihn Schneehang und Gletscherschlund? Warum suchte er gerade in diesem Jahr Gefahr über Gefahr? Er wußte es wohl. Er suchte unwillkürlich den letzten Ausweg. Er wollte vor sich selber fliehen. Besser Tod als dies Leiden.

Und in ihm sprach etwas dagegen, wie aus der Stille der Nacht geboren: Man kann nicht nur sterben – man kann auch leben! Leben, wie man's verdient. Du erntest deine Taten. Du hast dein Bestes verkauft. Du hast *dich* verkauft! Nun läutere dich durch Leiden, daß du wieder aus deinem Traume aufwachst...

Genese vom Weib!

Der kleine Prinz seufzte tief auf. Sehnsucht und Leidenschaft war in ihm und eine bange Erwartung: ›Arme Seele, wann wirst du wach?‹...

Drittes Buch

XIII.

Ein riesenhaftes offenes Grab gähnt zum blauen Sonnenhimmel Griechenlands empor, auf eine Viertelstunde im Geviert in dem sumpfigen Wiesental des Alpheios ausgeschachtet. Über seinen glatten gelben Lehmwänden nickt das Riedgras, stumpfsinnige Kuhköpfe lugen in die Tiefe, fernes Hundegebell, das Summen zahlloser Stechmücken über fieberdünstenden Tümpeln durchzittert die Abendschwüle, die bleiern auf dem Chaos da unten brütet. Gigantische Säulentrommeln, zersprungene Tempelquadern, vierkantige Riesensockel, Bruchstücke von Steinstufen, Mauerreste, Schutt und Splitter der Jahrtausende zu ungefügen Bollwerken gegen die Barbaren aufgetürmt, von wütender Christenhand zerstört, vom Erdbeben durchschüttelt, von Wasserfluten überschwemmt, mitleidig von rutschenden Bergmassen begraben und doch wieder mit Hacke und Spaten an das Licht geschaufelt – so liegt Olympia da, eine steinerne Stätte des Todes, ein Siegestempel des grauen Nichts aus verwittertem, unheimlich leichenfarbenem Muschelkalk.

Lange Giftschlangen rollen sich auf den heißen Säulenstümpfen und gleiten listig züngelnd zwischen Sumpfrohr und buntem Mosaikboden auf der Froschjagd dahin, große weiße Schildkröten watscheln, das Gras weidend und wie Gänse fauchend, über den Fleck Fiebererde, der einst dem Wunder der Welt, dem goldenen Zeus des Pheidias, zum Thron gedient, und dort drüben, wo vor Zeiten durch die Torwölbung, ein Schwarm heiterer nackter Götter, die olympischen Kämpfer ihren Einzug auf den Festplatz hielten, da harkt ein schmutzstarrender slawischer Winzer schweißtriefend, mit dem stumpfen Ausdruck des sorgengeplagten Knechtes, in seinem Rosinengarten. Neben ihm kläfft sein tückischer, halbverhungerter Köter, und überall aus den glühenden Rebpflanzungen tönt dasselbe Spatenschürfen und Hundegewinsel – ein ewiges Lied: Im Schweiß des Angesichts sollst du dein Brot essen. Und nicht wissen, was Lachen heißt und Glück und Schönheit!

Einst hat man hier gelacht. Wo jetzt die Vipern zischen und das Röhricht raschelt, da saß wohl einst Perikles, der Olympier, mit seiner Aspasia. Da schritt Themistokles zum Stadion, umbraust vom Rausche des Siegesjubels von Salamis, da lenkte Nero im Cäsarenwahnsinn seine milchweißen Rosse zum Wettlauf, der Herr der Welt, der nach den Ehren dieses winzigen Stückchens Erde geizt...

Vorbei! Vorbei! Die Kühe blöken. Behaglich wiederkäuend liegen sie in der Sonne. Der Alltag bleibt und käut ewig das alltägliche Gestern wieder. Die seltenen Feierstunden der Menschheit verwehen im Winde. Kaum ein Hauch bleibt übrig, ein grauer Schatten der bunten Pracht – nur eben noch so viel, um mit seinem wüsten Todesacker aus Muschelkalk und Marmor das sehnende Auge zu enttäuschen.

Meister Josephus seufzte. Wie er so auf einem Säulenstumpf dasaß, in den großkarrierten Staubanzug gehüllt, eine schottische Mütze auf dem blonden Löwenhaupt – da ähnelte er einem jener majestätischen vollbärtigen Lords, als die man sich früher die reisenden Engländer vorstellte – ein satter, gelangweilter Olympier voll verdrießlicher Ruhe.

Ellinor kauerte neben ihm. Sie schwiegen beide schon lange Zeit.

»Unheimlich ist's hier!« sagte er endlich. »Gespenstig! Wenn ich einen Totenschädel in der Hand halte, kann mir einer lange einreden, das sei einmal die schöne Helena gewesen. Ich glaub's dem Kerl nicht! Ich ärgere mich bloß darüber! Und über dich, daß du mich zu der Reise nach Griechenland verleitet hast...«

Sie schüttelte lächelnd den Kopf. Er meinte es ja nicht so schlimm. Es war seit jener Abendstunde vor dem Hotel im Berner Oberland nicht mehr zwischen ihnen von der Villa in Florenz und den gemeinsamen Lebensplänen die Rede gewesen – aber dafür um so stärker ein stummes Sich-eins-fühlen, das verstohlene Mitwissen und Mithüten eines ihnen beiden gleichmäßig gehörenden kostbaren Geheimnisses.

Seine Gedanken gingen denselben Weg wie ihre. »Und du hast der Lotte auch wirklich nichts davon erzählt?« hub er plötzlich an, als hätten sie sich die ganze Zeit darüber unterhalten.

Sie verneinte durch eine leise Bewegung, als wollte sie sagen: ›Ach, Lotte!‹, und faßte seine Hand.

Die hielt er fest. Wieder saßen sie eine Weile stumm beisammen. Und in ihrem Ohr zitterte der Hall der letzten Worte nach, ein Klang von »Lotte«.

»Mir wird die Lotte von Tag zu Tag greulicher!« murmelte Meister Josephus düster. »Je mehr man sich Griechenland nähert. Je mehr man Mensch wird, im eigentlichen Sinn! Und dann läuft so eine lebendig gewordene Puppe aus dem Spielzeugladen um einen herum und tut, als sei sie auch ein Mensch! Zu einfältig ... die Lotte...«

Sie erwiderte nichts.

»Und gerade jetzt...« fuhr er fort. »Gerade heute ... diese Wirtschaft auf der Eisenbahn – mit Orangenkaufen und Rosinen und dem Photographenapparat und der verlorenen Plaidrolle und der zu teuren Hotelrechnung in Korfu – all dies Geschnatter! Es macht mich schon ganz nervös! In der Nähe des Hermes!...«

Er drehte sich um und warf einen langen Blick nach rückwärts, wo in einer Viertelstunde Entfernung zwei Gebäude von einem Hügel schimmerten – ein weißgestrichenes Gasthaus und neben ihm, rot bemalt, in Form eines Griechentempels, das Museum von Olympia.

»Da oben, hinter den roten Wänden steht er!« In seiner Stimme war ein unsicherer Klang. »Anderthalbtausend Jahre hat er geschlafen. Jetzt ist er wieder von den Toten aufgestanden und so munter wie je ... genau so lebendig wie an dem Tag, wo der selige Praxiteles mit seiner eigenen Hand dem Marmor noch die letzte Glätte gegeben hat. Ja – wenn ich ein Philister wäre – dann käme ich nach Hause und steckte mir am Stammtisch eine neue Zigarre an und sagte beiläufig: ›Apropos, Kinder – den Hermes des Praxiteles hab' ich auch gesehen!‹ Aber ich bin kein Philister...Leider ... leider... ich bin ein weltberühmter Töpfergeselle ... ein größenwahnsinniger Steinmetz ... ein mit Orden besteckter Stümper. Wer weiß, wie die Begegnung zwischen mir und dem Hermes abläuft ... was der mir alles zu sagen hat....«

Sie schlug ihm lachend auf die Schulter, mit dem derben aufmunternden Handschlag eines treuen Kameraden. »Weißt du, was er sagen wird, Meister Josephus?

›Kommst du endlich?‹ wird er sagen. ›Es war schon hohe Zeit! Aber nun ist's ja gut!‹...«

Der Siegfried in dem großkarrierten Reisekostüm faßte plötzlich ihre beiden Hände und schüttelte sie und sah ihr treuherzig ins Gesicht. »Und wenn es gut wird, Ellinor ... wem dank' ich's? Dir allein! Was wäre ich jetzt ohne dich? Ein Hofrat! o Gott – ein Herzoglich Siebenwaldenscher Hofrat – oder ein lebenslänglicher Akademieprofessor, ein Mensch wie ein Damenschneider, der in seinem Atelier herumläuft und sich die Hände reibt und katzbuckelt und von höchsten Herrschaften allerhöchste Bestellungen entgegennimmt –! Aber warte nur! Wenn erst einmal in Toskana unser Landhaus steht und da drinnen pfeift ein Kerl und knetet und schafft den ganzen Tag, was *er* will, und nicht die Esel, die anderen, und ist seines Lebens so froh, als wär' er noch ein kleiner Geißbub auf der Zillertaler Alp – das ist dann *dein* Werk, liebe Ellinor! Ein gutes Werk! Es kommt Gutes dabei heraus. Schönes! Ich werde *ich*!«

Ihre Augen wurden feucht in wortlosem Glück. Sie hielt seine breiten Fäuste fest und nickte ihm tapfer zu.

Er schmunzelte zärtlich. »Du, Ellinor ... weißt du eigentlich, daß du immer hübscher wirst – in den letzten acht Tagen?«

Sie errötete wie ein ganz junges Mädchen und machte sich los. »Ach ... hübsch...« sagte sie scheu lachend und verwirrt. »...Ich weiß recht gut, daß ich nicht hübsch bin. Oder gar jung ... aber es ist nur so ... es kommt jetzt alles vom Herzen heraus ... ich fühle mich so frei...so leicht ... und dadurch wird das alles so ganz anders wie früher ... in mir ... und vielleicht auch äußerlich ... du mußt mich nicht auslachen, Meister Josephus – aber es ist wahr – ich komme mir seit heute vor acht Tagen vor wie ein Mädchen von zwanzig Jahren, und die Welt liegt wieder wie ein großer Garten vor mir, in dem man sich bloß von den Bäumen zu langen braucht, wozu man

Lust hat. Das glaubt man ja mit zwanzig Jahren. Lotte zum Beispiel – die denkt sich das jetzt noch gar nicht anders....«

»Ach, die törichte Jungfrau!« Meister Josephus runzelte erzürnt die Stirne. »Aber trotzdem ... sie verdient Dank! Es ist ein höherer Sinn in ihrer Unvernunft! Hätte sie mich nicht vor einer Woche in die Gletscherspalte geführt, so hatte ich niemals Einkehr bei mir selbst gehalten. Ich wäre jetzt noch ein Spielball aller Lottchen der Welt und bemerkte gar nicht, *was* da neben einem hergeht und nur auf einen wartet. Du, Ellinor...« Er dämpfte seine Stimme zu einem ängstlichen, reuevollen Flüstern. »Was hättest du dann getan?«

»Nichts. Ich hätte eben geschwiegen.«

»Aber du hättest mich nicht mehr lieb gehabt?«

»Ich hätte dich immer lieb gehabt. Ich war ja immer da. Ich hab' ja auf dich gewartet ... all die Jahre.«

»Aber wenn ich nun nicht gekommen wäre ... wenn ich mir weiter und weiter meine Tage um die Ohren geschlagen hätte, mit den Fürsten und den Lottchen, als der Hofrat Seppl, als der Clown vor sich und der Menschheit ... dann hätte ich doch dein ganzes Leben auch auf dem Gewissen....«

Sie stand auf. »Was liegt an mir? Die Hauptsache ist, daß ein Leben seinen Inhalt hat. Sein Inhalt warst immer du. Jetzt, wo du zu mir gesprochen hast, ist es das Glück. Andernfalls war es eben das Unglück. Aber reich war es so oder so ... Reichtum erträgt man immer – auch Reichtum an Schmerzen. Das, wovor mir gegraut hätte, das war nur die Leere. Die Angst, daß ich dich einmal nicht mehr lieb haben könnte und dann überhaupt gar nichts mehr auf der Welt hätte....«

»Ach geh!« Er schaute zärtlich zu ihr auf mit seinem sonnigen, warmen Siegfriedslächeln. »Du und mich nicht mehr lieb haben! Das gibt's ja gar nicht! Und jetzt gar! Ich seh' uns beide schon schaffen in unserer Werkstatt ... dich und mich ... ich in meinem kotigen weißen Kittel – der rechte fröhliche Steinmetz bei Pfeifen und Hammerschlag ... und du mein Gehilfe, mein guter Geist ... und darüber der blaue Himmel von Italien ... Blumen ... Sonne ... Licht ... Zypressen und keine Menschen ... ach keine Menschen ... keine mit Glatzen und keine mit langem Haar ... keine Herzöge und keine Lottchen! Wir brauchen sie nicht ... wir haben einen viel feineren Verkehr ... wir fahren in die Uffizien und erkundigen uns, wie es unserer lieben Frau von Medici geht.... Wenn die einen angelacht hat, dann kommt man frisch und froh nach Hause ... an die Arbeit! ...«

»Weißt du?« fuhr er fort. »Ich werde nur noch für dich arbeiten. Um die Leute kümmere ich mich nicht mehr. Nur, ob du zu dem Werke ›ja‹ sagst. Du bist ja doch der einzige, der mich versteht. Ich denke mir immer – du fühlst das auch so wie ich ... man ist gar nicht der, der man heißt oder als der man zufällig gerade lebt, ... sondern es ist eine Kraft in der Welt – die wandert, von einem Jahrhundert ins andere, und von einem Menschen, wenn er stirbt, in einen anderen – ich möchte sagen, wie ein Vogel jedes Jahr sich sein Nest wo anders baut. Die Menschen sterben. Aber die Kraft nicht. Die sagt immer wieder: da bin ich! Da drüben dem Praxiteles hat sie die Hand geführt, wie er den Hermes gemacht hat – dann hat sie wieder einmal Michelangelo, geheißen – warum soll ich es jetzt nicht sein? Du – ich fühle so was in mir, als ob ich's wäre ... verstehst du ... einer von den ganz Großen – von den Riesenkerlen, weißt du, von den Kirchtürmen, wie so aus jedem Jahrhundert einer herausschaut, und tief unten, auf dem Markt, da wimmelt allerhand schwärzliches Zeug – du, Ellinor – denke, wenn wir das zustande brächten – wir beide....«

Sie erwiderte nichts, sondern faßte plötzlich mit einer scheuen Bewegung seine Hand, die all die Wunderwerke meißeln sollte, und drückte hastig wie ein Dieb einen Kuß darauf. Er zuckte zusammen – aber dann ließ er es mit einem gütigen Sultanslächeln geschehen.

Es begann zu dämmern. Drüben über den braun gebrannten, grün umbuschten Bergen von Arkadien lugte die Sommernacht ins Land, das weite Wiesental verschwamm in weißem Nebel, und in dem wüsten Kieferngestrüpp des über Olympia sich wölbenden Kronionhügels nisteten schwarze Schatten.

»Dort oben auf dem Kronion ist der Esel, der Zeus geboren!« sprach Meister Josephus, während sie vorsichtig durch den Schutt der ringsum liegenden Tempelreste und das schlangen-erfüllte hohe Gras dahinstiegen. »Der alte Herakles war dabei und hat's gesehen! Glückliche Menschen, die Griechen, die das alles glauben konnten. Wenn wir doch auch Kinder wären und die Sonne für ein feuriges Droschkengespann hielten und jeden Schnupfen für einen Göt-terpfeil von oben und jeden Baum und jede Welle für ein hübsches Mädchen....«

Sie lachte. »Ja – das besonders, Meister Josephus!«

Er strich sich nachdenklich seinen blonden Siegfriedbart. »Und was haben wir statt dessen? Nicht die Dinge, wie sie sind oder sein könnten, sondern nur ihren Abglanz – ihren Begriff – lauter Worte auf ›-ung‹ und ›-keit‹ und ›-ismus‹. Das haben die Römer in unsere Köpfe hinein-gebracht – die verfluchten Kerle mit ihrem ewigen Denken. Tag und Nacht dachten die Kerle auf lateinisch, und wir müssen's jetzt auf deutsch ausbaden. Denken ist das größte Unglück. Denken macht dumm!«

»Ach, Meister Josephus! du und dumm?«

»Ich denke aber auch nicht!« frohlockte der Meister. »Nie! Mund zu und Augen auf – die Welt anschauen! Heiter anschauen oder traurig, wie's kommt. Das ist das rechte!«

Er blieb neben einer der vom Erdbeben lang hingeschmetterten, in eine aufgefächerte Reihe von Riesentrommeln zersprungenen Säulen des großen Zeustempels stehen und schlug unge-duldig mit der Hand nach den Stechfliegen, die in zahllosen Schwärmen über dem gigantischen Steingewirr summten. Dabei zündete er sich eine Zigarre an. »Gegen die Mücken! Diese Blut-sauger sind gefährlich. Es heißt jetzt, daß die Malaria durch Mückenstiche weiter verbreitet wird. Und hier sind wir mitten im rechten Malariaidyll darinnen. Rechts ein halbvertrockneter Fluß, links ein zweiter und dazwischen ein um und um gewühlter und ausgeschaufelter Sumpf-boden – nehme dich nur in acht, daß du nichts erwischst!«

Ellinor drehte sich ungeduldig um. Sie war blaß und ihre Augen glänzten. »Rede doch nicht von Kranksein! Heute! Am ersten Abend in Griechenland!«

Er nickte nachdenklich. »Am ersten Abend zu Hause! Ach – wenn man einmal eine Heimat finden könnte in der Welt. Aber vielleicht ist's hier. Hier ist Leben! Sieh doch nur, welch eine Leuchtkraft, welch eine Fülle von Licht jetzt noch aus den toten, zerschlagenen Steinen um uns strömt, obwohl die Sonne schon weg ist – hier müssen die Steine reden und mir sagen, wie man sie bezwingt – wie man die verwunschene Venus erlöst und herausmeißelt, die in je-dem Marmorblock steckt ... statt meiner Stümperei bisher – meiner Tiroler Seppelei ... – jawohl, Stümperei hab' ich gesagt, liebe Freundin – widersprich mir nicht!«

Sie wies nur mit der Hand nach dem Hügel. Dort schimmerte das rote Haus und in ihm stand der Gott und wartete....

Unwillkürlich beschleunigte er seine Schritte. Auf baufälliger Brücke gingen sie über den Kladeiosbach und den Berg hinan.

»Ob Lotte immer noch schläft?« frug er plötzlich ganz unvermittelt.

Sie zuckte die Achseln. »Wahrscheinlich! Sie war wenigstens sehr ermüdet von der Seereise und der Eisenbahnfahrt!«

Aber im Augenblick, als sie vor dem Museum anlangten und Meister Josephus unschlüssig stehen blieb, kam Lotte heraus, frisch und rosig, herzhaft gähnend, ein paar große Feldsteine unter dem Arm.

Die Steine ließ sie jetzt achtlos zu Boden fallen. »Gott sei Dank – mit denen brauche ich mich nicht mehr zu schleppen. Jetzt könnt *ihr* mich gegen die abscheulichen Hirtenköter verteidigen! Wie ist's denn da unten in Olympia? Ich hab' euch sitzen sehen, wie zwei schwarze Fliegen in einer großen grauen Schüssel. Überhaupt – ich finde es gräßlich hier!«

Meister Josephus runzelte nur die Stirne. Seine Begleiterin sah Lotte kopfschüttelnd an. »Warst du denn wirklich eben da drinnen im Museum?«

»Und ob! Aus Langeweile. Eine Viertelstunde gewiß!«

»Und ... und hast aus Langeweile den Hermes angesehen?«

»Ja!« Lotte bückte sich nach einem der Feldsteine und warf ihn mit geübter Hand einem sie umkläffenden Schäferhund zwischen die Beine, daß er heulend die Flucht ergriff. »Greulich sind die Köter! Immer schnappen sie einem nach den Waden. Ja – natürlich hab' ich den Hermes gesehen! Ganz genau! Ich hab' sogar entdeckt, daß die Sandalenriemen am rechten Fuß rot bemalt sind! Der linke Fuß ist aus Gips. Es fehlt überhaupt eine Menge! Aber sonst ist er sehr hübsch! Und hinten hat er eine Eisenstange, damit er beim Erdbeben nicht herunterfällt. Das Kind, das er auf dem Arm hat, das ist furchtbar dick. *Zu* fett! Das finde ich nicht natürlich! Überhaupt, daß ein Mann ein kleines Kind wartet – komisch, nicht?«

»Ja,- törichte Lotte!« Der Meister nickte melancholisch. »Der Hermes des Praxiteles ist das Komischste, was es gibt! Eigens geschaffen, um nach zweieinhalb Jahrtausenden dich heiter zu stimmen! O Gott! o Gott!« Er wendete sich zu Ellinor. »Nun hat mir dies Mädchen wieder alle Stimmung und Sammlung weggeplappert! Nun kann ich nicht hinein!«

»Ja – was hab'ich denn getan?« forschte Lotte arglos.

Er sah ihr betrübt in das reizende Kindergesicht. »So schöne große Madonnenaugen zu haben!« murmelte er, »... und dabei blind zu sein! Arme Lotte! Blind wie eine junge Maus!«

»Ich? Ich seh' aber sehr gut!«

»Nichts!« Er wurde plötzlich zornig. »Vielleicht Modekupfer – Putzblätter – Weiberkram! ... O du verstockter kleiner Philister! Das hat nun das unverdiente Glück und ist begnadet, mit seinen eigenen Augen den Hermes zu sehen, und kommt heraus und wirft mit Steinen nach Hunden und plappert dazwischen beiläufig von Eisenstangen und Sandalenriemen und einem fetten Kinde – still! Ich kann dir nur eines sagen: du hast mir Hunger gemacht! du hast mich ernüchtert! *Der* Gedanke sei deine Strafe! Vorwärts! Ich will essen!«

Und ohne sich weiter um Lotte zu kümmern oder noch einen Blick nach dem Museum zu werfen, ging er unwirsch mit langen Schritten dem nahen Gasthaus zu.

Lotte folgte ihm mit ihrer Schwester. »Brrr!« sagte sie. »Der Meister ist ungnädig! Hab' ich wirklich so dummes Zeug geredet? Es scheint so – nach deinem Gesicht! Na einerlei- - aber mit dem Hotel werdet ihr euch wundern.« Ihre Augen strahlten vor Schadenfreude.

»Sieh dir nur einmal dein Schlafzimmer an, Meister Josephus! Du klagst ja immer über das ewige Einerlei in den Hotels. Aber hier ist alles anders! Hier ist noch wahre Romantik. Das reine Zauberland. Die Bettücher haben schon ganze Generationen von Griechen nächtigen sehen, die elektrische Beleuchtung besteht aus einem Talglichtstümpfchen, das auf einen zerbrochenen Stiefelknecht geklebt ist, der Staub und das Spinnweb in den Ecken stammt sicher noch aus der Zeit des Praxiteles – Waschwasser gibt es nicht – ganz originell! Hinter meiner Türe sitzt eine große grüne Eidechse und schmatzt lautlos mit den Kiefern, als ob sie lachte – wahrscheinlich über uns ... Recht hat sie! Aber ich möchte weinen, wenn ich an die kommende Nacht denke ... So ... da ist die Türe zum Speisezimmer. Man muß ordentlich mit dem Fuß dagegen treten! Sonst geht sie nicht auf! Nun erschreckt nicht über die märchenhafte Pracht!«

Von Knoblauchdunst erfüllt, von einer einsamen Lampe mehr verdüstert als erhellt lag der große Raum mit seinen blitzenden Glas- und Metallpunkten auf den langen gedeckten Speisetischen da. Aus einer dunklen Ecke schnarchte es tief und schwer. Dort schlief der alte Kellner. Sein fettüberkrusteter Frack diente ihm als Kopfkissen. Die Schlappschuhe lagen zwischen Zigarrenstummeln neben ihm am Boden. Vor ihm auf dem Tische schimmerten als ein buntbekleckster Stoß die zwölf, diesen Sommer im Gebrauch befindlichen Servietten des Hotels. Der ewigen Klagen der Gäste über deren Unsauberkeit müde, überließ es der philosophische Frackträger einem jeden, sich selbst die Serviette auszusuchen, deren Farbenzusammenstellung seinem Geschmack entsprach.

Wie die Tücher, so die Tafel. Ein Gewimmel von Rotweinflecken und Bratentropfen auf dem Tischlaken, von Eidotterspritzern und Fischgräten auf den Tellern, von fettigen Spiegeln auf Gabeln und Messern und Staubkrusten auf den Gläsern – es lag beinahe etwas Imposantes, ein großer Zug in diesem alles beherrschenden Schmutz.

Meister Josephus machte ein ganz weinerliches Gesicht. »Da vergeht sogar *mir* der Appetit! ... Und ich hatte mich so gefreut, endlich 'was Gutes zu essen zu kriegen!«

»Das sollst du auch kriegen, Meister!« Lotte tröstete ihn mitleidig wie ein krankes Kind. »Schau – ich bin nicht so! Wie ein Heinzelmännchen hab' ich für euch gesorgt … bei *der* Hitze … und so müd' ich war … aber behaglich wollt' ich dir's doch machen! Dazu bin ich ja da! Denn ihr geistert ja doch nur Hand in Hand herum und denkt, vom Hermes wird man satt!«

Sie wies auf die Ecke der langen Tafel, wo vor drei Stühlen alles blitzblank funkelte. »Das hab' ich vorhin alles gerichtet, während ihr im klassischen Hellas geschwärmt habt … prosaisch – was? Aber nachher ist die Prosa doch ganz angenehm! Statt der Servietten hab' ich Taschentücher hingelegt – und nun los!«

Sie klatschte in die Hände, worauf der Alte in der Ecke aufsprang, schlaftrunken um sich stierte und dann mit schläfrigem Nicken, den Frack wie ein kleines Kind unterm Arm, die Pantoffeln in der Hand, nach der Küche schlich.

Mitten in der Mahlzeit legte Meister Josephus plötzlich Messer und Gabel hin und sah lange tiefsinnig seine reizende Gefährtin an. »Wozu bist du eigentlich auf der Welt, Lotte?« fragte er. »Weißt du's? Nein? Ich auch nicht. Ich spüre nur die Unrast, die von allem ausgeht, was lange Haare hat! Kaum bin ich mit Ellinor zu meiner Rechten oben auf den idealen Höhen der Menschheit, dann ernüchtert mich wieder die törichte Jungfrau zu meiner Linken und zieht mich hinab zu Speise und Trank und Philisterbehagen. Und es schmeckt mir – das ist das Elend – es schmeckt mir vorzüglich, und sie schaut mir ganz zufrieden und kühl zu. Kühl wie ein kleiner Frosch. Das ist noch das Beste an ihr. Sie sitzt da und lächelt wie ein Spitzbube. Wahrscheinlich wieder über mich! Ich muß immer an Tizian denken – an sein Bild ›Himmlische und irdische Liebe‹. So throne ich zwischen euch! Besser ein lebendiger Steinklopfer als ein toter Praxiteles! Das hat der Achilles schon dem Homer gesagt, und das sagt die Lotte noch heute!«

»Ich sage gar nichts! Ich kriege ja doch nur Schelte!«

»Ach Kind … die Augen reden! Und schöne Augen hast du! Dies zärtliche melancholische Wohlwollen, mit dem sie die Welt betrachtet und sich selber im Spiegel dazu! Sie lebt so gerne. Und ist so gerne jung. So rührend gerne! Das kleine Schaf …«

»Auf Lotte kommt es gar nicht an!« sagte Ellinor, ohne ihre schöne Schwester anzusehen. »Die soll froh sein, daß sie das Leben hat und ein Paar schöne melancholische Augen dazu, was du ihr gar nicht erst mitzuteilen brauchst. Denn sie weiß es selber schon ganz genau! Es handelt sich nur um dich, lieber Freund und Meister! Du sollst hier aus der Stimmung heraus, wo du die ganze Welt als einen Tiroler Tanzboden ansiehst, auf dem man jodelt und Schnadahüpfeln singt und die Dirndln küßt und mit den Buben rauft. Vorhin in Olympia unten warst du ein ganz anderer Mensch wie eben. Und das solltest du bleiben! Ich versehe das gar nicht, wie das alles überhaupt so plötzlich in einem wechseln kann!«

Meister Josephus schob den Teller zurück und verließ, ohne ein Wort zu sagen, den Saal. Die beiden Mädchen blieben sitzen. Dann legten auch sie, des stummen Beisammenseins müde, Messer und Gabel hin und traten vor das Gasthaus in die Vollmondnacht hinaus.

XIV.

Eine taghelle, schwüle Fiebernacht. Drüben im Osten, über Arkadien, stand der gelbe Mond, unter ihm, in schwarzen Wellen, die peloponnesischen Berge, von einem feinen giftigen Nebel umsponnen, der aus den unruhig zitternden Spiegelflächen des Tales aufstieg. Dort wälzte, halb ausgetrocknet und doch noch in einem Dutzend glitzernder Schlangen und Schlänglein sich krümmend, der Alpheios in einem wohl eine halbe Stunde breiten Kieselbett sein Wasser den Windungen des Kladeios entgegen und einte sich mit dessen schmalem, vielverästeltem Geäder zu einem neuen Netze gen Sonnenaufgang rollender Silberfäden. Unbewegliche Tümpel blinkten gestrüppumwachsen dazwischen. Aus ihnen stiegen der Fieberhauch und die Schwärme der Stechmücken, die ihn weiter trugen, zu den unvorsichtigen Menschen oben auf dem Hügel empor, die in einer Augustmitternacht im Freien sich ergingen.

Lotte gähnte und haschte mit der Hand nach einer vorbeifliegenden Fledermaus. »Wenn ich ein Bildhauer wäre, würde ich auf den Praxiteles pfeifen! Der Lebendige hat recht. Und der Mensch soll kein Maulwurf sein und in der Erde herumkriechen, um zu sehen, ob da noch von früher her irgend etwas stecken geblieben ist, sondern soll selber was leisten. Das werd' ich auch morgen unserem armen Meister sagen, wenn er wieder den Weltschmerz kriegt.«

Sie standen vor dem Museumstempel und musterten ihn stumm.

»Komisch!« sagte Lotte endlich. »Die Türe steht offen, Und ein Wächter daneben. Jetzt, so spät abends! Das wär' eine Idee, jetzt da hineinzugehen!«

»Der Mann wird es doch nicht erlauben!«

»Versuchen wir's!« Lotte schritt unbefangen an dem griechischen Beamten vorbei, und zu ihrem Erstaunen grüßte der nur schweigend und die Hand an die Mütze legend, als habe er ihr Kommen bereits erwartet.

Aber kaum war sie in den großen, bläulich-hell von oben her erleuchteten Saal getreten, so blieb sie beklommen stehen und drängte sich an ihre Schwester. »Du...« flüsterte sie, »das sind wie Gespenster ... im Mondschein und in der unheimlichen Dämmerung. Alle diese weißen riesigen Gestalten – und alle entzwei ... und ... schau nur ... der in der Mitte da – der zehn Fuß hohe Kerl – der lacht – ganz deutlich ... zu uns herüber ... brrr ... wie all die einzelnen Köpfe und Arme und Beine da auf Eisenstangen aufgespießt sind ... und dazwischen wieder nichts ... Und da hinten – dieses weiße Riesenweib – wie sich das da von der Wand herunterstürzt...«

»Das ist die berühmte Nike des Päonios und rechts und links von uns der Fries des Zeustempels.«

»Mag sein!« Ihre Schwester schaute beklommen nach der Türe und dämpfte ihre Stimme noch mehr. »Aber ich liebe diese nasenlosen, riesigen weißen Dinger nicht – wenigstens nicht um Mitternacht. Sie werden immer größer, wenn man sie ansieht ... sie bewegen sich förmlich ... siehst du – dieser einzelne Arm in der Ecke macht schon ganz langsam eine Faust gegen uns. Ich will doch lieber wieder hinaus!«

Ellinor schüttelte den Kopf und zog sie mit sich weiter. »Komm!« flüsterte sie. »In dem kleinen Raum dort am Ende muß der Hermes stehen.«

Sie schlichen, Hand in Hand, unwillkürlich auf den Fußspitzen und mit angehaltenem Atem durch das Spalier der zertrümmert an den beiden Wänden festgebännten plumpen Gigantenwelt, an der alles überragenden Gestalt des Apollo, den Pferdebruchstücken, den kauernden Mädchen und faulenzenden Flußgöttern vorbei, und blieben plötzlich stehen.

Durch die Scheiben her von bläulichem Himmelsdämmern umkost lächelte ihnen von seinem hohen Postament der Gott entgegen. Eine übermenschliche Heiterkeit ruhte selig und sonnig auf seinem Antlitz voll nie geschauter jugendlicher Mannesschönheit und durchgeistigte den fleischgewordenen Stein, daß es schien, als wolle jeden Augenblick dieser zu Sammetweiche geglättete Marmor seine Brust zu tiefen Atemzügen wölben, als müßten diese dem Dionysosknaben auf dem Arme zulächelnden Lippen sich zu Worten von unerhörtem Wohlklang öffnen und unter den halbgesenkten Lidern die Morgensonne des Olympos aufstrahlen.

In ewiger Schönheit lächelte der Gott, wie er vor Jahrtausenden unten im Tempel sein auserwähltes Volk der Freude und des Lichts gegrüßt. Dem Erdengrab entstiegen, stand er als Sieger auf seinem Thron, als Sieger über Raum und Zeit, über Völkerschicksale und Naturgewalten, und offenbarte herrlich wie am ersten Tage die hehrste Kraft auf Erden, den schaffenden Menschengeist, der in ihm zu Stein und ewigem Leben geworden war.

»Ich bitte dich,« murmelte Ellinor zu ihrer Schwester, ehe jene noch den Mund geöffnet. »Rede jetzt kein Wort!« Und wieder schaute sie, unwillkürlich die Hände verschlingend, zu dem Gott empor, den das verklärende Schmeicheln der Mondstrahlen mit ihrem silbernen Spinnweb von der Erde zu seinen Füßen schied, als sei er wirklich mit beflügelter Ferse aus einer anderen Welt herabgestiegen, um noch einmal dem schmutzigen Jahrhundert der Fabriken und Herdenmenschen den ersten und letzten Glaubenssatz für Kunst und Künstler zu verkünden: »Im Anfang war die Schönheit...«

Plötzlich fuhr Lotte zusammen und zupfte sie am Ärmel. »Da schau mal!« flüsterte sie, ein Kichern unterdrückend. »Da sitzt er ja ... der arme Meister...«

Sie folgte der Richtung, die Lottes Hand wies – auf den Boden zu Füßen des Hermes, wo der tiefe Schlagschatten des Postaments alles in Dunkelheit hüllte. Da kauerte etwas, eine unbestimmte Gestalt, mit gekreuzten Beinen auf den Fliesen. Ein erstickter Ton, wie ein kindisches, wehleidiges Aufschluchzen, erschütterte zuweilen den Körper, und zwei Fäuste tasteten längs der Quadern des Sockels, man wußte nicht, ob um sie gleich dem Fußgestell einer Reliquie anbetend zu umfangen oder in dem vergeblichen Mühen, sie und was darauf stand im Zorne umzustürzen.

Jetzt sprang der Meister auf, mit einem jähen Ruck und erhobenem Arm, als wolle er sich an dem steinernen Gott, dem seine mächtige Gestalt gerade bis zu den rotgefärbten Schuhriemen reichte, tätlich vergreifen. Aber auf halbem Weg ließ er die Rechte sinken und stand unbeweglich, schwer atmend, während dicke Tränen ihm in den blonden Vollbart liefen.

Lotte war herangetreten. »Was ist denn los, Meister Josephus?« forschte sie, mühsam ihr Lachen verbeißend. »Es ist doch kein Unglück geschehen?«

»Kein Unglück?« Er schien gar nicht erstaunt, die beiden Freundinnen neben sich zu erblicken, und starrte wieder wie gebannt, außerstande, etwas anderes zu fassen und zu bedenken, zu dem friedlich lächelnden Marmorbild empor. »Ist das da oben kein Unglück? Für uns alle – uns Tröpfe im zwanzigsten Jahrhundert? Warum lebt so was? Warum steht's da oben und lacht mich aus? Warum läßt man so ein Ding nicht in der Erde? Warum gräbt man es wieder aus, bloß um mich umzubringen? Zerschlagen sollt' man es, wenn es wieder lebendig werden will!«

Er machte wirklich eine Bewegung, als wollte er die Statue packen und herabzerren. Aber schon beruhigte er sich wieder. »Die Esel!« murmelte er verstört und halb weinend. »So was auszugraben!«

»Aber es ist doch sehr schön!«

»Ach – sei still, törichte Jungfrau! ›Schön‹ ist kein Wort dafür. Schön ist vieles auf der Welt! Du bist auch schön! Aber das da – dieser Kerl von einem Gott da oben – das ist ... darüber hinaus gibt es nichts mehr ... da ist überhaupt alles zu Ende! Ich will einen Batzenstrick kaufen und mich aufhängen...« Er trat einen Schritt zurück, um seinen Feind auf dem Postament mit vor Bewunderung und Zorn nassen Augen zu messen. »Ich will Steinklopfer an der Chaussee werden, mit einem großen grünen Augenschirm, hinter einem Zaun. Dazu langt's vielleicht noch!«

Er machte den beiden, die ihm etwas erwidern wollten, ein Zeichen, zu schweigen, und warf einen Abschiedsblick auf die Figur. »Schuft!« murmelte er, wieder die Fäuste ballend. »So was zu können! Schuft! Schuft! Und zu denken, daß solch ein Gott in jedem Marmorblock darin steckt! Man muß ihn nur heraushauen. In meinem Atelier habe ich Marmor genug. Aber ich kann ihn nicht erlösen! Und die anderen von heutzutage auch nicht. Das sind Stümper und ich bin der schlimmste Tonkneter von allen. Gut, daß ich's jetzt weiß! Dazu bin ich hierhergekommen und hab' den Wächter bestochen, daß er mich zur Nacht hier hereinläßt und mich niemand stört. Aber natürlich seid ihr doch hinterdrein gelaufen!« Ohne ihre Antwort abzuwarten, ging er rasch, mit schweren Schritten, durch den Hauptsaal, zwischen den Reihen der riesigen, halbzerschellten weißen Steingespenster an den Wänden, hinaus ins Freie. Draußen in dem mondhellen Frieden der Sommernacht blieb er tief aufseufzend stehen. Die anderen neben ihm. Es war ein beklommenes Schweigen.

»Eigentlich müßte man den Hermes heimlich stehlen!« sagte Lotte endlich, »und anderswo aufstellen – in einer Weltstadt – in Berlin oder London oder Paris, wo ihn jeder sehen kann. Aber hier – in diesem gottverlassenen Winkel voll Fieber und Mücken und Schmutz – wie viele Menschen verirren sich denn überhaupt hierher!«

Meister Josephus antwortete nichts.

»Übrigens ist er gar nicht ganz echt,« fuhr sie tröstend fort. »Weißt du, Meister Josephus: die Beine sind neu! Man sieht es deutlich! Und der rechte Arm fehlt doch auch! Und das Kind auf dem Arm ist, wie gesagt, doch viel zu fett und zu plump. Siehst du – da sind auch Mängel…«

»Lotte – törichte Jungfrau…« sagte der Bildhauer melancholisch. »Gehe doch schlafen! Es ist schrecklich, wenn auf diesem geweihten Boden, in dieser geheiligten Nacht, ein Mensch dasteht und die Luft mit leeren Worten füllt. Wer schlummert, schwatzt nicht! Gute Nacht!«

»Also angenehme Nachtruhe, Herr Professor!« Lotte bot ihm und ihrer Schwester gleichmütig die Hand und sah sehr sanft darein. »Seid nicht zu wehmütig miteinander! Macht's wie ich! Ich bin vergnügt. Immer! Wegen so einem Hermes das Geschluchze im Mondschein zu kriegen – zu d… Adieu!«

Sie stieg mit leichten Schritten die Anhöhe zum Hotel empor und verschwand. Er blickte ihr mit gefurchten Brauen nach. »Die versteht mich nie in ihrem Leben!« sagte er plötzlich ganz laut vor sich hin. »Sie ist zu dumm dazu! Das heißt – dumm – nein – aber wie ein hübsches kleines Tier – sie schnuppert am Boden herum und sieht immer nur das Nächste. Was hinter den Dingen steckt, das hält sie für komisch – das Schaf! …Der richtige Philister! Das richtige Frauenzimmer!

» *Du* kennst mich!« fuhr er fort, sich auf dem warmen trockenen Grasboden am Abhang des Hügels niederlassend und ihr winkend, sich neben ihm hinzusetzen. »Du weißt: Es hat viel nebeneinander in einem Menschen Platz! Mehr als man glaubt und als eine Eintagsfliege wie die Lotte sieht. Aber das, was die Lotte an mir sieht, damit hat es auch seine Richtigkeit. Das ist auch da …das andere …und dies andere, das gerade ist so stark! Auch in mir! Da in mir sitzt ein greulicher Kerl – der will bloß leben und genießen und seine Feinde ärgern – und dazu ist ihm die Kunst als Mittel eben gut genug. Das ist das Schändliche! Und das Gefährliche! Es sieht nicht umsonst geschrieben: ›Du sollst keine anderen Götter haben neben mir!‹ Und ich hab' so viele! Und Göttinnen vor allem! Ach du liebe Zeit! Ja – wenn's keine Weiber auf der Welt gäbe! Aber dann langweilte ich mich wieder zu Tode. Da wäre auch nicht viel gewonnen!«

Er riß ein Grasbüschel aus dem Boden und zerpflückte es unruhig zwischen den Fingern. »Mir hat's schon lange geschwant, daß ich bloß ein Steinklopfer bin!« murmelte er. »Chausseesteine muß man klopfen! Das ist eine Kunst, die auch der Minderbegabte mit Fleiß und Ausdauer im Lauf der Jahre einigermaßen bemeistern kann – aber das Tonkneten läßt man besser: das fördert doch nur Mißgeburten ans Tageslicht!«

»Aber, lieber Meister – deine Werke…«

»Nein – Mißgeburten sind's auch nicht. Etwas viel Schlimmeres, Alltagssteine sind's, wie es Alltagsmenschen gibt – Menschen aus zweiter Hand, in der Fabrik abgestempelt, einer wie der andere. Und ich selbst bin doch ein Kerl aus erster Hand! Warum wollen meine Kinder mir nicht ähneln? Du glaubst nicht, wie bitter das einen Vater kränkt – lauter solch semmelblondes Sonntagnachmittagvolk in Stein und Ton um sich zu sehen und sich zu sagen: das alles hast *du* in die Welt gesetzt – du – der Meister Josephus! – o, es ist traurig – tieftraurig – also wunder' dich nicht, wenn du nächsten Sommer auf der Stilfser Joch-Straße zwischen Bormio und Trafoi einen Mann mit grünem Augenschirm und blondem Vollbart hinter einem Schotterhaufen siehst — das bin dann ich und hämmere daran los, als gelte es, den Hermes da drinnen in Stücke zu verhauen.« Er wurde traurig. »Sieh, Ellinor – der Praxiteles war vor allem kein Hofrat! Wollt' es auch nicht werden! Das war ein ganz naiver, vergnügter Griechenbengel. Der sah irgend einen nackten Menschen – damals gingen die Menschen bei schönem Wetter nackt, ohne daß gleich ein bayerischer Kaplan sie denunzierte und ein preußischer Schutzmann mit Pickelhaube und Notizbuch kam – und zu solch einem Menschen sagte er dann: »Halt mal still, mein Bester!« und bildete ihn dann nach. Aber ich …der Herzog von Siebenwalden würde schöne Augen machen, wenn ich ihm seine Vorfahren nur mit Feigenblatt, Keule und Ordensband bekleidet präsentieren wollte! Hellas fehlt uns! Nackte schöne Menschen, tiefblauer Himmel und tiefblauer See …Epheukränze um Weinkrüge, Griechenlachen! Die Kerle hatten leicht, Götter zu bilden. Das waren ja selber Götter – und jeder das Modell des anderen. Aber wir – ich hör’ ja in München den Landregen schon an meine Fenster klatschen – ich sehe unten dickbäuchige Fiaker zum Biere ziehen – Proletarier, Schutzleute – Fabrikschornsteine im Nebel – ein Glockengebrumm in der Luft und die hübschesten Weiber bis zur Unkenntlichkeit eingewickelt, weil sie sich ihrer Schönheit schämen und nebenbei in ihr auch frieren und sich den Schnupfen holen würden – ja, wo soll denn da…?«

»Aber Florenz ist doch nicht München!«

»In Florenz sind Menschen wie andere! Unsere Kunst ist ja die engste von allen. Sie kann nur den Menschen schaffen! Sogar nur den schönen Menschen! Und die Menschen von heutzutage sind nicht schön, und an den Menschen von heutzutage geht meine Kunst zugrunde! Die Hellenen lachten und sagten: wir stammen von den Göttern! *Wir* haben glücklich herausgefunden, daß wir von den Affen abstammen! Das nennt man die fortschreitende Kultur. Aber Affen kann man nicht modellieren – wenigstens werden sie nicht so schön wie die Medicäerin und der olympische Hermes. Und *ich* bin dazu verdammt, Affen zu modellieren!«

Er gähnte nervös. »Und nun wollen wir schlafen gehen! Was hast du denn, Ellinor? Du zitterst ja förmlich.«

»O nichts! Nur so ein bißchen Frösteln!«

»Jetzt? In der badwarmen Nacht?« Er wurde unruhig.

»Ach – ich krieg’ kein Fieber! Ich bin ja nie krank!«

Er folgte ihr den kleinen Hügel hinauf. Noch einmal sah er sich nach dem Hause des Hermes um. »Schuft!« murmelte er zwischen den Zähnen, »Schuft …Schuft! …Er hat’s erreicht. Er hat mir allen Mut genommen! Er bringt mich um!«

XV.

» *Psillós* – der Floh! *Koréos* – die Wanze! *Psirás* – die L...! ach so – das ist ein unpassendes Tier! – Also noch einmal: *Psillós* – der Floh! *Koréos* – die Wanze!...«

»Lotte – was treibst du denn?«

»Pscht! Ich lerne Neugriechisch! Schon die ganze Zeit, während du mit dem Meister Josephus Mondschein geschwärmt hast. Da steht es ...Seite dreizehn der praktischen Vorbemerkungen zu Bädekers ›Griechenland‹...«

»Ach – Unsinn! ...Es ist Mitternacht vorbei!«

»Seite dreizehn der praktischen Vorbemerkungen: *Psillós* – der Floh.«

»Jetzt schlaf lieber! Was soll denn das? Du reißt einen immer aus aller Stimmung mit deinen törichten Geschichten!«

»Schlafen!« Lotte saß melancholisch, das aufgeklappte rote Buch im Schoß, im langen, von losem Haar überfluteten weißen Frisiermantel und gelben Pantoffeln auf einem Stuhl vor ihrem Bett. »Ich wollte wohl schlafen. Aber man hat mich auch aus der Stimmung dazu herausgerissen.«

»Wer denn?«

Lotte verzog das rosige Antlitz zu einer Grimasse. »Du willst im geheiligten Hellas reisen und weißt nicht, was *Psillós* heißt oder gar *Koréos*? Na warte! Du wirst es erfahren. In einer Viertelstunde spätestens!

»Ich wollt', die Sonne wäre schon da!« fuhr sie fort, da die andere schwieg. »Ach – arme Lore! Aus allen Mondscheinträumen erwacht und das Insektenpulver in der Hand! Gib dir keine Mühe! Die Schachtel ist leer. Ich hab' schon alles, was darin war, vergeudet und verstreut, und es hat gar nichts geholfen. Die Psillos- und Koreostiere scheinen es im Gegenteil zu lieben. Sie kriechen in Scharen danach wie die Fliegen nach dem Zucker! Puh – und die Stechmücken!« Sie warf den Kopf zurück, daß ihr offenes Haar wie eine lange, weich rollende Welle frei schwebend fast bis zum Boden niederglitt, und fächelte mit dem Reisehandbuch durch die Luft. »Die Mücken bringen mich noch um. Die machen mich mit ihrem feinen Singen schon beinahe wahnsinnig. Und es werden immer mehr! Aber weißt du, daß du ganz blaß aussiehst, Lore? Wahrhaftig! Förmlich blaue Ringe unter den Augen! Es fehlt dir doch nichts?«

»Nein. Eigentlich nicht! Es ist mir nur so schwer im Kopf. Aber mehr traurig als krank. Gerade, wie wenn irgendein Unglück bevorstände...«

Lotte hatte sich am Boden hingekauert und kramte in dem Koffer. »O weh!« murmelte sie plötzlich mit verdutztem Gesicht.

Ihre Schwester mußte wider Willen lachen. »Ist das Unglück schon da? Hast du es in dem Kästchen?«

»Lache nicht, Lore! In dem Kästchen war unser Chinin und ist durch die Seeluft feucht geworden und ist nur noch ein einziger bitterer Oblatenbrei!« Sie verzog schmerzlich den Mund, während sie mit Hilfe des kleinen Fingers kostete. »Das ist eine schöne Bescherung! All unser Chinin weg! Der Meister hat natürlich nie so etwas mit. Was machen wir nun?...Kriege nur kein Fieber! Du schaust miserabel aus!«

»Ach wo!« Ihre Schwester wickelte sich resigniert in einen Reiseplaid, setzte sich auf einen Stuhl und löschte das Licht.

Es ward still zwischen ihnen. Mit beinahe taghellem Glanz füllte der Vollmond das Gemach mit den beiden dunklen, schlaftrunken auf den unbequemen Stühlen sich zurechtrückenden Gestalten. Von draußen klang das ferne tausendstimmige Froschgequake und Grillenzirpen, dazwischen, rasch näherkommend und wieder verhallend, das Gekläff der jagenden Köter. Nun war wieder alles ruhig. Nur die schweren Atemzüge der beiden Mädchen durchdrangen das tiefe Schweigen der Nacht. Dann begann Lotte plötzlich, wie aus dem Schlaf heraus, halblaut zu singen. Eine einförmige, frei erfundene Melodie von drei Tönen, die sich ewig, wie gleichmäßig fallende Tropfen, wiederholten.

»Hör mal, Lotte – das macht einen verrückt!« sagte Ellinor endlich. »Muß denn zu allen anderen Greueln auch noch dein Gesang kommen?«

Lotte machte die Augen auf, und ihre hübschen Züge belebten sich im Zorn. »Mich laß in Ruhe! Der Meister Josephus ist an allem schuld. Du sei nur still! Du liebst ihn! Also darfst du nicht klagen. Eine schöne Liebe, die nicht ein paar Stechmücken und Springflöhchen überwindet! Aber ich! Liebe ich ihn etwa auch? Nein – ich bin nahe daran, ihn zu hassen – von Tag zu Tag mehr. Solch ein Mensch! Ein sechs Fuß langes hinterlistiges Wickelkind mit blondem Vollbart! Was du an ihm findest – na einerlei! Jedenfalls muß ich hinter euch herlaufen und habe allen Verdruß und alle Mühsal von eurer Verlobungsreise und darf nicht einmal mehr dazu singen!«

»Verlobungsreise ...« wiederholte Ellinor mit hochgezogenen Brauen.

Aber schon war die andere, im langflatternden Frisiermantel durch das Zimmer schießend, neben ihr, hielt ihre Hände fest und lachte ihr ins Gesicht. »Ich kenne dich doch! Wie du herumwandelst – ganz feierlich, ganz weltentrückt – seit acht Tagen hab' ich doch schon gemerkt, was passiert ist! Und gottlos, wie ich bin, fing ich an, laut die praktischen Reisebemerkungen über den Psillós zu lesen, als du kamst! Rein aus Neid und Bosheit. Weil ich hier niemanden hab', mit dem ich mich verloben kann.«

Sie erhielt keine Antwort und schmeichelte ihrer Schwester wie ein Kätzchen. »Sei nicht böse. Aber ihr seid ja eigentlich schon dreizehn Jahre verlobt und da wirkt es auf mich nicht mehr so recht und ich verliere alle Feierlichkeit. Aber ich mein's gut, wenn ich ihn auch nicht ausstehen kann. Komm – gib mir einen Kuß! Bitte – bitte!« Sie schaute die Schwester besorgt an. »Was du für kalte Lippen hast! Schatz – werde mir nur nicht krank! Und ich lasse in meiner Dummheit auch noch das Fenster offen, daß die Fieberluft nur ja hereinkann!«

»Davon ist's nicht!« sagte Ellinor und starrte vor sich hin. Ihr Kopf wurde immer schwerer. Die unbestimmte Mattigkeit und Traurigkeit in ihr wuchs. Sie fühlte sich sonderbar gleichgültig gegen alles. Gegen den Meister Josephus, gegen den krausen Gedankenzickzack ihrer Schwester – gegen den Hermes, gegen Griechenland und die ganze Welt. Lotte sanft von sich schiebend, schloß sie die Augen und versuchte zu schlafen, einen unruhigen, von abenteuerlichem Traumgefunkel durchsponnenen Halbschlummer, in dem die wenigen, noch übrigen Stunden bis zum Sonnenaufgang dahinrollten.

Als sie wieder einmal, aufseufzend und lahm von dem unbequemen Sitz, die Wimpern emporschlug, war es ganz hell in dem Zimmer – nicht mehr von dem bläulich gedämpften Schimmer des Mondes, sondern von dem roten, warmen Licht des jungen Tages. Ein Rumpler hatte sie geweckt. Lotte war im Traum vom Stuhl gefallen und saß nun, wie eine Heilige, von langem, sonnenglitzerndem Blondhaar umwallt, auf dem Boden, mit offenem Munde, schlaftrunken und verdutzt aus großen Märchenaugen in das Blau hinausstarrend.

Wolkenloses Blau dehnte sich über den kahlen, in der Ferne rosig schimmernden Höhen, den bebuschten Tälern, den weithin gewundenen Flußspiegeln von Elis. Zwischen den saftig grünen Fluren im Grunde lag wie gestern tief eingebettet die graue Spielzeugschachtel von Olympia mit ihren umgestürzten Säulenreihen, ihren verwitternden Tuffsteinquadern und durcheinander geworfenen Marmorblöcken, und darüber hob der heilige Hügel und die Wiege des Zeus, der Kronion, düster sein von Gestrüpp und Kieferwirrwarr gesträubtes Haupt. – Neuer Tag, neues Leben, neues Licht war überall. Eine Faust pochte an der Türe. »Seid ihr schon wach?« fragte der Baß des Meisters Josephus. »Ich halt's in dem Hotel nicht mehr aus, ich will ins Freie! Kommt ihr mit?«

Lotte, die immer noch ganz vergeistert auf dem Boden saß, gab keine Antwort. Ihre Schwester aber ging zur Türe, weniger elastisch, mit langsameren Bewegungen als sonst. »Wir kommen gleich!« sagte sie halblaut.

»Wie seltsam deine Stimme klingt! Du bist doch nicht krank?«

Sie schüttelte energisch den Kopf. »Ich hab's mir eingebildet, heute nacht! Aber das *darf* jetzt nicht sein. Das *muß* wieder besser werden!«

Sie gingen langsam in dem taufrischen Morgen den Weg nach Arkadien dahin, einen wüsten, vielverschlungenen Reitpfad am Ufer des Alpheios. Rebenpflanzungen säumten ihn zu beiden Seiten ein, mit stumpfsinnigen, geplagten Winzern und wütenden Kötern. Durch die Furt schob sich klingelnd ein Trupp bis zum Bauch im Wasser stolpernder Maultiere, die Reiter daneben nur noch mit Kopf und Schultern aus den Fluten tauchend, sonst kein Leben auf den im Kreise kahl aufgetürmten, von der Sonne verbrannten Steinhalden als eine Herde halbwilder, das letzte Grün aus dem Boden weidender Ziegen, spärliche Hütten zwischen wucherndem Buschwerk und da und dort im Tal – das Ganze eine Öde, ein Schweigen, eine Schwermut trotz des glühendblauen, alles in seinem Feuer verklärenden Augusthimmels.

»Wißt ihr, woran ich denken muß?« sagte Meister Josephus. »Vor Jahren ... an ein Bild im bayerischen Hochland. Da kam ich auf einer Fußwanderung an einen Bauernhof hoch oben. Da war eben die Tochter des Bauern gestorben. Ganz still und weiß hat sie im offenen Sarg vor dem Elternhaus gelegen, mitten in dem schönen Sommermorgen. Alles ringsum hat gelacht und gelebt – der rote Mohn am Weg und die Goldkäfer darunter und die Schmetterlinge in der Luft – bloß das arme Dirndl – das hat mit geschlossenen Augen da geruht, als ob es träumte, und nichts mehr von der Pracht gesehen, und dem weißen Schnee in der Ferne und dem blauen Himmel. Und dann sind Männer gekommen – vierschrötige, dumme Kerle – und haben den Sarg zugenagelt und fortgeschleppt – ins Tal hinunter – in die Nacht! Unter die Erde!«

»Aber wieso erinnerst du dich gerade jetzt daran?«

»Sind hier nicht auch solche schwarze Männer gekommen, törichtes Lottchen? Wenn du nicht immer in der Töchterschule sitzen geblieben wärest, wüßtest du's! Die Männer haben mein Griechenland in einen Sarg gelegt und dazu mit Glocken geläutet! Da war es aus. Da haben sich auch die alten Griechen hingelegt und sind lieber gestorben, wie die Sünde in die Welt kam! So wie's jetzt bei uns zwischen Mann und Weib ist! Ein Schuldbewußtsein – warum, das weiß kein Mensch – ein Getuschel in allen finsteren Ecken. Eine dumme Fastenzeit der Liebe. Das verstehst du natürlich nicht, Lotte! Denn du kannst überhaupt nicht lieben, sondern bist eine kalte, kleine Schlange, tief, tief im Wald, mit Madonnenaugen und einem Krönchen auf dem Kopf.... Ja – schaue nur so rosig und dumm in den Sommermorgen hinein und beiße dir auf die Lippen, um nicht zu lachen! Ich kenne dich doch!«

Lotte ging einige Schritte voraus, pfiff unbekümmert und warf nach rechts und links Steine auf die herbeirasenden Hirtenköter.

Meister Siegfried schüttelte wehmütig das blonde Haupt. »Ja – die törichte Jungfrau ... die hat recht. Von ihrem Standpunkt. Die läuft wie ein Schusterbub durch die Welt und pfeift auf Hellas. Aber ich...«

Lotte drehte sich um. »Sei doch vergnügt, Meister!« rief sie. »Freu' dich, daß du das Leben hast. Einmal werden wir alle begraben!«

»Ach, sei still, du kleiner Gassenjunge!« sagte der Bildhauer wehmütig. » *Ihr* mögt euch freuen. Über euer Leben! Weil ihr blinde Maulwürfe seid, ihr Lottchen! Aber ich nicht! Ich bin kein Frauenzimmer! Gott sei Dank! Ich bin der letzte Grieche!«

Lotte knabberte nachdenklich an einem Grashalm, daß die weißen Zähne blitzten. »Der Meister wird jeden Tag gröber zu mir!« sagte sie zu ihrer Schwester. »Ich glaube wirklich: er hat mich lieb!«

Ellinor schüttelte abwehrend den Kopf. Es war etwas in ihr, was sie erschreckte. Sie wußte nicht, kam es vom Körper oder vom Geist – eine tiefe Schwermut – eine unsägliche Müdigkeit, eine Sehnsucht nach dunkler Nacht und doch eine Angst ... eine beklemmende Schwüle ... Glut und Mückensummen und schwarzes Geflimmer vor den Augen und alle Dinge wie durch einen heißen trüben Flor verschwimmend. Der Augusthimmel hatte sich verschleiert, ohne daß man eigentliche Wolken an ihm sah. Ein bleigrauer Dunst spann sich über seine Wölbung hin und gab der Sonne einen unheimlich rötliche Glanz. Und obwohl sie sich in diesem schweren, trübe lastenden Luftgespinst halb verlor, schossen doch ihre Strahlen wie Feuerpfeile nieder, daß Berg, Tal und Fluß in ihrer Glut zu zittern schienen.

Die drei kehrten um und gingen, dem ferne in der Violettfärbung des Horizonts blauenden Arkadien den Rücken drehend, den Weg nach Hause.

Meister Josephus sah seine Begleiterin stirnrunzelnd an. »Sind Sie krank?« forschte er. »Sie werden immer blasser!«

Sie verneinte stumm. Sie wollte ihm und sich nicht Angst machen. Er schaute, schon wieder beruhigt, von ihr weg nach der Trümmerstätte von Olympia und ballte die Faust.

»Da stelzt solch ein schwarzer Reverend herum!« brummte er. »Mitten im Zeustempel steht er – ich glaube sogar, auf einem Bein, wie ein Reiher! Wenn man nur auf diese Totenvögel knallen könnte! – Kinder... ich bin zwei Jahrtausende zu spät auf die Welt gekommen. Ich hätte hier der Aspasia den Spinnrocken halten müssen und mit dem Perikles Brüderschaft trinken – aber jetzt...«

Er wurde ganz traurig. Lotte hinter ihm lachte, während sie, die jeden Augenblick mit etwas Neuem spielen mußte, eine Orange auseinanderriß und die Schnitten auszusaugen begann. »Jetzt macht er wieder seine majestätische Miene! Wie ein Löwe im Käfig, wie ein feierlicher, gelangweilter Lord! Die Griechen nennen doch jeden Fremden einen Lordós! Zu dumm – nicht? Aber wenn man so einen großkarrierten Anzug trägt und solch einen Vollbart.... Es ist etwas Wahres darin. Du hast wirklich so etwas Vornehmes an dir....«

Der Bildhauer nickte erzürnt. »Ich bin auch einer der letzten vornehmen Menschen auf der Welt! Ein Künstler! Ein Geißbub! Ein Grieche! Das ist alles ein und dasselbe. Das denkt nichts und weiß nichts und will nichts und soll nichts – das *kann* bloß und sieht die Welt mit offenen Augen an und ist vergnügt. Da wird die Welt anders! Da wird's Sonnenaufgang. Einfältig muß man sein, wie ich – der letzte Grieche! Ihr seid's alle nicht. Ihr seid zu klug. Drum seid ihr so dumm!«

Lotte hängte sich kameradschaftlich in seinen Arm und bemühte sich, graziös den Tritt wechselnd, mit ihm den gleichen Schritt zu halten. »Solch ein armes, riesiges Sonntagskind!« sagte sie zärtlich spottend. »Heute redet der Meister wieder ein Zeug zusammen – ich versteh' es nicht!«

Er sah sie melancholisch an. »Wie solltest du das verstehen, törichte Jungfrau? Du begreifst mich am Montag und am Dienstag und die ganze Woche. Aber am Sonntagmorgen nicht. Da rede ich griechisch mit Ellinor. Du ahnst gar nicht, Kind, *wie* überflüssig du in Griechenland bist. Du gehörst wo anders hin: droben im Norden, im Landregen, im November steht ein Baum, und um den Baum ringelt sich eine Schlange, und unter der Schlange sitzt du und hältst einen Apfel in der Hand. Und wer ihn nimmt, und wer dich nimmt, begeht eine große Dummheit. Du verleitest einen zu der Dummheit – du ewige Eva!«

Er sah zornig in das reizende Kindergesicht mit den großen melancholischen Märchenaugen und den halb offenen roten Lippen. Sie tat, als ob sie gar nichts gehört hätte. »Da!« sagte sie zerstreut und hielt ihm ihre Orange hin. »Beiße einmal hinein! Sie ist gut. Ich habe sie vorhin gekauft!«

Es schien einem Moment, als wolle er sich ihrem Wunsch fügen. Aber dann maß er sie mit einem strafenden Blick und schleuderte die Apfelsine weit von sich in den zur Seite fließenden Bach. Sie seufzte nur. »Garstiger Seppl!« murmelte sie, schlüpfte gewandt wie eine Katze aus seinem Arm und lief wieder ein paar Schritte voraus, sorglos pfeifend und die Hunde scheuchend, wie sie es zuvor getrieben.

Ellinor richtete sich im Gehen auf. Es war ihr, als müsse sie einen bleiernen, düsteren Traum abschütteln, der schwer an ihre fiebernden Schläfen pochte. »Sage nur eines ... was ich nicht begreife ... warum dich der Hermes gerade so erschüttert hat! Du hast doch seit vielen Jahren all die anderen Meisterwerke in Italien gesehen....«

»In Italien sind sie in der Fremde. Im Käfig. Eine Menagerie für die Rundreisephilister! Und weißt du, wo die schönsten sind? Hinter Klostermauern. Im Hause des Papstes! Ein alter Mann, der sein Leben lang nichts von Lieben und Küssen hat wissen dürfen, hält die Aphrodite und den Eros hinter Schloß und Riegel, damit sie nicht wieder entspringen und Unfug in der Welt anstiften. Ach – muß dem armen olympischen Gesindel zu Mut sein, wenn sie da im Vatikan wie die Bagnosträflinge auf ihren Postamenten stehen, mit dem britischen Blechschürzchen und der Katalognummer – und nebenan läuten die Glocken, und der Weihrauch qualmt, und all die ehelosen Priester beten um Vergebung ihrer Sünden, und die schönen Römerinnen knieen und weinen und beten mit! Ach – ich seh' förmlich die großen versteinerten Augen der Venus oben: Sünde – was ist denn das nur für ein Ding? – zu unserer Zeit gab es das doch nicht! Also die sind dort fremd – *meine* Götter dies bißchen vom Himmel gefallener Marmor. Einen Gott lernt man nur in seinen vier Wänden kennen. Hier in Hellas ist die Heimat für die Götter – und hier fühle ich, daß ich keine Heimat auf der Welt habe!« Er brach erschrocken ab und schlang den Arm um sie. »Was hast du denn? du zitterst ja förmlich....«

Sie schloß die Augen und lehnte sich an ihn. Sie kämpfte dagegen, ohnmächtig zu werden. Ein Frostschauer überlief sie, als herrsche Eiskalte ringsum, statt des glühenden Sonnnentags. Ihre Zähne schlugen aneinander. Ihr Gesicht war fahl.

»Fieber!« sagte Lotte kaltblütig, die herbeigekommen war. »Also richtig! Und dabei ist unser Chinin verdorben!«

Ihr rosiges Gesicht zeigte keine besondere Aufregung. Sie wunderte sich eigentlich nie über etwas, sondern war dafür lieber gleich mit Rat und Tat zur Hand. »Fasse du sie rechts an!« befahl sie ohne weiteres dem ganz verdutzt dastehenden Meister Josephus. »Ich links. So – nun führen wir sie – bis ins Hotel – und reisen dann gleich ab – daß wir einen Arzt kriegen.... So komme doch endlich zu dir, Meister ... Männer sind was Schreckliches in solch einem Fall ... überhaupt ... mach' dir nur nichts daraus, Ellinor ... daran stirbt man nicht! ... stütze dich nur auf mich ... nicht auf den ungeschickten Meister Seppl ... nur ordentlich ... ich wehr' dir schon die Stechmücken ab und halte den Sonnenschirm über dich ... und du da drüben – lasse lieber ganz los ... du faßt ja wie ein Bär zu! ...« Sie war ganz Leben und Geschäftigkeit, zart und gewandt, wie eine geübte Krankenpflegerin, während sie ihre blasse Schwester den Pfad entlang geleitete, sie immer wieder dabei sanft streichelnd und mit halblauten, kindischen Schmeichelworten tröstend. Sie beherrschte jetzt, als etwas Unerwartetes geschehen, plötzlich vollkommen die Lage und schien es ganz natürlich zu finden, daß nicht nur die Fieberkranke, sondern auch der ganz verstört und kleinlaut hinterher schleichende Meister Josephus ihrem frischen, fröhlichen Willen gehorchten. Und dabei leuchtete es herrisch, wie von einem triumphierenden Gefühl, in ihren großen Kinderaugen.

Endlich räusperte sich ihr Begleiter und wollte sprechen. Aber sie schnitt ihm sofort das Wort ab. »Du sei still. Du denkst ja doch nur an dich! Du hast ja doch nur Angst, daß du jetzt auch das Fieber kriegst ... jawohl! Ich kenne dich! Aber ich hab' gar keine Angst! Nicht *so* viel! Leid tust du mir!«

Er neigte von hinten sein Löwenhaupt ärgerlich über sie. »Warum kriegst denn du nicht das Fieber – wenn es schon sein muß – statt der armen Ellinor?«

Da lächelte sie ihn über die Schulter zurück feindselig an. »Weil ich nicht *will*!« sagte sie, schlau mit den Augen blinzelnd. »Was ich nicht will, das passiert mir nicht! Und was ich will – weißt du, Meister Sepp! – das geschieht ... Wenn nicht heute – dann morgen!«

XVI

Kein Mensch war heute oben auf der Akropolis. Selbst die Händler am Eingang, die Fremdenführer und Wächter hatten sich vor dem rastlos niederströmenden Landregen geborgen. Ein träges, trübes Grau brütete in den Schatten und verdüsterte als Vorlaufer der Nacht die heilige Stätte der Schönheit.

Den weißen Kirchhof der Schönheit! Wie Leichensteine starrten auf dem weiten Trümmerfeld die zerschmetterten, vor Nässe glitzernden Marmorbrocken – wie auf einem verwahrlosten Gottesacker sproßten dazwischen tauperlendes Gras und Gebüsch, und aus den geborstenen Giebeln und Säulenreihen, den gebrochenen Toren und eingestürzten Tempeln hallte es im Raunen des feuchten Seewinds wieder und wieder: Es war einmal!

Es war einmal ein Land, wo jeder Herzschlag zur Kunst, jedes Wort zur Weisheit und die letzte Weisheit zum Lachen ward – ein Land, wo die Schönheit mit der Sonne über den tiefblauen Himmel wandelte, vom Morgen bis zum Abend die weite Welt mit ihren Strahlen segnend – wo oben von schneeigen Gipfeln übermenschliche, blauäugige, goldmähnige Männer und Frauen grüßten und winkten: Ihr schuft uns Götter euch zum Bilde! Steigt empor und seid wie wir – Götter auf Erden, heiter und rasend, erhaben und gemein, tapfer und feige, unergründlich wie das tiefe Meer und unstet bewegt wie der spritzende Meeresschaum, lachend schaffend und lachend zerstörend, was ihr schuft, halb Kinder, halb Teufel, die ganze Menschenweite in eurer Brust umspannend, wie euer Land, die Wiege der Welt, in seinem ewigen Schnee und seiner ewigen See, in seinen grünenden Matten und geheimnisvollen Wassern und aus dem Inneren steigenden Feuerdämpfen den ganzen Erdkreis wiederspiegelt.

Es war einmal! Zwischen den weißen Leichensteinen liegen die Bombensplitter der Türken und Venetianer, durch den rauschenden Regen klagen die Christenglocken, und in der fernen großen Themsestadt voll Nebeldunst und Fabrikqualm, voll Wagengerassel und Eisenbahngekeuche stehen hölzerne Menschen in langschlotternden Hosen, schwarze Röhren auf dem Kopf, gähnend im Britisch-Museum vor den Überbleibseln der Wunder, die einst Pheidias und die Seinen hier oben in fiebernder Götterkraft schufen.

Es war einmal! Immer wieder läuten die sanften Glocken und ziehen die Regentropfen ihre Ringe in den Kotpfützen des Bodens. Bäche schmutzigen Wassers rauschen durch die Heiligtümer, in die von oben statt des kinderaugentiefen Blaus ein grämlicher nordischer Polizeihimmel hineinspäht, sie umspülen die Sockel der Karyatiden, als sollten selbst die fünf ewigen Mädchen, die letzten aus den marmornen Jubelreigen von einst, die seit Jahrtausenden fröhlich ihre Last getragen, nun auch zu Boden stürzend, in Schlamm und Moder enden – es war einmal.

Still! Die Steine sprechen! Durch Regen und Wind predigt die geborstene Marmorpracht das einzige, was unvergänglich auf Erden ist: den Tod. Die Götter sind gestorben! Hier unter diesen verwitternden weißen Blöcken schläft die zärtliche, leichtsinnige Frau Aphrodite den ewigen Schlaf – hier ruht Zeus, der Donnerer, mit seinem schönen, törichten Gemahl und seinem liederlich genialen Hofstaat – hier sie selbst, die Schirmherrin all der Pracht, das keusche Jungfrauengesicht von Geist und Kühnheit des Mannes verklärt – die liebliche Burgfrau Pallas Athene. Sie grüßt nicht mehr wie einst mit ragender Lanze, die geflügelte Siegesgöttin auf der flachen Linken hoch von der heiligen Akropolis her den heimwärts steuernden Hellenen, sie ist begraben, ihr Tempel liegt in Trümmern.

Die Götter sind gestorben, weil sie nicht mehr an sich glaubten. Andere Götter kommen und gehen. Der Mensch schafft sie sich zum Bilde. Mit den kränkelnden Menschen kränkeln auch sie, werden blaß und durchsichtig und schwinden, wie unten die Völker schwinden. Und über Himmel und Erde schwebt das ewig Lebende auf der Welt – der ewige Tod....

Wie kamen ihr nur heute gerade diese Gedanken – dies Gefühl von Altern, von Müdewerden und Welken? Ellinor blieb erschöpft, schwer Atem holend, auf der steilen Treppe der Akropolis, im Trümmergewirr der Propyläen stehen. Es war wohl die Nachwirkung des schweren Fieberanfalls, der sie drüben in Olympia heimtückisch, wie ein Raubtier aus dem Busch, überrascht und immer noch lähmend auf ihr lastete. Da wird man mutlos, weil man kraftlos ist.

Aber es war noch etwas anderes da – etwas rein Seelisches. Dies bange, trübe Erstaunen: Ist *das* Griechenland? Die moderne, lärmende Mittelstadt da unten, dies neue Athen mit seinen Hotels und Ministerien, seinen Zeitungsverkäufern und flirtenden Elegants gewiß nicht! Das wußte sie ja. Das hatte sie sich nicht anders vorgestellt, als eine jener Balkankarikaturen eines europäischen Staatswesens.

Aber auch hier oben! Wo blieb die heilige Stimmung, dieses Sichweiten in Herz und Hirn, mit der der Pilger zum erstenmal über die Schwelle der Akropolis tritt? Wo der Hauch unzerstörbarer Jugendkraft, der aus dem zerschellten Marmor siegreich strömt? Wohl erkannte sie ringsum die altvertrauten Umrisse – hier neben den geborstenen Propyläen das keck wie ein Schwalbennest über dem Felsen hängende Tempelchen der Nike, dort drüben, undeutlich im Regen über Leichenfelder weißer Marmortafeln herüberwinkend, das Kleinod der Kunst, das ehrwürdige Erechtheion, und gegenüber, immer noch unter wuchtigem Säulenwald seine Stirnwölbung in unvergänglicher Schönheit zum Himmel hebend, der Tempel aller Tempel – das Parthenon der Pallas Athene – aber keine Stimme sprach aus dem stillen Stein. Ein leises Regenrieseln nur umher, ein flüchtiges Windesrauen: Es war einmal!

Landregen und Fieber – sie fröstelte trotz der Sommerschwüle. Es war ihr, als sei das Hellas, das sie und Meister Josephus suchten, wieder in eine unerreichbare Ferne, weit über Meer und Länder, gerückt – für immer. Das, was der Künstler sucht und nie findet – seine Sehnsucht heißt Griechenland und ist überall, wo er nicht ist....

Und wie sie an den Meister dachte, sah sie ihn plötzlich – den einzigen Menschen auf der Akropolis! Er saß auf einem Marmorblock inmitten des weiten Trümmerfeldes, unbekümmert um den Regen, der aus seinem blonden Vollbart niedertropfte und sein großkariertes Lordgewand durchnäßte.

Er stand erzürnt auf. »Was heißt denn das, Ellinor? Du sollst doch nicht ausgehen, hat der Arzt...«

»Ach – der Arzt! Ich halt' es im Hotel und dem ewigen Regengeplätscher an dem Fenster nicht aus. Das Fieber ist ja auch weg. Ich bin nur noch schwach ... müde...«

Er musterte sie mit einem fremdartigen, beinahe scheuen Blick. Sie wußte nicht recht, was der bedeutete.

»Wenn man noch so elend ausschaut, wie du...« sagte er endlich langsam, »dann sollte man...«

»Ich bleib' aber nicht zu Hause!« unterbrach sie ihn ungeduldig. »Ich bin nun einmal hier, und wie ich ausschau', ist ganz gleich....«

Wieder dieser unbestimmte, abwehrende Seitenblick, als ob ihn etwas an ihr erstaune, und wieder in ihr die grundlose quälende Angst. »Was hast du denn?« fragte sie mit gepreßter Stimme.

Er schüttelte das blonde Löwenhaupt. »Nichts! du siehst nur so blaß aus. So ganz anders wie sonst! ... So ... ich meine, all das Frische, Heitere ist weg. Weißt du denn überhaupt, wie krank du warst?«

»Ach ... ein bißchen Fieber...«

»Ich danke für das bißchen! Wir haben dich ja beinahe bewußtlos nach Athen gebracht – die Lotte und ich! Oder eigentlich die Lotte allein. Ein Segen, daß die törichte Jungfrau auch einmal zu etwas zu brauchen war. Wie eine kleine barmherzige Schwester hat sie dich gepflegt!«

»Bewußtlos war ich eigentlich nicht! Ich erinnere mich an alles wie an einen Traum,« sagte Ellinor. »Der Hafen von Patras mit den vielen Masten und dem Geschrei vor dem Fenster und dann eine lange Fahrt in einem Salonwagen und zur Seite immer so etwas Blaues ... Glitzerndes ... das Meer ... und dann in der Ferne der einzelne hohe Felsen mit grauem Tempelgemäuer darauf ... und die Lotte warf noch eine Orangenschale aus dem Fenster und erklärte, die Akropolis habe sie sich auch großartiger vorgestellt ... und überhaupt Griechenland....«

»Und überhaupt die Lotte!« sprach der Meister tiefsinnig. »Verrückt! Sie ist ja ein Schaf! Aber das schlauste Schaf, das man sich denken kann!«

»Wo steckt sie denn jetzt?«

»Wo wird sie sein? In irgend einem Kramladen unten in der Stadt. Wo man Bänder kauft oder Volants oder Spitzen oder wie ihr sonst den Unsinn nennt. Sie hat wieder einmal nichts anzuziehen. Das ist ja ihr Normalzustand. Sie hat mir die Adresse aufgeschrieben. Ich soll sie dort in einer Stunde abholen. Inzwischen sitzt sie da und plappert französisch und gestikuliert und handelt mit Todesverachtung mit den levantinischen Gaunern und schwatzt sich über den Regentag hinweg ... ein glückliches Geschöpf...«

Ellinor erwiderte nichts.

»Ja – ein Regentag!« wiederholte Meister Josephus mißmutig und gähnte. »Komm, daß du wenigstens nicht naß wirst!«

Er führte sie zu einer Stelle, wo man die dreifache Stufenumfassung des Parthenon ersteigen konnte und durch den kahlen, verwüsteten Mittelraum, dem der triefende graue Himmel als Decke diente, nach vorne, unter die Stirnseite des Tempels.

Hier war man geborgen wie unter der Wölbung eines Urwalds. Gleich vielhundertjährigen Baumriesen stiegen, eng aneinander gedrängt, vom Erdbeben geneigt, vom Alter geschwärzt, die ehrwürdigen Säulenreihen wuchtig empor und stützten, stämmig im Boden wurzelnd, das lastende Steindach. Es war dämmerig zwischen ihnen, ein feierliches, geheimnisvolles Grauen, in das zwischen den Marmorkolossen der Tempelträger die grämlichen Streifen des sonnenlosen Lichts draußen hereinlugten, die Boten des Alltags und der Neuzeit.

»Dieser Regen!« sagte Meister Josephus nochmals unwirsch. »Wer das geahnt hätte! Sonst regnet es im Sommer in Griechenland nie! Der Hotelier sagt freilich, das seien nur Seenebel, vom Piräus her. Um Mittag müsse die Sonne durchbrechen. Aber vorderhand tröpfelt und gluckst und platscht das ... ich kann Landregen nicht ausstehen!«

Es zuckte um ihre blassen Lippen. »Lieber Freund ... jetzt ... zum erstenmal auf der Akropolis ... und da vom Wetter zu reden?«

»Ja – wovon denn?« fragte der Siegfried gereizt. »Meinst, die Akropolis sagte mir was? Nix! Bei Landregen bin ich taub und blind. Da bin ich ein Bauer! Überhaupt ... was können einen denn all die ausgebrannten und in die Luft gesprengten und von den englischen Lords ausgeräuberten Tempel zu guter Letzt nur lehren? Doch nur, daß alles, was entsteht, auch wieder zu Grunde geht! Und daß der Pheidias schließlich, wenn man's genau besieht, ebenso umsonst gelebt hat wie ein gewisser Akademieprofessor Joseph Ranggetiner aus München. Da ist es doch schon besser, man stellt sich von vornherein in den Dienst der Herzöge und anderer Vandalen! Die zahlen wenigstens. Weißt du, was man im Ton zurechtknetten muß, wenn man vernünftig ist? –: Hübsche Mädel mit ein bißchen was an – aber nicht zuviel – gerade so, daß man's noch mit Anstand ins Speisezimmer stellen kann – das kauft der Kunsthändler unbesehen!«

Sie wurde zornig. »Willst du denn durchaus diese Stunde entweihen? Mit diesem Ton! Ich bitte dich, sei nur jetzt nicht frivol!«

»Ich bin, was ich gerade bin. Das wechselt. Da kann ich nichts dafür! Die kleine Lotte sagt, ich hätte zuweilen einen Pferdefuß. Daß ich nun gerade auf der Akropolis anfangen muß zu hinken, ist traurig! Sehr traurig!«

Er machte ein ganz betrübtes Gesicht und strählte sich mit den beiden breiten Fäusten den Siegfriedsbart. Eng beisammen saßen sie im Dämmerschatten der mächtigen Säulenreihen wie im Halbdunkel eines gotischen Doms, und draußen strömte unablässig der Regen. Und Ellinor hatte das fröstelnde Gefühl, als ob etwas fremd zwischen ihnen sei! In seiner Mephistostimmung, die heute zum erstenmal seit jenem Abend im Berner Oberland über ihn gekommen, war er ihr wie ein ganz anderer Mensch. Er flößte ihr Angst ein, einen scheuen Widerwillen gegen den Unbekannten, der von ihrem Meister Josephus Sprache und Angesicht lieh.

Das schien er zu merken. Denn er wurde plötzlich ernst, ja trübe. »Schau, liebe Ellinor!« hub er wieder in dem altgewohnten, weichen, warmen Tonfall an. »...Vor ein paar Tagen, vor dem Hermes in Olympia, hab' ich erkannt, daß man heutzutage nichts mehr schaffen kann! Und heute erkenne ich hier, daß es auch ganz umsonst ist, wenn man je was gekonnt und geschaffen hat. Sie gehen beide dahin, der Meister und der Stümper, der Praxiteles und der Ranggetiner! Siehst du, da, gerade vor uns, hat der Lüneburger Leutnant, in venetianischen Diensten, seine

Bombe in das Parthenon geworfen, daß Säulen und Giebel und alles, was Pheidias und Perikles sich ausgedacht, lustig in den Lüften herumflog. Ich seh' das Gesicht des dummen Jungen förmlich vor mir, wie er vor Wonne über den Treffer in das türkische Pulvermagazin strahlte und ringsum Hände schüttelte und sich dachte: ›Herrgot – was bin ich doch für ein Kerl!‹... Also, was hilft es, für Menschen zu schaffen, wenn es die Esel doch immer wieder zerstören?«

Sie rückte ganz dicht an ihn heran, ernst und sorgend, und faßte seine Hand. »Du sollst auch nicht für Menschen schaffen, lieber Meister! Nein. Nur für dich! Und wenn du so willst, für mich mit, das gehört ja mit dazu. *Dir* sollst du Genüge tun. Und wenn dein Werk eine Stunde nach seiner Vollendung zerstört wird – was liegt *dir* daran! Du hast es vollendet – du hast an ihm deine Kraft gemessen ... du weißt, daß du's gekonnt hast...«

»Ja – wenn man es kann!«

»Du kannst es! Nur: In einem Künstler muß Reinheit sein – Ehrfurcht vor seinem eigenen Wollen und Können! Wer sich selbst verhöhnt und als hinkender Mephisto aufspielt – weißt du ... wenn man hinkt, kommt man nicht weit und am wenigsten, wenn man freiwillig hinkt.«

Meister Josephus war sehr nachdenklich geworden. »Recht hast du!« murmelte er. »Immer! du bist immer mein guter Geist!... Ehrfurcht ... ja ... ich will nicht mehr der Seppl sein, der mit sich selber Federball spielt!... Kennst du die Geschichte in der Bibel, wo der alte Patriarch die ganze Nacht mit dem Erzengel gerungen hat und ihm gesagt: ›Ich lasse dich nicht, du segnest mich denn zuvor!‹ So will ich jetzt auch mit meiner Kunst ringen und, wie der alte Herr aus dem alten Testament, zu ihr sagen: ›Ich lasse dich nicht, du segnest mich denn zuvor!‹ Und gehe ich an meiner Kunst selber zuschanden

– auch gut – das ist ein ehrlicher Soldatentod. Tausendmal besser als das Lehmkneten für die Vandalen! Nur fort von denen! Fort nach Florenz. In einen stillen Winkel mit Zypressen und Aussicht auf den Fluß und die Rebhügel und dann die Ärmel aufgestreift und...«

Er brach ab, mit sprühenden blauen Augen und einem zornigen Löwenausdruck im Gesicht, ganz erfüllt von seinem mächtigen Wollen. Sie drückte ihm stumm die Hand.

»Schließlich wird es ja doch nichts!« sagte er nach einer Weile düster in verändertem, beinahe gleichgültigem Ton. »Der Teufel holt mich dabei. Aber was liegt daran? Was liegt an *mir*?«

Sie schwieg. Wieder überkam sie das Gefühl der Entfremdung. Sie sah nicht mehr den Meister neben sich, sondern das Stück Schauspieler in ihm, der mit seinen eigenen, an sich echten Empfindungen, ganz unbewußt vor sich selber und den anderen Komödie trieb...

Er erhob sich und spannte, aus dem düsteren Säulenwald in das nasse Grau des Tages hinaustretend, den Regenschirm auf. »Wir wollen gehen! Du mußt nach Hause. Es ist ja Unsinn, daß du in dem Pantschwetter hier draußen herumläufst, noch halb krank, wie du bist. Du schaust ja elend aus!«

Ellinor sah trübe zu ihm auf. »Das hast du mir jetzt schon ein paarmal gesagt.«

» *Ich* kann doch nichts dafür! Ich bitte dich, komm!« Er sah auf die Uhr. »Ich muß auch noch die Lotte abholen! Sonst kauft die in ihrer Unvernunft den ganzen Kramladen aus!«

Sie folgte ihm. »Kannst du denn wirklich nichts dafür,« fragte sie leise, »daß du heute so ... so ganz anders zu mir bist, bloß weil ich ein wenig schlechter ausseh' wie sonst?«

»Aber, liebe Ellinor!...« Er lachte sein herzliches Tiroler Lachen aus breiter Brust. »Das macht alles nur der Regen. Bei Landregen bin ich ein greulicher Kerl, gerade noch zum Aufhängen gut genug! Ich gehöre unter die Sonne! Hell muß es um mich sein ... warm ... blau ... dann bin ich erst Mensch ... und was für einer ... aber bei diesem Naß in Naß und Grau in Grau ... o weh...«

Es war in der Tat ein trübes Bild zu beiden Seiten des am Rande des Akropolisfelsens hinführenden Fußpfades. Immer neue Trümmerstätten, immer neue Haufen weißer Leichenmale und zerbröckelnden Marmorschuttes, immer neues Strömen aus schweren Höhenwolken.

Sie gingen rasch über die Pfützen und Steine dahin, als wollten sie das alles nicht mehr sehen, das ausgebrannte, verwüstete Odeon zur Rechten, die beinahe vom Boden verschwundenen Wandelhallen, Säulengänge, Priesterwohnungen und Tempelstätten zur Linken. Nur einmal blieben sie noch stehen – auf einem steinernen Theater unter dem freien regengrauen Himmel.

Noch dehnten sich im Halbkreis die marmorgemeißelten, mit Greifen geschmückten Lehnsessel für den römischen Cäsar, für die Priester der olympischen Götter, für die Großen, die Weisen und das Volk von Athen, noch schloß zur Hälfte der steinerne Reigen der niederen Szenenbrüstung den Schauplatz ab, den einst die feierlichen Chöre des Euripides und Sophokles umwandelt, noch grinste daneben der kauernde Satyr verstohlen in seinen Bocksbart, als lache er schon im voraus über die Lauge unflätiger Scherze, mit denen der Spötter Aristophanes im nächsten Augenblick die in der Runde sitzende Männerversammlung überschütten würde, daß selbst ein Perikles und Sokrates gute Miene zum bösen Spiel der Narrenfreiheit machen mußten – noch war alles wie einst – nur das Leben, das warme Griechenleben mit seiner männlichen Gesundheit, seiner weiblichen Schönheit, seinem göttlichen Leichtsinn war verschwunden.

»Hier haben sie vor zweieinhalb Jahrtausenden Komödie gespielt!« sagte Meister Josephus melancholisch. »Jetzt spielen sie woanders. Überall, wo Menschen sind. Aber nicht mehr so nett. Am besten muß es noch in der Renaissance gewesen sein … drüben in Italien. Aber jetzt … liebe Zeit … wir armen Schauspieler von heutzutage laufen ja in Sackleinwand herum – mit Asche auf dem Kopf … den Steuerzettel in der Hand – polizeilich abgestempelt und numeriert – o Gott … was ist das zwanzigste Jahrhundert für eine barbarische, unmenschliche Erfindung! Und trotzdem amüsiert man sich sogar in *dem* noch!«

Das zwanzigste Jahrhundert, das sie jetzt, beim Eintritt in die neue Stadt Athen, mit seinen nüchternen Häuserreihen, seiner geschmacklosen Kleidung, seinen rasselnden Droschken und schreienden Zeitungsjungen, seinen gelangweilten Schildwachen, seinen Bureaus, Tabaksläden und schmutzigen Wirtshäusern umfing. Es war niederdrückend, die Alltagsstadt, die Alltagsmenschen, der Alltagshimmel und da das Grandhotel mit seinem goldbetreßten Portier und seinen befrackten Kellnern …

Sie trennten sich mit einem Händedruck am Eingang. Es war und blieb etwas Fremdes zwischen ihnen, ein Rückstand unausgesprochener Worte. Einen Augenblick schien es, als wolle Meister Josephus den Mund zu einer Beichte öffnen – aber dann zuckte er die Achseln, brannte sich stirnrunzelnd und umständlich eine Zigarre an und ging die Straße hinab, um Lotte zu holen.

Ihre Schwester war inzwischen in ihr Zimmer getreten. Sie stand vor dem Spiegel und erschrak. Fast ungläubig blickte sie ihr Ebenbild an. War *sie* das, dies bleiche, kranke, von blauen Schatten unter den Augen abgezehrt und verhärmt aussehende Gesicht? Es war, als sei sie um Jahre gealtert. Selbst die frühzeitigen grauen Fäden im Haar, die sonst nur vereinzelt, kaum sichtbar waren, schienen aufdringlicher als früher zu schimmern. Vorhin, als sie sich eilig zu dem Ausgang gerüstet, hatte sie nicht so darauf geachtet. Jetzt aber merkte sie, was der kaum überstandene Fieberanfall aus ihr gemacht hatte …

… Und warum Meister Josephus sie bei ihrer Begegnung da oben auf der Akropolis so scheu, so seltsam angesehen! … Sie kannte ihn ja! Sie wußte, jede, wenn auch nur vorübergehende Entstellung eines vertrauten Gesichtes verletzte sein Schönheitsgefühl. Sie war ihm bleich vorgekommen, krank, wie das Alter, das langsam durch den Landregen auf ihn zuschritt. Und er brauchte Jugend, Schönheit, Sonne wie die Lebensluft.

Jetzt eben drang, wie der Hotelier es prophezeit, der erste Sonnenstrahl durch das Gewölk und glitzerte auf dem nassen Pflaster. Sie beachtete es nicht. Sie sah sich im Spiegel an und nickte dabei leise mit dem Kopf – in einem tiefen, trüben Mitleid mit sich, mit dem ganzen Leben, mit allem, was altert und vergeht …

XVII.

Nun war die Sonne Siegerin. Sie stand nicht nur am Abendhimmel von Hellas. Sie war überall. Aus den violetten, beinahe durchsichtig scheinenden Inselumrissen im kornblumenblauen Meer grüßte ihr Glanz, in dem weißen Schaummantel, der das Gewirr schwarzer Klippen umzischte, funkelte ihr Glitzerspiel, ihr rosiger Hauch ruhte verklärend auf den kahlen Steinhalden der Höhenzüge und in tiefen Purpurschatten über dem Olivengrün der Ebene von Attika, am Himmel segelten die verwehenden Lämmerwölkchen in ihrem Feuerschein dem Meere zu und ferne, wo noch graue Wetterballen verdrießlich zwischen grauen Bergen hingen und leise grollendes Blitzgezüngel durch breite, schleierartige Regenwände lief, wölbte sie – als einen Widerschein ihres Flammenbades in den goldig glühenden Wellen des Westens – die bunte Traumbrücke des Regenbogens über ihr lachendes, sehnsüchtig ihre Strahlen schlürfendes Reich.

Meister Josephus und Lotte schauten, Hand in Hand nebeneinander am Strande sitzend, zur Höhe empor, zur Tiefe hinab. Über ihnen unergründliches Himmelsblau – das unermeßliche Blau des Griechenmeeres zu ihren Füßen, am flachen Ufer seegrün verklärt, weiter draußen in seinen satten Tiefen von Wolkenzügen stahlschwarz überschattet, von den hüpfenden Schneelichtern der Wellenkämme durchzittert. Es loderte und blitzte in unermeßlichen Weiten, die ganze Welt schien Licht geworden in der Glut eines Sonnentages über Salamis, eines wahren Sonntags der Schönheit und der Farbenfreude.

»Nicht sprechen, Lotte!« sagte warnend Meister Josephus. »Ich sehe es dir schon an: du willst Unsinn reden! Und das wäre schade. Heute! Hier! Hier ist's mir wohl!«

Lotte kehrte sich nicht an sein Verbot. »Mir auch!« murmelte sie und schloß, als ob sie einschlafen wollte, die Augen. »Bisher war Griechenland gräßlich … da, wo all die kaputten Säulen sind, mein' ich – und all die zerbrochenen ausgegrabenen Sachen. Ich würde viel lieber allerhand eingraben – dich zum Beispiel, Meister Seppl – nein – sei still! Sei vergnügt und dankbar! Wer hat den Gedanken gehabt, heute noch nach der Bucht von Salamis hinauszufahren, wie du mich endlich aus der Räuberhöhle, dem griechischen Putzmacherladen, abholtest? Du oder ich?«

»Du!« sprach Meister Josephus andächtig.

»Also! Den Herweg fand ich ja auch noch greulich! Einen Umweg zu machen, nur um einen kahlen, sonnenverbrannten Hügel mit zwei schiefen Grabsteinen zu sehen und einem toten Maultier daneben, dick wie eine Tonne und die vier Beine in der Luft – und der Kutscher sagt, das sei die Akademie des Plato! Und vorher eine schwarze Pfütze mit ertränkten Katzen darin, zwischen schmutzigen Felsblöcken – und da sollen die Erinnyen auf dem Areopag gehaust haben. Ach wo! Deine alten Griechen sind tot, und wir sind lebendig, und das find' ich viel netter, als wenn's umgekehrt wäre.«

Er sah ihr tiefsinnig in das schöne, sanfte Kindergesicht. »Ach ja, Lotte!« seufzte er. »Aber wir hätten doch ein paar famose Heiden zusammen abgegeben – du und ich – so recht von Herzen frech und vergnügt wie das geniale Lumpengesindel auf dem Olymp. Ich würfe mir auch lieber statt des schwarzen Bratenrocks mit dem bunten Eselszeug im Knopfloch einen weißen Festmantel um und spazierte in Purpursandalen, einen Epheukranz um die Stirne, über die Akropolis und ließe mir von leichtsinnigen Tempelmädchen ein Liebeslied auf der Zither vorklimpern und schenkte ihnen einen Rosenstrauß zum Dank – und dir steht Schwarz auch nicht, sondern Rosen im Haar! Du taugst auch zu keiner Klosterfrau, Lottchen, mein Kind … du kannst nicht fromm ausschauen – nur süß und dumm wie die schöne Helena … du bist auch schön …«

Sie hatte, während er sprach, einen kleinen Kranz aus den am Boden sprossenden Feldblumen geknüpft. Den setzte sie ihm jetzt auf, ohne ein Wort zu sagen, und legte seinen Strohhut neben ihn. Dann begann sie auch für sich einen Blütenreif zu winden.

Er sah dem Spiel der schmalen weißen Kinderhände zu. »Du bist schön! Aber was wollt ihr schönen Weiber heutzutage? Ihr seid ja ein Werk des Teufels. Niemand kennt euch, niemand schätzt euch als der Künstler – ein armer Meister Frauenlob wie ich … aber die anderen … die Tanten, die Bierphilister, die Nachtwächter, die Hofräte … o Gott, die Hofräte! Und ich bin ja beinahe schon selber einer!«

Jetzt war auch ihr Kranz fertig. Sie sahen sich an und lachten und nickten. Sie gefielen sich gegenseitig, dies blonde Löwenhaupt und dies schwermütige süße Kindergesicht, blumengekrönt unter blauem Himmel am glitzernden Meer.

»Da schämt ihr euch des Besten, was ihr habt!« sagte der Bildhauer plötzlich ganz erzürnt. »Eurer Schönheit! Da schnürt ihr euch in zwei Teile und trippelt auf Stelzschuhen und wiegt ausgestopfte Vögel auf euren krausen Köpfchen und stochert auf dem Klavier herum... Ihr seid eben gebildet! Das ist das Elend! Hätte ich die schöne Helena gefragt, ob sie ihren Namen schreiben kann, hätte sie gelacht und mir einen Kuß zur Antwort gegeben. Aber ihr könnt lesen und schreiben. Ihr denkt ja nur Tag und Nacht an die Unterschrift auf dem Standesamt!«

»Die schöne Helena ist tot!« sagte Lotte schläfrig und blinzelte in die untergehende Sonne.

Er rückte ganz erstaunt etwas von ihr ab. »Tot? Da sitzt du ja neben mir! Natürlich du! Seit die Welt steht, läuft die schöne Helena auf ihr herum und sinnt, wie sie die Männer zu allerhand Unfug anstiften kann. Das nennt man dann den trojanischen Krieg oder die Verleihung des Hofrattitels an den Professor Joseph Ranggetiner oder sonst eine Katastrophe. O Lotte, Lotte mit deinem Kränzlein auf dem Haupt im Abendrot – du bist die schöne Helena! Das ehrwürdigste Ding auf der Welt mit deinen neunzehn Jahren! Gegen dich sind die Pyramiden ein Kinderspielzeug von heute morgen und die Sündflut ein Spritzregen von gestern abend...«

»Schimpfe doch nicht immer auf mich, Meister!« sagte Lotte leise und schaute unter den niedergeschlagenen Wimpern, die ihre Augen bis zur Hälfte verschleierten, still und prüfend zu ihm empor.

Ihr Blick verwirrte ihn. Er wurde barsch. »Fürchtest du dich denn eigentlich gar nicht vor mir?«

»I wo!« sagte Lotte.

»Und wenn ich nun plötzlich wild würde – wenn ich meine Fäuste ausreckte...«

»Tu's doch!«

Er nahm vorsichtig wie ein zerbrechliches Spielzeug ihre Finger und legte sie auf seine breite Rechte. »Solch ein Püppchen!« grollte er. »Solch ein lächerliches Püppchen! Wenn ich zudrücke, geht das alles entzwei! Wie ein Nippfigürchen aus Porzellan! Also – wer ist der Stärkere?«

»Ich!«

Sie nickte befriedigt, während er ihre Hand losließ, und lächelte träumerisch.

»Wie sie wieder vor sich hinlacht!« hub er gereizt an. »Glaubst du wirklich, die Männer sind nur dazu auf der Welt, daß du wie ein Teufelchen über ihnen auf dem Ast sitzt und Grimassen schneidest. Es ist doch wahrhaftig nicht komisch, wenn ein Mann...«

»Es gibt gar nichts Komischeres als einen Mann!« sprach Lotte sanft und phlegmatisch.

Er schwieg verstört.

»Sei lieb, Meister Seppl!« lächelte sie ihm nach einer Weile versöhnlich zu. »Red' nicht immer so dummes Zeug! Da schau lieber hinaus in den Sonnenuntergang! Ist das nicht schön?«

Über dem weißschäumenden Azur der See flammte der Abendhimmel in allen Farben von Blau und Rot, von den durchsichtigen Veilchenschatten der Inseln durch das golden strahlende Blutmeer der untergehenden Sonne bis zu dem verzitternden rosigen Atem, der, allgegenwärtig, unfaßbar wie Luft und Licht, als letzter Gruß des Sommertags alles umher, Berg, Flur und Wellen verklärend von der gemeinen Wirklichkeit der Dinge schied.

Er sah von der Seite ihr schönes, im Profil sich vom roten Hintergrund des Horizonts abhebendes Antlitz mit dem krausen, blumengekrönten Löckchengewirr darüber und den langen, träumerisch niedergeschlagenen Seidenwimpern. In seine Augen kam ein unruhiges Glühen.

»Lotte!« murmelte er. »Weißt du eigentlich, wie schön du bist?«

Sie nickte nur, mit dem tiefen Ernst eines spielenden Kindes.

»Wie wunderschön! Und du wirst noch schöner ...später ...wenn du einmal lebst. Vorderhand bist du noch eine kleine Blume ...ein Gänseblümchen ...süß und dumm und verschlafen... Weißt du, wozu ein Mann da ist? Um dich zu pflücken, törichte Lotte, und in sein Knopfloch zu stecken...«

»Ich habe keine Ahnung, wozu die Männer auf der Welt sind!« sagte Lotte verdrießlich. »Ich hätte sie nicht geschaffen. Sie sind so laut und lärmend und plump. Sie gefallen mir gar nicht. Du auch nicht, Meister Josephus. Aber immerhin doch noch ein bißchen besser als die anderen. Das heißt, wenn du bist, wie du bist. Recht stark und böse und mit einem rechten tiefen Lachen aus deinem struppigen goldenen Bart heraus ... und so recht die blauen Katzenaugen ... ja ... ja! Funkele nur damit! Ich fürchte dich nicht. Nur als Kopfhänger kann ich dich nicht leiden, wenn du anfängst, Gedanken zu haben oder gar einen Charakter zu kriegen! Das mußt du nicht tun, lieber Seppl! Das steht dir gar nicht!«

»Nein!« Er nickte zornig. »Das gibt's auch nur, wenn's regnet. Heute vormittag ... auf der Akropolis ... da kam ich mir vor wie ein altes Hökerweib! Da hätt' ich weinen und mich aufhängen mögen ... aber jetzt ... schau, ich muß Schönheit um mich haben ... ich muß! ... Blauen Himmel ... blaues Meer ... die Sonne ... und neben mir die schöne Helena... Kind ... Kind ... bei dir hat sich die Natur noch ein bißchen angestrengt ... da hat sie nicht den großen Fabrikstempel genommen... Du mußt eine Offenbarung sein ... ein Wunder ... ich glaube, da müßte ein Künstler blind werden – wie berauscht, wenn du dich ihm ... gib mal her, jetzt setz' ich mal deinen Kranz auf und du meinen...«

Sie schlüpfte gewandt unter seiner Hand durch und sprang auf. »O nein, Meister Josephus! Mein Kränzlein kriegst du nicht! Das behalt' ich auf dem Kopf! Das weißt du ja!

»Und dort!« Sie wies zur Seite, als er mit einer wilden Bewegung ihr folgte. »... Dort steht der Kutscher neben seinem Wagen und raucht Zigaretten. Die hat er von mir unter der Bedingung, daß er nicht von der Stelle geht! O Herr Professor Ranggetiner – ich kenne Sie doch!«

Sie sahen sich lachend und verwirrt, die Kränze schiefgerückt über den erhitzten Gesichtern, in die blauen Augen. Der Meister wendete sich ab. »So schön zu sein!« murmelte er. »Und für niemanden! Niemand sieht es. Und ein Künstler braucht doch Schönheit. Es ist so wenig davon auf der Welt!«

»Die arme Lotte braucht ihre Schönheit auch!« Sie setzte sich gelassen wieder nieder und ordnete mit einer streichelnden Handbewegung wie mit Katzenpfötchen ihr zerzaustes Haar. »Ich hab' doch kein Geld. Wer heiratet mich denn sonst?«

Heiraten! Das widrige Wort wirkte auf den Meister wie das rote Tuch auf den Stier.

»Heiraten!« brauste er auf. »Das ist ein gräßlicher Ausdruck! Da sitzt so eine Nixe am Meer – ist eben im Abendrot aus den Wellen herausgeschlüpft und spricht vom Standesamt. Gräßlich!«

»Ja – es ist auch gräßlich!« sagte Lotte sanft und fügsam. »Aber was soll man denn machen?« Er war ruhiger geworden. »Heiraten!« wiederholte er und setzte lauernd hinzu: »Wen denn?«

Sie sah ihn mit ihren großen Märchenaugen erstaunt an. »Wie soll ich das wissen? Aber er ist nett und hat viel Geld und hat mich sehr, sehr lieb! So ist er! Das weiß ich von ihm. Nun mag er kommen!«

»Natürlich ... Geld!« Er lief wütend am Strande auf und nieder, daß die Kiesel knirschten. »Verschachere dich nur, du Scheusal!«

»Geld ist doch keine Schande! Das braucht man! Sehr! Das werdet ihr schon auch noch merken!«

»Wer denn, ihr?«

»Nun – ihr beide! Aber du darfst mich besuchen in meinem Schloß, wenn du dich zu sehr in Florenz langweilst! Ich werde ein Schloß haben ... ein Märchenschloß ... aber nicht im tiefen Wald, sondern nahe an der Eisenbahn – bei einer großen Stadt, daß man abends ins Theater oder in Gesellschaft kann. Da sitzen wir dann zusammen, du und ich, im Wintergarten – einem richtigen Wintergarten mit Palmen und einer Volière mit Goldfasanen, wenn es draußen schneit – das muß er mir alles anschaffen – und...«

»Wenn ich mich zu sehr in Florenz langweile...« Er blieb vor ihr stehen und strich sich verstört mit der Hand durch die Löwenmähne. »Ja – woher weißt du denn...«

»Ich weiß es eben!«

»Ich hab' dir doch kein Wort gesagt!«

»Nein, Seppl!« Sie schaute treuherzig zu ihm auf. »Das hast du nicht!«

»Und Ellinor gar... Sie hat mir doch selbst das Versprechen abgenommen, zu schweigen...«

»Ja. Die schweigt auch. Das ist gar nicht schön von ihr. Das hat mich geärgert. Ich gönn' euch beiden doch alles Gute!«

»Ja – also ...woher?« Er setzte wieder seine Wanderung am Wellensaum fort. »Wer hat es dir gesagt?«

»Mein kleiner Finger! O – der ist klug!«

»Halt!« Er packte sie plötzlich an beiden Schultern und schüttelte sie ziemlich unsanft. »Führt Ellinor nicht ein Tagebuch? Was?«

Lotte schwieg.

»Antwort will ich haben!«

Aber Meister Josephus bekam keine. Sie stand auf, ganz langsam und gelassen. »Ja – was denkt ihr denn eigentlich von mir?« fragte sie endlich entrüstet. »Wenn Ellinor es offen liegen läßt und ich komme zufällig allein ins Zimmer und lese gleich meinen Namen auf der ersten Seite ...ja ...ich bin doch kein Spartaner ...ich habe mich noch nie als eine Heldin aufgespielt ... ich bin ja doch nun einmal ein Scheusal...«

»Ja!«

»Und wenn ich netter wäre, gefiele ich keinem Menschen. Und dir am wenigsten! Also gut!« Sie wurde trotzig. »Ich weiß alles ...schon die ganze Zeit! Und meinen Segen habt ihr, wenn ihr mich auch nicht darum gebeten habt, was recht unschön von euch war...Ich wäre sehr lieb und froh mit euch gewesen ...statt der dummen Versteckenspielerei.«

Sie schaute wirklich gekränkt aus und hatte feuchte Augen. »Und nun, siehst du...« fuhr sie fort, da er ganz verdutzt und verärgert ihr den Rücken drehend auf das Meer hinausstarrte. »Ein reicher Mann, von dem ich vorhin sprach – ich meine ...das Geld ist doch wirklich keine Schande...Ihr werdet noch ganz froh sein, wenn ich einmal in der Lage bin, euch zu helfen. Ich tu's dann von Herzen gern!«

»Wieso denn?« fragte er unwirsch, ohne sich umzuwenden.

Sie schlang die Hände ineinander. »Aber, lieber Freund ...guter, dummer Meister Seppl ... glaubst du denn wirklich, daß dir die Leute nachreisen, wenn du dich da irgendwo in Italien vergräbst? Eine Zeitlang gewiß! Weil du in der Mode bist. Aber dann kommst du eben aus der Mode. Wen man ein paar Jahre lang nicht sieht, der kommt doch immer aus der Mode! Von dem weiß man gar nicht mehr, ob er tot oder lebendig ist. Paß 'mal auf, wenn du nach zehn, fünfzehn Jahren wieder einmal nach München kommst, womöglich schon ganz grau geworden und struppig und verwildert, dann wird sich alle Welt wundern und fragen: ›Herrgott – *lebt* der Ranggetiner denn noch? Ich hab' gedacht, der wäre schon längst tot.‹ Denke doch, wie du dich selbst immer über die Ärmsten lustig gemacht hast – über deinen bekannten deutschen Künstlergreis aus Rom, der die letzten zwei Jahrzehnte geschlafen hat. Du hast ihn ja selbst auf der Redoute in München nachgemacht – mit einem langen weißen Knecht Ruprechts-Bart und einem blödsinnig erstaunten Blick – damals hast du gesagt, diese Spezies stürbe allmählich aus. Und jetzt willst du selber einer werden!«

»So einer doch nicht! Das sind die Kerls von vorgestern. Aber ich bin ein moderner Künstler. Der schafft in Florenz so gut wie in München!«

»Du bist modern!« sagte Lotte sanft. »Ganz recht, Meister Seppl! Das heißt eben: du bist in der Mode! Man sieht dich überall ...alle Welt kennt dich – vom Fürsten bis zum Nähermädchen, das dir Modell sieht ...alle Welt hat dich gern, weil du ein zu netter Kerl bist in all deiner Abscheulichkeit ...und da fliegt dir alles zu – nicht nur Geld ...auch Eindrücke ...Anregungen ... was man so sagt, neuer Nervenstoff...du bist ja wie Quecksilber ...du mußt immer hin und her ...du mußt immer mit vollen Händen geben und nehmen ...von außen muß es kommen und wieder nach außen gehen ...von dir selber kannst du nicht leben... *der* Vorrat ist bald alle!«

Er drehte sich zornig nach ihr um. »Wenn nur die kleinen Mädchen nicht immer schwatzen wollten! Was verstehst denn *du* davon? Dutzende von berühmten Künstlern könnt' ich dir nennen, die dauernd in Italien leben mit Frau und Kind oder ohne Frau und Kind und sich den Kuckuck um Gott und die Welt kümmern und doch auf der Höhe bleiben!«

»Ja. Die sind aber auch nicht doppelt! Du bist doppelt. Du bist der Meister und du bist unser
Seppl. Als der Meister willst du unsterblich werden und als der Seppl, als der Geißbub willst
du dich amüsieren auf der buckleten Welt! Schau – das geht nicht zusammen. Eines oder das
andere! Sonst wird man halb!«

»Also wer doppelt ist, ist halb! Das ist Lottesche Logik! Der Kopf dreht sich einem!«

Lotte nahm sich den Kranz von der weißen Kinderstirne, und schlenderte ihn mit einem
weiten Schwung hinaus in das Spiel der goldig glitzernden Wellen. »Unlogisch mag's sein! Ich
weiß ja, wie dumm ich bin. Aber wahr ist's. Man braucht nur nicht so große Worte zu machen, sondern einfach zu sagen: Du bist der Seppl! Du brauchst Lärm, Menschen, Lichter,
Wein – alles – nur nicht die Einsamkeit! In der fängt man an, zu denken! Stell dir nur vor, wie
schrecklich: du und denken! Wenn es in dem Löwenschädel da zu rumoren anfängt! Und allein!
Du bist doch nun einmal ein böses, sechs Fuß langes blondbärtiges Sonntagskind! Jedes Kind
weint, wenn es auf einmal allein ist....«

»Ich bin auch nicht allein!«

Darauf ging sie nicht ein. »O weh! Die langen Abende!« murmelte sie träumerisch. »Die
langen Regentage – ohne Arbeitsstimmung und Licht. Die Langeweile im fremden Land. Und
sparen, sparen, sparen! Jedes Lirazettelchen dreimal umdrehen, eh' man so eine schlampige
italienische Köchin damit auf den Markt schickt. Der rechte deutsche Hausvater mit vielen
Sorgen und wenig Geld! Und die Klingel draußen bleibt still. Niemand kommt mehr zu dem
armen Seppl – kein Kunsthändler – kein Fürst – kein Kommerzienrat und wer alles jetzt deine
Feinde sind, die es so gut mit dir meinen – keine hübsche Frau – keine – du, Seppl – keine hübsche Frau ... und am wenigsten der Geldbriefträger...«

»Bist du jetzt still, du Unglücksrabe!«

»Und in München,« fuhr sie schwermütig fort, »dort ist der Karneval. Da tanzen sie und
springen. Bloß du bist nicht mehr darunter und jodelst nicht mehr, daß die Wände zittern,
und stampfst beim Schuhplattler allen anderen voraus! Und niemand denkt mehr an den armen
Meister Josephus!

»Bloß ich – das gute Lottchen! Wie gesagt, du besuchst mich einmal auf meinem Schloß!
Mein Mann wird auch sehr nett zu dir sein! Und dann schwätzen wir von vergangenen Zeiten ...
und wie's früher so hübsch war und jetzt so traurig, seit du ins Kloster gegangen bist ... armer,
armer Seppl ... armer Meister Tugendreich ... du als Eremit in Florenz!...«

»Ach, du blonde Katze...« Er hatte sich wieder etwas beruhigt. In seinem Baß war ein mit-
leidiger Ton. »Was weißt du denn überhaupt von mir? Das, was du Kloster nennst, ist meine
Kunst – die reine – die eigentliche Kunst – das, was ein Lottchen nie und nimmermehr begreift.
In dieser Kunst geh' ich jetzt auf – bis auf den letzten Rest. Es ist hohe Zeit! Aber doch noch
nicht zu spät!«

»Ach – du wirst es ja doch nie zu was Großem bringen!« sagte Lotte ganz laut und ruhig mit
ihrer hellen Kinderstimme.

Er zuckte wie unter einem Hieb zusammen bei diesen unerhörten Worten. Ungläubiges
Erstaunen, langsam aufsteigende Zornröte auf den blondbärtigen Siegfriedszügen – ein König,
dem ein kleines Bettelmädchen an der Straße eine Majestätsbeleidigung entgegenruft!...

»Was?« sprach er ganz erschrocken und schwere Wetterwolken ballten sich über seiner Stirne.
»Lotte ... ich glaub' ... ich hab' nicht recht gehört!«

»Ich hab' gesagt, daß du es doch nie zu etwas Großem bringen wirst!« wiederholte Lotte und
schaute träumerisch an ihm vorbei auf das von Purpur und Gold überzitterte abendliche Meer.

»Das ... sagst ... du ... mir?«

»Das weißt du doch selber!« Nun schien sich ihrer ein naives Erstaunen bemächtigt zu haben.
Unbefangen lächelnd wie ein Kind, die Hände im Schoß gefaltet, hob sie die langen Wimpern
zu ihm empor.

Er brach los. »Das soll ich wissen! Wer bist du denn? Was sitzt denn da überhaupt für ein
Geschöpf und wirft mir derartige Dinge an den Kopf? ... ein kleines Mädchen ... eine Puppe ...
ein Spielzeug ... und das will mir ... o ... es ist ja lächerlich!...«

»Lache doch, armer Seppl! Aber du hast ja wahrhaftig die Augen förmlich feucht ...ball doch nicht so die Fäuste und mache kein so wütendes Gesicht ...es ist ja gar nicht so schlimm...«

»Wenn du ...wenn die kleinen Kinder wie du ...mir schon derlei ins Gesicht sagen...«

»Aber das ist doch unser *Geheimnis*!« Es war, als ob sie ihn sanft trösten wolle. »Das weiß doch sonst keiner! Wenn du sonst mit der Faust auf den Tisch schlägst und schreist: ›Ich bin ein Stümper!‹ – dann lacht die ganze Tafelrunde dich aus und widerspricht dir und trinkt dir zu. Das tut dir wohl und darum tust du's ja auch nur! Aber wenn du mit dir allein bist, widersprichst du dir nicht...«

Er setzte sich plötzlich neben sie, packte ihre Hand und sah sie aus großen bangen Augen an. »Wenn ich allein bin...« murmelte er. »Jetzt red zu Ende, oder ich bring' dich um!«

Sie überzeugte sich durch einen Blick nach rückwärts, daß der Kutscher noch immer, seine Zigaretten rauchend, auf Rufweite am Wagenschlag lehnte. »Ich meine nur... du fühlst doch auch ganz genau, wo deine Grenzen sind,« sagte sie harmlos. »Anfangs vielleicht nicht. Da glaubt wohl jeder, er kann alles! Aber später ...da merkt man doch: Halt! Bis hierher und nicht weiter! Und da ist es doch sehr schlau – und du tust das ja seit Jahren, ohne darüber nachzudenken –, daß man diese Grenze verwischt ...allerhand Unsinn treibt ...eben, kurz gesagt, den Seppl zur Fastnacht spielt. Den fidelen Geißbuben! Dann merken es die anderen nicht und sagen sich: ›Herrgott ...wenn *der* einmal seine ganze Kraft zusammennehmen wollte, statt sie da und dort zu verzetteln – was müßte dabei herauskommen!‹ Ein rechter Schwabenstreich kommt heraus, mein lieber, verehrter Meister Josephus! Und den Schwabenstreich machst du jetzt, wenn du nach Florenz gehst!«

»Die Leute müssen doch immer glauben, daß *noch* mehr hinter einem steckt!« fuhr sie eifrig und eindringlich fort. »Man darf ihnen doch nie alles zeigen. Und die Leute sind ja so dumm. Man kann doch mit ihnen machen, was man will! Wozu sie mit Gewalt enttäuschen? Jetzt glauben sie wunder wie reich du bist! Und du bist's ja auch! Aber willst du ihnen denn durchaus auch zeigen, wie arm du sein kannst?«

»Ich bin aber nicht arm!«

»Lieber Seppl!« Sie legte mitleidig ihre Hand auf die seine. »Lieber, guter Meister! *Mir* spiele keine Komödie vor! Anderen vielleicht! Ellinor kennt dich nicht! Aber ich! Ich weiß, was seit Jahren an dir nagt ...was dich nach Griechenland treibt ...was dich so rastlos und unglücklich macht, daß du wie ein kleines Kind vor dem Hermes zu weinen anfängst ...das ist immer unser großes Geheimnis, das dich drückt und das du niemanden sagen magst: Es langt nicht ganz mit deiner Kunst! Am letzten Ende – wo die ganz Großen sind, zu denen du möchtest – da ist sie stärker als du. Da wirft sie dir die Türe vor der Nase zu und du bleibst draußen stehen und wirst noch ausgelacht dazu! Denn du weißt ja – in keiner Kunst gibt's Mitleid und Erbarmen. Drum soll man so Sachen nicht erst probieren und gar öffentlich. Am hellen Mittag vor aller Welt nach Florenz übersiedeln! Du – Seppl –« Sie streichelte leise seine mächtige Rechte. »Erinnerst du dich noch, wie wir 'mal haben zusammen die Zugspitze besteigen wollen. Aber da kam sie uns zu steil und zu hoch vor. Angst haben wir beide gekriegt. Weißt du noch, was wir da gemacht haben, wir schlauen Spitzbuben? Wir sind des Morgens ruhig in der Knorrhütte sitzen geblieben, haben unsere Suppe gelöffelt und die dummen Kerle ausgelacht, die unterwegs umgekehrt sind und sich blamiert haben! Wir sind nicht ausgelacht worden. Denn wir haben es eben gar nicht erst versucht. Wenn man nicht auf die Spitze kann, muß man unten in der Hütte bleiben. Nur nicht in der Mitte dazwischen!«

»Das weißt du ja auch alles!« sprach sie tröstend weiter. »Du sagst: du denkst nie! Nein! Aber du fühlst es! Du hast in diesem Augenblick genau dieselbe Überzeugung wie ich: daß du eine große Dummheit vorhast! Du willst dir mit Gewalt den Kopf an der Wand einrennen, obwohl das kein Mensch von dir verlangt, außer ...Das ist es eben: du hast Angst vor Ellinor! Die sieht nun einmal in dir so etwas Übermenschliches, armer guter garstiger Seppl – und du fühlst so eine Art Verpflichtung in dir ...du willst sie nicht enttäuschen ...und dich selbst auch nicht ganz. ...Vor dir selber hast du Angst und läufst vor dir nach Italien davon, wie der Mann, der sich mit seinem Schatten gezankt hat! Warum denn nur? Bleibe doch, wie du bist! Du bist sehr böse und sehr nett und wir haben dich alle sehr lieb, Meister Josephus!«

Er stand langsam auf, wie betäubt, und begann mechanisch bunte Kiesel aufzulesen und über das Glitzerspiel der See hinzuschnellen. »Wer bist du denn eigentlich?« sagte er, ohne den Kopf nach ihr zu wenden. »Woher weißt du das alles? Dinge, die ich mir selbst kaum gestanden hab'! Die ich nie einem Menschen erzählt hab'! Wie unterstehst du dich denn nur, mich aufzusperren und in mir herumzukramen wie in einer alten Schublade? Wie kriegst du denn das nur fertig?«

»Ich fühl' es eben, Meister Seppl!«

»Das kannst du gar nicht fühlen, wie einem Mann zu Mut ist! Einem Mann, der beinahe doppelt so alt ist wie du! Was weißt denn *du* von den Männern?«

»Gar nichts. Natürlich! Gott sei Dank, daß ich so wohlerzogen bin! Aber ich kenn' euch doch! Wie das zugeht, weiß ich selber nicht. Aber ich seh' wie durch Glas und fühle: ›Jetzt will er das und jetzt denkt er jenes!‹ Nicht bei allen Männern. Es gibt welche, die sind wie gepanzert. Undurchdringlich! Vor denen hab' ich Angst. Sie sind gefährlich. Aber dann sind andere … Frauen-Männer … weißt du … so wie du … wo man immer gleich das Gefühl hat: ›Wir sind ja schon seit einer Ewigkeit miteinander bekannt und gute Freunde!‹ Die können nichts verbergen. Und warum denn auch? Ich mein' es nur gut mit dir!«

»Ja. Du meinst es gut mit mir!« Meister Josephus hob sein melancholisches Blondhaupt und sah sie lange an. »Du hast's erreicht, törichte Jungfrau. Du hast mich totgeschlagen. Das wolltest du ja auch nur. Und nun komme! Es wird dunkel. Und unterwegs kein Wort, wenn dir dein Leben lieb ist! Ich will deine Stimme nicht mehr hören!«

Der Wagen rollte rasch durch die im letzten rosigen Abendschein verschwimmende attische Ebene, über der ferne, purpurn verklärt, von der Akropolis der Säulenwald des Parthenon flammte – am Mastenwald des Piräus vorbei, die heilige Straße von Elis entlang, zwischen den graugrünen Hainen uralter, seltsam gewundener und verschlungener Ölbäume, in deren verästelten Stämmen allerhand menschliche Fabelwesen, Mann und Weib in ewigen Kampf miteinander spielend und ringend, zu hölzernen Bildsäulen erstarrt schienen, dann durch die Vorstädte, längs des ausgegrabenen althellenischen Friedhofs hinein in das Laternenflimmern, den Lärm, die Schwüle und den Menschendunst des neuen Athen.

Im Lesezimmer des Gasthauses, das jetzt in der toten Jahreszeit verlassen dalag, mit bestaubten englischen Zeitungen vom letzten Winter, mit vertrockneten Tintenfässern und vergilbten Prospekten der Reisefirmen Cook, Gaze und Stangen – in diesem halbdunklen, öden Raum trafen sie Ellinor, die seit Stunden auf sie wartete.

Sie reichte ihm eine Depesche. »Sie ist vorhin für dich gekommen. Aus St. Moritz im Engadin!«

Meister Josephus machte eine Bewegung, als ob er das Blatt ungelesen zerknittern und wegwerfen wolle. Dann riß er es zornig auf und ließ es wieder sinken.

»Nun?« Lotte stellte sich auf die Fußspitzen und sah ihm über die Schulter. »Was telegraphiert dir denn der Herzog?«

Er fuhr sie an. »Sei nicht so neugierig! Überhaupt … woher soll ich denn französisch können? Ja, meint ihr denn, man hätt' uns Geißbuben auf der Alm im Zillertal einen Hauslehrer gehalten? Telegraphiert er mir franzosisch … der … bald hätt' ich was gesagt …«

»Gib 'mal her!« Lotte nahm ihm das Blatt weg und las. »Also … der Herzog hätte mit Bedauern durch seinen Neffen, den Prinzen von Eck …«

»Prinzen von Eck? Den kenn' ich gar nicht!«

»Ich auch nicht! Einerlei! Also von dem hätt' er gehört, daß du seinem Ruf nicht folgen wolltest, und sei untröstlich! Hörst du – ›untröstlich‹ schreibt der höfliche alte Herr! Und er bäte dich dringend, dich an dein Versprechen zu erinnern und ihn noch einmal in St. Moritz zu besuchen. Dann hoffe er doch noch, dich umzustimmen. Und du möchtest ihm doch gleich Antwort zurücktelegraphieren.«

»Ja … aber wie denn?« Meister Josephus nagte verstört an seinem blonden Bart.

»Das mußt *du* wissen!«

»Ach … warte, bis du gefragt wirst, Lotte! Ich meine … wenn ich deutsch antworte, kommt es verstümmelt an. Und französisch kann ich nicht.«

»Dann lasse mich doch telegraphieren!« Lotte wartete ein Weilchen auf Antwort und sah sich suchend im Zimmer um. »Hier ist die Tinte ausgetrocknet und alles voll Moder. Aber ich kann in das Hotelbureau hinüberlaufen.«

Der Meister tat, als ob er sie nicht höre und Ellinors stumm auf ihn gerichteten Blick nicht bemerke. Er stand, beiden den Rücken zuwendend und nervös an seinem Bart kauend, am Fenster, und Lotte schlüpfte hinaus.

Nach einiger Zeit kam sie wieder. *»Je viens de telegraphier à Son Altesse, cher maître!«* sagte sie harmlos.

»Was?«

»O – I say, Lord Siegfried – I've telegraphed to his Highness!«

Er drehte sich gereizt um. »Solch eine Pensionspuppe!« knurrte er. »Renommiert mit ihrem albernen Englisch und Französisch, bloß weil ich gesagt hab', daß bei uns die Geißbuben keinen Hofmeister haben. Was du geantwortet hast, will ich wissen!«

Sie machte große Augen. »… Daß du kommst! Was denn sonst?«

Er machte eine hastige Bewegung nach der Türe. Sie setzte sich und blätterte in einer alten Zeitung. »Die Depesche ist schon fort!« sagte sie. »Ich habe gleich einen Boten weggeschickt!«

Es ward still zwischen den dreien. Lotte blies mit spitzen roten Lippen den Staub von dem Journal und wehrte ärgerlich den zudringlich summenden Stechmücken. »Zu dumm … dies Griechenland,« sprach sie verstohlen lächelnd vor sich hin. »Einfach blödsinnig! … Sei vergnügt, Meister Seppl! Bei uns oben wird's viel netter!«

XVIII

Der Vollmond war über Attika aufgegangen. Unten in der Stadt herrschte noch lautes Leben, jetzt, wo die Glut des Nachmittags schwand und vom Piräus her eine leise Seebrise die weite Ebene kühlte. In dem Lustgarten des Zapteion wimmelte es von Menschen und Wagen – Pariser Stutzer und Modedamen, in elegantem Französisch statt in ihrer Muttersprache flirtend und medisierend, langbärtige und langlockige Popen und Mönche der orthodoxen Kirche, säbelrasselnde Leutnants, befrackte Kellner mit Platten voll Fruchteis und Eisgetränke, weiter nach dem Schatten hin Bettler und Zeitungsjungen, Matrosen aus dem Hafen und ein paar neugierige, weißbärtige Bauern, in ihrem kurzen Ballettröckchen statt der Beinkleider, in ihren Schnabelschuhen und türkischen Fez, ein Stückchen farbiger Orient in diesem westeuropäischen, verblaßten Boulevardleben, über das hin die Militärmusik die neuesten Operettenwalzer klingen ließ.

Weit abseits von den bunten Lampen und dem bunten Gewühl, zwischen dem Denkmal Byrons und den teils noch riesenhaft ragenden, teils als geborstene Kolosse den Boden deckenden Säulen des Hadrianschen Olympieion blieb Ellinor stehen. Sie wußte selbst kaum, wie sie hierher gekommen war. Sie war aus dem Hotel weggegangen, in die warme, helle Nacht hinaus – ohne Zorn, ohne Bitterkeit – nur in einem Gefühl tiefer, mutloser Schwäche.

Schweigen – Leiden – Sich-ergeben – es war sonst nicht ihre Art. Aber ein kranker Mensch ist sich selbst ein fremder Mensch. Sie hatte sich das vorhin schon gesagt, als die beiden in das Hotel traten und sie Lotte und sich im Spiegel sah – rosige, verträumte, zärtliche Jugend und daneben etwas Bleiches, Müdes. Sich selbst.

Sie hatte geschwiegen zu allem. Selbst die scheuen Blicke des Meisters Josephus hatte sie nicht erwidert. Wozu auch? Schließlich hat immer der auf der Welt recht, der rote Backen hat und lacht. Wer altert, verlernt das Lachen. Heute fühlte sie mit Schrecken zum erstenmal: du bist alt. Und die Beiden sind jung – ‚der kraftstrotzende Meister Siegfried und sein Lottchen, sein Spielzeug, das mit ihm spielt. . . .

Er stand wie Ellinor in den Dreißig. Drum war er jung und sie nicht. Zehn Jahre liegen zwischen Mann und Weib. Dann sind sie gleich. Die Altersgenossin des Mannes ist ihm überaltert. Er wendet den Blick von ihr, zur Jugend hinter ihr, zu dem reizenden Kindergesicht mit den großen Märchenaugen. . . .

Solche Angst macht müde. Das Fieber macht müde. Es kam alles zusammen zur dumpfen Ermattung des Körpers und des Geistes. Sie hätte sich ja noch einmal aufraffen können, ihn drängen und bitten, ein zweites Telegramm hinter jenem herzusenden – eine Absage nach der Zusage – er war ja so schwach den Frauen gegenüber. Die letzte hatte immer bei ihm recht. Aber sie wagte es nicht, in unbestimmter Furcht, daß das Fremde, Trennende, das seit diesen letzten Tagen unheimlich zwischen ihnen sich wob, daß das ausgesprochen werden könnte und Gestalt gewinnen.

Es brauchte ja so wenig dazu. Es gibt einen Blick, ein Wort, die man nicht vergißt. . . .

Dann ist es zu Ende.

Sie ging weiter. Immer weiter. Hinaus in den Mondschein und die Nacht. Hinter ihr blieb, was lärmend war, wirklich und greifbar. Und vor ihr dehnte sich, wie sie langsam am Fuße der Akropolis hinschritt, wiederum wie am Morgen die schweigende Trümmerwelt von Hellas, die Theater- und Tempelruinen, die sie heute vormittag nur im grämlichen Regengeriesel geschaut und die jetzt erst wieder ihre eigentliche Gestalt, ein Festgewand von silbernem Lichte, angelegt zu haben schienen.

Vor den Propyläen stand ein Wächter. Sie besann sich, daß sie eine Einlaßkarte bei sich hatte, die ihr der Hotelportier, als sie wegging, gegeben, und betrat mit klopfendem Herzen die weite weiße, totenstill und menschenleer im Mondschein daliegende Fläche der Akropolis. . . .

Das war nicht mehr die Welt da unten, aus der sie kam. Das war ein Traum. Ein Märchentraum in Blau und Weiß. Ein Weben geheimnisvoller veilchendunkler Schleier, lichtblauen, durchsichtigen Schattenflors, silbern zitternder Strahlen um schneeiges Gestein. Heute waren die Werke der Akropolis herrlich wie am ersten Tage. In keuscher Weiße, wie eben aus der Hand des Meisters entstanden, ragte die Quaderwucht der Tempel, in fleckenloser Reinheit gleich dem Firn auf ewigen Höhen spiegelte sich unter ihnen weithin über den heiligen Berg der blendendbleiche Marmor des Bodens und aus ihm hoben sich wie mattkristallene Eistürme die einzelstehenden Säulen des zerbrochenen Hauses der Jungfrau empor zum bestirnten Himmel, dessen violettes Dämmern, auf den Wellen des Mondlichts niederflutend, sie mit der Nacht seiner seidenweichen Schatten kosend umfing. Hier, im Schweigen der Geisterstunde, lebte Hellas wieder auf, der verwüstete Rastort der Schönheit auf ihrem flüchtigen Flug über Völker und Zeiten. Hier verschwammen Wahrheit und Traum zu dem, was nie ist und ewig war, zu jenem Märchentempel, den sich die Sehnsucht in fernen Landen baut, zum heiligen Gral über der Erde und ihren Niederungen, den kein Menschenauge je geschaut und dessen Bild die Künstlerbrust doch ewig in sich trägt.

Alles war still. Ganz in der Ferne glitzerte es silbern über tiefblauen Streifen – das Meer von Salamis. Ein Seehauch wehte von dort, leise, sanft, als fürchte er, die weichen Linien der Nacht zu lüften, die sich als ein Märchengespinst um die tote, bräutliche Pracht der Akropolis woben.

Ein Märchen war das alles. Zu jeder anderen Zeit hätte es die Pilgerin, die zu ihm emporgestiegen, in seinen feierlichen Frieden gezogen. Heute nicht. Sie saß auf einem Steinblock, die Augen halb geschlossen, und ihre Gedanken entflohen der schmeichelnden Ruhe der Umgebung.

Ein wachgewordener Schrecken war in ihr. Lange hatte sie ihn niedergekämpft. Jetzt war es umsonst. Die beiden da unten konnten sich ja nicht verstellen! Wie sie ins Zimmer getreten waren, unbefangen, lachend, überzeugt, daß niemand ihr Geheimnis ahne, sah sie, als wäre sie dabei gewesen, alles, was an der Bucht von Salamis vorgegangen. Es war, als sei etwas Drittes mit dem Paar durch die Türe hereingekommen, etwas ihnen beiden Gemeinsames, Unsichtbares, das ihn ihr ähnlich machte, selbst in Blick und Sprache, und sie ihm.

Allmählich wurde sie ruhiger. Lotte – du lieber Gott – sie lächelte müde und mitleidig bei dem Gedanken an die törichte kleine Schwester – die war ja eigentlich noch ein halbes Kind. Die wußte gar nicht, was sie tat, und tröstete sich leicht.

Und er? Sein Herz war schon oft auf die Wanderschaft gegangen und reumütig wieder zu ihr zurückgekehrt. Das flog alles vorüber bei ihm, wenn sie ihn nicht verließ.

Wenn sie ihm jetzt wieder nach dem Engadin folgte! Geduldig, wie eine Sklavin ihrem Herrn. Und sie wußte ja – sie tat es! Sie konnte ja nicht anders.

Mit überströmenden Augen, Bitterkeit im Herzen, schaute sie zu dem goldfunkelnden Schwarz des Himmels empor, zu der stillen Schneepracht des Tempels rings umher und in den weiten, weihevollen Frieden der Sommernacht. Und dann kam der Trotz über sie – der Trotz gegen sich selbst...

Und wenn der Meister Josephus zehnmal klein und niedrig war – sie liebte ihn eben! Wer nur verliebt ist, begreift das nicht. Der Verliebte sieht keinen Fehler an dem anderen Ich. Er pflegt und hätschelt sie, bis sie vor seinen Augen zu neuen Vorzügen werden. Aber wer wahrhaft, durch Jahre liebt – der weiß: Lieben heißt Verzeihen! In der Vollkommenheit eines anderen aufzugehen, das ist nichts. Aber ihn in seiner Menschlichkeit und Allzumenschlichleit, in seinen Schwächen und Gebrechen zu sehen und in seinen Schwächen und Gebrechen, in seinen Niederungen, selbst in seinen Verirrungen so anzuschauen wie sich selbst – als einen armen Menschen, der kein Geheimnis vor uns haben kann, weil er ganz mit uns eins ist – das war ihre Liebe zum Meister Josephus, ihre Demütigung vor sich selbst, ihr Stolz über sich selbst hinaus...

Manchmal hatte sie den Gedanken, es müsse doch schön sein, ein Mann zu sein, statt nur durch den Mann zu leben, vom Manne bedingt, dem Manne untertan. Ein Wesen aus zweiter Hand – das schien ihr dann das liebende Weib! Dann schrie etwas in ihr: Erlöse dich vom Manne! Werde zum Menschen! Werde du selbst!

Aber dann graute ihr vor dem Gedanken, wie vor einem Blick in grenzenlose Öde. Ein Leben ohne Liebe – das mochten Männer ertragen. Ein Weib nicht. Und sie wußte ja – sie konnte nach dem Meister Josephus keinen Mann mehr lieben.

Sie stand auf, ganz ruhig und gefaßt. Er war ihr Schicksal. Sie lebte für ihn und wenn sie ihn verlor, mußte sie sterben. Dann hatte die arme Seele ihre Ruhe und war erlöst vom Manne...

Viertes Buch

XIX.

Ein erdverlorenes Hochtal, weit oben in der Wildnis der Berninagruppe, nahe und doch durch Welten von Wald und Wüste geschieden vom Lärme des Engadins in der Tiefe, nahe und doch schwindelnd überragt und erdrückt von der weißen Schnee- und Gletscherpracht der Gipfel hoch über ihm am blauen Himmel, ein Tal der Steine und des Staubs, ein Tal der gähnenden, grauen Öde zwischen dem grünen Leben der Matten und der leuchtenden Majestät des Firns.

Steine – nur Steine. Kein Grashalm – kein Schneefleck. Ein chaotisches Schottergeröll, vermorschter Abfall der Berge, der in dem wüsten Höhenkessel sich sammelt – Bruchstücke von Walnußgröße und häuserartige Blöcke, zerpulverte Splitter und faulender Gesteinbrei – alles regellos durcheinander geworfen, aufgetürmt, hier- und dahin zerstreut, wie auf der Walstatt einer Gigantenschlacht die von den Felswänden ringsum abgebrochenen Wurfgeschosse – ein lebloses Meer von Hügeln und Schlünden, in das jeden Tag und jede Nacht, wenn drüben, über den goldig blitzenden Schneekämmen die Sonne aufsteigt und der Mond sinkt, neue Lasten polternden Steinschlags über die Bergflanken herniederrollen.

Ein mächtiger, in seiner lockeren Steilheit schwer zu erklimmender Schuttriegel sperrt es nach unten ab. Gegenüber glotzt über der noch riesigeren Trümmerwelt der Moräne der zurückgegangene Gletscher mit hoch von ferne aufleuchtenden weißen Zacken und Türmen herein, und schleppt auf seinen Eiswellen, aus der Wildnis oben, was er an Schotter und Klumpen finden kann, langsam hernieder in den gähnenden Grund. Senkrecht ragende Riesenmauern säumen das Tal des Grauens zu beiden Seiten ein und verwittern über ihm hängend in Wind und Wetter, daß immer wieder das Hüpfen und Kollern unsichtbarer Bruchstücke das tiefe Schweigen in der Tiefe unterbricht.

Nichts regt sich hier sonst. Kein Vogel singt, kein Jäger lockert mit knirschendem Nagelschuh das Geröll. Denn selbst der Pfiff von Murmeltier und Gemse dringt nicht bis in dieses unheilschwangere Stückchen Urwelt, in das Jahr um Jahr, dräuend von Gletscherhang und Bergwand, der fliegende Tod im Hagel der Höhen niedersaust. Nur eine Art kleiner, nachtdunkler Schmetterlinge gaukelt über der grauen Stille – schwarze Seelchen, ängstlich in der Einsamkeit mit den Flügeln schlagend und unruhig von einem Trümmermal zum anderen flatternd. Und in der Mitte tönt ein Rauschen und Sprudeln. Eine eisklare Quelle strömt da aus den unterirdischen Höhlen und Gängen der steinernen Welt und breitet sich zu einem schattenfarbenen, engummauerten See, der wie ein tiefes, düsteres Auge aus seinem Kerker zum Himmel aufschaut.

Das ist nicht die befreiende Einsamkeit hoch oben auf dem Gipfel, wo man die Reiche der Erde zu seinen Füßen sieht. Hier ist das Schweigen der Gefangenschaft. Der Blick ringsum begrenzt durch himmelhohe Schranken, die Welt unheimlich, drohend und trübe. Ein Tal des Todes fern von den Menschen.

Fern von den Menschen. Die wissen nicht, wieviel das heißt! Fern von dem bunten Nomadenleben, in dem die Langeweile ihren Opferzug von Millionären und Wappenträgern und schönen Frauen rastlos von einer Insel auserwählten Bodens zur anderen jagt. Von Baden-Baden nach St. Moritz, vom Engadin zur Segelwoche nach Cowes, zur Hirschjagd nach Schloß Thieregg in Niederösterreich – und überall nur immer dieselbe lärmende Komödie, das gleiche Puppentheater mit den gleichen Marionetten...

Hier oben hört der Schein auf. Das Sein beginnt. Lang auf dem Rücken liegen, neben dem schwarzen Wasserauge, zu dem die Wurfgeschosse der erbosten Berggeister, die fliegenden Steine nicht mehr reichen, an sprudelndem Quell, an Speck und Brot sich laben und hinaufschauen in die weit offene, strahlend-blaue Unermeßlichkeit – hier ist nicht das Glück – im Tal des Todes – aber doch die Ruhe.

» *Unser* Tal!« sagte der kleine Prinz langsam und träumerisch zu seiner Gefährtin. »Erinnern Sie sich noch, daß wir uns hier zuerst getroffen haben – vor vier Jahren? Zwei einsame Berggänger, die plötzlich aufeinanderstießen und sich im ersten Augenblick beinahe gegenseitig für Gespenster hielten. Denn außer uns ist es vielleicht noch kaum einem lebenden Wesen eingefallen, sich hierher zu verirren. Vielleicht kennt es kaum jemand außer uns. Es liegt ja so ganz ferne von allen anderen Dingen, unser Tal – wirklich am Ende der Welt. Hier kann niemand weiter!«

Ellinor wies mit den Augen auf die dräuende, wildzerklüftete Bergmasse zur Linken. »Hier zieht sich doch ein breites Schuttband längs der Wand aufwärts – man kann es deutlich verfolgen – hoch über dem Gletscher oben weg – immer höher...«

Von irgendwoher klang ein unbestimmtes Kollern und Poltern, ohne daß man eine Bewegung in der starren, feierlichen Urwelt erkennen konnte. Er nickte. »Hören Sie die Steine? Der Weg auf dem Schuttband da oben wäre beinahe sicherer Tod. Der ganze Berg darüber ist verwittert! Morsch bis in die Knochen. Er schickt eine Steinladung nach der anderen hinunter auf den Weg und weiter auf den Gletscher!«

»Und wenn man doch da durch gelangte, wo käme man dann weiter hin?«

Er zuckte die Achseln. »Sie sehen es ja. Immer höher hinauf in unser Reich. Immer tiefer in Eis und Schnee. Bergsteiger wie wir gelangen von dort oben schließlich überall hin, wohin sie wollen. In irgendein vergessenes Seitental, zu ladinischen Hirten, die seit Jahrzehnten kein fremdes Gesicht gesehen haben, oder hinunter in die italienische Ebene, unter schwarzhaariges und schwarzäugiges Bettelvolk, das einen verdutzt ansieht und nicht weiß, woher man kommt, wohin man geht. Es wäre eigentlich ein schöner Gedanke, so plötzlich als ein Fremdling aus dem Gebirge herunterzusteigen, als ein Wanderer auf allen Gassen – ohne Namen – ohne Herkunft, ohne Ziel – nur immer weiter und weiter durch die Welt, bis an das Ende. Aber da vor uns ist schon das Ende. In dem Gletscher unten, da hinein würde einen der Steinschlag von oben werfen. Fort und weg. Nicht einmal die Leiche würde man finden.

»Das ist ja schon oft vorgekommen!« setzte er hinzu. »Schon mancher ist in die Berge gegangen und nicht wiedergekehrt. Kein Mensch weiß, wo *Dr.* Haller im Berner Oberland geblieben oder Balmat am Montblanc. Man weiß nur, daß sie tot sind. Wer in die Berge geht und nach acht Tagen nicht wieder zum Vorschein kommt, ist eben tot!«

»Und wenn er, wie Sie sagen, zu den ladinischen Hirten gegangen wäre, oder zu italienischen Bauern, oder sonstwohin, wo ihn niemand kennt – und immer weiter – ?«

»– Dann würde er doch von sich Nachricht geben!«

»Ja. Aber es könnte doch auch sein, daß jemand sich auf diese Weise der Welt entziehen will – etwa, wie wenn ein anderer in ein Kloster geht und einen ganz neuen Namen und ein ganz neues Kleid anlegt. Lebendig und doch ein zweiter Mensch, dessen Vorgänger gestorben ist! Das könnte ich mir wohl vorstellen. Und das wäre gerade der richtige Weg dazu, wenn man die Berge zwischen sich und alle die Dinge von früher legt. Vielleicht hat das einer von denen, die jetzt für tot gelten, schon längst getan.«

Er erwiderte nichts, sondern versank in tiefes Sinnen. Sie blickte ihn, eine Antwort erwartend, von der Seite an. Sein Gesicht war noch bleicher und kränklicher geworden in den vergangenen Wochen. Der müde, melancholische Zug lag noch deutlicher als sonst um seinen Mund und in seinen Augen eine Unruhe, etwas Gequältes, Banges, das sie früher nicht so an ihm bemerkt.

Er hob den Kopf und zeigte sein gewohntes, stilles Lächeln, als habe er ihre Gedanken erraten. »Wir sehen beide schlecht aus, liebes Fräulein! Sie auch. Blaß und traurig. Mir bekommt die Welt immer weniger und ich glaube, Sie haben auch Ihr Päckchen zu tragen und schleppen es wie ich hier herauf in die Höhenluft, damit es leichter wird. Aber nachher muß man doch wieder damit ins Tal und ist erst recht wieder ein armer Mensch...«

»Sie?« Sie schüttelte den Kopf. »Ich weiß doch jetzt, wer Sie sind ... Ich mußt' es ja schon aus der Depesche nach Athen erraten, und wie ich Sie nun gestern abend, gleich nach unserer Ankunft, mit dem Herzog zusammen sah und alles grüßte ... Sie und arm? Das begreife ich nicht. Ein Prinz, der...«

Er machte eine müde, abwehrende Handbewegung. »Ach – lassen Sie doch den Mummenschanz! Der ist gut für die großen Kinder da unten im Kurhaus und dem Neuen Stahlbad. Hier oben sind wir doch Kameraden, Und leider zwei wenig frohe. Wir haben beide, scheint's, etwas hinter uns. Und vielleicht mehr noch vor uns. Aber eben deswegen bin ich froh, daß ich hier oben nicht allein sein muß mit meinen Gedanken, sondern daß Sie gleich mit heraufgekommen sind in unser Tal, wie ich Sie darum bat. Das ist der rechte Ort für zwei melancholische Menschen.«

Sie entschloß sich, ihn zu fragen. »Ist Ihnen denn etwas Schmerzliches zugestoßen in der Zwischenzeit?«

»Nichts Besonderes gerade. Es ist wie immer. Aber es gibt Leute, die leben schwer. Die sehen immer eine schwarze Wolke über sich hängen. Meine schwarze Wolke ist jetzt der drohende Verlust meines Kindes ... ich glaube – ich erzählte Ihnen einmal, daß ich verheiratet bin ...«

»Ja. Obwohl ... ich kann es mir gar nicht recht vorstellen ... gerade bei Ihnen ... Sie sind so ganz anders.«

»Nicht wahr?« Der kleine Prinz nickte ihr zu. »Frau und Kind! Das paßt eigentlich gar nicht zu mir – dem einsamen Menschen in irgendeinem Bergtal, als den Sie mich kennen. Manchmal glaub' ich selber nicht daran – hier oben. Aber da unten ist's wahr! Da hab' ich mein armes, kleines Töchterchen – nicht hier – hier im Engadin wäre die Luft zu rauh – nein – in einem Schloß in Niederösterreich, das meiner Frau gehört – in stärkender Waldluft und bester Pflege bei Verwandten ...«

»Und trotzdem haben Sie schlimme Nachrichten?«

»... Wenn die rechte Lebenskraft fehlt!« ... Unwillkürlich schaute er an seiner verwachsenen linken Schulter hinunter. »Die müssen wir, die aus meinem Stamme sind, uns erst selbst im Leben erwerben. Als Mitgift gibt sie uns die Natur nicht auf den Weg ... und mancher kommt nicht erst dazu, sie zu erkämpfen! Das arme bißchen Lebenslicht flackert wie eine Kerze im Winde ... jetzt wieder einmal hell, dann beinahe ganz erloschen ... schließlich zehrt es sich auf ...«

»Und – verzeihen Sie – Sie sind trotzdem nicht dort? Am Krankenlager?«

»Heute abend müssen wir reisen. Ich habe meiner Frau noch nichts von der Verschlimmerung gesagt. Sie amüsiert sich hier so gut. Aber nun wird es Zeit dazu. Sie liebt die Kleine ja auch wie ich!«

Eine Mutter! Ellinor lächelte beinahe mitleidig bei dieser ernsthaften Versicherung des Mannes neben ihr, daß eine Mutter ihr Kind liebe!

»Nun – und Sie?« hörte sie die Stimme ihres Gefährten. »Sie schauen auch aus, als ob Sie krank gewesen wären?«

»Ich hab' das Fieber in Griechenland bekommen. Gleich am ersten Tag.«

»O! Sie Ärmste!« Er blickte sie aus seinen großen ernsten Augen teilnehmend an. »Also deswegen sind Sie zurück?«

»Nein. Sie wissen ja, wozu der Herzog den Professor Ranggetiner hierher berufen hat und wozu er ihn umstimmen will! Zu *seinen* Plänen! Und zu einem Verzicht auf alles, was *ich* allein als des Meisters würdig und als seine Lebensaufgabe betrachte. Und er wird ihn umstimmen. Ich fühle es und fühle, daß ich zu schwach dagegen geworden bin. Das kann einen wohl traurig machen! Es ist eigentlich mein Lebenswerk, was da in Stücke geht ...

»So. Nun hab' ich Ihnen auch mein Leid gebeichtet!« Sie stand auf. »Und nun müssen wir auf den Heimweg. Wir wollten ja mittags in St. Moritz sein.«

Er erhob sich gleichfalls. Sie ordneten stumm ihre Sachen und beide dachten sich dasselbe: Was du mir sagtest, mag ja wahr sein. Aber das letzte hast du mir nicht gesagt und wirst es mir nie sagen. Wir sind zwei gute Kameraden und im Innersten unseres Wesens doch einander völlig fremd und werden am letzten Ende der Dinge einander ewig fremd bleiben!

Oben in den Felswänden zur Linken rumpelte es tief und dröhnend. Ein Felsblock von der Größe eines steinernen Landhauses löste sich langsam, nach jahrhundertelangem Besinnen von dem Klippengewirr ab, mit dem er nur noch zwischen weithin klaffenden Spalten zusammenhing. Eine Weile schwankte er unsicher hin und her, als wähle er sich seinen Weg in die Tiefe, glitt knirschend ein paar Fuß hinab, überlegte wieder am Rande des Abgrunds, während er allerhand Trümmerwerk als eilig hüpfende Vorläufer vorausschickte, und überschlug sich dann plötzlich mit einem ungeschlachten Rollen. Wie ein schwarzer Schatten flog die ungeheure

Masse durch die Luft, ein Meer von Splittern und Schotter hinterher, ein Krachen und Donnern und Wirbeln von Steinstaub in der Tiefe des Kerkers und in der zerrissenen Wand oben ein unheimliches Leben. Als seien alle Kobolde des Berges von dem Lärme wach geworden und an das Tageslicht gelockt, sprangen da und dort, meist nur im weiten Bogen ihrer Sätze zu hören, selten dem Auge sichtbar, wie Wichtelmännchen an dem Steilhang spielend, sich haschend und überschnellend, die vermorschten Gesteinbrocken dem vorausgeeilten Kolosse nach.

Weh dem lebenden Wesen, das jetzt in den Stufen und Vorsprüngen der zerrissenen Mauer da drüben atmete, inmitten dieses Hagelschlags von oben. Die beiden sahen gleichzeitig hinüber, mit dem unwillkürlich alles prüfenden, sachlichen Blick des geübten Bergsteigers. Gangbar war die Wand – ohne Zweifel! Man erkannte deutlich die geeigneten kurzen Kletterstellen aufwärts bis zu dem breiten Schuttband, das schräge an der Gesteinsflanke emporlief – höher, immer höher – die ersten Abstufungen des Gletschers zu seiner Seite tief unter sich lassend, bis es ganz oben, wo der Sonnenschein goldblitzend über dem Schnee lag, die Einsattelung des Eisstroms erreichte. Weiße Geistersäulen standen dort stillragend vor dem blauen Himmel, und es war, als winkten und grüßten die im Sonnenlicht flimmernden Riesen und Riesinnen: Kommt zu uns! Steigt empor aus eurem steinernen Kerker. Steigt empor aus der Nacht. Hier ist die Höhe. Hier ist die Freiheit, Licht und Glanz über ewig funkelndem Firn. Hier ziehen die Wolken und weisen euch den Weg in die Weite, hart und kühlend weht der Eiswind und der Blick schweift frei hinaus in nie gekannte Höhen und Tiefen des Lebens, und was er sieht, ist sein.

Aber dazwischen hüpfen die verderbenfrohen Kobolde des Steinschlags. Dazwischen schaukelt sich der Tod als lockeres, lauerndes Geröll über schwindelndschmalen Kanten und Stufen und wartet nur, daß die leise Erschütterung durch einen Nagelschuh ihm Schnellkraft zum Sprung auf sein Opfer gebe.

Durch den Tod führt der Weg in die Freiheit hinauf. Das Leben von gestern muß man daran setzen, um das Leben von morgen zu gewinnen...

»Die Hauptsache wäre eben Vorsicht!« sagte der kleine Prinz gedankenvoll, als antworte er auf eine Frage seiner Genossin. »Vorsicht und Frechheit zugleich! So rasch wie möglich unter den schlimmsten Stellen hinweg und sich denken, man sei in der Schlacht! Eine jede Kugel trifft ja nicht!«

»Und wenn man doch Unglück hat?...«

»Dann soll man es eben haben! ›Das Unglück ist eine Eigenschaft!‹ hat Napoleon gesagt. Und übrigens ist unser Schlachtplan auch müßig: ich reise heute abend ab, Sie werden sich ja auch nicht lange mit den Ihrigen in St. Moritz aufhalten, und die Wand da oben wird heute und in hundert Jahren kein Menschenfuß betreten!«

Sie nickte nur und ging ihm voraus durch die Mitte des Kessels, um den Steinfall zu vermeiden, nach dem mächtigen Schuttriegel, dessen steiler Riesenwall das Tal nach unten sperrte. Als erprobte Höhenwanderer mühten sie sich nicht erst zaghaft klimmend in der unter ihren Füßen lebendig werdenden, sich rührenden und gleitenden haushohen Schicht von Bruchsteinen. Sie ließen sich, bis zu den Knöcheln in dem Schotterstrom stehend, einfach mit hinuntertragen, nur darauf bedacht, mit der rückwärts gestemmten Eisaxt die Schnelligkeit der Fahrt zu regeln und dicht beisammen zu bleiben, damit nicht ein rückwärts losgelöster Block den weiter vorne befindlichen Genossen beschädigte. Wie ein breiter Fluß rauschte weithin die zähe Schuttmasse, kaum, daß sie fest darin Fuß gefaßt, vor ihren Augen glitt es hundertfach, tausendfach im Gewimmel des sich übereinander schiebenden, eifrig wandernden Geröllbettes, in ihren Ohren klang der dumpfe, donnernde Sang der aus ihrem Schlafe aufgeschreckten Steine, mit dem jene, fügsam wie eine Schafherde, unter ihren Herren zu Tale glitten. Es war eine seltsame Empfindung, stillzustehen inmitten des fließenden steinernen Spiegels und sich doch gleichzeitig rasch abwärts getragen zu fühlen, als fuße man auf dem schuppig-beweglichen Rücken eines fabelhaften, brüllend nach Beute niederkriechenden Ungeheuers. Einem Neuling hätte bang werden können, inmitten dieses tausendfältigen Gepolters, dieses Drängens und Quetschens, mit dem die Schuttbrocken wie lebende Wesen die Knöchel umbannten – aber die beiden kannten die

Berge. Sie wußten, es gab trotz allem Lärm nichts Gefahrloseres als solch eine Rutschfahrt auf steiler Schotterwand.

Ebenso schnell verlief ihr weiterer, fast schnurgerade hinabführender Abstieg. Ein paar einsame Hochtäler mit halbwilden, scheu und doch nach Salze lüstern die Fremdlinge umkreisenden Ziegenherden, weite, von dem friedlichen Gebimmel der Kuhglocken erfüllte Matten und da der Blick hinab ins Tal – in das obere Engadin mit der leuchtenden Himmelfarbe seiner Seen unter dem Tiefblau des Zenits, die wie eine verstreute Perlenreihe aus dem Lichtgrün der Lärchenwälder, dem satten Efeudunkel der Wiesen blinkten, mit seinen friedlichen, hochgiebeligen Dörfern und dazwischen den fensterreichen Riesenkasten, den Türmchen und Ziergärten der Hotels.

Am Eingang zu St. Moritz-Bad blieb Prinz Wilfried stehen. »Auf Wiedersehen ein andermal! Wir treffen uns ja immer wieder und halten oben in den Bergen gute Kameradschaft. Ich geh' in mein Hotel. Es ist jetzt die Zeit, wo der Brief aus Thieregg kommt – mit Nachrichten, wie es meinem armen kleinen Wesen geht. Und Sie finden die Ihrigen ganz nahe nebenbei. Um diese Mittagszeit ist alles ohne Ausnahme im Neuen Stahlbad...«

Sie zögerte. »Ich möchte jetzt eigentlich nicht unter Menschen. Wenn man eben aus der Einsamkeit und der Höhe kommt...«

»Dann gerade! Dann sieht man den Jahrmarkt unten mit offenen Augen, wie er ist. Das ist ein stilles, bescheidenes Vergnügen und tut niemandem weh. Ich bin fast jeden Tag auf dem Jahrmarkt gewesen, wenn ich die Berge hinter mir hatte, und hab' mich gewundert – weniger über die Menschen um mich als über mich selber – daß ich das alles gar nicht so ernst und wichtig finden kann, was ihnen so wertvoll vorkommt...«

»Aber in dem Touristenanzug kann ich doch nicht...«

»Niemand kümmert sich um Sie. Besonders, wenn Sie jetzt noch Ihren langen, grauen Mantel umlegen! Sie sind Zuschauer, wie all die anderen Neugierigen, die aus Samaden oder Pontresina herüberkommen, um einmal das Ausstattungsstück in St. Moritz anzusehen. Ein Weihefestspiel der Kleider und Krawatten! Zu einer Komödie gehört doch auch Publikum. Für die Mitwirkenden freilich nicht. Denen ist die ganze übrige Welt Luft. Sie spielen sich nur selber etwas vor und amüsieren sich dabei göttlich!«

Sie lächelte. »Wenn *Sie* das sagen, der doch selbst zu diesem auserwahlten Kreis gehört...«

»Es gibt Menschen, die gehören überall hien und nirgends!« sagte er leichthin. »Gehen Sie nur zum Stahlbad und sehen Sie sich die Gigerln an. Man glaubt ja vielfach, es gäbe gar keine Gigerln, sondern das sei eine Erfindung der Witzblätter, und eigentlich hat man recht. Aber hier ist noch ein Schlupfwinkel, wo sich diese seltene Spielart des Menschen versteckt hält, in einem Alpenhochtal, fern von der Eisenbahn und den Städten, etwa wie die letzten Steinböcke am Monte Rosa. Das sind wilde Schafe, und hier werden Sie zahme Schafe finden – das ist der ganze Unterschied!«

»Verzeihen Sie eine Frage: Wenn Sie mitten unter den vornehmen Gigerln sind, erzählen Sie denen das auch?«

»Nein!« sagte der kleine, verwachsene Prinz und bot ihr die Hand zum Abschied. »Da schweig' ich und tu' ihnen leid, weil ich melancholisch bin und sie vergnügt. Und sie haben recht. Die Gigerln haben immer recht. Das ganze Geheimnis des Lebens ist, sich über eine neue modefarbene Weste zu freuen wie ein Kind. Wer das kann, ist glücklich. Wir können das nicht, weil wir einsame Leute von oben sind. Uns haben die Berge trübe gemacht oder wir tragen unseren Trübsinn zu den Bergen. Je nachdem! Leben Sie wohl, mein lieber Kamerad! Amüsieren Sie sich über die Menagerie da drinnen!...«

Sie trennten sich und Ellinor trat, dem Zuge der Eintretenden folgend, in die große Halle des Neuen Stahlbads.

Ein Gewirr von Menschen, eine Art von Promenadenkonzert umfing sie, mit Musikklängen und einem Stimmendurcheinander in Französisch und Italienisch, wenig Englisch, fast gar keinem Deutsch, das leise Rascheln duftiger Toiletten, das zarte Fegen der Schleppen, ein unbestimmtes Parfüm in der Luft. Sie blieb beklommen am Eingang stehen. Es war wirklich wie ein Jahrmarkt. Buden mit Holzschnitzereim, Spitzen und Fremdenspielwerk zur Seite, das Schmeicheln eines Wiener Walzers von draußen und in der Mitte die halblaut plaudernde, einander zulächelnde und sich verbeugende Gesellschaft in seltsamen Karikaturen, breitschulterige Briten in Pumphosen und Knabenjäckchen, massenhafter, kleingewachsener schwärzlich und schwächlich aussehender italienischer Hochadel, gepflegte Boulevarderscheinungen in taubengrauen Schoßröcken und Beinkleidern und dem roten Bändchen im Knopfloch, geschminkte und gemalte Gesichter unter blumenkorbartig hohen Hüten, weißbärtige und glattrasierte, würdevoll, wie Geistliche aussehende alte Herren ihnen als Beschützer zur Seite, und über das ganze Gewühl ragend, eine große Anzahl hoch und kraftvoll gebauter junger Männer, Athleten der Aristokratie, die als wandelnder Triumph des Kammerdieners und des Schneiders in majestätischer Ruhe sich bewegten, einige wienerisch gemütlich und behaglich dareinschauend, andere wie hagere, unternehmende Mephistos mit ungarisch aufgewichsten Bartspitzen, wieder dritte mit über die Lippen gekämmtem Schnurrbart und ausrasiertem Bartstreifen den angelsächsischen Gentleman verkörpernd, ohne daß man doch ihre Abstammung feststellen konnte. Denn sie sprachen jede Sprache oder vielmehr, sie wechselten Bruchstücke einer jeden, in gedämpftem, mattem Geflüster mit den Damen nur kurz, beinahe geringschätzig untereinander.

Eine lebensgroße Prachtausgabe des Gothaer Almanachs, die sich aus allen Ecken Europas zusammengefunden hatte, um hier unter sich zu sein! Ellinor wollte wieder leise die Türe öffnen. Sie kam sich in ihren Nagelschuhen und ihrem langen grauen Mantel wie eine Motte vor, inmitten dieses glänzenden Kreises, der sie übrigens nicht im geringsten beachtete.

Aber da eilte Lotte auf sie zu, rosig, frisch und duftig, in einem schicken Wiener Kostüm voll kleidsamer, babyhafter Koketterie, das sie noch jünger erscheinen ließ, als sie schon war, und hinter ihr der Meister Josephus, mit seinem blonden Vollbart und den treuen deutschen Blauaugen, schön wie immer. Er mochte tragen, was er wollte – es stand ihm! Auch dieser perlgraue Sommeranzug mit der lockeren, zartrosigen Hemdbrust und der seegrünen selbstgeschlungenen Krawatte.

»Du willst doch nicht fort?« fragte Lotte aufgeregt. »Hier ist's doch zu nett! Hier sieht man doch Menschen – statt all der kaputten Tempel in Griechenland und ... mach nur nicht gleich so ein Gesicht! ...und *was* für Menschen! Ich hab's vorhin dem Meister Seppl gesagt: Hier *ist* das Natürliche! Nämlich: in der ganzen Natur sind doch die Männchen schöner als die Weibchen ... z.B. ein Pfau oder ein Löwe mit einer Mähne, wie unser Meister – bloß bei uns Zweifüßlern putzen sich immer die Frauen. Aber hier ist's umgekehrt: Hier sind die Männchen das schönere Geschlecht und *wir* dürfen dabeistehen und sehen und staunen! Wieviel verschiedene Westen und Krawatten gibt es doch auf der Welt! Ich hätt' das nie geglaubt. Und keiner hat sie ebenso wie der andere. Schau, dort ist eine zimmetfarbene, schief geschnittene Weste mit blauem Hemd und purpurner Krawatte – da hat einer eine blutrote Weste angezogen, mit einem apfelgrün und weiß getupften Hemd und einem himmelblauen Schleifchen darüber. Der hat wieder was Weißes um den Hals und was Blau- und Weißgestreiftes darunter und 'was Schiefergraues mit kleinen Rostfleckchen als Weste darüber. Und dazu die ernsten Gesichter und die Pumphöschen und die schwarzen Seidenstrümpfe und die langen Lackstiefel. Und andere mit ihren Bügelfalten und dem hohen grauen Hut und dem grauen Winterpaletot, und draußen steht der Diener mit dem Sommerpaletot zum Wechseln, wenn die Sonne zu sehr sticht! Wonnig sind die Männer, wenn sie uns nachmachen! Zum Totlachen! So komisch sind sie mir noch nie vorgekommen!«

»Und dabei hat sich der Meister Josephus von dir in Wien geradeso equipieren lassen!« sagte Ellinor.

Lotte machte erstaunte Augen. »Wenn man schon nach St. Moritz geht! Da soll ihn keiner hier auslachen! Was die hier können, kann er auch. Gestern sagte ein Herr im Postwagen, man brauche in St. Moritz anständigerweise für die Woche ein Dutzend Anzüge und dreißig Westen. So viel hat der arme Seppl gar nicht! Nicht ein Viertel! Wir haben nur das Allernötigste angeschafft in Wien. Gottlob, daß wir wenigstens über Triest und Wien zurückgefahren sind...«

Ihre Schwester achtete nicht mehr auf das Geschwätz. »Hast du schon mit dem Herzog gesprochen?« fragte sie, unterdrückte Unruhe in der Stimme, den als Ringstraßendandy verkleideten Meister Josephus.

»Nein!« sagte Lotte sehr bestimmt an seiner Stelle. »Ich hab's nicht erlaubt! Erst mußten die Anzüge aufgebügelt werden! Die ganze Nacht hindurch hat der Schneider gearbeitet. Sie waren ganz zerdrückt im Koffer! Jawohl, liebe Schwester – derlei ist hier sehr wichtig! In seinem Atelier beurteilt man den Seppl nach seinen Werken und wenn er zehnmal einen schmutzigen Töpferkittel an hat – hier wird der Mensch nach seinem Äußeren taxiert, und der Herzog würde sich schön wundern, wenn...«

In den Gruppen vor ihnen entstand eine Bewegung. Ein unterdrücktes Flüstern und Fragen.

Eine auffallend schöne, hohe Frauengestalt war in der Türe erschienen. Auf dem mattgetönten, jugendlichen Napoleonskopf, den ein Gespinst rotseidenen Goldhaars wie ein durchsichtiger Glorienschein umrahmte, lag das kühle Lächeln einer Herrscherin, die kaum auf die Reden ihrer Umgebung hinhört oder einen ihrer Kavaliere, den neben ihr gehenden, knochigen und sonnengebräunten Sportsman mit dem britischen Bulldoggengesicht oder die glattrasierten, wie junge Geistliche im Gigerlgewand aussehenden Stutzer dahinter, einiger flüchtig hingeworfener Worte würdigt.

Sie durchschritt den Saal seiner ganzen Länge nach, rasch, mit elastisch wiegendem Gang und der vollkommenen Sicherheit der Weltdame, die gar nicht zu ahnen scheint, daß aller Augen ringsum auf ihr ruhen, und ließ sich am anderen Ende des Raumes einen Becher des heißen Stahlbrunnens mit einer Glasröhre reichen. Die Komödie, zu tun, als sei man wirklich zur Kur in St. Moritz, schien ihr doch unerläßlich. Während sie langsam schlürfte, musterten ihre großen dunklen Augen gleichgültig das Publikum. Es war, als sähe sie diese Menschen und sähe sie doch auch nicht, so belanglos kamen sie ihr alle vor.

»O ...die ist schön!« murmelte Lotte und staunte, naiv wie ein kleines Schulmädchen eine Ballkönigin bewundert, die Fremde an. »Und was sie für Gigerln mit sich hat! – noch toller als die anderen!«

»Die Prinzessin von Eck!« sagte jemand halblaut in der Gruppe neben ihnen zu seinem Nachbar.

Bei dem Namen »Eck« war Ellinor aufmerksam geworden. Sie wandte unwillkürlich, mit einer heftigen Bewegung, den Kopf nach der schönen Frau und sah, daß auch deren Blick auf ihr oder ihren Gefährten ruhte. Eine Sekunde schauten sich die beiden, die blasse, unscheinbare Bergsteigerin und die strahlende Schönheit drüben fremd, mit unbewußter Feindseligkeit in die Augen, dann drehte sich Virginia zur Seite und flüsterte lebhafter als bisher dem hochgewachsenen alten Grandseigneur, der sich ihr inzwischen genähert hatte, ein paar Worte zu.

Gleich darauf eilte der Herzog Eberhard mitten durch das neugierig Spalier bildende Gedränge zum Meister Josephus hin. Ein graziöses Lächeln erhellte das verwitterte Gesicht des greisen Kavaliers. Er winkte, mit einer unnachahmlichen Handbewegung aus dem vorigen Jahrhundert, einem gütigen und herablassenden Fächeln der Finger wie ein gepuderter Marquis von Versailles, schon von weitem seinen Gruß.

»Ja ...da haben wir ihn!...« rief er in einem angenehm gedämpften Halbklang der Stimme und schob behutsam seine Handschuhspitzen in die breiten Fäuste des Meisters. »Sie sehen mich beglückt, mein lieber Professor ...beglückt ...ja...« Er sann nach. »Beglückt!« wiederholte er dann noch einmal. »Ich weiß nichts anderes! Nehmen Sie einem alten Mann seine Freude nicht übel...«

»Aber ich bitt' schön, Hoheit!« sagte der Meister Josephus bescheiden und tat, als sei er ganz verlegen. Er war dem Herzog gegenüber sofort ein ganz anderer geworden als bisher – treuherzig, bieder, harmlos heiter und doch recht respektvoll, ganz, wie eben ein Bauernbursch mit einem hohen Stadtherrn redet. Er wußte, daß der verwöhnte alte Feinschmecker und vermeintliche Menschenkenner das an ihm liebte, das Naturwüchsige, Ursprüngliche. Das erfrischte den welken Aristokraten.

»Zu viel Ehr', Hoheit!« sagte er wiederum. Aber der andere lächelte nur fein und siegreich und klopfte ihm beinahe zärtlich auf die Schulter. *»Tiens* ... wir haben ihn – unseren lieben Künstler ... aber jetzt lasse ich Sie nicht mehr von mir!« Er führte ihn vorsichtig, als fürchte er, der eingefangene blonde Löwe könne ihm noch einmal entspringen, durch die Lästerallee der Gäste auf Virginia und ihre Gruppe zu. »Ich bin ... ja ... wir alle waren eben im Begriff, eine kleine Ausfahrt zu machen; ... ich werde Sie meiner Nichte präsentieren. Sie schenken uns diesen Tag ... Ja? Keine Widerrede, mein Allerbester! ...«

»Mir ist es schon recht, Hoheit!« sprach Meister Josephus fröhlich. Er fühlte sich doch sehr geschmeichelt am Arm des Herzogs, inmitten der vielen staunenden Leute, und vor allem hatten seine Künstleraugen sofort dort drüben Virginias jugendlich-schönen, weichlichen Cäsarenkopf erblickt. Dieser Kopf – diese ganze Frau war ein Fund, ein Ereignis für einen, der in Schönheit schafft! Derlei einen halben Tag lang studieren, das war ein Gewinst, an dem man lange zehren konnte.

Die beiden Schwestern hatten sich gleich beim Nahen des Herzogs zurückgezogen. Sie wußten es wohl: Vom Meister Josephus als seine Freundinnen vorgestellt zu werden, hatte für junge Damen seine Schattenseiten. Es empfahl keineswegs, sondern erweckte ganz bestimmte und meist auch höchst gerechtfertigte Vermutungen.

Besonders, wenn man so bildhübsch war, wie Lotte ...

Sie stand auf dem Platz vor dem Stahlbad neben Ellinor und blinzelte nach dem Prunkhotel gegenüber. »Ein Viererzug!« flüsterte sie ganz erschrocken. »Du – sieh nur – einen Viererzug haben die sich mit ins Engadin geschleppt! Müssen die aber Geld haben! Jetzt sind sie alle oben. Und Meister Josephus darf zwischen einem lebendigen Herzog und einer wirklichen Prinzessin sitzen ... auf dem Ehrenplatz. Er tut noch so, als ob er sich bescheiden wehrte – unser guter Seppl! So ein nichtsnutziger Geißbub! Und die hohen Herrschaften merken natürlich gar nicht, wie er sich innerlich über sie lustig macht. So ... jetzt blasen sie in das Horn! Ach ... wenn ich da 'mal mitdürfte ... so ganz bescheiden und artig ... ganz hinten ... aber mich nimmt natürlich keiner mit! Es wäre auch zu spät. ... Da fahren sie hin ...«

Es zuckte um Ellinors Lippen. »Ja ... da fahren sie hin! Und der Meister verkauft ihnen seine Seele!«

»Ach ... er hat ja gar keine!« meinte Lotte naiv.

»Also seine Kunst ... seine Zukunft ... seine Ideale ...«

»Na – schließlich!« Ihre schöne Schwester schaute kindlich lächelnd der davonrollenden Mailcoach nach.

»Wenn man ordentlich was dafür kriegt ... warum denn nicht? ... Weiß du ... ich bin nicht so!«

XX.

Meister Josephus war glücklich. Er thronte hoch oben über den gemeinen Sterblichen, die neben dem Viererzug im Staub der Landstraße keuchten oder in ordinären, zwerghaften Einspännern sich rütteln ließen, zwischen einem Fürsten und einer statuenschönen Frau, die unnahbarste Welt des Gothaer Almanachs und der internationalen Hochfinanz hinter sich. ... Die herbe, klare Luft des Engadin spielte mit seiner flatternden Löwenmähne, die Sonne überstrahlte golden die liebliche Größe der Landschaft, die weißen Dörfer, die grünen Matten, die kornblumenfarbenen und smaragdenschillernden Seen, das blendende Firngezack am zartblauen Himmel, und vor ihm rissen, von Mr. Owens haariger Meisterhand gezügelt, die vier edlen Rosse schäumend das Prunkgefährt hinaus in die weite Welt, in das große Leben.

Er kam sich majestätisch vor, wie er da oben saß. Er hatte nicht nur ein tiefes Mitleid mit der armseligen staubschluckenden Menschheit zu seinen Füßen, nein, sogar gegen die hinter ihm auf dem Deck der Mailcoach gedrängte Herrenwelt empfand er beinahe schon ein Gefühl stiller Würde. Wer diese Gentlemen waren, wußte er nicht recht. Die meisten, die glattrasierten, die wie athletische Reverends aussahen, sprachen kein Deutsch und hatten sich bei dem flüchtigen Gemurmel der Vorstellung darauf beschränkt, ihm die Hand zu schütteln und festzustellen, daß das Wetter heute »*lovely*« und die Gesellschaft von St. Moritz »*very select*« sei. Dann war da noch ein junger Diplomat, der ewig schwieg und ewig lächelte und von dem die Rede ging, daß noch niemand, nicht einmal seine eigene Frau, habe feststellen können, ob er eigentlich sehr klug oder sehr dumm sei, ferner ein Magnat aus Transleithanien, der aus seiner Dummheit kein Hehl machte und sich ihrer, als eines Erbteils seiner Väter, nicht schämte, und ein Milchbart von einem englischen Lord, mit seinen neunzehn Jahren bereits Weltumsegler, Tigertöter und nebenbei vielfacher Millionär. Doch verlor er darüber, nach der vornehmen Sitte seines Stammes, nie ein Wort, sondern blickte still und mit einem leidenden Ausdruck in den guten Knabenaugen nach Virginia hinüber. Er schien hoffnungslos in sie verliebt.

Meister Josephus nicht! Ihre blühende, lebenswarme Schönheit fesselte ihn rein sachlich, als ein Sonntagswerk der Natur. Ein Körper voll Kraft, zu leben und zu genießen, und, auf dem matten Oval des goldhaarigen, verächtlichen Napoleonskopfs sich spiegelnd, eine Seele voll kalten Wollens und Wissens. Das reizte seine Künstlerhand. Derlei nachzubilden, in seiner altrömischen, klassischen Härte und Weichheit zugleich! Aber weiter ging es nicht.

Sie schien das auch zu merken und sprach nicht viel. Einen Künstler neben sich zu haben, war ihr eigentlich »*shocking*«. Das waren Menschen, die man bezahlte, Menschen aus der Menge unten, die wie die anderen etwas von einem haben wollten, Titel, Amt, Aufträge und Orden. Ihr Mannesideal, der angelsächsische »*independent gentleman*«, wollte nie und von niemand etwas, diente keinem, hatte selbst alles, was er vom Leben nur brauchen konnte, und ging aufrecht als Herr über die britische Erde.

Auch der alte Herzog war ziemlich schweigsam, besonders als sie jetzt über das langgestreckte holperige Pflaster von Pontresina rollten, inmitten des bunten Lebens der Hochsaison, das in diesen ungewöhnlich milden ersten Septembertagen noch das Engadin erfüllte. Waren doch weithin sogar die Bauernhäuser im Orte selbst und den Dörfern der Umgegend mit Fremden besetzt, ganze Familien, die unvorsichtig angekommen, in ihre einzelnen Bestandteile zerrissen und stundenweit voneinander entfernt einquartiert worden, und irrten doch jeden Abend, wenn unter Peitschenknall und Hörnerklang die lange staubbedeckte Reihe der Postwagen von Thusis vorgefahren war, die Ankömmlinge gepäckbeschwert, staubig und hungrig von einem Gasthaus zum anderen und nächtigten schließlich in einer Droschke, auf einem Billard oder einer Pritsche im Hausflur, voll Gram und Zorn ihres behaglichen, leichtsinnig verlassenen Heims gedenkend.

Meister Josephus wußte das und schmunzelte befriedigt. Es fiel ihm der Abend seiner gestrigen Ankunft in dem noch viel exklusiveren St. Moritz ein – dies unnachahmliche, mitleidig-süffisante Lächeln, mit dem der majestätische Maitre d'Hotel einen Trupp salopper deutscher Touristen, Herren und Damen, ersucht hatte, doch in vier bis sechs Wochen wieder einmal wegen eines Quartiers nachzufragen, und dann – zum staunenden Ärger der Zurückgewiesenen – diese schmeichelnde, unterwürfige Zuvorkommenheit der Frackträger, die ihm, dem Meister, das Gepäck abnahmen und ihn in die von Seiner Hoheit dem Herzog von Siebenwalden bestellten Gemächer führten.

Das war eben die große Welt. Die hob einen wie eine Wolke über alle Niederungen und Kleinlichkeiten empor. Die stellte überall das »Tischlein-deck-dich!« bereit und zauberte ein dienstfertiges Lächeln auf alle Gesichter. Die trug einen auf rollenden Rädern im Sonnenschein hoch über der Menge wie einen satten, zähnestochernden Halbgott im Fluge durch die weite Flur.

Meister Josephus war ganz würdevoll, ganz ernst geworden. Ein Bild aus dem Zillertal fiel ihm ein – eine winddurchpfiffene, aus Bruchsteinen ärmlich an eine Felswand geklebte Hütte und drinnen, auf einem Bündel schmutziger Hadern, ein nasser, hungeriger, durchfrorener Geißbub, der mutterseelenallein da oben auf der Alpe sich sein Reisigfeuerchen anmacht und inmitten des Rauches, in dem die blauen Kinderaugen tränen, an langen Abenden aus Langeweile mit seinem Messer an einem Stücke Holz herumbastelt und Figuren schnitzelt und sich kindisch seiner Kunstfertigkeit freut....

Und derselbe Geißbub saß jetzt da als ein majestätischer Dandy, den das Volk unten am Wege für einen Großfürsten oder Erzherzog halten mochte, mit wallendem Siegfriedsbart, den goldenen Zwicker über den tief schauenden großen Künstleraugen inmitten der blaublütigsten Wappenträger, der hochmütigsten Erbsöhne der Millionenwelt, und sie betrachteten ihn wie ihresgleichen! Sie ehrten ihn sogar und gaben ihn der Sonne ihres Kreises, der tizianischen Schönheit zu seiner Linken, als Nachbarn.

Er holte tief Atem. Er empfand plötzlich einen unbändigen Respekt vor sich selber! Er hatte es doch weit gebracht im Leben. Weiter als die um ihn, die sich nur die Mühe gegeben hatten, geboren zu werden! Und er konnte es noch weiter bringen! Nur klug mußte man sein! Auf seinen Vorteil passen! Wer vom Wege abweicht, den beißen die Hunde. Und drüben auf dem großen Markt, wo es Geld und Güter regnet, haben ihn die Menschen längst vergessen....

Man hatte jetzt den Wagen verlassen und sich in dem kleinen Chalet am Gletscher um einen Kaffeetisch gruppiert. Ringsum saß die buntscheckige, vielsprachige Touristenwelt und kam und ging in einem ewigen Gewimmel um den zahmen, mürrisch in seinem schmutzigen Moränenbett hingelagerten Eisstrom. Dunkle Punkte kletterten auf einer gegen ein Trinkgeld zugänglichen Treppe von Firnstufen bis hinauf auf den Rücken des Riesen, über dem in weiter Ferne die bleichen Kolosse der Berninagruppe von Mittagsflor umsponnen wie ein weißes Märchenreich zum Himmel ragten. Die schwarzen Insekten krochen, wenn sie sich oben lange genug in verwegenen Stellungen gesonnt hatten, am Billetschalter vorbei in die künstliche Eishöhle, sie klommen an den Schuttwänden des Tales jodelnd auf und nieder und umspielten wie die Mücken im Sonnenschein den toten, stundenlangen Lindwurm von kristallklarem Eis, der aus seinen unzugänglichen, weiß dräuenden Schlupfwinkeln in der Hochwelt langsam herabgeglitten war, um hier bei Böllerschüssen und dem Gekreisch nervöser Damen, dem Dunst der Kaffeekannen und dem Geschrei spielender Kinder zu enden.

Dazwischen tauchten jetzt ein paar fremdartige Gestalten auf. Die meinten es ernst mit den Bergen. Die hatten sie wirklich besucht und kamen von dort, von dem Gipfel des Engadiner Königs, des Piz Bernina. Zwei verwetterte vollbärtige Männer in braunem Loden, gerollte Seile um die Brust, den Rucksack im Kreuz, die Eisaxt in der Hand – Bergführer aus Pontresina – und hinter ihnen ein hagerer ältlicher Tourist mit einem faltigen Magistergesicht unter goldener Brille und einem grämlichen Lächeln darauf, als bereite ihm die im Tale schmausende, wandernde und seiner nicht achtende Menschheit einen empfindlichen Schmerz und zugleich eine trübe Genugtuung.

Meister Josephus fuhr halb auf. Jawohl – das war der wunderliche Heilige, der damals an der Jungfrau in die Gletscherspalte hineingelugt und ihn und Lotte an seiner seidenen Strickleiter aus den Schlünden des Rothtals errettet hatte. Er hatte ja selbst beim Verlassen der Zahnradbahn gesagt, daß er nach dem Engadin zu wallfahren gedenke, nach Sils-Maria, zum Zarathustra- Felsen von Surlei. Der Siegfried wollte ihn auf sich aufmerksam machen, ihn anrufen ...

aber ihm stockte der Laut in der Kehle. ...Er konnte doch nicht schreien, in dieser Gesellschaft, daß sich alle die Köpfe nach ihm und dem verwitterten Alten vom Berge drehten, der so gar nicht in den Kreis der Stammbäume und Geldsäckel hier paßte. Und da war der Wüstenprediger auch schon verschwunden – weiter auf dem um das Chalet herumführenden Fahrweg, wie ein Schatten, der plötzlich auftaucht und wieder vergeht.

Die schöne rothaarige Frau an des Meisters Seite hatte die drei Höhenwanderer gleichgültig betrachtet. »Eine Frage, Herr Professor ...der alte Tourist da bringt mich darauf ...Sie standen doch vorhin im Stahlbad mit zwei Damen zusammen...«

»Ei ja...« Der Grandseigneur lächelte fein und drohte über den Tisch hinüber mit einer graziösen Hebung des Zeigefingers. »Ich sah da etwas ganz Reizendes ...Rosiges ...das sich leider bei meinem Nahen scheu zurückzog ...ja ...ja ...nur nicht verlegen ...mein allerbester Meister ... man kennt sie ja ...man weiß ja ...hähä ...man gönnt es Ihnen, mein Liebster ...von Herzen ... ja ...wie gesagt ...von Herzen....« Dabei nickte ihm der schöngeistige hagere Kavalier wohlwollend, väterlich vergnügt über den Tisch zu. Das gehörte für ihn, den diskreten Roué von einst, auch zu dem ästhetischen Behagen, das ihm die Persönlichkeit des löwenblonden Bildhauers bereitete – diese Folie von Schönheit und Jugend, wo jener ging und stand.

»Ich bitt’ schön, Hoheit...« hub Meister Josephus gutmütig an.

Aber seine Nachbarin unterbrach ihn. »Ist das die Bergsteigerin?« fragte sie. »Ich meine ... Sie haben doch eine Freundin, die eine berühmte Bergsteigerin sein soll...«

»Die Lotte?« Er lachte herzlich. »Die geht auf keinen Berg mehr! Die hat eine heilige Angst davor. Gerad’ wie ich! Der alte Herr mit dem Eispickel, der eben da mit seinen Führern vorbeigegangen ist – der weiß, warum? Der hat die Lotte und mich aus dem Abenteuer mit der Jungfrau, das ich vorhin erzählt hab’, schließlich noch mit heiler Haut heimgebracht!«

»Also ist es die andere – die ältere Dame in Grau ...ich hielt sie für eine Gesellschafterin des Fräuleins oder so etwas...«

Die ältere Dame in Grau – dieser Ausdruck mißfiel dem Bildhauer. Er verletzte ihn – vielleicht gerade weil er von diesen jugendroten Lippen kam. »Jawohl!« erwiderte er etwas unwirsch. »Das ist die Schwester. Und die macht Touren, daß jeder Bergführer den Hut abzieht!«

»Nehmen Sie mir, bitte, meine Neugierde nicht übel!« Ihre weiße, nervige Hand spielte unruhig mit den Brotkrumen auf dem Tisch. »Ich frage nur, weil, wie es scheint, diese Dame und mein Mann in den Bergen ganz unzertrennlich sind. Darum interessiert es mich schließlich doch ein wenig. Kennen Sie sie näher?«

»Es ist meine beste Freundin,« erwiderte Meister Josephus kurz und finster.

Der alte Kavalier gegenüber schüttelte fast unmerklich den Kopf und lächelte fein und ungläubig. Natürlich ...wie konnte der oder die anderen hier sich das zusammenreimen? Eine ältliche Dame in Grau und er, der strahlende, blonde Meister Frauenlob ...es war wirklich ein wenig komisch für ihn, diese Freundschaft, wenigstens so, wie ihn diese Menschen von St. Moritz sahen. Es konnte ihm hier geradezu schaden! Ihn uninteressant machen und dadurch seine Stellung erschüttern.

»Und was ist sie sonst?« fragte Virginia anscheinend zerstreut weiter und warf mit Krumen nach den am Boden spielenden Spatzen.

Sonst? Er stutzte. Ja, was war sie eigentlich sonst?

»Sie ist Waise!« sagte er endlich.

»O ...wirklich?«

»Und sie bildhauert ein bißchen ...freilich ...’s ist nicht weit her damit ...immerhin verdient sie sich dadurch ein wenig Geld...«

»O ...das ist erfreulich ...«

»Ja ...und sonst...« Es fiel ihm weiter nichts ein. Es war wirklich nicht viel von Ellinor zu sagen. So äußerlich, bei Kaffee und Kuchen. Und wenn solch eine eisige Schönheit wie Virginia nach ihr fragte. Diese Herrschaften hatten schon recht, zu erstaunen, daß er, der Meister Josephus, gerade mit einem wenig hübschen, armen und späten Mädchen eine Herzensfreundschaft geschlossen.

»Aber ein guter Kerl ist sie!« sagte er endlich ernst und einfach. Niemand antwortete. In diesen Kreisen schien man »einen guten Kerl« nicht zu kennen und es ärgerte ihn, daß er das Wort ausgesprochen.

Er empfand plötzlich eine Sehnsucht nach Ellinor. Wie nach der Heimat in der Fremde. Nach Ruhe und Frieden. Das war sie. Das gab sie ihm, in stummer Treue – sie allein auf der weiten Welt. Das war doch weit besser, als das ewige Herumgekratze und Herumgeküsse mit all den langhaarigen Katzen...

Seine selige Mutter fiel ihm ein. Eine einfache Bauersfrau oben im Zillertal, die im Lesen nicht weit über die Gesangbuchverse, im Schreiben kaum über ihren Namen hinausgekommen war. Und trotzdem war etwas in ihrer Nähe, das ihn, den hochaufgeschossenen, trotzigen, jungen Akademiker, der in den Ferien, um sich satt zu essen, endlich einmal den Weg nach Hause fand, wieder zu dem kleinen Bauernbub von einst machte. Ein Gefühl von der Nähe einfältiger, schutzspendender Liebe. Und das war, als sie die Augen schloß, auf Ellinor übergegangen. Er hatte oft mit seiner sonnigen Sultansheiterkeit darüber gelächelt, wenn sie so mütterlich um ihn besorgt war – aber derlei zu verlieren, tut weh. Es kommt nicht wieder auf der Welt. Er wußte es wohl.

Der greise Kavalier ihm gegenüber riß ihn aus seinem Brüten. »So nachdenklich, mein lieber Herr Professor!« sagte er mit einem einschmeichelnden Sonnenschein auf den verwitterten Zügen. »Mein Teuerster ... nein ... es gibt kein Nachdenken mehr! *c'est décidé*. Wir arbeiten von nun an gemeinsam!«

Gemeinsam arbeiten mit dem schöngeistigen, krittligen, von sich selbst überzeugten alten Dynasten, der von dem Künstler eigentlich gar keine Kunst, sondern nur einen Dienst zur Verherrlichung seiner Ahnen verlangte, der in alles hineinsprach und jeden Einwand mit einer graziösen Handbewegung, einem verführerischen Lächeln geradezu hinwegblies – ja – diese bestrickende Liebenswürdigkeit des hohen Herrn, das war es, was Meister Josephus am meisten fürchtete! Ihr konnte er nicht widerstehen! Er war nicht wie andere – querköpfige, nervöse Rauhbeine, die schließlich wütend ihrem erlauchten Auftraggeber den ganzen Krempel vor die Füße werfen – er wurde, dank der ewigen Wandlungsfähigkeit seines Wesens, in der Hofluft zum Hofmann wie in der Bauernhütte zum Bauer, – er blieb und tat schließlich gelangweilt alles, was man wollte...

Und dieser kleine Hofhalt! Eine Miniaturausgabe, ein Spielzeug im Rokokostil. Ein komisches Ding im zwanzigsten Jahrhundert! Mit all seinem Geflüster und Getuschel in den Ecken, seinen wichtig hochgezogenen Brauen, seinem ölglatten Lächeln und Achselzucken hinterher – alles falsch wie Galgenholz! Und dabei so liliputanerhaft! In der Renaissance, zur Zeit der überlebensgroßen Menschen, ließ man sich das Hofleben gefallen! Da war der Künstler im Hause der Fürsten geborgen wie Daniel in der Löwengrube. Ihm taten die schönen Bestien nichts, die sich untereinander zerfleischten! Aber jetzt ... Rang- und Quartierliste, Gothaer Almanach, Reichsanzeiger und Kreuzzeitung, Ordenstabellen und Streckenrapporte der Hofjagd und dazwischen so ein armer fideler Geißbub ... o weh! o weh! Meister Josephus wurde bitterweh zu Sinn. Er bemitleidete sich selbst aus tiefstem Herzen.

Den Herzog verstimmte sein Zögern. »Ich will ja nicht in Sie drängen, bester Herr Professor!« sagte er, sich erhebend, etwas pikiert. »Aber warum machen Sie es sich und mir unnötig schwer? Sie werden ja doch...«

Der andere wehrte bittend mit der Hand ab. »Nur noch ein bißchen Bedenkzeit möcht' ich!« murmelte er kleinlaut. »Nur eine Viertelstunde, Hoheit...«

»Aber selbstverständlich, mein bester Meister!« Die Hoheit nickte Gewährung und winkte ihm zugleich anmutig mit zwei Fingern der Linken, zu folgen, während er mit seinen Begleitern den Promenadepfad nach dem Gletscher einschlug. Aber Meister Josephus blieb gegen alle Höflichkeit und alle Etikette zurück. Finster dareinschauend und seinen Vollbart mit beiden Händen strählend saß er da und kümmerte sich nicht um die Welt.

Die schöne Amerikanerin zuckte, als sie in einiger Entfernung von ihm waren, in einer frö-
stelnden Abwehr mit den Schultern. Treuherzige deutsche Bären dieser Art liebte sie gar nicht.
Aber ihr Oheim widersprach ihrem stummen Urteil.

»Was wollen Sie, *ma chère*!« sagte er mit seinem artigsten Lächeln. »Ein Bauer! Gewiß! Das
ist und bleibt er. Aber ein amüsanter Bauer! Der ist mir lieber als ein langweiliger Hofmarschall.
Das erfrischt mich! Das regt mich an. Das ist ein Jungbrunnen für mein altes, welkes Herz. Ich
werde viel Vergnügen an diesem Meister Josephus haben ... ich bin in ihn verliebt ... hä ... ja ...«
er kicherte diskret »... in der Tat verliebt ... wie ein junges Mädchen ...«

»Wenn er nur kommt ...«

Der alte Herr erschrak. »Sie meinen ... ja ... aber inwiefern sollte er jetzt noch ... im letzten
Augenblick ...«

»Ich meine, daß *er* verliebt ist bis über die Ohren. Da ist doch jeder Mann unberechenbar!«

Das erfreute den feinen, greisen Roué. »Verliebt? Sehr gut ... vortrefflich ... das erquickt ... das
gehört zu ihm ... ja ... solche Menschen *müssen* verliebt sein! ... es fehlte sonst etwas an ihrem
Gesamtbild. Aber woran erkennt man das so rasch ...?«

»Das merkt man eben!« Sie lächelte etwas verächtlich. Nun natürlich .... der erlauchte alte
Philosoph begriff das wohl. Eine so schöne Frau wie diese klassische Tizianerscheinung neben
ihm war gewohnt, daß alle Männer ihrem Zauber unterlagen. Blieb einer kühl wie der Meister
Josephus heute den ganzen Nachmittag, hatte er nur den prüfenden, sachlich-ernsten Künstler-
blick im Auge, wenn er diesen gebieterischen und verführerischen Napoleonskopf im Rahmen
rotgoldenen Seidenhaars sah, dann war sein Herz eben schon bei einer anderen ...

»Ja ... allerdings ...« Ihr Begleiter hatte überlegt, »... ganz richtig ... ich sah da, wie ich schon
vorhin bemerkte, etwas ganz Reizendes, Rosiges hinter ihm und leider gleich weg ... im Husch ...
scheu wie ein Reh ... äh ja ... wer mag das wohl gewesen sein ... ein bißchen zweifelhaft ... was?
Eine sehr glückliche Gesellschaft ist der Herr Professor für junge Damen nicht ... das schwirrt
immer so um ihn wie die Schmetterlinge. Leichte Ware ... äh ja ... dieser glückliche Meister
Josephus ...«

»Es ist keine leichte Ware! Ich habe mich danach erkundigt. Nicht wegen dieses kleinen
Schulmädchens mit den großen Augen, sondern wegen ihrer Schwester, die die Busenfreundin
meines Mannes bei seinen weltschmerzlichen Bergtouren ist. Es liegt nicht das Geringste gegen
ihren Ruf vor.«

»Also am Ende gar eine Heirat?« Das belebte den müden Kavalier. »Vortrefflich ... *das* gönn'
ich dem Meister! *Das* gönn' ich jedem! Schließlich muß jeder heiraten in einem gewissen Alter ... ich hab's auch getan! ... Angenehm ... wenn ich mir so eine charmante kleine Frau denke
und ihn daneben ... als zahmen Löwen ... ein höchst, höchst amüsanter Bauer! Ich liebe ihn
wirklich. Nun weiß ich auch schon, wie ich ihn kaptiviere ...«

Er versank in Sinnen und aus der Ferne sah der blonde Siegfried düster der Gruppe nach.
»Affen!« sagte er halblaut vor sich hin. »Affen! Allzusammen! Und ich mach' mit! Ich lass'
mich freiwillig mit in den Käfig sperren und bin noch vergnügt hinter Schloß und Riegel mit
all den Mandrillen, und bin doch im kleinen Finger mehr wert als alle Gäste von St. Moritz
miteinander.«

Er verachtete sie in diesem Augenblick aufrichtig im Grunde seines Herzens, aus seinem
Können und seiner Künstlerschaft heraus, und wußte genau, daß sie, die Hochmütigsten al-
ler Hochmütigen, ihn innerlich ebenso verachteten. Was gesellte sie also nur zusammen, den
Geißbub und diese auserlesenen Sterblichen, daß sie zueinander schöntaten und sich verstellten?
Es war eben doch derselbe Drang: Heraus aus der Masse, fort aus dem Gedränge, empor in die
Höhe, wo die Luft rein ist und der Blick weit. Wo man aus dem Vollen atmet und nach Lust
die Glieder streckt. Schließlich ist eben jeder Künstler Aristokrat. Unter dem schmutzigen,
lärmenden, üblen Pöbel verzweifelt er. Er ist hochgeboren und gehört zu den Hochgeborenen
in die freie große Welt.

Und wie schön war hier ringsum die Welt. Das sanfte, hinsterbende Blau des Abendhimmels,
märchenhaftes Rosenrot im Alpenglühen die bleiche Pracht des ewigen Firns am Horizont

verklärend, eine Höhenluft, rein und stärkend wie ein Quell im Walde, fröhliche Menschen überall, die langsam gingen und gemächlich plauderten, die nicht der Alltag hetzte mit seinem rüden Peitschenknall von schmutziger Not und Sorge und dem Stoßgebet der Armen: »Unser täglich Brot gib uns heute!«

Und in diesen Alltag, in irgendeinem weltentlegenen Landhaus in Toscana, hatte er sich ja selber hineinstürzen wollen, geflissentlich, wissentlich, wie ein Selbstmörder! Ein Segen, daß die kleine Lotte ihn noch im letzten Augenblick am Arm gepackt und zurückgerissen, dort unten, im Abendrot am blauen Meer von Salamis.

Er war ihr tief dankbar dafür. Die kleine, gute Lotte! So schön! So jung! So klug! Es kam wie eine Verklärung über ihn, wie er an sie dachte. Und alles umher, Himmel, Erde und Menschen, schien mit seinem unruhigen Herzschlag mitzuschwingen und mitzuklingen in dem einen und immer wieder dem einen: Verliebt ... verliebt ... verliebt ...

Verliebt wie noch nie in seinem liebereichen Leben! Ganz plötzlich wie eine Flamme über Nacht! Und es war nicht nur der Widerstand, der ihn reizte – das Kränzlein, das sie anmutig lachend bis zum Standesamt auf der weißen Kinderstirne behielt – es war ein tieferes Bangen und Sehnen da innen – das erste grauende Ahnen, baß auch von einem Meister Josephus die Jugend einmal Abschied nimmt ...

Er näherte sich doch bald den Vierzig. Und nach denen kamen die Fünfzig und weiter und weiter ging das Leben seinen Lauf und gab keinen Tag zurück. Und in der Ferne winkte die Jugend – die lachende Jugend mit all dem Übermut, der Selbstsucht, der strahlenden Daseinsfreude seiner lange verflossenen eigenen neunzehn Jahre und rief mit ihrer silberhellen Stimme: »Komm! Nimm mich! Werde mit mir wieder jung!«

Lotte – das war die Jugend. Das war die kleine Märchenprinzessin mit den schwermütigen Augen und dem herzlich tollen Lachen, die die Männer zu ihren Füßen zu Kindern macht, zu seligen, spielenden Kindern gleich ihr. Sie nahm dem Mann die Last seiner überschüssigen Jahre ab, ohne daß man die Bürde auf ihren schmalen Schultern sah, und machte ihn sich gleich, der kaum erschlossenen, schauernden und ahnenden Frauenblüte voll heiterer, knospenjunger Schönheit.

Verliebt! Verliebt! Und plötzlich fiel dem gedankenlos lächelnden Meister das Wort Virginias wieder ein. ›Eine ältere Dame in Grau!‹ Er sprang auf und ballte die Fäuste!

Jawohl – er kannte die Frau in Grau! Das war das Alter, das auf leisen Filzsohlen auf ihn zuschlich und ihn sachte bei der Hand nahm und aus dem Kreise der Fröhlichen hinausführte in die Ecken, wo die Verwelkten sitzen und denken, wie schön es einmal auf der Welt gewesen.

Ihm bangte. Ein Meister Josephus, der graue Haare hat – der das Lachen nicht mehr aus breiter Brust herausbringt, der nicht mehr sonnig mit den Weibern spielt und sie mit ihm – nein – nein – nicht alt werden! Es schrie etwas in ihm: ›Nicht alt werden!‹ Es klammerte sich etwas in ihm ans Leben, an das liebe Leben mit seiner Lust – es bäumte sich etwas voll Trotz in ihm auf: Was soll solch graue Frau? Warum geht solch graue Frau neben mir durchs Dasein und vergällt es mir, bis ich schließlich selber durch rauchfarbige Brillen nur noch Spinnweb und Staub sehe? Ich brauche keine ältere Dame in Grau – ich brauche die Schönheit! Der Schönheit dien' ich. Ich bete sie an und schaffe sie nach mein Leben lang. Ich kniee vor ihr! Ich bin ein Künstler!

Lotte – meine kleine Märchenprinzessin mit den weißen Gliedern! Ihm schauerte vor der Wonne der Wunder, die sie ihm und seinem Meißel enthüllen würde, und plötzlich wurde er ganz ruhig. »Solch ein Esel!« brummte er trotzig. »Solch ein Esel wie ich!« und trat mit unbefangener, treuherziger Heiterkeit dem Herzog und seiner Begleiterin entgegen, die, ihr Gefolge hinter sich lassend, von dem Ausflug nach dem Gletscher zurückkehrten.

Der hohe Herr war angenehm überrascht. »So fröhlich, mein Bester?« sagte er liebenswürdig. »Ein gutes Vorzeichen ... ja? ... für mich? *Nun* sprechen wir also von dem, was mir am Herzen liegt! Wenn Sie, wie man mir verraten will, verliebt sind, mein guter Meister – ich bin's auch ... haha ... in Sie! ... Ich lasse Sie nicht ziehen! Um da zunächst von Äußerlichkeiten zu reden – ich möchte Sie bei mir behaglich unterbringen! Ich habe da ein Jagdschloß ›Reihergarten‹ –

ganz nahe bei der Stadt und doch einsam im tiefsten Wald – da könnten Sie ungestört nach Herzenslust schaffen. Es steht leer. Nur ein alter Förster wohnt darin. Allein würden Sie sich ja dort ein bißchen verlassen vorkommen ... aber in Gesellschaft ... nun ... wer weiß ...«

Und dann ein diskretes Lächeln, als erwarte er eine Antwort. Aber es kam keine. Der Meister hatte die Augen halb geschlossen. Lottes Märchenschloß, auf das sie ihn eingeladen, um sich von der Langeweile in Florenz zu erholen! Es ging alles in Erfüllung ...

»Wenn Sie noch bauliche Veränderungen dort wünschen ... natürlicherweise ... ganz nach Ihrem Belieben ...«

»Da fehlte nur noch der Wintergarten mit den Goldfasanen ...« sagte der Meister zu sich wie aus einem Traum heraus.

Sein Gönner lächelte. Er war an Künstlerschrullen gewöhnt. »Gewiß! Auch das! Man muß sich das Leben hübsch zurechtmachen. Und besonders ...« ein anmutiges Räuspern und eine entsprechende Handbewegung ... »ich setze den Fall ... Sie heiraten ... das muß jeder einmal ... und ich habe, wie gesagt, eine sehr angenehme Erinnerung an heute vormittag. Solch große Kinderaugen in einem rosigen Gesichtchen. Mein Kompliment, lieber Professor ... Sie waren da in einer ganz reizenden Gesellschaft. Vielleicht ist das das goldene Vögelchen, dem Sie vorhin ein Nest mit Palmen in dem alten Jagdschloß bauen wollten ... hab' ich Sie recht verstanden? Nun – und was das letzte betrifft – den Geldpunkt – Sie wissen, ich bin reich mit Glücksgütern gesegnet. Es ist nicht nur für Sie gesorgt, sondern auch ... wenn Sie einmal nicht mehr allein stehen sollten. Man kann Sie sich ja auch gar nicht allein vorstellen. Sie und eine schöne junge Frau – das sind zwei Dinge, die nun einmal zusammengehören.«

Meister Josephus streckte ihm die Hand hin. »'s is gut, Hoheit!« sagte er treuherzig und trotzig. »Da bin ich! 's is schon alles in Ordnung! Es geht ja nicht anders. Ihr sollt mich haben, ihr alle zusammen ...«

XXI.

Oben auf dem Balkon des kleinen Zimmers, das die beiden Schwestern in St. Moritz-Dorf mit Mühe gefunden, lehnte Lotte, nagte nachdenklich mit ihren weißen Zähnen an einem Aprikosenkern und warf ihn endlich nach einer im Vorgarten tief unten hemmschleichenden Katze, dann schaute sie über die Schulter hinweg in die Stube nach Ellinor.

Die beiden hatten den ganzen Tag fast kein Wort miteinander gesprochen und das begann Lotte tödlich zu langweilen. Lieber noch sich zanken als dies dumpfe, vielsagende Schweigen. Aber Ellinor blieb stumm und blaß, und endlich fing die andere doch zu schwätzen an. Sie mußte reden. Das war ihr Bedürfnis.

»Der Meister Josephus hat's gut!« sagte sie wie im Selbstgespräch. »Der kutschiert jetzt in der Welt herum, amüsiert sich mit Prinzen und Prinzessinnen, und wir sitzen hier und warten. Zu dumm! Ich hab's mir neulich auf dem Schiff, wie ich seekrank war, überlegt: Das ganze Leben hindurch wird auf den Meister Josephus gewartet! Wie wir die Eltern verloren und ich noch ganz klein war und du mich bemuttert hast, kam es mir mit sechs Jahren schon völlig selbstverständlich vor, daß der ganze Tag sich darum drehte, ob der Meister Josephus zu Besuch kam und wann er kam und wie lange er blieb und in was für einer Laune er war ... ich bin förmlich dazu erzogen und hab's die ganze Zeit auch mitgemacht, ohne mir was dabei zu denken – aber jetzt hab' ich's satt. Jetzt emanzipiere ich mich! Unsinn, einen Mann so zu verwöhnen! Sich förmlich zu seinen Sklavinnen zu machen! Dadurch wird er ja so unleidlich, weil ihr alle Gott weiß was in ihm seht und verzückte Augen macht und einen Götzendienst mit dem armen Seppl treibt. Aber ich nicht! Ich bin gerade so viel wie seine Prinzessin, von der er sich spazieren fahren läßt. Ich bin ein freier Mensch und warte nicht mehr und gehe jetzt einfach fort, frische Luft schöpfen, ehe es ganz dunkel wird.«

Aber trotzdem blieb sie. »Weißt du, was nett wäre!« meinte sie sinnend. »Wenn die hohen Herrschaften mit dem Viererzug ihn hier vor dem Hause absetzten! Was *das* für ein Aufsehen gäbe! wir würden kolossal in der Achtung der ganzen Nachbarschaft steigen! Jetzt sehen uns ja alle Leute hier über die Achsel an. Hier muß man mindestens Millionärin oder Gräfin sein ... Gräfin Lottchen ... das klänge ganz gut ...«

Sie biß energisch in eine neue Aprikose, während ihre Schwester neben sie trat und die Straße hinabschaute. Sie erwiderte immer noch nichts.

»Du bist unausstehlich!« sagte Lotte weinerlich. »Das macht mich ganz verrückt. Ich hab' dir doch nichts getan! Ich hab' dem Seppl geraten, was *ich* für gut finde. Du kannst ihm ja deine Meinung sagen. Schließlich tut er ja doch, was er will. Wenn ich schließlich noch überschnappe, bist bloß *du* schuld daran, mit dem ewigen Schweigen ...«

Um die Ecke her tönte ein dumpfes Rollen und ein langgezogener sanfter Hornstoß. Lottes blaue Augen weiteten sich. »Er kommt!« flüsterte sie selig. »Der Viererzug – mein' ich! Nicht etwa den Seppl! Da sitzt er gravitätisch ganz vorn wie ein Pascha! Jetzt halten sie und stellen die Leiter an, damit er herunterklettern kann. Wie er rechts und links die Hände schüttelt und lacht ... recht linkisch tut er sich mit den hohen Herrschaften ... der Spitzbube ... Ein greulicher Spitzbube ist er! Zu nett! So ... Kinder ... jetzt fahrt nur weiter ... Adieu ...« Sie trat erschrocken zurück. »Du ... der Herzog hat heraufgeschaut ... ganz deutlich ... nach mir!«

Gleich darauf trat Meister Josephus ins Zimmer, trotzig, mit unstetem Blick und etwas gerötetem Gesicht. Lotte empfing ihn sehr unterwürfig. »Darf ich Hoheit den Mantel abnehmen?« flüsterte sie, »oder befehlen Hoheit ...«

»Ach ... geh weg, Lotte!« sagte der Siegfried ungnädig. »Schwätz nicht! Ich kann dein dummes Gesichtchen jetzt nicht sehen! Es tut mir weh!«

Sie blickte ihn forschend an. »Du, Seppl – ich glaub', ihr habt gehörig gepichelt! Leugne nicht. Du schaust mir gerade danach aus. Ganz erhitzt und aufgeregt!«

»Wir haben in Pontresina zu Mittag gegessen und eine Flasche Wein getrunken oder auch ein paar ... die anderen und ich ... oder eigentlich ich allein ... darf ich das vielleicht auch nicht mehr? Wird mir das auch schon verboten? Aber ich lasse mir nichts mehr verbieten! Ich hab' es satt!«

Er ging mit großen Schritten durch das Zinner. Dann blieb er grimmig vor Lotte stehen und herrschte sie an: »Hab' ich dir nicht gesagt, daß du uns allein lassen sollst!«

Sie schmollte. »Es wird immer schöner! Jetzt wird man schon aus seinem eigenen Zimmer herausgeworfen! Dahin habt ihr alle ihn glücklich gebracht! Er kennt sich schon nicht mehr aus vor Übermut, der Herr Hofrat!«

Als er den Verdruß auf dem zarten, großäugigen Kindergesicht sah, wurde er sofort wieder weich. »Lieber Schatz! schau! ich *bitt'* dich ja – geh! Nur aus eine halbe Stunde!«

Lotte zuckte die Achseln. »Meinetwegen! ich setze mich drunten auf eine Bank und seh' mir das Feuerwerk überm See an, drüben im Bad: dort war's überhaupt viel netter als hier! Aber mit euch ist ja nichts los!«

Es dämmerte schon stark, als sie das Zimmer verließ. Bald brach der Abend ganz herein. Die blaue Seefläche vor dem Hause verschwamm im Dunkel und gleich darauf stiegen aus den buntfarbigen Lichtpünktchen der italienischen Nacht am anderen Ufer die ersten Raketen zu dem Sternenhimmel empor. Eine gedämpfte Musik klang aus der Ferne in das halbdunkle Zimmer. In ihm war es lange still zwischen den beiden, sich schattenhaft abzeichnenden Gestalten.

»Glaube nicht, daß ich dich um etwas bitte!« sagte Ellinor endlich in ruhigem Ton. »Dazu bin ich viel zu stolz. Und das Betteln würde ja auch gar nichts helfen! Wie wir zueinander stehen, muß alles frei gegeben und genommen werden! Sonst hat es keinen Wert. Ich hab' dir das bißchen gegeben, was ich hatte, du hast mir viel dafür gegeben – eigentlich den ganzen Inhalt für mein Leben. Soll das nun alles umsonst gewesen sein?«

»Ach … umsonst …« brummte der Meister Josephus. »Bloß weil ich mich entschlossen hab', zu dem Herzog zu gehen … ja! … Das hab' ich getan! Ich tu', was *ich* will, und …«

»Sei wenigstens nicht klein in diesem Augenblick. Der ist doch entscheidend für uns beide. Du weißt, daß ich nicht *das* meine! Ich könnte mehr tragen als das … alles … ich ändere mich nicht. Wenn *du* nur nicht anders wirst …«

»Ach … ich bin alle Augenblicke anders! das ist eine alte Geschichte. Das heißt gar nichts! Das hab' ich so im Blut!«

»Ich meine, wenn du mir nicht ganz fremd wirst. Es ist etwas Fremdes zwischen uns und wächst immer mehr, du willst es mir nicht verraten und ich sehe es doch!«

»Was soll ich denn verraten? Überhaupt … bin ich denn ein Schulbub?« Seine Stimme wurde heftiger. »Ein für allemal! … ich hab' das Gegängel satt, ich bin ein alter Mann! Ich mag das nicht, daß mich da ewig was am Rockärmel zupft und mir immer ins Ohr tuschelt: Tu das nicht und jenes nicht und das schickt sich nicht für einen Meister! Ich pfeife auf euren Meister … Es hat niemand ein Recht, mich ewig verdrießlich zu machen …«

»Ich habe schon ein Recht!« Sie stand auf und trat vor ihn hin. »Nach allem, was zwischen uns war und noch werden sollte. Dreizehn Jahre sind doch eine lange Zeit! die hab' ich dir geschenkt … meine ganze Jugend hab' ich deiner Kunst geschenkt. Ich hab' ja nicht *dich* zuerst kennengelernt, sondern zuerst dein Werk! deinen ersten großen Erfolg damals in München, den ›Adam und Lilith‹, der jetzt in Amerika ist! Ich meine: … die Bewunderung und Ehrfurcht vor deiner Kunst hat mich zu dir geführt, deiner Kunst hab' ich mich gewidmet all die langen Jahre. Wenn du deine Unglückstage gehabt hast und bist im Atelier herumgelaufen und wolltest alles zerschlagen und Steinklopfer werden – hab' ich dich da nicht ausgelacht und dir neuen Mut gegeben? Und wenn der Größenwahn mit dem Erfolg über dich gekommen ist – hab' ich dich nicht sachte wieder auf den Erdboden gestellt und dir gezeigt, daß du noch viel, viel mehr leisten kannst? Und wenn du im Übermut angefangen hast, mit deinem Können zu spielen, statt zu schaffen – hab' ich dich da nicht selbst vor deine halbfertigen Werke geführt und das nasse Tuch vom Ton genommen und hab' nur gelacht, wenn du zu schimpfen anfingst, um schließlich doch mit Feuereifer zu arbeiten? mit einem Wort – was wärst du ohne mich?«

»Das will ich dir sagen!« sprach Meister Josephus. »Ein Millionär und ein Lump von Künstler!«

»Nun also – habe ich es nicht ehrlich mit dir gemeint?«

»Ja, du warst mein guter Geist!« Er ging trotzig herum. »Aber die guten Geister sind lang-weilig! Ich will dahin, wo's amüsant ist. Wenn ich sterb', will ich von selber in die Hölle, da fühl' ich mich viel wohler ...unter dem Teufelszeug!«

Sie überhörte sein letztes Gemurmel. »Und wenn dann noch ein bißchen mehr dabei war als bloß deine Kunst ...sieh ...ich sprech' das ganz offen aus, und du weißt es ja ...ich möchte dir ja nur sagen ...es gibt nicht so arg viel Liebe in der Welt! Man muß froh sein, wenn man sie hat ...man soll sie nicht zertreten ...es kann einen selber nachher reuen!...Ich hab' dir meine Seele ...ich möchte sagen mit beiden Händen hingebracht und gesagt: nimm sie! Ich hab' dir gelebt...Alles mit dir durchgelitten und durchgestritten wie ein Stück von dir selbst ...und hab' weiß Gott nie Dank verlangt. Mir war das genug, in deiner Nähe zu sein! Aber eines bist du mir jetzt wenigstens schuldig: daß du wahr gegen mich bist!«

Er hatte sich in das Dunkel der Sofaecke geworfen. Es war, als ob er schluchzte.

Ihre Stimme bebte. »Ich halte es nicht mehr aus. Ich sehe, daß neben mir etwas geschieht ... ich merke es ganz deutlich ...und wage es doch nicht zu Ende zu denken ...der Zweifel ...die Angst bringen mich um! Sage mir die Wahrheit! Schonungslos! Es ist immer noch besser, als was ich die letzte Woche gelitten habe!«

»Schonungslos...« Er hob wehmütig sein ganz vergrämtes, im Schein des aufgehenden Mon-des bleich aussehendes Löwenhaupt. »Ach, Liebste ...das wäre ein schöner letzter Dank! Ich schonungslos gegen dich – das brächte ich nicht übers Herz! Was ich Treues und Gutes im Leben erfahren habe, seit meine Eltern hinüber sind, das dank' ich doch dir. Aber es gibt ei-nen Kerl, gegen den will ich schonungslos sein – den will ich dir einmal zeigen, wie er ist! der Kerl heißt Joseph Ranggetiner und ist seines Zeichens Akademieprofessor und knetet in Ton allerhand dummes Zeug. Meine Liebe ...ob das ein Genie ist oder ein Lump ...darüber sind die Gelehrten noch uneinig. Soweit ich den Lümmel kenne, mein' ich: 's ist ein genialer Lump! Er hat was von 'nem Meister in sich! das siehst du! Ich meine ...den Funken von oben! das Heilige! Aber ein großer Meister ist rein! der ist einfältig, der ist fromm. Mag er Weiber küssen, soviel er will. Aber vor seiner Kunst faltet er die Hände, da bleibt alles andere hinter ihm, da steht er wie in einem weißen Kleid und hat einen Riegel zwischen sich und der Welt und betet wie in der Kirche! Ich aber ...ich will, daß die Kunst mir dient – mir, einem armseligen Kerl! Ich bin ein Lüderjahn ...ich habe allerhand Götter neben ihr ...ich habe nicht den Ernst ...drum bin und bleibe ich einer von den Krüppeln! Von den ewig Vergnügten. Von den Bezahlten,. Und *so* sieht mich die Lotte! die hat mir die Augen aufgemacht und mir gezeigt, daß bei einem Kerl wie mir alles umsonst ist...«

Jetzt lief zum erstenmal ein Aufleuchten von Grimm über ihre Züge. »Und du läßt dich von ihr herunterziehen? du gibst einem halben Kinde die Macht über dich...«

»Eben weil sie ein Kind ist! Sie ist so jung. Ich will auch jung bleiben!«

»Und wenn ich, dein bester Freund auf der Welt, dir den anderen Weg weise...«

Er trat hastig vor sie hin. Seine Augen funkelten. Seine breite Brust atmete heftig unter den blonden Wellen des Siegfriedbarts. »...Dann sag' ich dir: Meine Liebe ...der Weg ist mir zu steil, da wird man alt auf halber Höhe. Man wird alt, wenn man immer dasselbe ist. Ich will gerne einmal ein aufrichtiger, einfältiger Meister sein ...am Sonntagnachmittag. Aber am Abend muß ich radschlagen und Grimassen schneiden und mit der ganzen Welt raufen wie auf dem Tanzboden. Sonst wird's mir zu langweilig. Ewig derselbe Kerl zu sein, ist fad. Du siehst an mir immer dasselbe – immer nur eine Seite ...die weiße, fromme. Aber so still dasitzen die ganze Zeit, als ob man photographiert werden sollte, das kann ich nicht. Ich bin nicht nur der Mensch, für den du mich hältst. In mir stecken zehn Menschen. Von denen will jeder einmal an die Reihe kommen – nicht bloß der eine. Da kann sich jeder was raussuchen bei mir und es bleibt noch ein Rest! Wer kennt mich denn? Ich kenn' mich selber nicht! IAcht bis zu Ende, Gott sei Dank! Zehn Seiten Hab' ich – zwanzig ...in allen Farben ...und viel Giftzeug darunter ... das glaub' mir ...und das will auch sein Recht! das ist sogar stärker als alles andere! So ...jetzt kennst du mich...«

»Nein! Denn dann hättest du mich ja betrogen die ganze Zeit!«

»Dann hab' ich eben gelogen und betrogen, da kann ich nichts dafür. Ich hab' mich nicht selber gemacht. Ich bin der Meister Josephus, ich bin ein Gott und ich bin ein Tier! Wer vor mir den Hut nicht abnehmen will, mag's bleiben lassen. Aber sie nehmen ihn ab, die Esel ... alle ... alle ... das macht ... sie wissen: ich bin ehrlich. Ganz ehrlich in jedem Augenblick. Daß ich im nächsten Augenblick anders bin, da kann ich nichts dafür, da muß man sich darein finden oder mich in Ruhe lassen!«

Er wurde grimmig. »Jawohl – in Ruhe lassen! Und wenn du das nicht kannst, dann müssen wir eben auseinander. Ich vertrag' das nicht mehr! Ewig so ein mahnendes Gewissen an meiner Seite ... so was Kränkliches, Graues! Ich bin ein ganzer Kerl! Lasse du mich meinen Weg zum Teufel gehen! Aber mach' mich nicht alt, mach' mich nicht krank, mach' mich nicht müde vor der Zeit! Gib mich frei! 's ist besser für uns beide. Wir passen nicht mehr zusammen! Du willst alt werden und ich will jung bleiben! Da muß der eine rechts, der andere links. Hab' Dank für deine Lieb' und Treue! Denk', ich sei tot oder ich hätt' dir eine Komödie vorgespielt die ganze Zeit von einem guten dummen Meister Josephus und du siehst mich heute zum erstenmal in meiner wahren Gestalt – mit Hörnern und Klauen! Die Lotte, die hat den Pferdefuß schon lange gemerkt, den du nie gesehen hast. Denk' von mir, was du willst ... aber jetzt lasse mich hinaus ... es kocht alles in mir! Ich hab' eine Wut gegen mich, ohrfeigen möcht' ich mich! Ich muß frische Luft schöpfen! Sonst erstick' ich!«

Sie trat vor die Türe. »Erst sage mir noch das Letzte. Das, was ich eigentlich von dir wissen wollte. Ich hab' zwei Menschen auf der Welt, die ich lieb hab' – dich und die Lotte! Habt ihr beide, meine einzigen Menschen auf der Welt – alles, was mein ist – habt ihr beide mich belogen und betrogen? du, der mir versprochen hat, mich ... und die Lotte, für die ich alles getan hab'...«

In seinen Augen glitzerte ganz hinten ein grünliches Gefunkel. Sein Gesicht war grimmig böse, schlecht durch und durch. Sie machte einen Schritt zur Seite, entsetzt vor der erwachenden Brutalität der blonden Bestie. Wie ein großer blauäugiger Teufel, stand er fremd im Mondschatten vor ihr. Aber er kämpfte sich nieder. Stumm, mit einem trotzigen Faustgriff riß er die Türe auf und lief hinaus. Sie hörte, wie die Treppe unter seinem schweren Schritte krachte.

Er hatte nicht geantwortet. Ein letzter lächerlicher Rest von Hoffnung flackerte in ihr. Sie eilte auf den Balkon. Vielleicht stand er da unten. Vielleicht kehrte er doch zurück...

Da trat er hinaus in die helle Nacht. Langsam, mit gesenktem Haupt. Ihr Herzschlag stockte.

»Sepperl!« klang aus dem Dunkel unten eine sanfte Mädchenstimme. »Lieber Sepperl ... warum schreist du denn so schrecklich? Man hört's bis hier herunter. Ein Glück, daß kein Mensch in der Nähe ist ... alles beim Feuerwerk...«

Er blieb stehen. »Wo bist du denn, Lotte?«

»Hier!« Sie ging langsam auf ihn zu wie ein müdes Kind. Im Mondschein lag ein ängstliches Lächeln auf ihren reizenden Zügen. »Ich hab' geweint. Ich bin so traurig, weil du vorhin so häßlich gegen mich warst...«

»Ich häßlich gegen dich...« Er faßte ihre Hände und flüsterte heiß, fiebernd auf sie ein. »... Du ... du mein Süßes ... mein Liebes ... du...« Und plötzlich bedeckte er ihr Gesicht mit wütenden Küssen. »Meine kleine Prinzessin ... mein Märchen ... mein Traum ... ich bring' dir alles ... dein Schloß im Wald ... die goldenen Vögel ... auf den Händen trag' ich dich hin ... ich küsse dir die Füße ... ich...«

Sie rang, sich loszumachen. »Um Gottes willen ... Ellinor...« keuchte sie unter seinen Küssen.

»Ach, Ellinor! das war gestern! Ich schau' mich nach keinem um im Leben. Ich brauche keinen im Leben! Nur dich will ich haben ... dich...«

»Ellinor!« flüsterte sie wieder, sich ihm entwindend, mit erstickter Stimme, und jetzt merkte er, wohin ihr angstvoller Blick wies ... nach dem Schatten da oben auf dem Balkon.

Er blieb eine Sekunde betäubt stehen, während Lotte mit drei langen, scheuen Sprüngen vor ihm in das Haus flüchtete. Dann warf er trotzig das blondmähnige Haupt in den Nacken, zuckte die Schultern und ging mit festem Schritt die Straße hinab.

Die oben sah dem Meister Josephus nicht nach. Ihre Augen waren in der Weite, dort, wo über dem Firn der Höhen ein ferner rosiger Abendschein sich langsam scheidend in der Nacht verlor. Eine letzte Sehnsucht zog sie dort hinauf: Die Liebe ist tot! Nun geh du mit ihr sterben...

XXII

Der Viererzug, der Meister Josephus bis vor das Haus gebracht, war inzwischen weitergerollt und hielt vor einem der Prunkhotels von St.-Moritz-Bad, die, jetzt zur Hochsaison der gewöhnlichen Menschheit völlig unzugänglich, nur von den Modeopfern der oberen Zehntausend Europas und massenhafter Dienerschaft bevölkert waren. Hier trennte man sich. Es war hohe Zeit, sich in Frack und weiße Binde und in die ausgeschnittene Robe zu werfen.

Prinz Wilfried, der, einen zerknitterten Brief in der Hand, am Kamin gesessen, stand langsam auf, als seine schöne Frau eintrat. Ein Odem von Lebenskraft und Lebenslust wehte mit ihr in das Zimmer, wie sie es mit ihrem gewohnten elastischen Gange durchmaß, hoch aufgerichtet, mit geröteten Wangen und einem gesunden, stählernen Schimmer in den Augen.

Jetzt erst sah sie ihn. »Oh ...da bist du!« sagte sie gleichmütig, Hut und Mantel der Kammerfrau übergebend. »Das war ein herrlicher Tag! Sonne ...frische Luft ...ganz nette Menschen ... bloß ein bäuerlicher Künstler darunter – ich liebe diese Leute nicht. Sie kopieren uns so ungeschickt und haben dabei immer allerhand auf der Zunge, was sie uns nicht sagen. Übrigens...« sie sah ganz harmlos darein, »es ist der Freund deiner Freundin ...deiner Gefährtin auf euren melancholischen Bergklettereien. Oder vielmehr ihr Freund gewesen. Denn mir scheint, er heiratet nächstens ihre Schwester!«

Der kleine Prinz sah betroffen empor.

»Warum denn nicht?« fuhr sie leichthin fort und knöpfte sich die langen Handschuhe auf. »Ich habe heute auch ein bißchen daran mitgearbeitet, so gut ich konnte. Es macht mir Spaß...«

»Einen Menschen unglücklich zu machen? Darauf kommt es doch hinaus!«

»Du bist naiv!« sagte sie achselzuckend. »Glaubst du, ich hätte mich noch nie über deine Freundin geärgert, wenn du mit Ihr in Schnee und Eis herumabenteuertest und ich das abgeschmackteste Zeug ausdenken mußte, um dein Ausbleiben zu entschuldigen, und doch genau wußte, wie hinter meinem Rücken ...gut ...das ist die Revanche. Wer mich ärgert, den ärgere ich wieder. Nun ist die Reihe an ihr!«

»Ich glaube, du weißt gar nicht, was das für sie bedeutet!«

»Das ist mir auch sehr gleichgültig!« Virginia öffnete die Türe zum Nebengemach. »Man soll nie so dumm sein, seinen Verdruß zu zeigen. Aber wenn die Zeit da ist, präsentiert man die Quittung! In aller Seelenruhe. Und nun entschuldige mich. Ich muß mich umkleiden!«

Sie blickte in den anstoßenden Raum und stieß einen halblauten Ruf der Überraschung aus. Es stand da alles drunter und drüber, große Koffer rings am Boden und auf Stühlen und dazwischen war die Dienerschaft mit Packen beschäftigt.

Äußerlich brachte sie nichts in der Welt aus ihrem gesunden Phlegma, und sie fragte daher ihren Mann ohne Erregung, nur mit leise hochgezogenen Brauen: »Willst du mir nicht erklären, was das bedeutet?«

»Wir müssen reisen! heute abend noch. Und da du den ganzen Nachmittag fort warst, habe ich alles Nötige angeordnet.«

»Reisen? Bei Jesus! Ja, wohin denn?«

»Nach Thieregg!« Er zeigte ihr den Brief, den er in der Hand hielt. »Ich wollte dir nichts sagen, ehe nicht die Zeit drängte, weil ich weiß, wie übel du es aufnimmst, wenn man dich in deinem Vergnügen stört. Aber jetzt muß ich es tun!«

»Was ist denn geschehen? Ist die Kleine...«

Er nickte. »Nach dem Briefe, der heute mittag kam, gleich nachdem ihr weggefahren wart, geht es entschieden schlechter. Es will dort niemand mehr die Verantwortung tragen. Es scheint fast, daß es noch schlimmer steht, als man schreibt. Ich war die ganzen Tage hier schon wie auf Kohlen. Aber jetzt gibt es kein Besinnen mehr. Jetzt ist dort unser Platz!«

Sie schwieg verstört.

»Wie wir beide zueinander stehen, ist etwas anderes!« fuhr er fort. »Aber darin sind wir doch eins. Ich weiß ja, daß dir die Kleine auch ans Herz gewachsen ist, und hab' mich eigentlich gewundert, daß du dich auf die paar Wochen hast von ihr trennen können. Sonst fehlte dir ja etwas, wenn du sie nicht den ganzen Tag mit dir hattest und alle Welt das Baby bewundern konnte ...«

»Ja. Aber wie sie davon immer blasser und schwächlicher wurde ...es bekam ihr wirklich nicht!«

»Gewiß nicht. Ich hätte dir das gerne schon früher gesagt, daß das Zigeunerleben im Hotel nichts für solch ein zartes Geschöpf ist. Aber andererseits ...Man kann keiner Mutter zumuten, sich von ihrem Kinde zu trennen, Und eben darum müssen du und ich jetzt so rasch wie möglich hin ...«

Sie schwieg. Er konnte keinen Schrecken, keine Angst auf ihren Zügen lesen, eher eine Art verdrießliches Erstaunen, das dumpf auf dem jugendlichen Römergesicht lag und es noch finsterer und schöner machte als sonst.

»Am Ende ist es nicht so schlimm!« sagte sie nach einer Weile, »die Ärzte übertreiben ja immer!«

»Im Gegenteil! Sie verschweigen, solange sie können und dürfen! Da nimm den Brief und lies! du wirst sehen, was zwischen den Zeilen steht ...was der Arzt erraten läßt ...und wir wissen es ja auch ohne ihn ...«

Sie überflog stirnrunzelnd das Schreiben und legte es dann mit einem tiefen beklommenen Aufatmen auf den Tisch. Die beiden Gatten dachten dasselbe, ohne es sich zu sagen, ohne sich anzusehen: das kleine Wesen dort ferne in dem Waldschloß würde sein erstes Lebensjahr nicht vollenden. Es schwand hin, wie ein winziges Flämmchen sich in sich selbst verzehrt, und unsicher war nur der Zeitpunkt, wann es erlosch.

»Also ...bist du bereit, zu reisen?«

Sie zuckte die Achseln und seufzte wieder, leise, als habe sie Mitleid mit sich selbst. »Gewiß! Ich bin zwar überzeugt, daß der Arzt uns unnötig Angst einjagt, aber ...«

»...aber du fährst heute abend mit mir?«

»Heute abend? Das kannst du nicht verlangen ...wo ich den ganzen Tag unterwegs war ... ich bin wirklich todmüde!«

Sie und müde! Er lächelte bitter.

»Aber morgen früh!« fuhr sie fort. »Ich *muß* ausgeschlafen haben vor der weiten Reise. Ich habe doch auch Rücksichten gegen mich selbst! Es kommt ja auf den halben Tag nicht an!«

»Es kommt vielleicht sehr viel darauf an, wenn ich den Brief da richtig verstehe ...aber gut ... wie du willst ...also morgen früh ...«

Von unten rief mit dumpfem Schall der Gong zur Table d'hote. Sie fuhr zusammen. »Herrgott ...und ich bin noch nicht umgezogen. Und alles im Durcheinander ...«

Seine melancholischen Augen wurden noch größer als sonst. »Du gehst zur Table d'hote? Heute?«

»Wenn du durchaus willst, können wir ja auch auf dem Zimmer essen!«

»Das ist gleich! Ich meine ...du denkst jetzt an dich und an derlei wie die Table d'hote ... nach diesem Briefe? ...«

Sie begriff ihn gar nicht recht. »In dem Briefe steht doch eigentlich nichts Neues! Leider! Glaubst du denn, daß es um ein Haar besser wird, wenn ich infolgedessen drei Tage faste und mich kasteie? Im Gegenteil ...man muß doch selber gesund und kräftig sein, um anderen zu helfen. Ich will ja alles tun, was ich kann. Aber unnütze Opfer haben doch gar keinen Wert!«

Sie schlüpfte in das Nebenzimmer und begann dort in halblautem Englisch mit der Kammerfrau wegen der wieder auszupackenden Abendtoilette zu verhandeln. Er blieb wie betäubt am Kamin sitzen, dessen Flackerglut allein den dämmernden Raum erhellte.

Es war doch nicht möglich. Eine Mutter, die ihr Kind nicht liebt! Mag ein Mensch gegen seinesgleichen noch so kühl und gefühllos sein, er empfindet doch mit dem eigenen Selbst, mit dem eigenen Fleisch und Blut.

Und sie hatte das kleine Wesen ja auch immer verzärtelt und verhätschelt, mit ihm auf der Promenade und im Bekanntenkreis wie mit einem niedlichen Spielzeug kokettiert und war nie schöner gewesen als mit diesem strahlenden warmen Mutterlächeln auf der sonst so kalten klassischen Schönheit ihrer Züge. Bis dann das zarte Geschöpfchen immer welker und kränklicher wurde und bald gar nicht mehr aus dem Zimmer herausgetragen und der Welt und den Bewunderern seiner Mutter gezeigt werden konnte...

Und plötzlich begriff er! Wäre ihr Kind gesund und rosig gediehen, so hätte sie es vergöttert! Von dem Hinsiechenden, Absterbenden aber wandte sich ihre strotzende, selbstsüchtige Gesundheit unwillkürlich ab. Sie konnte nicht anders. Sie schauderte vor allem zurück, was ihrem eigenen Wesen fremd war, was einen strahlenden jugendlichen Vollmenschen wie sie mitten im Genuß der Maientage seines Lebens an Krankheit und Tod erinnern konnte. Sie gehörte nun einmal in den Ballsaal, auf den Rennplatz, in das Menschengewühl, und nicht in ein halbdunkles, düsteres Siechenzimmer. Ihm fiel eine Szene neulich in Paris ein, wo ihr Vater, der fromme alte Silberkönig des wilden Westens, austernschlürfend bei Tisch gesagt hatte: »Von kranken, armen und unglücklichen Menschen habe ich mich *grundsätzlich* mein ganzes Leben hindurch ferngehalten. Derlei ist unter Umständen ansteckend!« und sie hatte ihm, die Champagnerschale an den roten Lippen, gleichgültig über den Orchideenstrauß in der Mitte der Tafel hinweg Beifall zugenickt.

Da rauschte eine schwere Schleppe. Sie trat wieder ein und entzündete mit einer Handbewegung voll nervöser Ungeduld, daß es im Zinnner so finster sei, das elektrische Licht. Ihre weißen, üppigen Schultern blinkten. Weiße Rosen grüßten aus dem wie rote Seide flimmernden Gespinst ihres Goldhaares, und ihre dunklen Augen schauten feucht und warm aus dem matt abgetönten, einer antiken Gemme ähnelnden Antlitz.

»Ich hab' mir's noch einmal überlegt!« sagte sie etwas unruhig. »Vielleicht ist's doch besser, du fährst schon heute abend. Ich sehe ja, wie es dich hindrängt!«

»Und du?«

»Ich komme nach, sowie du mir telegraphiert hast, daß es nötig ist! Dann reise ich auf der Stelle und erspare mir anderenfalls eine zweitägige Fahrt im Landauer und Schnellzug. Ich denke ... so ist es am praktischsten!«

Er stand langsam auf. Ihn fröstelte.

»Treibt dich denn gar nichts dorthin?« fragte er leise. »Fühlst du denn wirklich gar nichts?«

»Aber gewiß! Ich sage dir ja: Telegraphiere mir ›Komme!‹ und ich werde da sein! Ich möchte nur nicht den Verdruß haben, umsonst in diesen Waldwinkel da unten gelockt zu sein – jetzt, wo noch kein Mensch dort ist – und dann die Hände im Schoß dazusitzen. Und du neben mir! Sehr anregend wäre diese Zeit für uns beide wirklich nicht, sondern einfach verloren in Gähnen und Schweigen und bestenfalls ein bißchen Zank dazwischen. Ich liebe es nicht, meine Zeit zu verlieren. Das liegt uns im Blut! Das hab' ich von meinem Vater!«

»Und was gewinnst du hier inzwischen? Macht dich denn das wirklich so glücklich – dieses Hetzen vom Lunch zum Konzert und von der Table d'hote zum Ball mit tausend fremden, gleichgültigen Menschen zusammen?«

»Mein Gott ... man lebt eben so!«

»Oder hast du etwas Besonderes? Gerade jetzt?«

Sie wurde ärgerlich. »Ich wüßte wirklich nicht!« sagte sie und wendete sich ab.

Er überdachte. Und plötzlich durchfuhr ihn ein Schrecken. Natürlich – morgen war ja das große Lawntennisturnier, in dem Virginia und Mr. Owen im Herren- und Damenspiel in die Schranken treten sollten. Sie galten als die beiden besten Kämpen. Sie hatten alle Anwartschaft auf den Sieg, der schon seit Wochen zu scherzhaften Wetten Anlaß gegeben, der durch Eildepeschen im »Figaro« und der Pariser Ausgabe des »New York Herald« der ganzen aristokratischen Jacht-, Turf- und sonstigen Sportwelt Europas und der Vereinigten Staaten verkündet werden würde.

Er sah den englischen Herrenreiter vor sich – das stumpfsinnige Bulldoggengesicht auf dem hageren Herkulesleib. Ein quälender Widerwille wuchs jäh in ihm und ward zum Zorn.

»Du wirst morgen nicht mit deinem Freunde Owen Lawntennis spielen!« sagte er hart und laut. »Ich verbiete es!«

Sie lächelte böse. »Habe ich je gesagt: ›Du wirst morgen nicht mit deiner Freundin auf die Berge steigen! Ich verbiete es!‹ Lasse du mich meine Wege gehen und gehe du deine!«

»Du hast mir nichts zu verbieten!« setzte sie nach einer Weile ganz gelassen hinzu, als bereue sie es, überhaupt auf seinen heftigen Ton eingegangen zu sein. »Versuche es doch nicht immer wieder! Es ist langweilig, wenn ich dich immer wieder in deine Schranken zurückweisen muß!«

Er zuckte zusammen und schloß die Augen. Jawohl – was hatte er zu verbieten? ›der deutsche Prinz‹ der Millionärssippe jenseits des großen Wassers, der erkaufte Gatte ...ihm würgte etwas in der Kehle und er schwieg.

»Also *all right!*« Sie drehte sich dem Ausgang zu. »Du fährst und telegraphierst mir Nachricht!«

»Und wenn die Nachricht schlimm lautet – wenn vielleicht das Schlimmste eingetreten ist ... dann gibt es wenigstens Gesprächsstoff genug für die nächsten Wochen hier in St. Moritz! Eine Mutter, die hier mit Feuereifer Lawntennis spielt, während dort ihr Kind...o gewiß! das wird deine Stellung in der Gesellschaft wesentlich verbessern!«

Es war ein böser Ausdruck auf seinem müden, blassen Gesicht, während er Virginia lauernd ansah – eine schlimme Neugier: würde das in der Tat auf sie wirken? – das Letzte, das Einzige, das sie anerkannte und dem sie sich beugte – das Urteil der Welt!

Jawohl – sie kam zurück. Langsam und finster, wie eine Sklavin, die man gerufen. »Du hast recht!« murmelte sie. »Ich gehe mit dir!«

Es war still zwischen ihnen. Eine unsägliche Traurigkeit voll Widerwillen und Angst ließ das Herz des kleinen Prinzen unruhig klopfen, wie er da schweigsam neben seiner ebenso stummen marmorschönen Frau saß. Eine Qual des Gefangenseins – des Nichtentrinnenkönnens vor sich selber. Die ewige Demütigung, ein Weib zu lieben, das er haßte und verachtete und das ihn doch festhielt mit den beiden starken Banden – mit ihrem Kind und ihrer Schönheit.

Und immer wieder die drückende Neugier: Was ist das eigentlich, dieser jugendherrliche Leib, der da neben dir atmet? Hat er wirklich keine Seele, nichts, was da drinnen im Menschenherzen pocht und lebt – oder zeigt er seine Seele nur anderen und dir nicht, dem erkauften, verwachsenen ›deutschen Prinzen‹ den sie aus der Fülle ihrer Gesundheit, ihrer Kraft, ihrer Reize und ihres Reichtums heraus kalt verachtet?

Immer stärker war in ihm die große Sehnsucht seines Lebens, frei zu sein – innerlich frei zu sein von ihr, äußerlich frei zu sein von allem, was sie zusammenhielt.

Er hatte eine trübe Ahnung: das äußere Band zwischen ihnen riß bald. Das flackernde kleine Lebenslicht dort in der Ferne war im Verlöschen. Aber das Rätsel blieb. Das zehrende, peinigende Verlangen, einmal hinter die Maske ihrer steinernen Schönheit zu schauen, einmal zu sehen, wer eigentlich das eisige Menschenbild war, das seit zwei Jahren neben ihm lebte und seine Frau hieß. Ein Rätsel, das man löst, wird gleichgültig. Ein Gespenst verschwindet am hellen Mittag. Er bangte seinem Lebensmittag der Erkenntnis entgegen...

Es klopfte. Der Diener brachte eine Depesche.

Eine Depesche aus Schloß Thieregg...

Ehe er sie öffnete, wußte er, was darin stand. Und seltsam – es war weniger ein Gefühl plötzlicher Trauer, daß das kleine, schwache Wesen fern von den Eltern die wenigen Monate seines Erdenlebens vollendet hatte und dahingegangen war – an diese Trauer hatte er sich schon seit Wochen gewöhnt – sie lebte schon im voraus Tag um Tag in ihm, als habe sich das Langerwartete, Langgefürchtete bereits erfüllt, das nun eingetreten war – nein – es war ein trübes Aufseufzen der Befreiung, das ihn überkam. Nun hatten sie äußerlich wenigstens nichts mehr gemein – er und seine Frau.

Er reichte ihr stumm das Telegramm und schaute ihr, während sie las, mit finsterer, angstvoller Neugierde ins Gesicht. Darin regte sich nichts. Sie war nicht umsonst die Tochter jenes Silberkönigs drüben, auf dessen ausgearbeiteten, faltenreichen Zügen seit Jahrzehnten kein menschliches Ereignis mehr in Freud und Leid ein Widerspiel erzeugt hatte. Sie beherrschte sich unwillkürlich gleich ihm. Das schöne Antlitz wie aus Stein gemeißelt und nur allmählich bleicher werdend, stand sie bewegungslos da und starrte, die Hand mechanisch um das Telegramm ballend, in die Schatten des Kamins. Eine lange Zeit hindurch. Dann atmete sie tief und gepreßt auf, als wolle sie aufschluchzen. Aber ihre Augen blieben trocken. Sie ließ den Kopf sinken und ging langsam hinüber in ihr Zimmer.

›Wer bist du?‹ schrie es wieder in dem kleinen Prinzen. Selbst die Trauer um den endlichen Tod seines Kindes verschwand vor dieser unheimlichen Neugier. Hatte sie der Schicksalsschlag, den sie ja nicht so rasch erwartet zu haben schien, vielleicht im ersten Augenblick versteinert? Löste sich vielleicht da drinnen in der Einsamkeit ihres Gemaches der Schmerz in Tränen und warf sie weinend auf ihr Bett? Oder konnte sie überhaupt nicht weinen? Gab es überhaupt nichts auf der Erde, das sie zu erschüttern vermochte?

Ein Zeichen – gib mir ein einziges Zeichen, wer du bist! Wer das ist, der mich sein ganzes Leben festhalten will – an sich gekettet wie ein rechtloses Ding, wie eine gekaufte Ware! Lasse mich einmal nur in dein Inneres schauen, daß ich von dir genese – von dir und deiner Schönheit!

Er fühlte, die Genesung war nahe. Sie lag schon in dem Grauen, mit dem er nach der Türe sah, die ihn von seiner Frau trennte – in der fiebernden Angst, mit der er auf jeden Laut, jede Bewegung drinnen lauschte.

Die Kammerfrau schien da herumzuhantieren. Koffer und Stühle wurden gerückt. Dazwischen murmelte die Person, mit der ihre Herrin nur englisch zu sprechen pflegte, allerhand von den Trauerkleidern, die man in Eile aus Wien telegraphisch bestellen müsse, und von warmen Wintersachen. Denn in Schloß Thieregg werde es in den nahenden kurzen Herbsttagen schon bald recht frostig und zugig sein.

Virginia erwiderte nichts.

Dann fing die Dienerin von dem Schicksalsschlag selbst zu sprechen an. Man habe es ja befürchten müssen. So zart und durchsichtig, wie die arme Kleine ihr bißchen Leben hindurch gewesen. Aber freilich – ein schwerer Verlust bleibe es eben doch.

Und nun klang auch Virginias Stimme, tief und halblaut, als murmele sie etwas, in Selbstgespräch verloren, vor sich hin.

» And a lost year!«

Ein verlorenes Jahr! Plötzlich atmete er tief auf. Wie Schuppen fiel es ihm von den Augen. *Das* war sie! Diese drei Worte – doppelt schroff und von unheimlicher Klarheit in der fremden Sprache.

Ein verlorenes Jahr! Nicht den Verlust des Kindes betrauerte sie – nein, den Verlust des langen Trauerjahrs, das vor ihr lag und das sie still und zurückgezogen, fern von dem Jubel und Trubel ihrer Welt, verbringen sollte, den Gesetzen der Gesellschaft gemäß, die sie ja allein über sich anerkannte.

Ein verlorenes Jahr! Es war kein Ärger in ihrer Stimme gewesen – aber ein dumpfes, zorniges Mitleid mit ihrem unersetzlichen, blühenden dreiundzwanzigsten Lebensjahr, das sie in Schwarz hüllen, das sie anstandshalber vertrauern mußte, weil ihr Kind zu leben aufgehört, wie sie das Jahr vorher verloren, ehe jenes zum Leben kam.

Kein Aufschrei um ihr Kind – kein Weinen der Erlösung – nein – nur ein finsteres Bedauern ihrer selbst, daß sie dreihundertfünfundsechzig Tage lang nicht alle gewohnten Freuden des Daseins ausschlürfen konnte.

›A lost year!‹ Das war sie! Jetzt sah er sie! Er sah durch die schöne Hülle ihres Leibes hindurch und sah drinnen nichts. Sie hatte ihm einfach ihre Seele nicht gezeigt, weil sie keine besaß. Das Weib, das dem Manne mit eisiger Gleichgültigkeit gegenübergestanden, hatte ihm eine heiße Leidenschaft eingeflößt, die Mutter, die beim Hinscheiden ihres Kindes nichts empfand als die ärgerliche Sorge um ihren Lebensgenuß, erfüllte ihn mit einem unermeßlichen, befreienden Widerwillen.

Die Bande lösten sich. Er fühlte Grauen vor ihrer toten Seele und Ekel vor der blühenden Schönheit ihres Leibes.

Ihm war auf einmal frei und leicht. Die beiden Ketten, die ihn hielten, waren gerissen: ihr Kind war nicht mehr und ihre Schönheit verging vor ihm. Und er erkannte, daß sein Kind gestorben war, um ihm selbst ein neues Leben zu geben – fern von ihr, fern von seiner ganzen bisherigen Welt – von ihnen allen als tot betrachtet, verunglückt in den Bergen, die bleich und weiß hoch vom Mondhimmel her durch die Ferne in das Fenster grüßten, und jenseits dieser Berge wieder von den Toten auferstanden, ein neuer Mensch zu neuem Dasein!

XXIII.

Unten im Tale träumen sie. In den großen, in Vollmondmitternacht schlafenden Palasthotels, in den Bauernhäusern daneben, auf der ganzen Erde.

Sie träumen nicht nur bei Nacht. Sie träumen auch bei Tage und werden nicht wach. Sie träumen ihr Leben und träumen ihren Tod.

Siehe – alles ist ein Traum.

Über den Dingen liegt der Schleier der Maja, der Glanz der Welt, die rolen Nebel der Leidenschaft in Herz und Hirn, der graue Flor der Trübsal, das schillernde Gewebe der Jugend, das gebrechliche Gespinst des Alters, das bunte Seidengeglitzer der Güter der Erde und das stärkste aller Spinnwebe – des Weibes Schönheit.

Zerreiße Nebel, Spinnweb und Flor! So wirst du wach! Wer da weiß, daß er träumt, der träumt nicht mehr. Er schreitet wissend durch die Welt. Ein Pilger an allen Toren und überall in der Heimat, wo der Wind weht und die Wolken ziehen – ein ewig Gehender und ewig Kommender, hinter dem fern wie die letzte Abendröte überm Meer Menschenlust und Menschenleid verglimmt.

Er besitzt nichts mehr auf der Welt. Drum hat er alles. Drum ist er gütig. Drum ist er zufrieden. Er hat sich selbst in seiner Schwachheit gesehen und in sich den Menschen und in dem Menschen das ganze Leben im Schleier der Maja. Da gewann er aus sich das hohe und tiefe Mitleiden mit allem, was lebt und leidet.

Der einst den Schleier zerriß, war auch ein Prinz, wie der kleine verwachsene Bergsteiger, der in der Stille der Mitternacht den Höhen des ewigen Firns zustrebte. In Gotamo Buddhas Ställen wieherten die Pferde und wiegten sich die Elefanten, in Gold und Elfenbein prunkten die Säle seines indischen Königsschlosses, die Palmen rauschten über seiner schlafenden gewappneten Heerschar, seiner warteten mit Liebe die Eltern, in Zärtlichkeit die schönsten Frauen, in Treue die Freunde. Und da es Mitternacht war, sattelte er still sein Roß und ritt hinaus und wandte sich nicht um.

Aus der Heimat zog er in die Heimatlosigkeit, der Fürstensohn ward zum Bettler in fahlem Lendenschurz, das Antilopenfell über dem Arm, Krückstock und Opferschale in der Hand. Zum Wanderer ward er, zum Wissenden, zum Vollendeten. Und als der Greis die müden Augen schloß, war diese Welt schon lange vor seinen Augen vergangen. Durch Berge und Menschen hatte er hindurchgesehen, über alles Köstliche der Welt hin wie über einen Kehrichthaufen, über Königskronen und Mädchenlocken, über siegesrote Schwerter und gleißendrotes Gold, über Tempeltürme und über die Schriften der Weisen und der Dichter, und wußte: Das alles war nur eine Trübung in dem kristallklaren Nichts, in dem Nirwana. Und wußte: »Vollendet ist mein Werk! Nicht mehr ist diese Welt!«

Der kleine Prinz blieb auf halber Höhe des Weges stehen. Die letzte Versuchung kam über ihn, der Gedanke, den er schon oft geträumt: ferne, irgendwo als Einsiedler in einem indischen Palmenwald seine Tage zu verbringen, wunschlos, sich und der Welt entronnen.

Nein! Er warf das Haupt zurück und stieg rasch empor. Wer lebt, muß das Leben wollen! Ein Mensch unter Menschen! Draußen im Kampf der Erde!

Ihm war zumute wie einem Gefangenen, der aus seinem Kerker entsprungen zum erstenmal wieder die reine Luft des Waldes atmet, das klare Sternenfunkeln der Höhennacht über sich schaut und in tiefen langen Zügen aus einem kalten Bergquell Freiheit, Lebensmut und Gesundheit in sich schlürft. Da unten lagen die goldenen Mauern, hinter denen die Silberdynasten des wilden Westens ihren ›deutschen Prinzen‹ verwahrt gehalten hatten. Nun mochten sie ihm nachtrauern. Er war entflohen.

Noch gestern um diese Zeit wäre ihm der Gedanke nicht in den Sinn gekommen, daß ein Mensch gleichzeitig für alle anderen tot und für sich selbst zum zweitenmal lebend sein könne. Ellinors achtlos hingeworfene Worte, als sie beisammen in dem Trümmertal saßen und nach dem Steinschlag der Felswand schauten, hatten ihm plötzlich den einzigen Weg zur Erlösung gewiesen, den es gab. Denn er wußte ja – freiwillig hätte sich Virginia niemals von dem Namen, den er trug, getrennt. Von ihm selbst gerne! Dann hinterließ er ihr ja seinen Titel! Sie führte ihn weiter und hatte die volle Ungebundenheit dazu, die sie zum Leben brauchte.

Er dachte ganz ruhig an sie – kalt und gleichgültig wie an ein schönes Bild, daß er einmal im Vorbeigehen irgendwo geschaut. Wenn er jetzt für sie und die Welt sterben ging – sie war für ihn schon tot seit Stunden.

Nochmals überdachte er alles im Aufwärtsschreiten, wie er es sich im Grübeln die lange Zeit her vor Mitternacht zurechtgelegt hatte. Morgen früh wurde er vermißt. Er war in die Berge gegangen. Denn sein gewohnter Lodenanzug, seine Eisaxt, sein Rucksack fehlten. Der Gram um das Hinscheiden seines Kindes hatte ihn hinaufgetrieben. Am Mittag kehrte er nicht wieder. Unten warteten die Wagen zur Abfahrt, wartete seine Frau. Am Abend kam er nicht, am nächsten Morgen nicht. Nun ward die Unruhe wach. Man mußte ihn suchen. Und wo, das fragte man die einzige, die es wissen konnte, seine Gefährtin in den Alpen. Ellinor riet sofort auf ihrer beider Tal, auf jenen wüsten, wilden Felsenkessel hoch oben mit den schwarzen Schmetterlingen und dem schwarzen Wasserauge in der Mitte. Und langten dort die Führer und Träger an, dann blieben sie plötzlich alle stehen und sahen schweigend nach der Bergwand gegenüber. Dort kollerten und tanzten die Kobolde des Steinfalls über dem Schuttband, das sich an dem senkrechten Hang aufwärts zog, und drunten, an den wild über dem Gletscher tief unten starrenden Klippen hing Hut und Rucksack und stak festgeklemmt die Eisaxt. Ein Mensch war hier gegangen und von den niederprasselnden Geröllschauern in den Abgrund gerissen worden! Was sterblich war an dem Prinzen Wilfried von Eck, das ruhte zerschmettert, jedem Menschenauge unzugänglich, in den düster klaffenden und gurgelnden Schlünden des Eisstromes. Vielleicht gab der nach einem Menschenalter im Schmelzen seiner Tauwasser die Überreste des längst Vergessenen wieder frei, vielleicht behielt er ihn auf immer bei sich – einerlei! Für die da unten war von Stund' an der kleine Prinz zu seinen Vätern eingegangen. Niemand forschte über die Stätte des Unglücks hinaus nach seinen Spuren, und hätte er es auch getan – das harte Gestein, das blanke Gletschereis oben hinterliest keinen Eindruck seiner Nägelschuhe.

Die Schuhe trug er, sonst aber von seiner gewohnten Bergausrüstung kein Stück. Der da ging, war ein Engadiner Hirt mit Kapuze und kurzem Radmantel, unter dem sich die schiefe Schulter verbarg. Vor Jahren hatte er in einer Schäferhütte, in die er durchnäßt im Hochgebirge eingekehrt, diese Gewandung am Herdfeuer angegezogen und am nächsten Morgen, da seine eigenen Kleider noch nicht trocken waren, gekauft, um in ihr seinen Weg fortzusetzen. Seitdem hatte sie fast vergessen in einem stets verschlossenen Koffer gelegen. Selbst sein inzwischen neu eingetretener Kammerdiener wußte nichts von ihr. Die Lodenhüllen des Hochtouristen aber, in denen man ihn suchen würde, lagen, mit einem Stein beschwert, in der schlammigen Tiefe des Seegrunds im Tal. Und an seiner Eisaxt trug er einen kurzen Stiel festgebunden, einen kleinen Pickel mit aufzuschraubender Spitze, den er sich, um das sonst dort übliche primitive Küchenbeil der Führer zu ersetzen, für Wintertouren in den steilen Hängen der Hohen Tatra angeschafft und seitdem auch in jenem verschlossenen Koffer aufbewahrt hatte. Das war seine Stütze, wenn er von der Stelle des vermeintlichen Absturzes weiterging, sein Wanderstock beim Niederstieg durch einsame Seitentäler, über Sennhütten und Dörfer nach Italien. Niemand achtete da des rhätischen Hirten, der, gebrochen italienisch sprechend, in einer bescheidenen Osteria nächtigte und in irgendeinem Kramladen sich einen Sonntagsanzug erstand, um nach Genua zu fahren. Dort steuerten täglich Dampfer auf die hohe See hinaus, und einer nahm ihn mit. Paß und Ausweis hatte er ja. Denn er war ja seit Jahren gewöhnt, unter irgendeinem alltäglichen Decknamen zu reisen und, bei seiner Lebensstellung, leicht in den Besitz solcher Dokumente gelangt. Und das eben schützte ihn auch, wenn ihn doch zufällig jemand erkennen sollte, mit dem er irgendwo einmal in der Welt zusammengetroffen. Der sah eben in ihm den Doktor Günther oder den Anwalt Berg und nicht jenen Prinzen von Eck, von dessen Todessturz die Zeitungen voll waren. Und die paar Orte, wo er auf Wissende, auf Standesgenossen stoßen konnte, diese wenigen Weltstadtpromenaden, Luxuszüge, Modebäder, Palasthotels, Residenzen und Rennplätze waren leicht zu vermeiden.

Mochten die wappentragenden Gefährten seines ersten Lebens sich im Dom von Siebenwalden versammeln und die Seelenmesse hören, die für den Letzten aus dem fluchbeladenen Morganatengeschlecht des achtzehnten Jahrhunderts, für den letzten Sprossen der Barbara Fleckin und ihres fürstlichen Seelenverkäufers bei Weihrauch und Orgelklang gelesen wurde, und sich im stillen alle dasselbe denken: daß die Welt des Gothaer Almanachs wenig an dem melancholischen kleinen Prinzen mit der schiefen Schulter verloren – draußen, in der freien Unendlichkeit des Weltmeers, wo weiße Wogenkämme über blauen Tiefen schäumten, wo die Möwen kreischten und die Delphine spielend sprangen und lachend über alles hin der salzige Seewind auf feuchten Schwingen flog – da lehnte ein Fremdling im Bug des Dampfers, und wie da hinten die Küste Europas langsam im Meer verschwand, alles, was er bisher besessen, was er gehaßt und geliebt, gehofft und gefürchtet, belacht und beweint, so stieg vor seinen vorwärts suchenden Augen in unbestimmten Umrissen, wie frühlichtverklärte Wolken über der Wasserwüste ein zweites Leben mit dem Morgenrot des neuen Tages grüßend empor.

Wie dies Leben aussah – er wußte es nicht. Das bißchen Vermögen, das sein eigen war – winzig für einen Prinzen, vollauf genug für einen schlichten Weltpilger – trug er bei sich. Es reichte aus, um ihm, dem Vielerfahrenen, Weitgewanderten, Wissens- und Willensstärken, ein neues Dasein zu gründen, sei es in Amerika oder in Japan, in Australien oder Südafrika – mir ferne von Deutschland, ferne von allen, die den Prinzen von Eck vor seinem jähen Sturz im Hochgebirge gekannt hatten...

Und vielleicht war dies heute sein letzter Tag! Es war ein Gang zwischen Tod und Tod, den er vorhatte, auf dem schmalen, schwindelnden Schuttband zu dem oben winkenden weißen Lichtreich des ewigen Schnees, des reinen Äthers empor, ein Kampf um Sein und Nichtsein, ein Streit, wie einst die Ritter in König Laurins Rosengarten mit den Zwergen, so hier mit den wütend und tückisch in Menge auf ihn niederstürzenden schwarzen Bergkobolden des Steinschlags. Vielleicht blieben sie Sieger. Aber der Gedanke erschreckte ihn nicht. Er war gesundet, so oder so. Das Leben im Tal, die Knechtschaft lag hinter ihm.

Er stand jetzt inmitten des wüsten, von hohen Felswänden eingeschlossenen Trümmerbeckens, am Rande des schwarzen Wassers, wo er gestern mit Ellinor gesessen und den kleinen, nachtdunklen Faltern zugeschaut hatte, die seltsam über dem Chaos der kahlen Blöcke wie verirrte Seelchen gaukelten und ihm immer eine Art leise lächelnden Grauens einflößten. Heute waren noch keine da. Es war noch zu früh. Der Morgen dämmerte eben erst. Der ganze Höhenkessel rauchte und dampfte von weißen Schwaden, die an den Bergmauern langsam in die Höhe krochen, um vor der Sonne in nichts zu vergehen, und die unten auf zehn Schritt in der Runde den Blick mit ihrer dünnen fließenden Dunstwand abgrenzten. Und durch den Nebel kollerte und donnerte es über ihm, dem Einsamen, in unregelmäßigen Zwischenräumen vom Hagel des rastlos stürzenden Schuttes. Hier, wo die Berge frei an der Luft verwitterten, sorgte sich der Steinschlag nicht um die Tageszeit, wie da, wo der gefrierende und schmelzende Eiskitt die morschen Abfälle der Kolosse umbannt hält und ihren Fall regelt. Um Mittag wie um Mitternacht rollte es durch den Schlund gleich dem Knattern eines Gefechts und fegte der Tod in atemlosen Sätzen, funkensprühend, Dampf aufwirbelnd, von einer Klippe zur anderen in den lautlos gähnenden Gletscherrachen herab.

Jetzt eben dröhnte es wieder in der Höhe schwer und dumpf von einer losgelösten, abwärts rauschenden Last. Er blickte empor. Es war im Brauen und Wallen der zähen Wollen nichts zu erkennen. Nur etwas Schwärzliches wie ein Flöckchen verbranntes Papier tauchte plötzlich mit zitterigem Flügelschlag aus dem Nebel auf und flog gerade auf ihn zu. Einer der dunklen Schmetterlinge umkreiste unruhig, ängstlich irrend zwei-, dreimal sein Haupt, als wolle eine eben Heimgegangene Seele von ihm Abschied nehmen, und stieg dann aufwärts über ihn empor, dem ersten Sonnenschein zu, der als verklärter, golden nach oben lockender Lichtstrahl die Dunstmassen der Tiefen teilte.

Es war Zeit. Es rief ihn zur Höhe, auf den Weg, den ihm Ellinor gestern gewiesen. Wieder dachte er an sie, die er ja auch im Leben nicht mehr wiedersah, mit einem stillen Mitleid. Er wußte ja durch seine Frau, daß auch die Hoffnung ihres Daseins gestern mit dem Meister

Josephus geschwunden war. Sie war jetzt arm wie er. Nur hatte er sich von der Liebe befreit. Ihr hatte man die Liebe geraubt. Drum war sie unglücklich und er nicht, wenn er den Todespfad oben lebend durchmessen.

Er blickte zu dem Lichtkreis im Nebel empor, wo das irrende, müde mit den Gaukelflügeln schlagende Seelchen wie in nichts verschwunden war, und machte sich auf, der unheimlich grollenden und knurrenden, über ihm zu schwindelnder Höhe ragenden Bergeswand zu.

Leise pfeifend wie eine graue Maus sprang ihm da warnend der Tod entgegen, als er eben in die ersten Risse und Klüfte des Gesteins einsteigen wollte, und flog als ein schattenhafter, winziger Steinsplitter an seinem Ohr vorbei. Aber er verlachte die Drohung. Ihm war plötzlich siegesfroh zumut. Er hatte die Empfindung, daß er weiterleben würde, weil er weiterleben wollte. Rasch klomm er aufwärts im Kampf mit dem Kolosse, gleich dem Soldaten, der im Kugelregen eine Höhe stürmt. Die Wurfgeschosse der Berggeister sausten in langen Sätzen auf ihn zu und rechts und links an dem gewandt Ausweichenden vorbei. Umsonst boten sich verräterisch abbrechende Gesteinkanten dienstwillig den über dem Abgrund nach einer Stütze tastenden Händen und Füßen dar – umsonst kippte der schwarze Riesenblock, den sein Finger prüfend berührt, federleicht um und torkelte grimmig brummend wie ein Betrunkener unter seinem rasch emporgeschleuderten Bein, das er nicht zu zermalmen vermochte, hindurch, umsonst hatten sich die schrägen Felsstufen mit einer spiegelglatten, listig glitzernden Eishaut überzogen, umsonst schlang sich der in Kaminen abwärts gleitende Schotter um die Knöchel des Bergsteigers, um ihn mit allen Kräften, wie eine Herde winziger Tiere, pressend und drängend mit sich zu reißen, umsonst neigte sich die Bergwand selbst in dräuendem, das Gleichgewicht gefährdendem Überhang dem Feind entgegen – der Streiter, der sich da seinen Weg bahnte, kannte alle Listen, alle Tücken und Fallen der Alpengeister.

Nun stand er oben auf dem breiten, jäh ansteigenden Geröllband, links die Steilmauer, rechts der Abgrund mit dem Gletscher. Und von oben, aus unsichtbaren Höhen, regneten und klatschten die Steine, da und dort aufprallend, wie Granaten mit Feuerblitz und Staubwolke zerschellend und weithin ihre stiebenden Splitter spritzend. Hier hieß es einfach: Hindurch – hindurch so rasch wie möglich! Hier war, was lebte, machtlos in der Hand des Zufalls.

Und doch – dem Zufall ging ein Ahnen voraus, ein unwillkürliches plötzliches Stehenbleiben, wenn im nächsten Bruchteil einer Sekunde eine Steinkugel über die Stelle strich, die man eben betreten wollte, und wiederum ein instinktives Vorwärtsspringen – und gleich darauf rauchte und donnerte der Platz, von dem der Nagelschuh sich kaum gehoben, von einem unruhigen, durcheinander rollenden und kriechenden Gewimmel kleiner Todesboten.

Nur weiter! Rasch weiter und den Blick überall! Zur Höhe empor, wo die schwarzen Schatten in sausendem Bogen durch die Luft heranschwirren, nach vorne, wo der Schotterweg sich bald verengt, bald trügerisch verbreitert, zur Tiefe hinab, um sicher zu sein, daß kein Schwindel die Nerven schüttelt und die Muskelkraft lähmt. Jetzt durch einen eisig sprühenden Sturzbach hindurch, der doppelt grimmig zu rauschen scheint, um die Steine ungehört heranhüpfen zu lassen, langsam, trotz der Gefahr von oben jeden Schritt wägend über eine glitscherige Fläche von Spiegeleis – hier ein lauernder Halt hinter einem Vorsprung, bis das aus der Höhe sich ankündende Gepolter herangekommen und im Wirbelflug einander überspringender, pfeifend tanzender und funkensprühender Steingespenster hart an dem atmenden Leben vorbeigefegt ist – nun noch ein Dauerlauf zwischen zwei Hagelschauern über die steilste, kaum mehr fußbreite und in glitschrigem Geröll nachgebende Rampe – dann stand er an dem geschützten Rastort, den er gestern schon vom Tal aus sich gewählt, unter einer triefenden, überhängenden Wand, von deren oberer Kante die Felsbrocken im Riesenbogen durch die Luft unmittelbar auf die starren Gletscherwellen unten zischten.

Das niederträufelnde Wasser war hier zu einer stummen Reihe von Eiszapfen gefroren. Als fußlange und mannshohe kristallene Bärte hingen sie nebeneinander in der Luft, von unten aus seltsam fratzenhaft, wie stumpfsinnige Götzenbilder anzuschauen.

Er hatte sie gestern genau gesehen und sich unwillkürlich gesagt, daß man diese, den Weg versperrenden Eismänner mit dem Pickel zertrümmern müsse. Jetzt wollte er sich an das Werk machen und hob seine Waffe. Da lähmte ihm die Überraschung den Arm.

Es war schon jemand vor ihm hier gegangen! Die Eiszapfen, die er jetzt erst näher, mit einem wachsenden unbestimmten Schrecken betrachtete, waren, wo sie den Durchgang eines gewandten Bergsteigers hemmten, abgebrochen und zerschellt. Und die paar am Boden noch flimmernden Splitter waren nicht getaut. Die Zerstörung konnte erst heute, erst vor kurzem geschehen sein.

Wer war es, der sich hier den Pfad erzwungen? Wer hatte etwas an der gefährlichsten Stelle des ganzen Weges zu suchen, die sich hinter jenen Frostgebilden in Form einer breiten Nische weitete? Wer da stand, konnte freilich nie in die Tiefe stürzen. Aber gerade über seinem Haupte öffnete sich der Ausgang eines mächtigen, weithin nach oben verzweigten Felskamins, der in der Verästelung seiner Schlote alles, was sich in der Wand von Steinen löste, aufsammelte und in kurzen Zwischenräumen in vernichtendem Schlag auf die Kanzel entlud. Ein Aufenthalt an diesem furchtbaren Ort war der sichere Tod.

Langsam stieg eine Ahnung in ihm auf und wurde zur Gewißheit. Es gab nur einen Menschen, der gleich ihm auf den Gedanken kommen konnte, diesen Pfad zu gehen – der selbst mit ihm gestern darüber gesprochen und heute, nachdem er alles, was ihm lieb war, verloren, dem Worte die Tat hatte folgen lassen...

Leise, als fürchte er, einen Schlafenden zu wecken, schlich er zwischen den zertrümmerten Eismännern an das andere Ende der Wand. Dort blieb er stehen, stumm auf seine Eisaxt gestützt, und sah vor sich nieder...

Sie lag da, ruhig wie im Schlummer, einen müden, leidenden Ausdruck im Gesicht, das letzte Weh eines todwunden Geschöpfes, das in die tiefste Einsamkeit flieht, um dort still zu verbluten.

Er blickte nach oben, nach der drohenden Gefahr! Dann überschritt er rasch die Stelle des Unheils und war bei ihr. Die Wucht des Schlags hatte ihren Körper etwas abseits, an einen geschützten Ort geschleudert, wo sie kein Stein mehr versehrte. Er beugte sich zu ihr nieder. Sie war tot. Sie mußte sofort ausgeatmet haben.

Da faltete er seine Hände. Die Sonne brach durch. Rings schwand der Nebel aus der Hochwelt. Ein unergründliches Blau wölbte sich strahlend über dem ewigen Firn. Kein Laut war rings als der eintönige Sang der wandernden Steine...

Sie waren Kameraden gewesen in der Reinheit der Berge und einander innerlich doch fremd. Er wußte wenig von ihr, sie, bis vor kurzem, nichts von ihm. Aber das wußte er, warum sie heute ihren letzten Weg gegangen. Sie war ein Weib und konnte nicht mehr lieben! Jenseits der Liebe war für sie der Tod. Jenseits der Liebe war für ihn, den Mann, ein neues Leben. Er konnte an dem gesunden, was sie zerstörte.

Und doch war heute ihr beider Schicksal gleich, hier oben in der Felseinsamkeit. Er war vom Weib genesen, wie sie vom Mann erlöst. Sie hatten beide den Frieden gewonnen, der Mann im Handeln, das Weib im Dulden. Und wie er wieder in das bleiche Antlitz sah, da beschlich ihn ein rätselhaftes Ahnen: wir haben uns schon lange gekannt, in manchem früheren Leben, an vielen Orten der Erde, und werden uns wieder treffen in der ewigen Wiederkehr aller Dinge und es wiederum nicht wissen, wir, die Altvertrauten, die Genossen in so vielem Freud und Leid, es kaum einmal wie einen verlorenen Ruf aus fernen Weiten im Ohr klingen hören, wenn in seltenen Feierstunden sich der Schleier der Maja lüftet, der über unseren Leben liegt.

Dies Leben ist dir dahin. Bald träumst im ein neues. Schlaf wohl, mein Kamerad...

Nun dachte er an sich. Er warf Hut, Rucksack und Eispickel in das Klippengewirr unterhalb des Felsplateaus. Da mochte es hängen! Jetzt war ja für niemand ein Zweifel mehr. Sie beide waren auf ihrer letzten Höhenwanderung vom Schicksal ereilt. Da schlief die eine zwischen dem tödlichen Gestein. Der andere, der Prinz von Eck, ruhte tief, unauffindbar im Abgrund des Gletschers.

Immer heller ward der Sonnenglanz umher. Er mußte sich eilen. Sonst konnte aus dem noch im Nebel liegenden Tal ihn doch jemand sehen. Die Lebenslust erfaßte ihn mit stürmischer Gewalt. Ein letzter Blick. Dann schritt er vorwärts, der Gletscherhöhe zu.

Der Weg des Todes lag hinter ihm. Feierlich ragende, im Morgenrot rosig leuchtende Geistersäulen von Eis, stille Riesen und Riesinnen, begrüßten ihn an den Grenzen ihres weißen Reiches. Und dahinter glühte der Zaubergarten des ewigen Firns im Purpurbad des Lichts, das weithin den Hermelinglanz des Schnees mit warmem, starkem Leben übergoß.

Er stand still.

Da war das Leben. Noch einmal schaute er nach der stillen Träumerin zwischen den Steinen zurück und nickte der Gefährtin in so vielen Nöten und Abenteuern den letzten Abschied zu: Kann dir die Hand nicht geben – bleib du im ew'gen Leben – mein guter Kamerad...

Und plötzlich faßte ihn ein Schrecken! Wer leitete jetzt auf ihre Spur, wo sie nicht mehr war? Niemand suchte ihn hier – niemand fand sie hier! Und sie konnte doch nicht hier liegen bleiben! Es war alles umsonst gewesen! Er mußte zurück!

Da sah er, daß unten im Tal, im Nebel zwischen den Felsblöcken an dem schwarzen See sich etwas regte. Er warf sich nieder, um nicht erblickt zu werden, und hob das Fernglas zum Auge.

Er erkannte den eisgrauen grämlichen Alten vom Berge, der eben die goldene Brille aus dem faltigen Gesicht nahm und abrieb, den seltsamen Prediger in der Wüste, der damals im Grauen des Rothtals, am Fuß der Jungfrau, von seinem Felskegel herab dem Gletscherschweigen und Schattenwallen die ewige Wiederkehr aller Dinge verkündet hatte.

Jetzt setzte der unten seine Brille auf und machte eine jähe Bewegung. Mit dem scharfen Auge des Bergveteranen hatte er sofort den dunklen Punkt auf der Schutthalde der Felswand erkannt. Heute abend wußte alle Welt, daß die Höhen wieder zwei Opfer gefordert hatten...

Nur, daß das eine dieser Opfer vom Tode auferstanden war, das wußte keiner. Ein neuer Mensch ging da, durch, den Gletscherkamm von allen Blicken des Tales und seiner Kerkerwächter geschieden, über das knirschende Eis mit festen Schritten, den Kopf zurückgeworfen, einem neuen Dasein zu. In unermeßlicher Weite dehnte sich vor ihm im Glanz der Sommerfrühe, im Gewimmel weißer Zacken und dem Gruße grüner Täler, im winkenden Wolkenzug und lachenden Wehen des Windes die jungfräulich erwachte Erde, und hinter ihm lag das Wesenlose – Wohlstand und Wappen, das Weib und aller Wahn der Welt. Gelöst von allem, was da war, wanderte er hinaus, ein Pilger auf allen Straßen, in seine Heimat, und in ihm klangen wieder die Worte, die am Lawinentor wie von einer Geisterstimme aus Nebeldämmern mahnend an sein Ohr gedrungen:

»O Lebensmittag – *zweite* Jugendzeit!
O Gletschergarten!
Unruhig Glück im Stehn und Spähn und Warten!
Der Freunde harr' ich, Tag und Nacht bereit –
Der *neuen Freunde*! Kommt! 's ist Zeit! 's ist Zeit!«

Das Kraftgefühl der Genesung schwellte seine Brust.
Hinaus in Kampf und Lust und Not! Hinaus ins Morgenrot! – Freue dich, Seele! Du wardst wach...